agorakitaplı

288

ASLI EKE

Aslı Eke 1 Aralık 1993'te Ankara'da doğdu. Küçük yaşta yazmaya başladı. İlgi alanları felsefe, Osmanlı tarihi ve politika olan Eke, kurgusal ve tarihi bir dönemi tümüyle aktarma iddiasından uzak durduğu romanı *Kösem Sultan*'ı 2008 yılında tamamladı.

Aslı Eke

KÖSEM SULTAN

a

agorakitaplığı

Türkçe Edebiyat 40

Kösem Sultan
Aslı Eke

Görsel kavram: Mithat Çınar
Mizanpaj: Sibel Yurt

Birinci Basım: Ağustos 2010

ISBN: 978-605-103-085-2

Baskı ve Cilt: İdil Matbaacılık
Davutpaşa Cad. No: 123, Kat: 1 (Vakıfbank üstü)
Topkapı/İstanbul Tel: (0212) 482 36 01Tel: (0212) 482 36 01

AGORA KİTAPLIĞI
Kuloğlu Mah. Turnacıbaşı Cad.
No: 54, Çukurcuma-Beyoğlu/İSTANBUL
Tel: (0212) 243 96 26 - (0212) 251 37 04 Fax: (0212) 243 96 28
www.agorakitapligi.com
e- posta : agora@agorakitapligi.com

Hep yanımda olan Ece, Leyla ve Berk'e,
Ve en önemlisi değerli anneme,
Bana ve yazıma inananlara...

"Gülmektir çünkü insanı insan eden.'
François Rabelais- Gargantua ve Pantagruel

KÖSEM SULTAN

Bu kalyonun genellikle ticaret amaçlı kullanıldığından adım gibi emindim; bana bunu düşündüren tozlu köşelerde duran koca kasalar değildi. Ambara tıkıştırılmış kalabalığın ağır kokusu kekremsiydi; insanın genzini yakıyordu. Keskin şarap ve baharat kokusu da eklenince hava ağır bir bulut gibi üzerime çöküyor, her soluyuşumda daha da yaşlandığımı hissediyordum. Koku üzerime sindikçe, giderek bu geminin bir parçası haline geliyordum, görüyordum...

Havanın karardığını, bulunduğum köşenin tavanındaki yumruk büyüklüğündeki delikten anlamıştım. Paşa'nın beni yalnız bırakması oldukça ilginçti; tüm o bakışmaların ardından bana edeceği tekliflerden az çok emindim. Şimdi ise pis bir kalyonun ambarında bilmediğim diyarlara doğru sürükleniyordum; en büyük korkum olan karanlık hem gökyüzüne hem de ruhuma hâkim olmuştu. Kendi yarattığım karanlıklar mahbesindeydim adeta, çıkamıyordum.

Köyümüzün limanında demir atmış iki gemi vardı; bize büyük görünseler de her ikisi de Osmanlı Donanması'na göre küçük sayılırdı. Tinos, resmi olarak Osmanlı egemenliğinde bir ada olmasa bile Osmanlılar, adamızda asker ve gemi bulundurma haklarına sahipti. Asker derken, Avrupai, katı kurallara sahip disiplinli askerlerden bahsetmiyorum. Yeniçeriler, tüm dünyada isyanları ve laubali tavırlarıyla ün salmış Türk askerleridir. Elbette onları görünce kanım donuyordu; fakat sarıklarının ve gösterişli kıyafetlerinin komik bir yanı da vardı. Adımları solukları gibi keskin ve düzenliydi; adımlarını attıkları yerlerde hayat sona ermese bile, ani bir değişiklikle onların çevresinde dönmeye başlıyordu. Onların önüne çıkmanın bizim için ölümle sonlanacağını düşünsek de, en azından o kadar kolay sinirlenmiyorlardı. Türklerle aramızda pek karışıklık çıkmazdı; bizler aynı köyde yaşayan farklı iki ulusun insanlarıydık. Bu bir barış örneği olabilirdi; dünyada süregelen savaşlar için. Fakat balıkçı Nikolay'ı borçları nedeniyle öldürdüklerini duymuştum; bu haber üzerine köyde iki gün yas ilan edilmişti. Nikolay, çok saygın bir insan sayılmazdı; fakat elbette ki Tinoslu bir balıkçının ölümü bir yas sebebiydi.

Adamızın Venedik'in himayesi altında olmasının bize belli başlı getirileri olmuştu. Ada, balıkçılığa ve tarıma elverişli bir coğrafyaya sahipti; iklimi de hafifti. Kışın yakılan mangallar kilisenin ve onun dibinde bulunan küçük kulübemizin ısınmasına yeterdi; fakat yağmur, Toprak Ana'yı döverken dışarı çıkmak pek akıl karı sayılmazdı. Geceleri kilisenin beyaz mermerleri suyun altında ışıldar, yağmur Murano camlarıyla resmedilmiş Meryem figürlerini dövdükçe ben, yaz zamanında giydiğim kısa kollu beyaz dantelli elbiselerimi anımsardım. Yatmadan önceki duamı ederken bu hayallerimi alt etmeyi başaramamışsam, günahıma boyun eğip, yatağımda devamını getirirdim. Yazın Tsiknias ve Exobourgo dağlarının ihtişamı altında kalmayan güzellikte yeşillere bürünmüş kırlarımda koşarken, ilk defa ait olduğum yerleri keşfediyormuşçasına haykırırdım: Falatados, evim...

Ada her ne kadar iklimi hafif, dağları bolluk içinde, halkı huzurlu olsa da, çoğunluğunun maddi durumu iyi sayılmazdı. Balıkçılık ve tarım dışında pek gelir kaynağı olmayan bu insanlar, hayatta kalma mücadelesiyle her geçen gün birbirlerine daha da kenetleniyordu. Venedik kalyonlarıyla adaya getirilen erzaklar olmasa, ayların sonu bu kadar çabuk gelmezdi eminim. Özellikle de hasat zamanından sonra, bu bereketli topraklar bize sürgün toprakları gibi gözükürdü; ideal bir yaşamdan uzaklara sürülmüş insanların toprağı. Benimsenmemiş, mesafeli durulmuş ve alışılmamış... Her gemi limana çıkılıp, coşkuyla karşılanırken eminim ki her bir balıkçının, zanaatkarın, sanatkarın, karnı pekin, dilencinin yüreği burkulurdu; güzelim ada, adamız, böylesi bir işgale mahkûm olmayı hak ediyor mu? Tüm bu sorgulamalara karşın her ay birkaç kez limanımıza uğrayıp, tekrar kendi ana topraklarına yelken açan bu insanlar, Tinos adını ağızlarına umarsızca almaktan çekinmiyor; küçümsedikleri bu adayı sahiplenme cüretinde bulunuyorlardı. Elbette ki onlar, denizlerdeki fırtınayı sezinleyebilenler, yaklaşmakta olan fırtınayı da hissediyorlardı...

Yasın tek anlamı siyahtır. Siyahlara bürünmenin ve uzunca ağlamanın insanı rahatlattığını düşünen Katolikler için, ölümün bir tesellisidir yas. Nikolay'ın dul karısı ve çocukları için de o iki gün, fazlasıyla uzun ve sancılı bir dönemdi. Köyümüzde hep uzun veya kısa süreli yaslar olmuştu; fakat bu başkaydı. Osmanlılar, köyümüzü yerle bir etmeden önceki son yastı bu; ölüme son direnişti. Zangocumuz öldüğünde bile bu kadar kara bir yas yaşamamıştım. Sonunda tüm köy halkı yasın bir son değil; bir başlangıç olduğunu kavramaya başlamıştı. O günden sonra karanlıktan korkar olmuştum; ne zaman karanlık üstümüze çökse, içimde kalıcı bir yas etkisi yaratırdı. Üstümden atamadığım çok karanlık bir yas; uzun süreli. Sabahın başlangıcından çok; karanlığın temelli hükmü gibi gelirdi bana geceler.

Nikolay'ın kızlarından Mariya kırmızı gözlerle, kilisenin dibinde bana yaklaşmaya çalışırken fısıldıyor; koyu kahverengi saçlarını parmaklarına dolayarak kilisenin önündeki morlu yeşilli alanı süsleyen lavantaların arasında bir arı misali dolaşıyordu. "Hayat çok kısa; çok kısa..."

* * *

Çevirmen olduğunu sandığım o hoş adamı benimle birlikte gemiye binerken gördüğümü sanıyordum. Onunla konuşmamın bir faydası olup olmayacağını düşünerek uzunca bir süre seslenmiştim: "Çevirmen Bey"... Ambardaki, ihtimal diğer Yunan adalarından toplanan insanlar dışında cevap veren olmamıştı; uzun süreli haykırışlarıma. Bağırdıkça sesim daha da kısılmıştı. Boğuk bir inlemeye benzemeye başlamıştı kelimelerim. Soluğum kesilinceye kadar ağlamıştım sonra, bir süre sonra beni sakinleştirmek için konuşmalarından Milo Adası'ndan olduğunu sandığım yaşlıca bir kadın gelmişti yanıma. Konuştuklarını az da olsa anlayabiliyordum; ama aksan farklılığı yüzünden bazı cümleler yarısında ağzımızdan düşüveriyordu. Benimki köylü Rumca'sı olarak adlandırılabilirdi; onunki ise Ege Osmanlıcası'yla karışık bir Rumca'ydı. Kullandığı yabancı kelimeler zaten bulanık ve sahipsiz olan zihnimde daha büyük karmaşalara sebep oluyordu. Anadilimin hiç bu kadar değişik kullanıldığını duymamıştım.

"Adın ne yavrum senin? Nerelerden topladılar senin gibi peripeyker prensesleri?"

Anlatmak istediklerini anlayamıyor olabilirdim; fakat en azından adımı sorduğunu kavramıştım. Neden benimle konuştuğunu bilmiyordum; ambarın içi zaten konuşan insanların ortaya çıkardığı baş ağrıtan, elle tutulur bir gürültüyle doluydu. Eğer nazik ve tatmin edici bir sohbete ihtiyacı varsa; onu anlayabilecek insanlardan bir kaçını seçebilirdi.

Rumca, içinde pek de görkemli ve süslü kelimeler barındırmayan bir dildi; Osmanlıca ise tam tersi. Daha sonraki tecrübelerime dayanarak Osmanlıca'nın kendi içinde bile kelime oyunlarına dayanarak birkaç gruba ayrıldığını öğrenmiştim. Halk Osmanlıca'sı, diğer dillerle kıyaslandığında oldukça şatafatlı bir dildi; saray Osmanlıcası her türlü dilden daha üstündü, çünkü çok daha şatafatlıydı. Sarf edilen her cümle adeta başlıbaşına bir şiirdi. Divan şiirleri ve şairleri de zaten dilin bu görkemine dayanarak bu kadar üstün görülürdü. Saraydan biri halk kıyafetleriyle halk içine karışsa bile, ağzından çıkan tek bir cümleyle, ölü bir balık misali, tüm o kalabalığın içinde su yüzüne çıkardı. Saray hayatı ve halk hayatı arasındaki o ölçülmesi imkânsız farklar yüzünden böyle bir ayrım çıkmıştı ortaya.

Bir yandan kadın hakkında düşünürken, diğer yandan gözlerimi üstünde gezdiriyordum. Beyazlaşmış saçları, alnından itibaren geriye doğru taranarak, temiz; ama gevşek bir topuz şeklinde toplanmıştı. Bu topuzun süslü olduğu söylenemezdi; alnına düşen saç perçemleri de bunun bir kanıtıydı. İçine birkaç değersiz taşın düzensizce sıkıştırıldığını görebiliyordum. O zamanlar Ege'de topuzlar her kadının vazgeçilmeziydi.

"Anastasya Aretino, bayan; Tinos Adası'ndan Bosna Paşası tarafından buralara kadar getirildim. Babamın adı Pierre Aretino'dur. Kendisi Tinos'taki Ayios Nikolaos Kilisesi'nin zangocudur. Acaba... Nereye yol aldığımızı biliyor musunuz bayan?"

Bu sözler üzerine kadının yüzünden karanlık bir gölge geçtiğini görür gibi oldum veya öyle zannettim. Ambarın zifiri karanlığında böyle bir ifadeyi görmemin mümkün olmadığını da daha sonra kavrayabildim. Kadın bana cevap vermeden önce birkaç kez gözlerini ovuşturdu; bu, büyük ihtimalle gün boyunca yaşadığı fiziksel ve zihinsel yorgunluktan kaynaklanıyordu. Ela gözlerini uzun bir süre gözlerime dikti. Konuşmaya başladığında sesine oldukça kederli bir hava hakimdi, boğuk boğuk çıkıyordu; ağlamak, hıçkırmak üzereymiş gibiydi. Belki de bunların tümü bir yalandır, diye düşünüyordum, kadın belki de kendi adasının dilencilerinden biridir. Belki de bir şeylerimi çalmak umuduyla bana yaklaşmıştır... "Constantinapolis'e kömür gözlü yavrum; İstanbul'a." Kelimeler ağzından çıkar çıkmaz şefkatli bir anne gibi saçlarımı okşamaya başladı. Bu hareketiyle korkularımı yatıştırmayı başarıyordu. Halbuki az önce kadın hakkında neler düşünüyordum. Daha sonraki deneyimlerim de korkunun asılsız düşüncelerin başlangıcı olduğunu öğretecekti...

Oldukça rahatlamıştım; gittiğimiz adresi duyduğumda. Ben Venedik'e gittiğimizi tahmin ediyordum. Genellikle böyle ticaret gemileri Venedik gibi ticaretin kalbinin gür nabızlarla attığı yerlere giderdi. Venedik, uzun bir yolculuk demekti, ayrıca genç kızların kapatıldıkları manastırlarda acımasız bir eğitimden geçirildiklerini, rahibelerin katı ve sert olduklarını duymuştum. Oysaki muhteşem Osmanlı İmparatorluğu, çok daha zengindi; serbestti, karmaydı, en önemlisi neşeliydi...

"Yavrum, senin orada sahipsiz bir dilenciye veya acımasızca cezalandırılan bir köleye dönüştürülmene izin veremem. Benimle gel; bir tanıdığım var, bu geminin kaptanı. Seni onunla tanıştırayım; bu güzellik ve tazelikle sana açılacak kapıları tahmin bile edemezsin. Senin gibi gönül açıcı bir güzelliğe sahip bir bakirenin, İstanbul'un o korkunç Pera'sının arka sokaklarında yaşayan iğrenç ellerin hizmetine girmesi büyük bir kayıp olur. Sen saraya layıksın, o şanlı Osmanlı padişahına."

Bu sözlerden adeta bir tılsımmışçasına etkilenmiştim. Büyülenmiştim; elbette ki hayatım boyunca övülmüş ve sevilmiştim, ama şu ana kadar bu kadar yüksek mertebelere layık olduğumu sanmamıştım; sanamamıştım. O şaşkınlıkla kadına kaptanı tanıyorsa; neden bu pis ambarda olduğunu soramadım.

Dilim tutulmuştu, sadece beyaz incimsi dişlerimi göstererek gülümseyebildim. Kadın beni elimden tuttuğu gibi güverteye çıkardı. Üç dört saattir temiz hava almamıştım. Ciğerlerimi dolduran hava, kısa süreli bir bilinç kaybına sebep oldu; afyon misali...

Birçok erkek görüyordum; etrafımda. Uzun boylusundan cücesine, şişmanından sıskasına... Kürekçilerin çoğu siyahtı; siyah olmayanlar ise dünyanın her bir yanından toplanmış iri yarı, kuvvetli adamlardı. Kürek çekişleri bir ritim misali düzenli bir şekilde akıp gidiyordu. Tüm bunları düşünürken yirmili yaşlarında bir kürekçiyle göz göze geldim. Korkudan ne yapacağımı bilemeden kafamı çevirdim; fakat adamın deniz derinliğine sahip mavi, korkusuz gözleri olduğunu fark edebilmiştim. O gözlerin soğukluğu tüm bu acıya, köleliğe, denize meydan okuyordu. Deniz de bu oğlanın gözlerine baktıkça ona itaat etmekten kendini alıkoyamıyordur, diye düşündüm. Ben bile gözlerinde gittikçe kaybolduğumu hissediyordum. Kafamı yere eğip; utancımdan etrafa bakamaz hale geldiğimi anımsıyorum. Kaldırmaya cesaret ettiğimde, o engin maviliğin bakışlarının hâlâ üstümde olduğunu hissederek; etrafı izlemeye başladım. Onlarca adam, onlarca koşuşturma... Kimi bizi görmezden gelerek, özürsüzce çarpıp gidiyor, kimi ise kadın görmenin heyecanıyla, gözlerini bize dikerek yaptıkları işten vazgeçiveriyordu. Yaşlı kadının yanımdan ayrıldığını; oldukça pis kokan bir adamın elini göğsümde hissettiğim anda, attığım çığlıklar cevapsız kalınca anlamıştım. Adam çürük dişlerini göstererek gülümsüyordu; az sonra yüzümü kavrayıp beni öpmeye çalıştı. Tüm gücümle adama tekmeler atıp; yüzünü şamarlarla cezalandırdım. Her bir şamarın bir kırbaç misali çıkardığı sesleri; bir uğultu gibi duyabiliyordum.

Güçten kesildiğimde, kendimi bırakıvermiştim. Korku yüzünden mi bilmiyorum, gözlerimin karardığını hissettim. Sesler daha uzaktan gelir oldu ve bir anda babamın bahsettiği o 'boşluk'a düştüğümü hissettim. İğrenç bir adamın kollarında...

Gözlerimi açtığımda yerde yatıyordum; güvertenin yaşlanmış tahtalarını kaplayan o yoğun küf ve yosun kokusu genzimi yakıyordu. Titriyordum. Tecavüze uğramış olabilirim, diye düşünüyordum. Artık övülen bakire olmayabilirdim, gözden düşebilirdim. İşte o anda, yürekten tanıdığım bir dokunuşu yanağımda hissettim. Ilık bir sevgi yayılıyordu avuçlarından. Gözlerim korkuyla fal taşı misali açılmış olmalıydı ki büyükanne "Sakin ol; güzel kızım," dedi. "O namussuz sana bir zarar veremedi, şanlı kaptanımız sayesinde." Baktım, keçeleşmiş kahverengi saçları omuzlarına kadar dökülen hafif sakallı bir adam duruyordu yanında. Kalkmama yardım ederken, az önceki düşüşüme sebep olan adamın yattığı yeri gösterdi eliyle... Teşekkürlerimi sunmak üzere kaptana doğru yaklaşıp önünde eğildim. "Minnetlerimi kabul edin bayım. Ben Anastasya Aretino, Tinoslu zangoç Pierre Aretino'nun tek kızı. Sizin gibi güçlü ve şanlı bir kaptanla tanışmaktan onur duydum." Konuşurken onun mavi gözleriyle kendi kömür rengi gözlerimin olabildiğince kenetlenmesine gayret ediyordum. Herkesin uzun uzun övdüğü gözlerim kimseye zarar veremezdi; dahası biraz heyecanlanma işime yarayabilirdi de.

Sözlerimi bitirdiğim anda kaptanın arkasından, aynı kıvılcımlarını barındıran, güverteyi yakmaya hazır o bir çift mavi göz çıktı. Bu, o çok etkilendiğim paşanın dokunuşlarına maruz kalırken benimle konuşan, alay eden ve açıklama yapmama izin vermeyen; aynı zamanda da çok etkilendiğim Çevirmen Bey'di. Adını defalarca ambarın o tedirgin edici karanlığında sayıkladığım Çevirmen Bey... Onun da gemide olduğunu tahmin ettiğim için kurtuluş olarak bulduğum haykırışlarımın hedefinde o vardı. Şimdiyse onu görmek en ufak bir heyecan veya mutluluk uyandırmamıştı içimde; belki de belirmesine izin vermeden yok etmiştim duygularımı...

Bulunduğu karanlıktan, öne doğru yavaş bir adım atarak çıkan çevirmen; paşanın yakışıklılığı nedeniyle ilk anda fark edemediğim bir hoşluğa sahipti. Altın sarısı saçlarıyla kır sakalları fark edilmemesi olanaksız bir uyum içindeydi.

Başta bir yorgunluk belirtisi olarak gördüğüm gözlerinin altını kaplayan halkalar şimdi kendini adamışlıktan başka bir şey ifade etmiyordu. Kendinden emin, oturaklı bir havayla konuştu... "Yine sizden rica edilmeden kendinizi tanıttınız hanımefendi; halbuki..." Sözünü tamamlamadan bana doğru yaklaştı; aynı yavaş adımlarla, tekrar tekrar karanlıktan çıkıyormuşçasına... Göğsümün üzerinde çapraz bir şekilde kavuşturduğum kollarımdan birini tutarak, elimi avucunun içine aldı. İncecik gözüken dudaklarına doğru götürerek; nazik bir buse kondurdu. "Bunu yapmamanız gerekirdi. İstanbul'un o sert limanına ulaşmadan önce bu nezaket kurallarını öğrenmiş olmanız gerekir; rica ederim..." diyerek arkasını döndü. O karanlıkta kaybolurken kaptan, yaşlı kadını nazikçe selamladı.

Kadın kolumu kavradı, çekiştirerek beni ambara geri götürdü. Pis ve nahoş koku, tıpkı dışarı çıktığımda temiz havanın yarattığı gibi baygınlık hissi verdi. Gözlerimi ovuşturmaya başlamıştım ki büyükanne beni sertçe ittirerek, gür bir sesle ambarın altını üstüne getirdi.

Babam vefat etmeden önce, çok önce; köyümüzün zenginlerinden sayılan şarapçı Piyotin, oğlu Markus'un benimle evlenmesi için babamdan izin isteyeceğini tüm köye duyurmuştu. Babam da bu olaya o kadar sevinmişti ki, haberin duyulduğu o geceyi, deniz kenarında bulunan köyümüzün tek kahvesinde, şarap içenlerle geçirmişti. Bunun dininin ve görevinin kurallarına aykırı olduğunu biliyordu; fakat burası bir manastır değildi. Köyde pek fazla düğün olmazdı. Olduğundaysa eğlence herkesi sarıp sarmalardı. Evliliğimin onaylandığı o bir hafta boyunca Markus'un ailesindeki erkeklerle babam her gece kahveye giderek şarap ve şarkılarla benim için eğlenmişti. Babam yasakları ilk kez görmezden geliyordu. İncil'deki kurallardan ve öngörülenlerden her Katolik gibi korksa da yapabileceği bir şey yoktu; yaşlanıyordu. Ayrıca köyün şifacısı şaraptan ve yorgunluktan uzak dursa dahi, beş seneye kalmadan öleceğini söylemişti. Şifacının sözlerini aktardığında ben de korkmuş, bir girdaba kapılmışçasına soluksuz kalmıştım. Elbette babam bunu yüzümden anlayamayacak kadar sarhoştu ve ölümden benden daha fazla korkuyordu. Yaşlanmanın ne denli korkutucu olabileceğini onun yüzünden, düşüncelerinden, söylediklerinden anlayabiliyordum. Ölümle yüz yüze gelmişçesine meydan okuyordum ona; o bana yaklaştıkça ben iki adım daha atıyordum ondan yana. Sonunda babama bağırma imkânı bulmuştum; soluğunun kesildiği anlardan birinde, yutkunurken... O yaşlılıktan çökmüş gözleriyle beni izliyordu.

"Evlenmek istemiyorum, baba; evlenmeyeceğim. Seninle kalacağım burada. Kilisenin yanında olmak istiyorum baba... Sana bakmak istiyorum; neden izin vermiyorsun! Ben gidince ne yapmayı düşünüyorsun; kahveye gidip şarap içmeyi mi? Piyotin'le şarkılar söyleyip daha fazla günahkâr olmayı mı düşünüyorsun? Yoksa seni öldürmemesi için Tanrı'ya yalvaracak mısın?" Gözyaşlarımı elimin tersiyle silerken, şimdi yaşlı kadının söylediklerine benzer sözler dökülmüştü ağzından. Daha nazik; ama eşit derecede kırıcı ve yaralayıcı. Biraz da gururla ve pohpohlayarak...

"Seni orospu seni... Neden bana Bosna beylerbeyi tarafından götürüldüğünü söylemedin, ha? Neden söylemedin diyorum, seni günahkâr kız... Kötülük uzak kalmasın senden e mi? Git zıbar şimdi, zıbar da sarayına girdiğinde yorgun olma, seni yalancı pelit..."

Kadının sözleri bende en ufak bir utanç yaratmadı, sadece bana zarar vermesinden korkarak kendime bir köşe buldum ve oraya sindim. Saray kelimesinin büyüsü beni çoktan etkisi altına almıştı. Kadının emrine uyacak, şimdi dinlenecektim. Karanlık, tam tepemdeydi; aynı Bosna beylerbeyinin olduğu gibi. Karanlıktan korkmamayı öğreniyordum, aynı zamanda ondan medet ummayı. Yas içimde yavaş yavaş sona eriyordu, ilk defa sabah olacağından emindim. Yas bir son değil, başlangıç sayılabilirdi...

Karanın görünmesiyle sancılı anlar başlamıştı. Geminin içindeki telaş, sizi de sarıyor; siz de aynı heyecana, mal paylaşımına ortak olmak istiyordunuz. Ambara ise küf kokusu ve elle tutulur bir korku hâkimdi. Kaderlerinin ne olduğunu bilmeyen çocuklar her zamankinden daha şiddetli ağlıyor; kadınların sızlanması dur durak bilmiyordu. En kötüsü de hiddet dolu yaşlı kadının aşağılamaları ve bakışlarıydı. Şu ana kadar güzelliğim yüzünden birçok kadın tarafından kıskanılmıştım; fakat bu başkaydı. Eğer saraya gitmeyecek olsam durum tam tersi olurdu elbette... Saray... Nasıl bir yerdi? Felaketim mi olacaktı, cennetim mi? Duymuştum, kıskançlık bulaşıcı bir hastalıktı orada, insana cinayet bile işlettiriyordu. Zamanı gelince bunlara tanık olacaktım, boğulmalar, hançerlenmeler, zehirler... Hepsini mecbur kaldığım için öğrenmiştim; fakat o sıralarda, masum zihnim ve tarihim, beni bir tılsımmışçasına uzak tutuyordu bu kötü niyetlerden. Şu anki zihnim, tarihim ve görmüşlüğüme dayanarak adım gibi emindim; büyükanneyi, beni o pis depoda öldürmekten alıkoyan tek neden kalabalıktı. Birçok harem efendisi, imparatorluk ve cihan efendisi olarak da adlandırılabilecek namlı cariye; böyle kötü muamelelere maruz kalmıştı. Ahmed'imle yaptığım uzun ve öğretici gece sohbetlerinden öğrendiğim üzere Safiye, Nurbanu ve hepsinin en şanlısı, en yücesi Hürrem de benimkine benzer, hatta daha beter yollarla büyük hareme, yani saraya getirilmişlerdi...

Hem gözden çıkarılamayacak kadar iyi; hem tövbe edilecek kadar kötü yanlarıyla dünyaya nam salan İstanbul'un limanına yaklaşıldıkça; kalyonun içinde bir nabız misali atan korku ortaya tuhaf bir tablo çıkarmıştı. Ben ilk bakışta, bu tablonun bir köşesinde saklanmış acınası bir kız olarak görülebilirdim; fakat yıllar sonra dünyanın en saygıdeğer ve güçlü kadınlarından biri haline gelebilirdim de. İstanbul'da her şey mümkündü.

Eğer tablodaki halimle şu anki halim karşılaştırılmış olsa, Bosna paşasının dudakları uçuklayabilirdi. Saraya gelir gelmez büründüğüm şalvarlar, işlemeli kemerler, incilerle bezenmiş Hint kumaşından terlikler, şalvarlarla aynı renkte uyumlu yelekler, güneşin canlandırıcı ve besleyici ışıkları altında göz kamaştırıcı bir yoğunlukta parıldayan oldukça değerli takılar...

Kıyafet, belki vücudun, hatta benliğin ve zekânın kusurlarını gizleyebilir; fakat her cariye bir odalık olarak bir adamın, eğer saraydaysa padişahın, huzuruna çıktığı anda tüm kusurları çıplak bedeninde elle tutulur bir hal alır... Zekâsıyla hareket edemeyen bir odalık ilk gecesinde çuvallar, vücudunun kusursuz yanlarını saymak ne kadar uzun sürecek olursa olsun; yatağına girdiği adamın ancak tek gecelik hayallerini süsleme onuruna kavuşabilir. Her türlü kumaştan ve maskeden sıyrılmış bir cariyenin işi herhangi bir devlet adamından zordur. Cazibesinin sınırlarını zorlamaya başlamıştır. Erkeğinin ilgisini çekmek için yapabileceği şeyler hakkında kafasını yormaktan yorulmuş bir odalığın hakkından sadece zekâ ve yetenek gelebilir.

İstanbul limanına demirlendikten sonra gelişen olaylar da, işte böyle bir odalığın, bir gecelik serüvenlerini andırıyordu. Özellikle de bakire olanlarının... Biz de İstanbul'a demirlediğimiz, onunla ilk defa yüz yüze geldiğimiz anda birer bakire sayılırdık; buranın büyüsüyle zihnini yoğun bir hiddet bürüyen, torunlarının mürüvvetine ermiş büyükanne bile... Ambarda hamileliğinin yedinci ayını dolduran gebe kadın bile bir bakire sayılabilirdi; ilk defa karşılaştıkları karşısında korkuyor, ne yapacağını bilemiyordu. Ambara giren denizciler önce birkaç çiftçi kadını kollarından çekiştirerek dışarı çıkardılar; kadınların feryatları limandan ayrıldıklarından dakikalar sonra bile kulaklarımda çınlıyordu. Denizciler ambarın yarısını boşaltıncaya dek birçok olay oldu; yaşlı ve oldukça dağınık bir adam iriyarı zencinin birine tahmin edilmesi bile zor miktarda para teklif etti. Bunları yarım yamalak anlayan denizci ise ambarın duvarlarının sarsılmasına sebep olacak kadar gür ve yüksek sesle kahkahalar atmaya başladı. Adam beş dakika sonra sürüklenerek dışarı çıkartılmıştı. Zenci denizci, adamı konuşmaya başladığı anda oradan çıkartabilirdi elbette; fakat inanılmaz eğlendiği her halinden belliydi. Belki de buna haftalar sonra karaya ayak basmanın verdiği, his kaybına yol açıcı sarhoşluk sebep olmuştu; kim bilir? Önemli olan herkesin tek tek, bazen de gruplar halinde ambardan, belki de onurlu bir hayattan ayrılmakta olduğuydu. Büyükanne yani yaşlı kadın, ufak tefek bir denizcinin, olağanüstü çabalarıyla sürüklenirken son bir kez bana bakmıştı; fakat bakışının anlatmak istedikleri benim düşündüklerimden çok daha farklıydı, "Tekrar görüşeceğiz. Ve bu sefer seni bulduğumda elimden kurtulma ihtimalin olacağını sanmıyorum benim peripeyker kızım..."

Ambarda ne kadar yalnız kaldığımı hatırlayamıyorum; fakat uzunca bir süre sonra, limana demirlediğimiz andan itibaren ardına kadar açık olan kapılar üstüme hızlıca kapandı. Birileri benim o mayıştırıcı, aynı zamanda bezdirici kokuyla yalnız kalmamı istiyordu. Gitgide daha da sinirleniyordum; saraya layık olan biri elbette ilk çıkan, en iyi muamele gören, en çok ilgilenilen ve üstüne titrenen olmalıydı, oysa benim durumum seyahat boyunca depoda kalan bir asırdan on yirmi yaş eksik yaşlı adamdan farksızdı, hatta onların durumu daha iyi bile sayılabilirdi.

Ambarda yalnız başıma ne kadar zaman geçirdiğimi anımsayamıyordum artık. Seyahatim boyunca zaman mefhumumu kaybetmiştim zaten; denizin ortasında süregelen, bitmek bilmeyen bir yolculuk insanın kendisini soyutlamasına yol açıyordu, her türlü varlıktan ve kavramdan... Zaman ve geçmiş de bunlardan biriydi; fakat umut, durumum göz önüne alındığında hâlâ geçerli sayılabilirdi. En azından öyle ummaktaydım.

Düşüncelere dalmışken gür seslerle irkildim. Aralarında ilginç bir aksanla, hiçbir şekilde anlayamadığım, bana fazlasıyla yabancı bir dilde konuşan bir adam daha vardı. Bu dil, sonu gelmez masallara benziyordu. Adamlardan birinin "Ah ah..." diye iç geçirmelerle böldüğü konuşmasının Osmanlıca olduğunu o gün içinde anlayacaktım.

"Üstat, bu, Bosna beylerbeyi tarafından Osmanlı Sarayı ve padişahına sunulan oldukça değerli bir hediyedir. Bu bir Rum kızıdır; muayenesi yapılmamıştır, fakat köy halkı tarafından bir bakire olduğu temenni edilmiştir. Son birkaç yıldır bu denli büyüleyici bir güzellik görmemiş olduğunuza güvence verebilirim; hatta genç Safiye Sultan'ın dillere destan güzelliğini alt edebilecek bir güzelliğe, şanlı Hürrem Sultan'ın zehir misali zekâsına şapka çıkarttırabilecek kadar keskin bir zekâya sahiptir. Şimdi, sadece eğitimsiz, görgüsüz bir köylü kızıdır, ama kalıbımı basarım, ileride dünyaya hükmedecektir."

Bu sözlerin Çevirmen Bey'in ağzından döküldüğünden adım gibi emindim. Fakat dediklerinin anlamını kavrayamayacak kadar toy ve cahildim o sıralarda... Bana saatler kadar uzun gelen bir sessizliğin ardından, tüm limandaki gemileri sallamaya yetecek gürlükte bir ses emir buyurdu:

"Beni ona götürün."

Kapılar ardına kadar açıldığında, neye uğradığımı şaşırıp gözlerimi kapattım; gözlerim karanlıkla beraber yaşlanmayı seçecek kadar kırıcı davranarak bana ihanet ediyorlardı. Aydınlığın karşısında saygıdan mı yoksa korkudan mı bilinmez başımı eğmişim. Neler olduğunu anlayamadan, en azından yüzüm kadar büyük bir elin haşince çenemi tuttuğunu hissettim. Yüzümü kapandığı yerden ısrarla kaldırmaya çalışırken, heyecanı ve başarısından dolayı kesik kesik soluk alıyordu. Nihayet gözlerimiz buluştuğunda, diğer adamların aksine yüzümü korkusuzca ve oldukça yakından izlemeye koyuldu. Her anının tadını çıkarıyor; yüzündeki tebessümle hepimizin ortak dilinde konuşuyordu: Gurur.

Elimden nazikçe tutarak beni ayağa kaldırdığında tüm korkularıma bu muhteşem adamın tavırlarının verdiği gururla göğüs gererek, vücudumu, en iyi şekilde görebileceği, ışığın en iyi vurduğu konuma getirmiştim. Bakışları, yeni yeni oluşmaya başlamış kıvrımlarımın üzerinde şehvetin ikiz kardeşi sayılabilecek bir ifadeyle gezinirken; aniden irkildim. Büyük adam, hoyratça oluşumunu daha tamamlayamamış, tatlı tatlı acımaya devam eden göğüslerimi kavrayıvermişti. Ağlamaklı bakışlarımı korku ve utançla denizcilerin olduğu tarafa çevirdim. Neyse ki kalabalık az sonra olacakları biliyormuşçasına dağılmıştı.

Büyük adamın elleri vücudumun her tarafında gezinmeye başlamıştı. Elbette ki bir erkek bu dokunuşları aşırıya kaçırırdı, buna mecbur kalırdı güdüleri nedeniyle; ama o öyle değildi. Bunun sebebini bilmiyordum; fakat beni dokunuşlarıyla mahcup eden başka bir erkek olsa utancımdan kendimi öldürmek için çoktan yollar aramaya başlardım, bundan adım gibi emindim. Oysa nazikçe, şehvet, tutku gibi duygulardan sıyrılmış bir şekilde bana dokunuyordu; galiba asıl dokunduğu yüreğim ve kaderimdi. Alelade bir erkeğin tam tersine; keşfedip, fethetmek için değil de; inanabilmek, güven duyabilmek için dokunduğunu anladığım anda korkumdan ve utancımdan sıyrıldım. Geriye gurur, dayanışma, inanç ve olgunluk kaldı. Hayatım boyunca ilk defa kendime inanmaya başlıyordum; başarabileceklerime, hissedebileceklerime. Daha önce neden bu adamla tanışmamış olduğumu sorguluyordum; şu ana kadar sonsuz inancımın olduğu benliğimin içinde bir yerlerde. Kanatırcasına sorguluyordum kendimi; niyetim de kanatmaktı zaten, biraz olsun parçalayabilmek. Bu adamın huzurunda olduğum için sonsuz minnet duyuyordum; yukarıda olana, çünkü onu da kanatırcasına sorgulamaktaydım. Kim olduğumu, ne olduğumu, neler olacağımı sorgularken; zihnimin derinliklerinde peder babam canlandı. Ambarın kapısında, içinde, yukarıda, aşağıda her yerdeydi. Uzun zamandır unutmuş olduğum ölümü düşünürken uzaklardan; belki de çok uzaklardan bir ses duyuldu.

Kader...

İşte bu Muhammed'in bana söylediği ilk sözdü. Müslümanların peygamberinin adını taşıyordu, onun gibi ulu, yüce ve güçlüydü. Olabilirdi. Onun ağzından çıkan ilk sözcük bir vahiydi; taşlara kazınmalıydı, sonsuzluğun anlamsızlığından sakınılıp, gelecek nesillere sunulmalıydı. Sorgulamayı bırakmıştım; babam kaybolmuştu, o hep bahsettiği hiçlikteydi, boşluktaydı...

Hepsinin sonu kaderdi. Belirleyici olan, geçmiş olan; şimdi ve gelecek olan da oydu.

Özünde hepsi kaderdi.

* * *

Her kul; İstanbul'un karşısına geçip, zorunlulukla, kendini ayaklarının dibinde bulduğu, muhteşem Kanuni'nin Mimar Sinan adlı dâhiden bir tanrı edasında yaratmasını talep ettiği ihtişamlı mirasın, görkemli kubbeler, minareler, konaklar ve medreselerin oluşturduğu harmoninin talepkâr bakışları altında boynunu eğer. Şehirden buram buram yükselen baharat ve balık kokularını bastıran bir koku yükselir her gün batımıyla; çürüyen İstanbul'un, kaybettiği bir günün haykırışlarının geride bıraktığı sevgilisi Boğaz'ın kokusu değildir bu elbette. Bu, korku ve yoldan sapmanın karmaşasının yücelttiği bir kokudur; hükmün, hüküm altında ezilmenin kokusu. Daracık, çamurlu sokaklara da yayılır, perdeleri gizemli hazineleri saklayan tahtırevanların uğrak mekânı olan meydanlara da. Bu kokuyu sadece yüce Sinan'ın yarattıkları bastırır. Bu, Sinan'ın topluluğu, halkıdır. Direnir çürümeye, eli kolu, hükmün zorla doladığı zincirlerin yarattığı köleliğini hatırlatan kesikleriyle; tüm bu yapıların sonsuzluğu, şehrin her geçen gün kaybettiği canlılığına bir nebze de olsa destek olur. Bu halktan yayılan ölümsüz tazeliğin kokusu, bir solukta çürümüşlüğün kokusunu bastırır; fakat saklanması güç olanın dışında bir şey kalmayınca geriye, yüce Sinan'ın halkının direnişi sona erer, boyun eğer.

Yüce Sinan'ın parmaklarının değdiği onlarca camiden yükselen ezan sesleri Boğaz'da yankılanır durur. Özellikle türbesinin yurt benimsediği Süleymaniye Camii'den okunan ezan, Yüce Sinan'ı; İstanbul sokaklarına, boğaza, boğazı donatan Osmanlı kadırgalarına, yabancı gemilere, saraylara, bahçelere taşır. Kalfalık döneminin eseridir bu camii halbuki; fakat dört fil ayağı üzerine oturtulmuş, bu dört minareli cami kendi dilini konuşmaya başladığında Sinan'ı ermişlik mertebesine kadar yükseltir. Onca zelzeleye ölümsüzlüğüyle karşı çıkan bu başyapıt, tüm bu halkın aksine; boynunu eğmeyi bir an bile kabullenmemiştir. İşte bu şanlı caminin Haliç'e bakan duvarının önünde cennetin bir parçası olarak benimsenmiş, beyazlara bürülü bir türbenin altında; ölümsüz bir beden yatar: Mimar Sinan.

* * *

Üzerime bir kefen misali atılmış beyaz çarşafın eteklerine basa basa geminin güvertesine çıktım; müebbet karanlık misali üstüme çökmüş olan umutsuzluğu bir solukta yenmeyi başardım. Gün batımını izlemek nasip olmamıştı; kalyonun, koyu bir kızıllığa bürünmüş güneşi arkasına alarak sergilediği sanat eserini incelemek üzere başımı çevirdiğimde, Muhammed'in yardımcıları olduğunu sandığım, kafalarına ak yılanlar misali sarılmış kovukları olan, kenarları kürklü yelekler giyinmiş birkaç hadım sırtımdan dürtüp, kollarımdan çekiştirerek, bilinmeyene olan yolculuğumdan sapmamam üzere uyardı. Kalyona son bir kez göz attım, gözlerim Çevirmen Bey'i arıyordu, ama yoktu. Gitmişti; nereye bilmiyordum ama kolayca, o da gitmişti. Benim de gideceğimi bilerek, görmemek için belki de kaybettiklerini; Muhammed ambara adımını atar atmaz gitmeyi seçmişti belki de. Armağan demişti, ben, Kösem adına, Bosna Paşası'nın sunmakta olduğu eşi benzeri görülmemiş bir armağan. Halbuki yüreğinin çevirisi olmayan dili şu sözcükleri tekrarlamıştı uzaklaşırken:

"Neye dönüşeceğini biliyorum, Anastasya, işte bu yüzden başlangıca ortak olmamak için uzaklaşıyorum yanından. Kimleri ayaklarının altında olduğunu fark etmeden ezip geçeceğini biliyorum; amaçlarına ulaşmak adına. Fakat bil ki, ayaklarının altında bulunacak olursam bir gün, kılıcımın kabzası en yakın dostu olur ellerimin; şehvet ve arzudan kıvranmakta olan bu bedeni, ağır bedellerle yükümlendirerek. Kösem diyemem sana Anastasya; dilim konuşur onlarca dil, kültür, acı fakat seni değiştirmeye yeltenemez. İşte o gün seni yerde yalnız başına bırakırım Anastasya, daha önce yapmadığım gibi uzaklaşırım; içimi, son soluğuma kadar yiyecek olan gurur ama aynı zamanda pişmanlıkla. Bu yüzden seni sevemem cariye; kim bilir haremde kaç tane odalık ölür adın uğruna..."

Bunları düşünürken bir kalabalığın içine sürüklendiğimi fark etmemişim, ta ki bir grup balıkçı bizi limanın sonunda durdurana dek...

"Yine mi Venedikli bir cariye, Üstat? Alnına canlı altın saç bukleleri dökülen soluk tenli bir odalık daha mı? Dosttan saymayız biz sizi; baksanıza halk açlıktan geberiyor."

Balıkçının açlıktan kokan nefesi harem ağalarının arasından dolaşarak yükselirken bu yabancılığa alışmaya çalışıyordum.

'Sizse Ahmet'in haremine bir odalık daha getiriyorsunuz; korkmaz mısınız bizden?"

Hadımlar duyduklarından hiç de şaşırmamış görünseler de, önüme atılıp beni korumaya aldılar. Birinin, ipek şalvarının arkasından kabzasında yakutlar ve karmaşık desenler işli, tehditkâr bir hançer çıkardığını gördüm. Ahmet'imle nikâhımdan on ay sonra bu hadım bir harem ağası haline gelecekti; daha toydu, gençti, bu özellikleriyle başka bir bendi. On yedi, on sekiz yıllık hayat tecrübesine sahipti; çok küçükken erkekliği, daha tanımlayamadığı zamanların birinde sökülüp atılmıştı ruhundan. Ruhunun bir parçası eksik gibi hissediyordu elbette; bir bıçak nelere kadir olur, böylece anlamıştı o küçük yaşında. Büyüdükçe, kanını gıda misali besleyen öfke yok olmuştu; ardında bir cesetten farksız bir yeniyetme bırakarak. Genç yaşında gözlerinin altı çöküktü. Şu ana kadar tanık oldukları, ruhunun, uzun zamanlar önce yerini unuttuğu yerlerine kazınmıştı; korkusu yoktu, ölümden dahi. O ruh parçalarından biri Haliç'i boylarken, ölümü arzulamıştı; bıçak yaraları hâlâ iyileşmemişken. Ağlarken, daha yüksek sesle haykırmış; daha fazla gözyaşı dökmüştü, ölüm anlayabilsin diye acıyla kıvrandığını. Ölüme karşı duyduğu bu karşılıksız şehvet; bir kadına asla duyamayacağını varsaydığı aşktan farksızdı elbette. Her ikisine de veremeyeceği onca şey, sahip olamayacağı onlarca parçası vardı.

Balıkçı, boğazına dayanan hançere tepkisiz kaldı; genç hadımın sırıttığını görür gibi oldum. Konuşmaya başladığında yüzünde, gemicilere has muzip ve eğlendiğini belirten bir ifade vardı. Sesi, iri ve yapılı vücuduna ihanet eden bir tınıya sahipti. O konuşurken gemiciler boğuk kahkahalarına rağmen ayakta durmayı başardılar:

"Erazil, sizi gidi Harabathane yardakçıları... Ey sizi gidi badenuşlar, korkmaz mısınız adını lekelediğiniz padişahınızdan?" Şakağındaki damarlar hiddetle atıyor; solgun benzindeki güzellik daha da ortaya çıkıyordu. Korkuyla gözlerimi kırpıştırırken, arkamda birleştirdiğim ellerimin titrediğini hissedebiliyordum. "Tüyleriniz ürpermez mi bu çirkin lafları sarf ederken? Söyleyin bana yoldaşlar, toprak altındaki cansız bedenlerinize ne hesap verirsiniz, sultanınıza hakaret ettikten sonra... Nübüvvet sultanınıza..."

Sarhoş balıkçıların sesi kesildi; hepsi farklı yollara ayrılarak, hançerin yakınlığından vazgeçti. Akıllandıklarını söyleyemezdim elbette; fakat hadım oğlanın söylediklerinin epey önemli olduğunu tahmin ediyordum. Sesi yeterince gür olmasa bile; sarf ettiği kelimelerin dayanıklılığı, hem ruhunun kaybedilmiş parçasını, hem de padişahına duyduğu vazgeçilmez minneti vurgulamıştı. Vukuatlar gelip geçer derler; olduğun gibi yürümeye devam edersin, yolun tekrar kesilmediği sürece, zaman haydutları tarafından. İşte biz de bu söyleyişteki iradeli tavrın arkasından yürümeye devam ettik.

Attığım her adımla uzaklaşacağıma geçmişimden, an be an daha da yaklaştığımı hissediyordum. Umarsızca, önüme atılan bir balıkçının benimle Rumca konuşmasını bekliyor, hayal kırıklığıyla başımı geçmişimden uzaklaştırırken, geleceğime doğru, önüme çıkacak bir yabancıyla aynı dilleri konuşabilmenin özlemiyle avutuyordum kendimi. Korkuyla attığım her bir adımımın, sonuma gideceğinden korksam da üzerimde nereye gittiğimi bilememenin yarattığı sükût vardı, bu, yeni kimliğimden ilk parçaydı.

Limandan uzaklaştıkça, birbirine karışmış lehçelerin harmonisi sırtımı sıvazlamaya başlamıştı; yeni vatana vardığımdan beri gördüğüm muamelelerin en kafa karıştırıcı olanı buydu. "Beyaz bir peçenin ardında görülen bir çift kömür ne kadar büyüleyiciyse, Pera halkı da o kadar büyüleyicidir" diyecekti Muhammed ilerleyen aylarda "Pera'yı oluşturan halk, günlük karmaşaya doğru ilerledikçe olağan kırıcılık ve tehlikeleriyle kendilerini yok etmeye başlar. Buradaki her bir varlık, canlı cansız fark etmeksizin üstünden yükselen; o paraya, altına has tatlı ekşi kokunun buyurganlığı altında ezilmeye mahkûmdur." Pera'ya vardığımızı; kölelerin dikkatsiz koşuşturmalarından, görmezden gelinemeyecek kadar caydırıcı bollukta hazinelerin etrafı kaplamasından, kulak tırmalayıcı bağırış çağırışlardan anlamıştım. Görünmez bir nabzı vardı karmaşanın ve ben de yeniden sahiplenilmiş, ait olmuşçasına içine karışmaya can atıyordum. Etrafımda olan biteni peçenin altından izlemek kolay değildi; İstanbul'un nemli yaz sıcağı beyaz peçeyi ağırlaştırıyor, terliyordum. Perişan görünüyor olmalıydım. Yine de gördüklerim beni büyülüyor; bu cihanın içine yabancı kollar tarafından çekilmeme, bir kez daha yenilgiye uğramama sebep oluyordu.

Onlarca ırkın, ulusun kaynaştığı yerde atan ortak nabız, ticaretti. Soluk benizli, hamal olarak kullanılan bir doğulunun kollarına dolanmış Hint kumaşları; sırtında yakutlarla bezeli, onlarca pirinç tasın altında kaybolmuş şişman bir siyah ve çıkardıkları onca gürültünün altında kimliklerini onlarca kez yitirmeye mahkûm onlarca köle... Hepsi meydanda, sahnede, gelen geçenlerin bakışları, lafları altında ezilerek kıvranıyor, umutsuzca bir kaçış yolu arıyordu. Ziyaretçilerin uzatacağı birkaç kuruşun ihtimaliyle sürekli açık dolaşan bir avuç, kümesinden kaçmış bir tavuk ve onları kovalamakla meşgul, uyuzun kuruttuğu bir köpek... Hepsi makbuldü burada; kabul edilebilirdi, ikna olmaz beş parasız müşteriler dışında. İki Arap beyaz kavuklarına güvenerek bıyıklarını kıvırıyordu ki bu kavuklar korumam hadımlarınkine hiç benzemiyordu, her ikisi de ucuz, güneş altında soluk gözüken bir kumaştan imal edilmişti. Ayrıntılarla uğraşmak önemliydi; bakmakla görmek arasındaki farka bedeldi. Her şey ayrıntıda gizliydi önünde sonunda; gözle seçilmesi zor kalabalığın arasında ayrıntının küçümserliğine sıkıştırılmış, üstlerine beyaz örtüler atılmış onlarca kadın vardı. Öğrenecektim, Pera'da ayrıntı küçümsenirdi, Pera, bakmak ve görememek demekti. Oysa hayat kendini peşinden koştuklarınla avutarak geçiştirdiğin ufak bir ayrıntıydı sadece.

Her omuz, her ayak birbirine geçmiş gibiydi. Pera'nın adeta kendine has bir dili vardı; kısıtlanmış ve indirgenmiş. Her şeyin ufak bir zaman dilimi içinde olması öngörüldüğünden böylesi en doğru olandı; satıcı için tüm mesele satması veya malının elinde kalmasıydı. Hatır da önemliydi elbette ama tüm bu hırs bürümüş bakışların altında, o da bir ayrıntı haline gelmeye zorlanıyordu; elden ele geçirilen kahvelerin bile bir hükmü, bir hatırı yok gibiydi. Lokumlar, kurutulmuş karanfiller, baş döndürücü lavanta kolonyaları, rahatlatma ve kolay karar alabilmek için yakılan onlarca değişik baharatın esansı altında boğulan nargileler... Alıcı, burada geçirdiği her anın hatırına, o gelmeden önce de atmakta olan nabzı bir nebze de olsa sahipleniyor; onun bir parçası haline gelmeye gönüllü oluyordu. Bu sırada görücüye çıkan köle ve eşya kaderini kabullenerek köşesinde sesini çıkarmadan öylece duruyordu. "Yazılmış olana karşı çıkmanın günah olduğunu hatırlatma konusunda göz ardı edilemeyecek bir yetisi vardır atalarımızın" diyecekti Muhammed, uyum sağlamakta ve kabullenmekte zorlandığım günlerden birinde.

Pera'yı adımlarımızla arşınladıktan sonra, oldukça tenha, ucu karanlıktan gözükmeyen bir sokağa saptık. Orada bizi çevresine dört hadım dizili bir tahtırevan bekliyordu. Zamansız gözüken bu yolculuğumda bana eşlik eden genç hadımlardan biri işaret etti, nöbetteki hadımlardan biri kapıyı açtı.

"İçeri gir istersen, hava gitgide soğuyor; natuvan kesilirsen alimallah yakamızdan düşmezler..."

İçerisi göründüğünden büyük sayılmazdı ama şatafatlıydı. İki cüsseli adamın sığabileceği genişlikteki arka koltuk kırmızı kadifeyle kaplıydı. İnsanın teninde yaratacağı okşanma tadını hissedebilmek adına; bileğimi kavrayan peçeyi dirseğime kadar sıyırıp, elimi kumaşa sürdüm. Yüzümdeki peçeyi ani bir arzuyla kaldırdım ve meydan okurcasına derin bir nefes aldım. Arabanın kapısı hâlâ açıktı; dışarıda izleyen hadımı fark edince elimi geri çekip arkama götürdüm; iflah olmaz bir çocukçasına. Hadım bakışlarını çekmedi, yüzünde beliren buseyi engellemekte zorlandığını kavramak hiç de zor değildi... Başını çevirip karanlığa doğru tiz bir ıslık çaldı. Konuşmaya başladığında, bunun bir düş olup olmadığını sorgularcasına başımı salladım.

"İstendil'den geldiğinizi duydum; Devlet-i Aliye-i Osmaniye ordusunun son durağı orası olmalıydı herhalde. Onların düzenlediği bu geçitten sonra berbat olmuştur etraf; kan gövdeyi götürmüştür." Alnına dökülen sapsarı buklelerini sarığına sokmaya çabaladı. Vazgeçti. Gülümsedi, korkusuz, konuşmaya devam etti. Gözlerindeki pırıltı içimi ısıtıyor; bir yaşanmışlık hissini tekrar tekrar yaşatıyordu. Derin bir nefes aldım. "Halbuki halkın bir kabahati yoktur; varsa yoksa o Venedikliler. Pisliklerini etrafa saçmada pek bir yetenekliler; hepsi birer dalaverecidir. Siz bilmezsiniz tabii." Durup tekrar gülümsedi.

"Siz daha yenisiniz..."

Sözcükleri duyar duymaz bunları anımsayan kulaklarımın neşeyle kızarmasına engel olamadım ve anadilimi bir kez daha duymanın, duyabilmiş olmanın verdiği mutlulukla konuşmaya başladım. Rumcası çok iyiydi; iyi dediysem aldırmayın, lehçesi benimkine çok benziyordu. Kim bilir belki o da Kiklatlar'dandır diye geçiriyordum içimden, Tinoslu olamazdı, lehçesi pek Andıra'dakilerin lehçesine benzemiyordu; çünkü oralıların Rumcası bozuktur, Osmanlı kültürüyle iç içe olmaktan dolayı dilleri yozlaşmıştır. Fakat güneyden olabilirdi, Nakşa veya Santaron'dan...

"Bağışlayın efendim, bu kadar bilgili olduğunuza ve dilimizi, anadilinizmişçesine konuştuğunuza göre; adaların neresindensiniz, sorabilir miyim acaba?"

Köse yüzünde bir gülümseme oluştu; gözleri yemyeşildi. O zamanlar gençti Hamit, daha yirmilerine bile varmamıştı. İskelede o balıkçıların önünde cesurca durabilen hadım Hamit'ti işte; bir o kadar tecrübesiz ama ateşliydi. Sade kumaştan yapılmış gömleğinin altından heyecanla inip kalkan göğsü belli oldukça korkuyla gözümü yumuyor, siyah buklelerimle oynamaya başlıyordum. İşlemeli yeleğinin geniş omuzlarına oturuşunu, güldüğünde oluşan gamzelerini, kavuğundan alnına dökülen altın rengi buklesini hatırlıyorum da, ne kadar çok sevmiştim onu. Sevmiştim, istediğim gibi de karşılık görmüştüm. Vatan özlemiyle sevmiştim, sahip olamadıklarıma kavuşmuşçasına, bir daha kaybetmeyecekmişçesine; halbuki sahip olamayacağım ne kadar çok şey varmış, anlayamamışım. Kaybedecek onca şey...

"Mürted'denim; pek uzak topraklardan sayılmayız. Ama aslına bakarsan kendimi Mürtedli olarak adlandırmam, onuruma yakışmaz. Arvanit Alexandros Tzavelas desem daha doğru olur Anastasya; halaskâr Osmanlılara can borcu, atalarımızdan kalma bir can borcu olan bir Arvanit. Borcumu ak hadım Hamit olarak ödemiş bulunmaktayım affınıza sığınarak."

Gözleri buğulanmıştı; bir adım geriye atarak bakışlarını ayaklarına yöneltti. Yüzünde beliren bencil ifadeyle afallayarak arkama yaslandım; bir Arvanit'in ne olduğu hakkında geniş bir bilgim olmasa da, Adalar'a yayılmış bir köken olduklarından haberdardım.

Usulca başımı sallayarak konuşmaya devam etmesi için onu yüreklendirmeye çabaladım; ona karşı sergilediğim bu çocuksu tavra bozulduğundan olmalı sesindeki titreme yok oldu, korkusuz bakışları, bir ihanete hazırlanırcasına acımasızlaştı.

"Geçmişimden bahsederken Rum demekle yetinmem, vesikalarda öyle geçse de; kaldı ki Mürted'den yola çıktım çıkalı ne vesika kaldı, ne mal ne de mülk. Hepsi geride kaldı; ama sen sevgili Anastasya, sen devam ediyorsun, Ahmed'in haremine layık, evet aynı balıkçının söylediği gibi..."

Bana doğru eğilerek üstüne basa basa büyük bir alayla devam etti.

"Haddimi aştım, affediniz..."

Alnına düşmüş tek bir bukle altın saçı acemice kavuğuna geri soktu; çenesini sıvazlayıp, benden cevap beklercesine gözlerimi seyre daldı. O gözleri unutmaya çalıştığım her gece kıvranırım, firaş-ı humayunda, sultanımın yatağında. Ahmed'imin odasından çıkana kadar beni, has odalarına giden yolun taşlığına açılan yerinde beklediğini hatırlarım. Hâlâ altın bukleleri alnına düşer, biraz sararmıştır- gölgede durmayı sevmez Hamit-, kolları bacakları biraz daha kalınlaşmıştır.

"Tinos'ta da Arvanitler vardı, koloniler halinde yaşarlardı. Ayrı bir kültürleri olduğunu hatırlıyorum; çoğu sanatkâr sınıfına mensuptu, oldum olası sanatkârlara bir zaafım olmuştur. Firaş-ı humayun da nedir Allah aşkına? Bir tür ceza mı?"

Bunları sorarken ciddiyetimi koruyordum; fakat ona meydan okuyan bakışlarımın anlamını çözmüştü ki konuşmayı sürdürdü. Bunlar olup biterken Muhammed ortalarda değildi; yakın zamanda da ortaya çıkmamasını umuyordum. Kadınlığı bu kadar mahrem gören bir toplumda, peçemin bir kısmı sıyrılmış halde bir hadımla konuşurken görülmek istemezdim. Hamit'in karanlıktan birini çağırırcasına çaldığı o tiz ıslığı hatırlayıp, tedbiri elden bırakmamak adına peçemi yüzüme indirdim; Hamit'in yüzünde zafer kazandığını simgeleyen bir buse daha belirdi.

"Çok bilgilisiniz görüyorum ki; fakat Arvanit'leri tanıdığınızı söyleyemem. Buraya geleli neredeyse on yıl oluyor azizim, zaman akıp gidiyor." Güldü; gösterişli konuşma tarzıyla dalga geçiyordu belli ki. Arabanın kapısına biraz daha dayanarak bana iyice yaklaştı. Saçlarındaki altın pırıltıların göz bebeklerimde ışıldadığını hissedebiliyordum. Ben de ona yaklaşarak mırıldandım.

"Pek yaşlı görünüyorsunuz..."

Gülüyordum; alınmışçasına başını çevirerek yanıtladı.

"Elbette yaşlıyım; bana yaptıklarını görmüyor musunuz?" Gözlerini yere indirerek yumruğunu sıktı. "Elden ne gelir ki?" Hafifçe gülerek öne doğru eğildi tekrar, "Siz de yaşlanacaksınız; göreceksiniz, iki gün içerisinde sizi ne hale getirecekler." Dişlerini sıkarak hafifçe tısladı. Gözlerimin yanmaya başladığını hissediyordum; bastıran karanlık da ürkütmeye başlamıştı. Tanımadığım topraklar üzerindeki hiçliğim, beni kendi içimde de bir hiç kılıyordu. Bilgisizliğimden sordum.

"Padişahın odasında mı kalacağım?"

"Hayır, farklı bir yerde, daha çok..."

Duraklamış, gözleri kamaştıran bir gülümseyişle yüzünü yüzüme yaklaştırmıştı; dudaklarının dokunuşu o kadar yumuşaktı ki bir ipek değip geçip gitmişti sanki. "Bir nevi pahalı fahişelerin barındığı bir yere gidiyorsunuz; bir o kadar da ahlaksızlardır." Güldü. "Korkmayınız."

"Siz, ne cüretle?" Gözlerime dolan yaşlara mukayyet olamıyordum. Tahtırevanın kapısını çekmeye çalıştım; o ise kapıya dayanmıştı; bedenine değen elim arzuyla yandı, terlemeye başladı. Hamit de irkilmiş gibi gözüküyordu; fakat hâlâ gülüyordu. Bense gideceğim yere dair söylediklerini zihnimde toparlamaya, canlandırmaya çalışıyordum.

Cehennem ateşiyle harlayan onlarca oda, şeytanımsı, yüzleri boyalı kadınlar... Her bir odayı tehditler savurarak adımlarken, bedenleri arzuyla yanıyor. Yanlarına gelen her erkeğin her isteğini yerine getirmeye meyilliler; her şey bir avuç ilgi, sadakat ve güven uğruna. Parmaklarındaki zümrüt yüzükler ellerindeki kınayla çizilmiş karanfillerin yanında hüzünle parıldıyorlar... Bazılarının gözleri, yüreklerindeki acıyı kan ağlayarak sindiriyor; diğerleriyse küflenmiş ekmek kırıntılarının ardından birbirlerinin sedeflerle bezeli kaftanlarının kuyruklarını çekerek kavga ediyor.

Gözyaşlarıma söz geçiremiyordum artık, burnumun ucu sızlıyordu. "Aç mı kalacağım?"

"Korkmayın, yanınızda ben olacağım."

Kahkahaları korkumu besliyor, kendimi geriye atmaya çalışıyordum. Dudaklarıma kadar inen yaşlar bu aşağılanmaya karşı bir savunma değildi; korkuyordum işte. Genç hadımsa omuzlarımdan tutmuş saçlarımı okşuyordu. "O kadar da kötü değil." Fısıltıyla konuşuyordu; bedenlerimizin teması da bir o kadar sessizdi. Gözlerinde apayrı bir parıltı, bir buğu vardı sanki; tanımaktan bıkmayacağı birine konuşur gibi konuşuyordu benimle. Ellerini boynuma dolarken hâlâ fısıldıyordu; sımsıcak nefesi boynumdan belime kadar inerken başımı geriye atmış arabanın tavanına bakıyor, ağlıyordum.

"Hep bu anı bekliyordum?"

"Hangi anı?"

Sesimin titrediğini fark etmiştim; yaşlı gözlerimden utanmak için çok geçti artık. Hamit karşımda durmuş beni seyrediyordu; gülümserken yanaklarında oluşan gamzeler, geniş omuzları, kuvvetli kolları insanı güvende hissettiriyordu. Yemyeşil gözleri parıldarken gülüyordu; hayata gülmeyi öğrenmişti, bana da öğretebilmek için gülüyordu.

Kaderlerimizin birleşemeyeceğinden, sadece bir noktada kesişeceğinden emin bir gülüştü bu; güldükçe ağlıyor gibiydi. Sustuğunda yanaklarındaki ölümcül gamzeler de yok olmuştu. Benim gibi bir çocuk duruyordu karşımda; sıcak avucunun içinde kavrulan ellerimi öperken sorumu cevapladı.

"Koruyucu meleğimle karşılaşacağım anı."

Öpücükleri kuruydu; her öpüşünde sımsıkı kapıyordu gözlerini. Karanlıkta kalmaya alışmıştı.

Her kapanan kapı, kaybedilen şans, açığa çıkan sır ve umutsuzluğa, mahkûmiyete güvenerek edilmiş itiraf... Her bir ufak detay, biz, anlama ve kabullenme yetisinden yoksun kulların yaşanmışlığa dayanarak döşediği çukurlarla dolu yolun kaldırım taşları. Her biri, kaderin boyun büktürücü iktidarına gözü kapalı güvenerek attığımız adımın ardından gelecek bir diğer adım; varılacak bir diğer durak. Bu ayrıntıların sonucu ortaya çıkan olaylar; işte onlar alınyazımızın bir hattat tarafından işlenmişçesine ustalıkla hayata geçirilmiş bölümleri. Her bir ayrıntı, her atılan adım, her unutulası aşk, her göz yumulası tutku; hepsi özünde kader, Muhammed ve Hamit'in soğukkanlılıkla bahsettiği gibi...

Muhammed'in varlığının Hamit'le beni birbirimize bağlayan sessizliği doldurması üzerine, birkaç kaçamak bakış, kapının üstüme kapanmasına yetti. Dışarıdan gelen sesleri, telaşı hayra yormak pek mümkün değildi. Tahtırevanın perdesini araladım, Hamit'le Muhammed'i izleyen beş altı hadımın koştuğunu gördüm. Muhammed, elini lacivert şalvarının beline soktu, hançeri kavrayan elini fark eden Hamit bıyığının altından gülüp, kollarını havaya kaldırdı. Aynı hareketler, diye geçirdim içimden. Kadere boyun eğmek, eğebilmek için benimsenen aynı rol. Muhammed hançerini, kabzasından çıkarıp; genç hadımın boynuna dayadı. Olup biteni izleyen hadımlar, fısıldaşmaya; el kol hareketleriyle Üstat'larının davranışını birbirlerine açıklamaya çalıştılar. Aramızda geçen konuşmaya tanıklık eden yoktu, emindim; fakat haremde dedikleri gibi "Müneccim anlamazsa, hadım anlar dost... Cinsiyetsiz; kısmeti, cilveyi, şehveti sezer azizim, bilmem neden?"

"Üstat, üstat..." Kahkahalarla gülüyordu Hamit. Yanağında patlayan şamarın etkisiyle yere yığıldığında gülmeye devam etti, ta ki Muhammed onu tekmelemeye başlayana kadar. Her tekmeyle daha da sessizleşiyordu; bir süre sonra hareketsiz kaldı. Muhammed ise gözü dönmüşçesine tekmeliyordu; sanırım gözünü döndüren sahiplenme içgüdüsüydü. Hamit şimdi yağmur sularının dolduğu bir çukurun yanı başında hareketsiz yatıyordu; yüzündeki gülümseme hâlâ düşmemişti. Muhammed tekmelemeye devam etti; öç uğruna, sahip olamadıkları adına tekmeledi belki de, geçmişte koruyamadıklarını varlığımda sahiplenebilmek hatırına. Bu sefer gülen oydu, kahkahalarla gülüyordu. Birkaç kez ağzını açıp kapadı ama konuşmadı, onun yerine tekmelemeye ve gülmeye devam etti. Yerde hareketsiz yatan rakibine gülüyor; yüzündeki mahcup, bir o kadar da alaycı gülüşe aldırmaksızın devam ediyordu. Aniden durdu. Konuşmak istiyordu; ama doğru kelimeleri bulmak, kendi cüssesinde fakat daha genç bir hadımı yere yığmaktan daha zordu elbette. Hançerini yeniden eline aldı, Hamit'in yanı başındaki çukura ayağını sertçe bastı. Bu baskıdan nasibini alan çamurlu su, Hamit'in yer yer açılmış yüzünden oluk oluk akan kanı dağladı. Yüzünden akan çamuru silmeye tenezzül etmedi; hareketsiz yatmak daha makbul geliyordu belki o anda. Bunu gören Muhammed hançerini alıp Hamit'in üstüne fırlattı.

"Bir gün senin de hanımını koruman gerekecek hadım; namus yolundan sapmaması uğruna."

Muhammed, sözlerini bitirir bitirmez hadımlara tahtırevanı kaldırmalarını emretti. Meşalelerle aydınlatılmış yolu izlerken düşünüyordum. Karanlık, Hamit'in bahsettiği üzere yalnızca yüreğimizde değil; aynı zamanda yanı başımızdaydı. Karanlık, tepemizde gülen Muhammed'di tekmeler savurmayı yeğleyen, İstanbul sokaklarını benimsemiş meşalesiz yoldu belki de... Korku ve endişenin yüreğimizi sarmaladığı anda bizi kollarına alan uykuydu bazen, kapınıza dikilmiş sizi gözetleyen ak bir hadım bazen de. Bazen karanlık insanın kendisiydi, kabullenmesi, fark etmesi olanaksız...

Tanrı şahidim olur ki; ben aydınlığı yeğlemem, her soluğum, soluğumun ısıttığı her bir bucak karanlıkken, aydınlığa alışılması zordur.

Gel gör ki, her şey bir süreliğine aydınlık olacak söz veririm; şu anda yol aldığım meşaleli yol değil, bahsettiğim aydınlık. Farklılık, aydınlıktır; sonu karanlıkla bağdaşan. Önünde sonunda karanlık, aydınlığa kucağını açar; aydınlık, gelip geçici olandır. Ahirete dek işte ben, ahiretten önce gelen aydınlık Kösem. Adım gibi, aydınlık, bir adım önde giden, hepsinin başı.

Ve ardından gelen karanlık...

* * *

Tahtırevanın aldığı yol uzadıkça, taşıyıcı hamallar arasındaki fısıldaşmalar da artıyordu. Hamit'in bugün saraya gelmeyeceğinden emindim; bunun korkusuyla da perdelerimi aralayıp etrafa bakınamadım. Hadımların konuşmaları hararetli bir şekilde devam ediyordu; her biri Hamit ve Muhammed hakkındaki acımasız değerlendirmelerini birbirlerinden esirgemiyordu. Saraya olan mesafemiz kısaldıkça bu fısıldaşmaların eşiği düşüyor, duyulması olanaksızlaşıyordu.

Tahtırevan yolculuklarını hiçbir zaman sevmemişimdir. O uzun tekne sefaları varken hamalların sırtında alınan engebeli bir yol kadar zulümlüsü yoktur; bu yol bitmek bilmez bir uzunluktaysa, yalnızlığımdan istifade ederek beyaz peçemi indirip, şalvarımın bolluğundan yararlanarak bacaklarımı uzatmayı yeğlerim. Ahmed'imle geçirdiğimiz tahtırevan yolculuklarının sayısı bir elin parmaklarını geçmez; fakat saray terbiyesi, sadece padişahın yanında takınılan bir hal değildir. Düşük düzey bir odalıktan, yeniyetme bir ak hadıma, Valide Sultan'dan, boyun eğdirilmesi güç kara kızlar ağasına kadar her bir saray çalışanının, doğru terimi kullanmak icap ederse kölenin yanında tedbiri elden bırakmak işten bile değildir. Nice nüfuz sahibi, dil yakıcı dedikoduların kurbanı olmuştur; tedbire gem vurarak... Bu yüzden ben, Kösem, bilirim ki, güç sahibi olmanın yolu mükemmeliyetçilik ve saygıdan geçer. Mükemmel olana saygı duyulur. Saygı duyulana boyun eğilir; razı olunur ve içerlenir... Güçlüyle zayıfın arasındaki tek fark doğuştan sunulan o gücü kullanabilme yetisidir sadece; yeri geldiğinde boyun eğmeye razı olmak, yeri geldiğinde tabanlarının altında yatana aldırmaksızın yürüyüp geçmektir...

* * *

"Bu, hepsinden farklıymış diyorlar!"

"Ne daha farklı?" diye gürlüyordu tiz bir ses.

"Bu, arabadaki."

"Şu Rum kız değil mi?"

Daha gür bir ses alay ediyordu hepsiyle.

"Evet, o. Sen görebildin mi?"

"Tabii ki gördüm; yanakları kıpkırmızı, dudakları desen... Üst dudağının kıvrımı..."

Bu gür sesin kime ait olduğunu hayatım boyunca öğrenemeyecek ve tarafsızca verilmiş bu eşgalimi her bocaladığımda aklıma getirecektim.

"Upuzun lüle lüle saçları var; kömür gibi. Gözleri desen yine kapkara, kirpikleri incecik, kaşlarına kadar kıvrık."

Gülüyordu gür sesli hadım. "Göğüsleri ve oynak kalçaları desen... Anlayacağın tam bir bakire, en güzelinden. Padişahımız şanslı adammış."

Karanlıkta yollarını seçmeye çalışıyorlardı. Bir süre sonra konuşmalarını kestiler, ardından da durdular. Yürümüyorlardı; fakat tahtırevanı indirmediler. Omuzlarındaki bu ağır yük onları ne kadar rahatsız eder hep merak etmişimdir; ama düşününce, kelle telaşından önemli ne vardır ki şu ömürde? Saraya bin bir güçlükle getirilen bir Rum odalık ki Muhammed'den duyacaktım, 'eşsiz bir ilk', akıl almaz cezalara çarptırılırlardı. Her ne kadar hadımlıkla erkeklik arasında gidip geldikleri o can çekişme sürecinde atan nabızlarına lanetler okudularsa da, cinsiyetsiz cinsiyetli fark etmezdi bu dünyada. Kelle telaşı er veya geç ağır basar insani arzularımıza. Ah, bu akıllara zarar söyleyişlerimi bir başıma tatmaz olaydım; özünde hepimizin birer canlı olduğunu bir kez daha anımsatan vukuatlar yaşanmasaydı bu ömürde. Vazgeçmez olaydım bu unutulmuş sevdadan. Kellesi, vahşilerin nefretini tatmin etmemiş, edememiş bu sevdadan...

Tahtırevandaki bekleyişim uzun sürmedi. Tekrar hareket ettiğimizde, perdeleri aralama cesaretini gösterip peçemin arkasından etrafa bir göz attım. Gecenin karanlığına dahi direnç gösteren yoğunluk ve parlaklıkta renklere bürünmüş çiçeklerin doldurduğu bahçeler: bir yanda tutku ve arzularımızı tetikleyen yüzlerce gül; gençliğimizi bacaklarımıza dolayan, kurtulması mümkün olmayan sarmaşık gibi, sadık bir âşık misali. Öbür yanda o meşhur laleler; ah o lalelere bakmaya hâlâ doyamam. Sürgünümde dahi, başucuma yerleştirilmiş ağzı kırık, yorgun ve hüzünlü o çini vazonun içinde birkaç tanesi hep bulunur. Kırıklığın verdiği sızıya hoş bir buse kondurmaya çalışan meşhur çini mavisiyle buluşan o muhteşem lale kızıllığı, benzersiz bir tablo çıkartır ortaya; kakmalı başucu masamın üzerinde bir tek bu vazo durur. Yaşanmış her şeyi hatırlatıp, insanı geçmekte olan bahardan haberdar eder lalenin son günlerine dek dayanan kızıllığı.

* * *

"Bunları sana getirdim" diyecekti Muhammed, bir avuç dolusu laleyle ortaya çıkarken. Geniş odanın içinde dönüp dolaşıp bir vazo arayacak, bulamayınca başka odalardan getirecekti. "Nasıl da açmışlar; bir görsen." Safir gözleri bambaşka bir ışıkla parıldarken hareme geldiği andan itibaren bir olay olan bu kızla gurur duyacaktı.

Bir yanda yüreğini ısıtan sevgi, aşk ve arzu; öbür yanda sahnelenen bu acıklı tablo ve korku dolu sahneler; hepsi Muhammed'in yüreğinde birleşerek tehlikeli bir karışım misali kötü kokulu dumanlarını göğe kadar yükseltecekti.

O zamanlar hâlâ teklemekte olan yeni ana dilimle cevap verecektim Muhammed'e gözlerinin derin maviliğinden kendimi alamayarak. Çini vazo çoğunlukla maviyle kırmızının kaynaştığı bir şaheserdi; kuvartz taşının üstüne incelikle işlenmiş bir çiniydi.

"Benzersiz" diye adlandırıyordu Muhammed "aynı senin gibi." Saçlarımda dolaşan parmaklarının hem masum hem de cüretkâr bir yanı vardı. Korkmuyordu; evet kendisinden korkmuyor olabilirdi, ama benden çekindiği aşikârdı.

"Teşekkür ederim," diye cevaplayacaktım tekrar haki perdelerin önüne geçerek. Bu rengi hep sevmişimdir zaten; doğanın koynunda hüzünle yatan koyu bir yeşillik.

* * *

Tüm bu güzelliğe kavuşabilmenin anahtarı o korunaklı, devasa kapıdan geçmekle sınırlı değildi. Yüzlerce yeniçeri bizzat Sultan'ın korunması görevini üstlenmişti; tüm imparatorluğun damarlarının sonunda ulaştığı işte bu durakta, içten içe kaynayan bir tehdit kemirir dururdu sürekliliği. Yeniçeriler tüm dünyada korkusuz, azimli ve yenilgisiz bir ordu olarak nam salmış olsalar da; son zamanlarda kendilerine sağlanan haklarla birden fazla zevceye sahip olabilmiş, çoluk çocuğa karışma şansına kavuşmuşlardı. Bu nedenle, ister Kafkaslar'da olsun, ister Balkanlar'da; bu yeniçerilerin attıkları adımların kararlığı biraz daha azalmıştı. Soğuğa, sıcağa, miğfere, kılıca göğüs geren yeniçeriler; geride bıraktıkları aileleri namına birer korkak kesilmişlerdi. Her attıkları adımla; iki adım geriye kaçmayı yeğler olmuşlardı. Kazan kaldırma, yol kesme olayları artmış; son on yıl içinde öldürülen üst rütbelilerin ardı arkası kesilmemişti. Sokullu gibisi bir kez daha dünyaya ve gelmeyecek olduğu için; ordu yönetimi zorunlu olarak yaban ellere teslim edilmişti. Tek bir nabza elverişli bu yürekte, bu sarayda; farklı bir nabız, yoldan çıkmışlar adına zorlanır olmuştu.

Bahçelerin ihtişamına kendimi kaptırmışken; o muhteşem Saltanat Kapısı, Bab-ı Hümayun'u atlamışım. İnsan gücüyle inşa edildiğine inanabilmek için bin şahit gerekir; onlarca tonluk bembeyaz mermer, tarih yazarcasına üzerine işlenmiş onlarca Sultan tuğrası ve Yüce Kur'an, Ümmü'l-kitap'tan sureler... O bembeyaz mermer insanın aklını çeler; nice talihsiz, bu büyüleyici güzelliğe kapılarak, kendini sarayın kollarına atmak istemiş; fakat bunu fark eden yeniçeriler tarafından fena hırpalanmıştır. Ayda bir kere bu beyaz mermer yığını buz gibi suyla yıkanarak daha da parlatılır; mermerin parlaklığı, öğlen güneşinde her uğrayanın gözüne çarpar. Kapının yüksekliği, o ana kadar gördüğüm her hangi bir yapının yüksekliğinden çok daha yüce ve çarpıcıydı. Tüm bu ihtişamı altına alarak, kullara yukardan bakmayı görev bilmiş bir yapı daha vardı kapıyla bütünleşmiş; ahşaptan bir bina. İlerideki haftalarda bu binanın işlevi hakkındaki bilgilerimi, Muhammed'in saray hakkındaki bilgilendirmeleri ve uyarıları sayesinde edinme olanağını bulacaktım.

İşte bu görkemli kapının altından bir kere geçtiğinizde, imparatorluğun yüreğine giden yolu yarılamış oluyordunuz.

İmparatorluğun kalbi, yüce Sultan'ımızın yüreği demekti ve onun da yüreği haremi için çarpardı. Harem, Alay Meydanı'na ulaştıktan sonra beş dakikalık yoldu aslında; fakat haremlik selamlık kurallarına göre, haremlikle selamlığı ayıran resmi bir geçit, kapı olmalıydı. Bu kapı, her Osmanlı erkeğinin yüreğini merak ve arzuyla çarptıran, duygulara yol gösteren, bilinmeze yol gösteren, bilinmeze açılan bir simgeydi. Elbette şu ana dek hiçbir erkek sinek dahi o kapıdan geçme şansını elde edememiştir; fakat sarayın içinde hadımların, paşaların ve sultanların bizzat kullandığı belirli yollar vardır, onları bu dizginlenemez arzunun yasak kıvranışına götüren. Biz harem çalışanları ve kölelerinin saraya girip çıkmak için kullandığı kapının adı ise Arabalar Kapısı'dır. Divan Meydanı'nın kalabalığına göğüs gerilerek aşılan o güzellikler dolu bahçelerin ardında bir yasak yatar, henüz keşfedilmemiş ve keşfedilmesi olanaksız. Ahmed'imin en sevdiği mekanı Divan Meydanı'nın o siyah taşlı bahçeleri, doğanın inanılmaz mavi ve yeşillerine bürünmüş büyüleyici tavus kuşları ve sakin, uysal tavırlarıyla dikkat çeken korkak ceylanlara ev sahipliği yapardı. Ahmed'im ne zaman beni ziyaret etse, özel olarak seçtiği bir tavus kuşu hakkındaki gözlemlerini veya az ilerde, çalıların ötesinde otlanan bir ceylanın tablosunu anlatırdı. Bense oradaymışçasına, yaşamış veya yaşabilecekmişçesine dinlerdim anlattıklarını; özlemle yüreğim yanıp tutuşsa da erkeğimi dinlemeye özen gösterirdim. Yoksa benim yüreğimin de anlatacağı hikâyeler vardı güzel Ahmed'im, anayurdumdan koparılırken bağrıma basıp da buraya kadar getirdiğim. Buradakilerin aksine orada özgürlüğünü soluyarak avlanan hayvanları anlatsam sana, desem ki benim de bildiklerim vardı; hâlâ daha var, hapisliğin bile unutturamadığı...

Divan Meydanı'na toplanan divan mensupları, önemli mevzuları tartışırken, benim Ahmed'im, ona özel ayrılmış siyah taşlı yolda yürüyerek bir sonraki beytini pastoral duygularla dolduracak hayvanları ve doğayı gözlemlemeye devam ederdi; ta ki Sadrazam veya bir başka üst rütbeli yanına gelip bir konuda danışmanlık teklif edene dek. Ahmed'im hiç sevmezdi imparatorluğun omuzlarına yüklediği sorumlulukları, o daha çok keyfine düşkün bir adamdı. Her ne kadar bana olan aşkı dillere destan olsa da, bilirdim ki kahpeler benim yokluğumdan istifade ederek yatağını soğuk bırakmaz, güzel odalıklarla ısıtırlardı. Bilirdim ki sultanımızın aklını fethetmekte zorluk çekmezdi kiraz dudaklarım, belime kadar kara bukleler halinde dökülen mavi pırıltılı saçlarım; bilirdim ki karşı koyamaz benim kömür gözlerime. Fakat aynı zamanda bilirdim ki; köle bir kadının özgürlüğüne kavuşabilmek uğruna, bir erkek çocuğa sahip olabilmek adına çevirmeyeceği dolap yoktur. Bunun içimde doğurduğu bilinmezlik hissi, karşı konulmaz bir korkuyla titretirdi beni geceleri. Ateşler içinde kıvranırdım nice geceler; kısırlık, cadılık, falcılık dedikodularının gölgeleri beni ardımdan kovalarken.

* * *

Dışarısı zifiri karanlıktı; fakat belirli noktalara özellikle bina kapılarının yanlarına yerleştirilmiş meşaleler ve kandiller çevreyi biraz görebilmeme olanak sağlıyordu. Tüm o yapılardaki ince işçilikleri saptayabilecek kadar olmasa da, binaların değişik renk, şekil ve yükseklikteki kapılarını görmeme elverişliydi ışık. İlerleyen tahtırevan tekrarı mümkün olmayan bu güzellikler dizisini bir nebze de olsa gözlemleyebilme imkânını sunuyordu bana.

Yıldızların altında ilerleyen bu tahtırevanda önümüzdeki yüzyılın sultanı geliyordu. Az ileride görünen kapıyı cennete açılıyormuşçasına samimiyetle karşıladım, bir nevi öyleydi de; bu kapı ömrüm boyunca beni dış dünyaya hatırı sayılmaz bir oranda da olsa, bağlayan bir geçit, özgürlük simgesi olacaktı. Köleliğimin beni boğazlamak üzere ileri atıldığı anlarda, beni onla boğuşmaya yüreklendiren bir simge; sultanımın altında istekli veya isteksiz, arzuyla veya arzudan yoksun bir halde kıvranırken ulaşabileceğim noktaları, hükmedebileceğim insanları anımsatan bir çıkış yolu. İşte Arabalar Kapısı, bir çift kanatlı madenler geçidi, yuvarlak kemerini esir almış, ölüm kadar soluk ama bir o kadar da parlak siyah bir zemin. Sanki gecenin mutlak köleleri, yıldızlar, bir bir serpiştirilmişler bu karanlığın üstüne. Ve üstünde... İşte o anlatılmaya gelmez altınlara bezeli meşhur bir kitabe; dedim ya bir o kadar soluk ve parlak. Bir o kadar canlı ve cansız; işte ölüm ve yaşam da budur, bu altın kitabe. Haykırır haremin esaretini, unutulmaya mahkûmiyetini ve söylenememiş onca içli şarkıyı. Bir nevi bir cariyenin yaşamına dem vurur bu kitabe ve der ki:

Güzin-i Padişahan han-ı Murad-ı âlişân
Letafetiyle beridir, der behişti acip
Naim-i cennet-i âlide bab-ı Sultan

İşte bu kapının önüne dikilmiş bir düzine hadım, benim hareme; Osmanlı'nın kalbine gelişimin ilk habercisi olmuştur herhalde. İçtenlikle gülümseyebilmeyi isterdim onlara; fakat yüzünü, saçını, vücudunu teşhir etmenin yasak olduğu bu memlekette, peçesiz bakışmanın sanatını daha öğrenebilmiş değildim. O yüzden sıkıca ve özenle peçeme kuşandım; ayak bileklerimin gözüküp gözükmediğini birkaç kez kontrol ettim. Az sonra taşıyıcı hamallardan biri, bizi -özellikle de haremin yeni kölesini- karşılayan hadımlardan birinin elinden uzunca beyaz bir kumaş alıp bunu tahtırevanın arkasından geçirerek, tutmalarını işaret etti. Üzerimde bir peçe olduğunu, herhangi bir erkeğin beni bu kıyafetin, daha doğrusu kumaş yığınının altında görmesinin mümkün olmadığını söyleyebilmek isterdim onlara; bu Türkler bazen mahremiyet ve namusun sınırlarını fazla zorluyorlar. Tahtırevanın etrafına perde perde beyaz kumaşlar gerildikten sonra ileriye doğru bir adım atma cesaretinde bulundum; fakat birkaç adım sonra kaldırım taşlarından birine takılarak tökezledim. Bu peçenin altında yürümek çok zordu; hâlâ daha yürürken zorluklar çekerim. Yaşlıca hadımlardan biri, koluma girerek düşmeme engel oldu. Ona yaklaştıkça çok tatlı bir kokuyla tütsülenmiş olduğunu fark ettim; ileride öğrenecektim ki bu, hadımların en zevk aldıkları meşguliyetlerinden biriydi, yoğun baharatlara bürünmüş bir nevi afyon -içine bazen afyon ve haşhaş da koyarlar tabii- uyuşturucu, nargile. Kararsızca koluna tutunarak onun adımlarına eşlik etmeye çabaladım; peçenin yüzümü kapamayan aralık bir bölümünden, kapıyı geçtikten sonra karşılaştığımız manzarayı seyre dalma imkânı buldum. Arabalar Kapısı'nın açıldığı ince bir avlu, uçsuz bucaksız gözüküyordu, aynı zamanda gecenin karanlığının altında ezilivermişti, ürkütücü ve sahipsiz bir kimliğe bürünmüştü. İşte bu geceye terkedilmiş avlunun etrafına sıralanmış boy boy yapılar, daireler, taşlıklar, kubbeler, mescitler, gizli yolları aralayan kapılar ve geçitler. Avlunun sonunda bulunan bir diğer harem kapısı ve onun açıldığı Enderun, Üçüncü Avlu... Haremin bölümlerini bir bir sıralasam, zamanımın çoğunu harcamak zorunda kalabilirdim elbette; fakat sevdiğim bölüm sorulsaydı bana eğer, işte o zaman Ahmed'imin okuma odasını gösterirdim herkese.

* * *

Ahmed o kadar düşkündür ki okumaya yazmaya; onun o gizemli, kandillerle aydınlatılmış odasına adım atar atmaz şiir dizeleriyle dolu o mermerler ve çini kaplamaları gözünüze ilişir usulca. Ardından sedef dolap kapaklarına bakakalırsınız; onların zarafetine ve engin parıltısına. Ahmed kendi zevkine göre döşemiştir odasını; hüzünlü bir ışık dolaşır burada geceleri. Ayın yükselişiyle bembeyaz bir ışık düşünce sedef kapakların üzerine, her şey bir silüet halini alır duvarların üzerinde.

Duvardan duvara Türk halıları ve o eşsiz nişleri de unutmamak gerek. Ne zaman Ahmed'le vakit geçirsek bu odada, hep aynı mütevazılıkla tekrarlar dediklerini. Sözlerine karşı çıkmak imkânsız olsa da yüreğimde zıtlaştığım bu gösterişli kelimelerle birebir çatışırım.

"Zevcem, güzel Hasekim şu cihanda üç nedim görmüşümdür; Gaffar'dan umut kesilmez ama, ben yine de bu üçünün hasretiyle toprağı boylayacağımdan eminim."

Cevaplarımda her zaman ufak bir intikam vardır; hiçbir zaman söylediklerim, kastettiklerim değildir. Ahmed bunu fark ederken alacalı bakışları sulanır, bir müddet daha sonra gereksiz bir neşeyle heyecanlanıverir.

"Kösem'im dinle beni mahbubum, biri sensin bu nedimlerden, ah doyulmaz senin o nice sohbetlerine, biri okuyup yazdığım o beyitlerdir sırlarımı döktüğüm gizlediğim, bir de..."

Aklını okumamdan ne kadar hoşlandığını hatırlayarak atılmıştım o anda. Ona çektirdiğim ve çektireceğim acıdan haberdar gülüyordum sözlerimle, kimse farkında değildi.

"Bir de bu çerağlarla aydınlatılmış odan değil mi padişahım; senin nice zorluklara göğüs gererek inşa ettirdiğin bu oda?"

Ahmed gevrek gevrek gülerek gözlerimin içine baktı. Divanın üstünde ikimiz de kırmızı turuncu yastıklar yığınının altında bedenimizin soluklugu ve mahremiyetiyle uzanmışken.

"Ah güzel Kösem'im, odalar geçer güzel sevgilim, gözdem... Nice zenginlikler vardır; ne nedim olabilirler ne de derman. Başımın tacı, bu duvarlar üstümüze zelzeleyle muzmahil oladursun; sen ki nagâh çıkıverdin karşıma... Ah o gözlerin Kösem, en başta sen gelirsin ismin gibi; üçüncüsü yoktur kuzum, ilk ve tek nedimim sen olmaya mahkûmsundur. Dizelerim de senden ibarettir güzeller güzeli, biricik sırrım sensindir derman arayacağım; ah bu sevda fazla geledursun bana, ne yazmak geriye kalır benden ne de okumak... Sadece sen, ebediyen..."

Yaşlı hadımın kolunda ilerlerken içimin geçtiğini hissettim. Etrafımda dönen hadımlar ve ellerinde tuttukları benle birlikte hareket eden uzun beyaz kumaş midemi bulandırmıştı. Tüm harem bir anda etrafımda döner hale gelmişti; düz ve katı çizgilerin varlığından uzaklaşmış, tamamen farklı bir illetin himayesi altına girmiştim. Uçuyordum adeta. Yaşlı hadımın kolundan kurtulup sert kaldırım taşlarının üzerine düştüğümde...

Hâlâ nispeten uçuyordum.

Terlemiş enseme temas eden incili Bursa ipeğinden yastıklar, altımda metrelerce altın çiçek desenli brokar kumaşlara bürünmüş bir divan vardı. Elimi enseme götürmeye niyetlenip kolumu havaya kaldırmaya çalıştım; o cılız ışıkta dahi kolumdaki yer yer açılmış fakat üzerindeki kan pıhtılaşmış yaraları görebiliyordum. Acıyı hissetmiyordum; fakat bende bu yaralı kanatları oynatacak hal kalmamıştı. Arkamdan gelen bağrışmaları duyar duymaz başımı çevirmeye yeltendim; ancak karşı koyulmaz bir baş dönmesi engel oldu, yüzümü yasemin ve kara amber kokulu divana gömdüm.

"Ne kadardır burada ey hadım, ne yaptınız bu kıza? Nasıl kendinden geçmiş ki anlayamadım kuzum, Valide Sultan ne der şimdi? Malına da çok düşkündür ya..."

Tiz sesli yaşlıca bir kadın bağırıyordu.

"Ben de bilmem Zekiye kalfa, Allah canını almasın, Sandal'ın kolundan kayıvermiş kızcağız; neyse ki biraz afyon koklattık da kafası yerinde değil yoksa o yaralar..."

"Ne yaraları?"

Kadının sesi daha da yükselmişti. "Yara da mı var? Ah, demişlerdi dinlememiştim, göz var üzerinde, dillere destan bir güzellik doğacak ellerinde aman dikkatli ol Zekiye Kalfa demişlerdi... Ah Handan Sultan bir duyuversin; hepimizi zindanlarda çürütür valla. Eh duyacak da tabi, kendisi kontrol etmek isteyecektir kızı Ahmed'inin yatağına atmadan önce; aşılatacaktır, ebelere kontrol ettirecektir... Öldük biz, Eski Saray'ın leş kokulu zindanlarında çürüyeceğiz."

Kalfa telaşa kapılmıştı; delice ellerini birbirine çarpıyordu.

"Zekiye kalfa, sakinleş buluruz bir çaresini. Kalıcı yaralar değildir bunlar. Allah korumuş bu kızı. Zekiye kalfa, kes zırlamayı; Kapı ağamız gelsin de hele, bulur o bir çaresini. Kızcağız ayılsın, şifahanenin yolunu tutarız."

"Haklısın kuzum; korkunun ecele faydası yok, Muhammed gelsin de hele. Sahiden ya, nerde kaldı şu Muhammed, Handan Sultan'ın çarşıdan bir isteği mi vardı ki?"

"Ne isteği olacak Zekiye kalfa, kadıncağız zaten yataklara düştü, Ahmed tahta çıkalı iki yıl oldu, bir sözünü dinleyen var mı ki etrafında. Varsa yoksa hizmetlilere, cariyelere, zenci kölelere sözünü geçiredursun o, arkasından Safiye cadısı ne naneler yiyor bir bilsen. Ah, zavallı Handan Sultan, o sarı cadı var ya, cadı o cadı..."

"Sussana Sümbül bir duyan olacak; valla yaşına başına bakmazlar atıverirler zindana. Başıma iş açma şimdi, Sultan'ımız dilsiz çetesinin gulyabanilerini çoğalttırdı biliyorsun... Sadede gelsene sen, nerede Kızlarağamız Muhammed?"

Sümbül, bu uyarıyla bir anda laubali konuşmaktan vazgeçti. Bense gözlerim kapalı, tüm bu anlamsız kelimeler harmonisinin arasında adımın geçmesini bekliyordum. Başımı kaldırmadım, uyandığımı fark etmelerini istemiyordum.

"Eh haklısın kalfa da, o sarı büyücü var ya, Safiye midir nedir, Eski Saray'a yollansa bile onun o cani hadım çetesi her saniye ensemizde; varsa yoksa saray haremine sızacaklar da efendilerine yaranacaklar, yok öyle yağma Efendi... Haddini bilsin biraz bu koca karı, üç bin akçesini alsın her aybaşı otursun oturduğu yerde; Valide Sultanımızı hasta etmesinler."

Zekiye kalfa, homurdandı.

" E, sen de sabırsızlanma be Zekiye kalfa, sadede geleceğiz herhalde. Şu yeni ak hadım var ya Rum Hamit, yakışıklıca köse oğlan..."

"E ne olmuş ki ona, bir kaza mı geçirdi yavrucak?"

Yaşlı hadımlardan biri genç kız gibi kıkırdadı.

"Ne kazası kalfa, geçirdi geçireceğini orası belli ya neyse... Handan Sultan gibi o da Rum ya, bulmuş tabi gencecik, güzelliği dillere destan bir Rum kızını, aklı sıra memleket özlemini giderecek. Yok öyle yağma, Muhammed kavradı bunu ensesinden, bir güzel hırpaladı oracıkta, kızın gözleri önünde."

"Aman Allah'ım, namussuza bak sen hele. Oracıkta ha?

"Orası belli değil daha Zekiye kalfa, biz onları oracıkta bırakıp kızı saraya getirdik; yakındık Babıâli'ye amma Muhammed oracıkta halletmek istemiş olabilir hadımın işini."

"Haklı tabi..."

"Haklı ya kuzum, ben de olsam dayardım hanç
lahsız'ın, dinsizin boynuna, kaldırmazdım oracıktan
sözün kısası kalfa, Muhammed yoldadır; hadımın durum
sa meçhul. Zaten pek de genç değildi, doğrandığında..."

"Doğru ya, baya illetler atlatmıştı o oğlan, neler neler bir bilsen."

Hadım, gevrek gevrek güldü; muhabbet bu kadar koyulaştığına göre, diğer hadımlar yanlarından ayrılmıştı.

"Sen beni ne sandın ey Zekiye kalfa, bilirim o illetleri azizim... Çocuk bir hafta ne doğru düzgün helâya çıkabildi, ne de bir lokma aş yiyebildi... Zehirlenip ölüvermesi an meselesiydi sonra bir anda..."

"Parlayıverdi azizim..."

Hadım içini çekti.

"Parlayıverdi ya, neyse Allahsız diyoruz amma, onun da canı var azizim; neler çekmiş baksana gencecik yaşında..."

Hadım konuşmayı kesip derin bir nefes aldı. Anlaşılan davetsiz bir misafir gelmişti, kapılar hızlıca yana savruldu, mermer zeminde takunyaların çıkardığı ses duyuldu. Bu Muhammed'di ve her zamanki gür sesi o cansız ve yorgunluk kokan odayı titretti. Hâlâ sinirliydi.

"Ey Sümbül hadım, yaşına başına bak ve utan be adam. Utan da çekin biraz zindanlarda çürümekten; işin gücün yok mu senin gıybete dokundurtuyorsun sözlerini?"

Sümbül, korkuyla cevap vermeye yeltendi fakat sesi, Muhammed'inkinin yanında o kadar cılız kalıyordu ki, bu baskınlığa şahit olan oda, tüm sesini anında yutuverdi.

"Hayır, Üstat sadece..."

"İşinin başına dönsene sen, git Handan Sultan'a bir bak, yardımcıları söyledi, yine keyfi yerinde değilmiş, ilaçlarına el sürmemiş bugün, şifacıyı da odasına almamış."

Sümbül, odadan koşar adımlarla çıktı. Yüzünü Zekiye'ye dönen Muhammed, tekrar gürleyecekti; fakat vazgeçti ve bitap bir şekilde yanıma çömeldi.

… Zekiye kalfa, artık hesabını Handan … azizim… Ayrıca duyduğuma göre bir … bayılmış, avluya geldikleri sırada."

… le olmuş ama seni temin ederim ki…"

… Zekiye, mesele bu değil; mesele kızı bir … getirmekte. Paşasıyla konuştum; güzelliği … vrak bir zekâsı da varmış. Ayrıca pek bir cilven, … ultan'ımız gönlünü fena kaptırabilir gibime geliyor…"

Zekiye bu sefer Muhammed'in diyeceklerini bitirmiş olduğundan emin olmak için biraz bekledi; sonra aynı tek düze tonla konuşmakta karar kıldı.

"İnşallah Üstat."

Muhammed, besmele çekerek ayağa kalktı; odayı adımlamaya koyuldu. Düşünceliydi; sesindeki gürlük, bir anlık da olsa yok olup gitmişti; konuşmaya daha sakin devam etti.

"Neyse Zekiye kalfa, bu kız sana emanet. Sabah ola hayır ola, sen buna bu gecelik kızlardan ayrı bir yatak bul; istersen haseki odalarından birine koy fark etmez, nasıl olsa hepsi boş ve sahipsiz. Günün ağarmasıyla, şifahaneye uğrar, aşıları ve muayeneleri tamamlar; hamamda günü bitirirsiniz. Daha sonra kızı Handan Sultan'a sunarsınız, amma velâkin ilk önce kızı şekle şemale sokun bir, yaralarını da saklayın. Kalın gömlekler giydirin olmazsa. Sonrası Allah kerim…"

* * *

İnce tül perdelerle kaplı, demir parmaklıklara mahkûm pencerelerden sızan belli belirsiz sabah ışıklarının oyunlarıyla uyandım. Hadımlardan biri beni, gece tüm o konuşmaların geçtiği odadan farklı bir odaya taşımış olmalıydı; çünkü kendimi üzerinde bulduğum bu divan, yerdeki lacivert, bordo Türk halısı fazlasıyla yabancı geliyordu. Burası bir haseki odasıydı. Duvardan duvara halı, şık bir divan ve bir yer sofrası dışında pek eşya yoktu, fakat yine de özenilmiş bir zenginlik hâkimdi.

Ayağa kalktım ve o sırada, odadaki loş ışıkta vücudumdaki koyu kahverengi morlukları fark ettim; kollarım sızlıyordu. Halının üzerinde birkaç adım yürüdüm; yere çöktüm ve halıyı kokladım, elimi güzel dokusunda gezdirdim. Bunu yaparken odaya giren kadını fark etmemiştim bile.

"Günaydın!" diye seslendi genç kadın odanın kapısından, küçük bir çocukmuşçasına halıyla oynayışımı izliyordu. Yaşını tahmin etmek zordu; yarı gelişmiş vücudu en fazla on beş diyordu.

"Günaydın!" diye mahcup bir şekilde ayağa kalktım ve özensizce selam vermeye çalıştım. Bunun üzerine kıkırdadı.

"Ben Zarif, bir Rum devşirmesiyim ben de, Adalardan. Yalnız mazur gör, dilimi unutalı yıllar oldu."

"Yıllar", diye içinden geçirdi Zarif.

"Ben de Anastasya; Tinos'tan Anastasya..." Gülüyordum; haftalardır süregelen olaylar dizisinin içinde en hayırlı bulduğum durum bu olmuştu. Uzun süreden sonra, kendi yaşıtımın ağzından dökülen samimi sözcükler, anadilimden.

"Anastasya" diye gülümsedi Zarif. "Zekiye kalfaya yardım ederim ben. Zekiye kalfa harem içinde getir götür işleriyle uğraşır; mesela Handan Sultan bir şey istedi mi Valide odasına..." Zarif, Zekiye kalfanın hantal vücudunu taşımaya çalışarak koşuşunun taklidini yaptı. "Veya odalıklardan birinin Kapı Ağasına ulaştırılacak bir emaneti olursa..." Hâlâ odanın içinde koşuyordu. "Küçük bir çocuk gibi," diye geçirdim aklımdan.

"Peki sen nasıl yardım edersin ona?" dedim Zarif'i durdurmaya çalışarak. Güneş ışığında altın sarısı parlayan kıvırcık perçemleri suratını ıslatıyordu; koşmaktan yorulmuştu. Divanın üstüne çöktü.

"Benim görevim sana derman olmak Anastasya." Gülüyordu. "Önceleri diğer yeni gelen kızları eğlendirirdim, Zekiye kalfa haremin içinde koştururken ona ayakbağı olunmasını sevmez. Bazen çamaşırhaneye gider, Sefahat'le konuşurum saatlerce. Haremde ağır görev yoktur Anastasya." Divana uzanıp tek dirseği üzerinde yükseldi. "Zevk vardır; tatmin vardır." Sonra bana göz kırptı.

İkimiz de gülüyorduk. Yerinden kalktı; elimden tutarak beni de divana oturttu. Saçlarımla oynarken yarım yamalak Rumcasıyla beni övgülere boğuyordu. Saçımdan bir tutam alıp, ışığa doğru tuttu. "Kömür gibi saçların var, ne güzel Anastasya; bir de benimkilere bakıver Allah aşkına sarı değil, kahve desen hiç değil. Sırma gibi desen o da değil." Abartılı bir şekilde suratını asmıştı; benimle dalga geçiyordu. Güldüm ve sormaya cesaret edemediğim soruyu bu samimiyete sırtımı dayayarak sorabildim.

"Zarif, ben neden buradayım?" Gözlerine bakıyordum; o donuk mavi gözlerine. Baktıkça anlıyordum ki o gözlerin ardında aynı Çevirmen Bey'de olduğu gibi kıvılcımlar çakıyordu. Az sonra, farklı bir ses tonuyla konuşmaya başladı.

"Ben neden buradayım Anastasya? Tek bir husus uğruna; zevk. Sen buradasın; çünkü güzeller güzeli bir kızsın, ben buradayım çünkü..." Düşünüyordu.

"Çünkü ben bir baş belasıyım!" Dilini çıkararak gülmeye devam etti; ayağa kalkarak tekrar koşmaya başladı. Yüksek sesle şarkı söylüyordu. Onun arkasından koşuyor olmayı ne kadar isterdim, unutulmaz hayaletler tarafından kovalanmak yerine...

* * *

Zarif'le tanışmamdan sonra haremde başımdan geçen onlarca olay beni büyüledi. Geçmişi unutturdu ve hatırlattı. Ama öğretebildiği tek bir şey vardı. Diğer kızlara da acı çektirerek öğrettiği gibi.

Kabullenmek.

Zarif'le olan dostluğumuz söylenemeyen cümlelerle bir arada duruyordu; sorulamayan sorular, itiraf edilemeyen gerçekler. Bazı zamanlar haremde onlarca kızın arasında yıkanırken Zarif'in duvarın soğuk sıvasına dayanmış beni izlediğini görüyordum. Bunu çok sık yapar olmuştu; bakarken gözünde başka türlü kıvılcımların belirdiğini görür gibi oluyordum.

Hamamda geçirilen başka bir günde, oradaki iriyarı zenci bir köle tarafından keselenip yıkanırken, suyun sıcaklığından dolayı bağırıverdim. Kız kaynar suyu aniden başımdan aşağı boşaltmıştı ve kıs kıs gülüyordu. Saçından tutup, sırtını mermere dayayıvermişim; etrafımdaki tüm genç kızlar beni hayretle izliyorlardı. Cüssem küçük sayılmazdı; ama bu kızla karşılaştırıldığında... Bacak boyum uzunluğunda adaleli kolları vardı; bileğimi kırabilecek kadar kuvvetli ve çevik elleri. Şimdiyse kollarımın altında, sırtı mermere dayanmış, hareketsiz yatıyordu. Arkamdan gülen Zarif'in sesini duydum; kızlardan birine gülerek bir şeyler anlatıyordu. Yarım yamalak öğrendiğim Osmanlıca'yla anladığım kelimeler "minik, gavur, komik, zenci, öldürür" olmuştu.

Altımda yatan kıza boş vererek arkamdaki Zarif'e yöneldim; gülüyordu fakat beni görür görmez sessizleşti. Kolunu kavradım ve sıktım.

"Ona ne dedin?" Korkudan köşeye çekilmiş uzun turuncu saçlı kızı işaret ediyordum. Haremdekiler ona Havuç diyorlar; kızcağız da bunu duyar duymaz ağlamaya başlıyordu. Daha on üçünde bile değildi.

"Ne diyecekmişim Anastasya? Sanki çok umurumda o zavallı köleyi yere devirmen." Yüzüme kızgınlıkla ve kıskançlıkla bakıyordu. Buna dayanamadım ve kolunu hızlıca bıraktım. Konuşmaya rahatlamış olarak devam etti. "İyi yaptın, ben de aynısını yapardım, gırtlağından tuttuğum gibi..." Arkamda duran zenci kıza göz kırptı. Onun kıkırdadığını duydum.

"Ne diyorsun sen, komik mi zannediyorsun, ben..." Bu kadar alaya dayanamamıştım; boğazımdaki düğüm zorluyordu. Saçım sabunlu, hamamdan çıkarak yatakhaneye yürümeye başladım; peştamalımı bile unutmuştum.

Tabii ki yatakhaneye vardıktan beş dakika sonra Zarif yanıma gelmiş ve özür dilemiş, sarılarak beni hamama götürmüş; yüksek sesle zenci kızı azarlamış ve onu Zekiye Kalfa'ya şikayet edeceğini tüm hamama duyurmuştu. Beni o gün o yıkamıştı.

Beni ilk ve son yıkayışıydı. Elleri arada sırada vücudumu acımasızca sıkıyor; bazen de bulunmaz Hint kumaşıymışçasına tenimi nazikçe okşuyordu.

Şu Zarif ne dengesiz kızdı; ve ne kıskanç...

Handan Sultan'a sunulmam tahmin edilenden uzun sürecek gibi gözüküyordu. Kur'an derslerim aralıksız devam ediyordu; yeni dilime artık sahip çıkmayı başarıyordum. El işlerim mükemmel sayılmasa da başarılıydı; fakat tüm diğer kızlar ve harem halkı dansıma, ud ve kemençe çalışıma özeniyorlardı. İlk başlarda bizim erkeksi Zarif dalga geçmeye doyamıyordu.

"Fil ayakları üzerinde süzülmeye çalışan bir kuğu adeta."

Zamanla ustalaştığım danslarımı seyretmez olmuştu son zamanlarda; şifahanede geçirdiği zamanı bahane ediyordu. Sofrada, eğlence olsun diye kemençe çaldığım zamanlarda nedense karnı ağrıyor oluyor ve sofraya gelmiyordu.

Başarılı olduğumu, yükselmeye başladığımı görmektense aç kalmayı yeğliyordu.

Vücudum eski haline döner dönmez, Kızlar Ağası'yla yüzleşecek kıvama geldiğimi fark eden Zekiye Kalfa benimle konuşmaya gelmişti.

"Sevgili kızım benim, güzel gözlüm. Tüm hünerlerin dillere destan peripeyker kızım benim, tüm odalıkların kem gözlerinden korumak isterim seni. Muhammed'i görme vaktin gelmiştir emme..."

Hareme geldiğimden beri Muhammed ve Hamit'i bol bol düşünmüştüm elbet; hamam köşelerinde, hünkar sofralarında, eğlence gecelerinde gölgelerin arasında bizi izleyen hadım suratların arasında bir bir aramıştım onları. Ne var ki, ne Muhammed'i ne de Hamit'i ortalarda görebilmiştim. Belki de saraya hizmet etmekten vazgeçmişlerdir, diye düşünmüştüm.

"Güzel Kalfam, Üstat neden ortalarda değil?" Daha konuşmalarımı Zekiye veya Zarif'in kullandığı o gösterişli kelimelerle süsleyecek kadar öğrenememiştim bu dili.

Zekiye bu sorumdan hoşnut kalmışa benziyordu; hızlı öğrenme ve kavrama yeteneğim herkesi şaşırtıyordu. "Kuzum, Kapı ağasının bir avuç odalıkla uğraşacak vakti yoktur. O olsa olsa Handan Sultan'ın hizmetine koşturadurur." Ellerini göğsünde çapraz olarak kavuşturmuştu. "Bilirsin, Sultan'ımız, Allah uzun ömürler versin, şanlı ordumuzla İran'a sefere çıktığından beri -ah, o köpekler yok mu- asıl köpek Şah Abbas'la uğraşıp durur Anadolu'da. Tebriz'i almadan gelirse, canına kıyacağını söylediklerini duydum. Neyse, Sultan'ımızın yokluğu sebebiyle haremde işler eskisi kadar yoğun değil; zaten yüz, yüz otuz tane hadım, bir o kadar dokunulmamış güzeller güzeli kıza sahip mi çıkamayacakmış? Şanlı Muhammed burada ne arasın ey güzel gözlüm?"

Daha sonra kulağıma eğilip konuşmaya başladı. "Bilirsin şu güzel sarışın Boşnak kızı... Hani adı Gülsu, seninkiler kadar olmasa da güzel, doğuştan rastıklı gözleri var kızın. Upuzun da kirpikleri. Her neyse, Ahmed, Abbas köpeğinin üzerine yürümeden önce bunun omzuna mendili koymuştu; gencecik Sultan'ımızın ilk seçtiği kız da Gülsu olmuştu. Bilirsin bakirdi Sultan'ımız; her neyse..." Zekiye, dinlenip dinlenmediğimizi kontrol etmek için çamaşırhanenin beyaz sıvalı duvarlarının en ücra köşelerini dahi gözleriyle taradı. Bizden yirmi adım ötede beş yaşlarında zenci bir kız kilolarca çamaşırı çitilemekle meşguldü.

"Evet kuzum, diyorlar ki Sultan'ımız kadınlar konusundaki beceriksizliği mazur görülsün, kızı odasında görür görmez bilirsin ya tutamamış kendini... İktidarsız Sultan diye konuşulur hâlâ odalıklar arasında bu vukuat..."

Şaşkınlıkla sormaya cesaret ettim. "Nasıl kendini tutamamış? Kendinden mi geçmiş?" Bu sözlerim üzerine Zekiye katıla katıla gülmeye başladı. İlerideki zenci kız, korkuyla bizden birkaç adım daha uzaklaşıp çitilemeye devam etti.

"Öyle sayılır benim saf Rum'um. Tutamamış dediğim, nice soylar boşu boşuna akmış gitmiş, bilirsin..." Bilmediğimden emindi; fakat daha fazla açıklamaya tenezzül etmedi. "Neyse bu olay üzerine Ahmed öfkeden kudurmuş; odada bulunan nargileyi almış, giyinmiş, süslenmiş olan Gülsu'nun üzerine fırlatıvermiş. Kızın üstünde kırılmış nargile azizim; bacaklarından cam ayıklamaktan helak oldu Şifahane'deki ebeler. Neyse ki artık Sultan'ımız bakir değil."

"Nasıl yani, Gülsu'yu geri mi çağırmış?" Bunun gibi nice hikâye duymuştum; eski sultanlardan kalma harem efsaneleri. Ama hiç birinde Sultan'ı memnun edemeyen bir odalık, ikinci bir şansa sahip olamıyordu. Tek bir geceye mahsus olan bir varis çıkarsa ortaya, işte ona şans deniyordu... Umut.

"Saçmalama kızım, Ahmed utancından ölüyormuş o gece. Bir daha Gülsu'yu çağırmak değil; adını dahi duymaya tahammül edememiş. İyi ki, kızcağız şu anda Haliç'in dibinde balıklarla yüzmüyor." Ne dediğini tam olarak anlayamamıştım. Burada da mı insanlar denizde yüzmeyi adet edinmişti? Kadınların kapalı gezdiği bir dünyada, bu bana epey saçma gelmişti. Zekiye devam etti.

"Mahfiruz Hatice'yi duydun mu kuzum, işte o senin rakibindir... Karnı epeyce büyüdü, yaz sıcaklarında da rahat edemez şimdi. İşte Sırp Hatice; o selvi boylu, buğday tenli esmer kız Ahmed'in ilk kadınıdır ve daha da önemlisi ilk çocuğunun anasıdır. Daha şimdiden Valide Sultan olduğunda ne yapacağını konuşur durur burnu kalkık Hatice; ama sana bir şey söyleyeyim mi..." Kulağıma daha da yaklaşmıştı.

"Bu bebeğin doğmaması için elinden geleni yapan adamlarım var güzel kızım, hepsi senin uğruna. Muhammed'in de isteği budur; eminim Allah da kullarının bu dileğine boyun eğmekte sakınca görmez. Bazı müneccimlere danıştım; kimisi bebeğin ölü doğacağına inanıyor, kimisi kız olacağına... Bense Sırp Hatice'nin gözlerinde ölümü görüyorum Kösem."

İlk defa bana yeni adımla hitap eden, bu ada beni layık gören Zekiye olmuştu.

"Kösem, sen bir başlangıç olacaksın; önder ve şanlı. Hepsinden farklı; hepsinin imreneceği bir tek olacaksın. Hatice'nin sonuyla- Allah kısmet ederse- kendini ve beni kurtaracak bir melek olacaksın; bizi bu delikten kurtaracaksın." Hissettiklerimi bir bir dile getiren ilk kişi de Zekiye'ydi. Onun adının anlamını da sonradan öğrendim; bilge, akıllı ve kurnaz. Korkusuzca, ne pahasına olursa olsun dilediklerini konuşmaktan çekinmiyordu Zekiye; zaten bu yüzden bu delikte bir köleydi.

Yüzüne uzun uzun baktım. Dipleri kırlaşmış saçları, acemice kınayla kapatılmaya çalışılmıştı; belki de bu acemilik kasıtlıydı. Gözleri zümrüt yeşiliydi, saçlarıysa kestane rengi, güzeldi ama büyüleyici sayılmazdı. Tıknaz bir vücudu vardı; çenesi ileriye doğru çıkık, gözleriyse birbirine yakınca ve şişti. Onun duymak istediklerini, söylemek istediklerimi ve yaşanacakları tek bir cümleye sığdırmaya çalışıyordum.

"Bana ne gerekirse öğret Zekiye, hazırım."

* * *

Muhammed'in odası karanlıktı; içeride tütsülerden süzülen sandal ağacı ve bal kokuları dalgalanıyordu. Altın başlı divanın üzerinde bağdaş kurmuş; nargilesinin keyfini sürerken göz ucuyla bana bakıyordu. Beni saraya götürmek üzere geldiği zamankinden bir farkı yoktu, zaten aradan bir aydan fazla bir zaman geçmiş sayılmazdı. Odaya ışık girmesini engelleyen perdeler koyu lacivertti; üzerleri altın yaldızlıydı. Odaya girmeyi başaran en ufak ışık demeti, yaldızların yarattığı ışık oyunlarıyla yok oluyordu. Nargilesinden bir nefes daha çekti, bir süre ağzında tuttu ve gözlerime bakarak nefesini dışarı verdi. Odayı karanfil kokulu bir duman bulutu kapladı.

"Zekiye, onu doğru zamanda getirdiğinden emin misin?"

Zekiye mahcup olmuşa benziyordu. Yeteneklerinin sorgulandığını hissetmişti. "Elbette eminim Üstat, görmüyor musun? Hareme getirdiğinden beri onu besledik; sağ olasın geldiğinde morluklar içindeydi zavallıcık..."

"Konuyu saptırma Zekiye; o olayın benimle bir ilgisi yok. Benim yapacak işlerim vardı; kızı bir düzine hadıma emanet ettim, onlar da sahip çıkamadılar. Cezalarını da çektiler." Bu sözlerin üzerine aralarındaki kaçamak bir bakışmaya tanık oldum; Zekiye gözlerini ayaklarına dikmiş dinliyordu. Kollarını göğsünde kavuşturmuştu.

"Adın ne senin?" Muhammed'in, kapkara, hantallıktan solmuş yüzüyle karşı karşıya geldim; bakışlarımı kaçırmaya cesaret edemedim. Bu kapkara suratın tam ortasında, bir çift lacivert safir parıldıyordu. Büyülenmiştim.

"Kösem Üstat." Güldü.

"Üstat, ha? Yavaş ol kızım, daha hacı sayılmam... Üstatlığı hak ettiğim an, bana bu sıfatla hitap edecek ilk kul sen olacaksın. Söz veriyorum." Gülümsüyordu. Yerde duran nargileyi ayağıyla kenara itti ve yanıma yaklaştı. Bir bukle saçımı parmağına doladı, kulağıma eğilip fısıldadı. Zekiye bizi şaşkınlıkla izliyordu; sesini çıkarmakta zorluk çektiğinin farkındaydım. O dahi Hamit...

"Hamit'i merak etmiyor musun Kösem? Onun lime lime olmuş kellesinin hangi zindanın tepesinden sarktığını..." İki adım geriledim. İşte karşımda, koca, kara bir ayıya benzer Muhammed duruyordu; bir o kadar görkemli ama aşağılık. Cevap vermek üzere ağzımı açtımsa da, boğuk bir iniltiden fazlası çıkmadı. Muhammed tekrar yaklaştı. Zekiye, ona düşen bir görev kalmadığını anlarcasına, meraklı bakışlarla odadan çıkıp gitti. Koridorda yankılanan hızlı adımları yeri sarsıyordu.

"Ben sana söyleyeyim Kösem, ona canını bağışladım. Onun bir günahı yok eminim; ama sen bir günahkârsın. Bakışlarını hissetmiyorum mu sanıyorsun; erkekliğim kökünden kazınmış olsa bile seni arzuluyorum Kösem ve bunun nedeni de sensin. Sana sahip olamama acısıyla ağladığım bile oldu seni o ambarda soyduğumdan beri... Sen bir günahkârsın Kösem; çünkü sen bir başka günahkârın, dinsizin seni arzulamasını sağlayabilecek kadar sapkın ve şeytansın. Ben ne uyuyorum ne de yaşıyorum Kösem; hep acı içindeyim ve hep kıvranıyorum." Bu sözler üzerine onun benden beklediğini yaptım.

"Beni ne kadar arzuladığını ispatlayamadığın sürece, bir nebze arzu dil yakmaz değil mi Muhammed?" Korkusuzca söyleyivermiştim bunları, gözlerindeki deli bakışlar bir anda sönüverip, yerini şefkat ve saygıya bıraktı...

Bana arkasını dönüp kahkahalarla gülmeye başladı. Gülüşü odanın duvarlarını titretiyor; etrafındaki cansızlara umut ve yaşam kaynağı oluyordu. Divana çöküp nargilesini kucağına çekti ve tüttürmeye devam etti. Kel kafasında, odaya girebilen birkaç yaldızlı ışık parıldıyor; yer değiştiriyordu. Bana bakmaktan kaçınıyordu; utanmıştı, iğrenmişti. Usanmıştı.

Arkasındaki lacivert perdelerle oynamaya başladı. Perdelerin yumuşak kumaşını eliyle okşuyor; sonra hınçla itiveriyordu. Bir gel git ile boğuşuyordu; öfke ve arzu gelgiti, başarı ve pişmanlık, umut ve yorgunluk. Her seferinde perdeyi parçalarcasına sıkıyordu. Birkaç dakika bununla oyalandıktan sonra yüzünü bana dönüp her zamankinden farklı bir ses tonuyla konuşmaya başladı. Tüm şevki, tokluğu, içtenliği yok olup gitmişti. Tiksiniyordu ve bunu belli etmekten kaçınmıyordu.

"Hamit var ya Kösem, şu senin oynaşmaya doyamadığın sarışın hadım..."

"Ona oynaşmak denemez güzel Muhammed, muhabbet etmek diye de tabir edilebilir." Hoşnutlukla gülümseyerek yanına geldim; divanda kendime bir yer açtım. Üzerindeki püsküllü yastıkları bir kenara fırlatıverdim; yastıklardan biri altın kaplamalı Kuran'ın üzerine düştü. Bunun üzerine "dinsiz" ve "günahkâr" kelimelerini anımsayarak Muhammed'le gülüştük. Gözlerine bakmak beni rahatlatıyordu; ellerini tuttum ve onu bu rahatsızlıktan kurtaracak bir ses tonuyla konuşmaya özen göstererek devam ettim.

"Bu dünyada tek bir amacımız var Muhammed; var olmak. Yok olup gitmekten o kadar korkuyoruz ki, her birimiz birer dinsiz, günahkâr olup çıkmışız bu yarışta. Benim için günahlarımın sayısı fark etmez Muhammed, sen bundan korkmadığın sürece."

"Hamit, tam olarak kazınmış değil; o hâlâ bir adam, soyunu devam ettirebilecek pis bir…" Susması için parmağımı dudaklarına bastırdım. Tüm kinini kusuyordu.

"Ne istediğini biliyorum. Onun huzuruna çıkar çıkmaz, yapacağım. Allah'ın emriyle sağ salim dönsün de." Bunu söyledikten sonra bir süre daha parmağım, Muhammed'in dudaklarına sabitlenmiş şekilde kaldı. Sonra elini tutarak onun divandan kalkmasına yardım ettim. Tahmin ettiğimden daha ağır ve hantaldı.

Safirimsi gözleriyle gülerek, eski tok sesine ilk defa kavuşmuşçasına ortalığı inletti.

"Anlaşacağımızı biliyordum Kösem."

* * *

Muhammed'le konuşmamızın ardından bir buçuk ay kadar zaman geçmişti. Arada sırada beni Kuran okurken izlemekten haz alıyor gibiydi. Biz, haremin sıcaklığına alışadururken Osmanlı ordusu, yaz sıcaklarına aldırmaksızın Nahçıvan'ın steplerini Sinan Paşa önderliğinde ve Sultan Ahmed'in beygirinin ardında tepiyordu. Sıcak, ordunun umudunu kurutuyordu; daha da önemlisi Revan'a varamadan İranlılar tarafından yok edilen gıda maddeleri, tüm ordunun savaştığı o korkunç sıcaklara bir de açlığı ekliyordu. Baş döndüren, mide bulandıran, karın ağrıtan bir açlık...

Zekiye'nin alçak tavanlı, basık odasında kımızı halının üzerinde bağdaş kurmuş, sade işlemeli Kuran'dan sureler ezberleme çabasıyla dudaklarımı kıpırdatırken, bunu bir adet haline getirmiş olan Muhammed kapı aralığında görünüverdi. Üzerinde saray hadımlarına özel tavşan kürklü yelek ve ağı yerlere değen ipek bir şalvar vardı. Yeleğinin son üç düğmesini kapayamıyordu; göbeği beyaz şifon gömleğinin altından belli oluyordu. Hançerinin kabzası incecik ipek şalvarın altında yakutlarını sergiliyordu. Bugün pek bir şıktı.

"Şeytan Kösem, bana şu İnfitar suresini tekrarlayıver bakayım." Bıyık altından gülümsüyordu; bir elini beline dayamıştı.

On dokuz ayeti de sonuna kadar kusursuz okuduktan sonra başımı kaldırıp gülümsedim. O da güldü.

"Allah kabul etsin..." İnfitar suresini neden seçtiğini sormadım bile, Hafız Ana'nın söylediğine göre bu surenin kutsallığı kıyamet günü ve ahiret inancından söz ediyor olmasından kaynaklanıyordu. Günahkârların çekeceği ceza; okuyanın dudaklarında suçluluk duygusu bırakıyordu.

Muhammed tekrarladı. "Şeytan Kösem..." Yanıma oturdu; bağdaş kurmuştu. Şalvarının şıklığına değindiğimde ağzında bir şeyler geveledi ve konuyu değiştiriverdi.

Şu Muhammed dünyevi zevklerden ne kadar yoksun bir adamdı.

"Sultanımız kışı ordusuyla Van'da geçirecekmiş. Yeniçeriler ayaklanmış; açlık tabi, sen bilmezsin... O sıcaklarda, deriyi yakan, bilincinle oyunlar oynayan açlık. Adeta savaşacak gücü kalmamış ordumuzun, o pis İranlı köpeklerin kuvvetleriyle. Ah, o İranlılar yok mu, şimdi şu Şah Abbas olsa da onu şuracığa çivileyiversem."

Muhammed öfkeyle yumruklarını sıkıyordu. Kuran'ı bir kenara koyarak başımı Muhammed'in kucağına yasladım. Sarkan dudağımla oynamaya başlamıştı; söyledikleri Ahmed'in bir mevsim belki de daha yarım yıl kadar doğunun steplerinde yatıp kalkacağının habercisiydi. "Yani, demek oluyor ki... Onların işi önümüzdeki yazdan önce bitmez. Varsa yoksa şu savaşlar..." Öfkeyle Muhammed'in bacağını sıktım; altımdaki bedenin aniden ürperdiğini hissettim.

"Yaban gülüm, kömür gözlüm biraz sabret... Hem bak, Hatice'nin doğumunda ne divan üyeleri burada olacak, ne de padişah. Hatice ve bebeği haremin ellerinde; Allah'ın gözünden düşmüş bir ana ve evlat." Muhammed, kalçalarıma kadar uzanan siyah bukleli saçlarımla oynarken, kin dolu bir ses tonuyla konuşuyordu. Başımı kaldırıp yüzüne baktım.

"Bekleyeceğiz değil mi? Daha ne kadar bekleyeceğiz?" Gözlerime yaşlar dolmaya başlamıştı; boğazımı içten içe benimsemiş olan düğümle savaşım tekrar başlamıştı.

Muhammed'in lacivert gözleri gözümdeki yaşları silmeye çalışıyordu. Ne dese boştu; ikimiz de bu yaşamda birer köleydik artık, birimiz kazınmış, birimiz ise bir bedene hapsolmuştuk. Hepimiz Allah'ın birer kuluyduk ne de olsa, hayattaki bazı fırsatları yakalamak, gerektiğinde yoluna devam etmesi için ellerimizden bırakıvermek amacıyla yeryüzüne birer melek misali gönderilmiştik. Biz, bu fırsatlardan birinin burada, mahkûm olduğumuz yerde bizi bulabilmesi için dua ediyorduk.

"İnşallah," diye mırıldandı Muhammed, şimdi gözlerime bakmaktan kaçınıyordu. Demir parmaklıklar ardında ulaşılması güç gözüken bir dünyaya, ufuğa gözlerini dikmiş, gelmekte olan fırsatın yolunu gözlüyordu. Ya Van'ın steplerinden dönecek veya cennetten hurileriyle inecek bir umuttu bu.

Aniden Kuran'ın son suresi olan Nas'ı mırıldanmaya başladı. Gelecek tüm kötülüklere karşı Allah'ın yatıştırıcılığına, affına sığınmak istiyordu. Zaten bundan başka bir çözümümüz olduğunu sanmıyordum. Başımı, ruhumu, hayatımı tekrar, emin bir şekilde Muhammed'in kucağına bıraktım.

Hayat biz fark edemeden ne kadar da çabuk geçiyordu. Ilık bir yaz akşamında tenimizi yalayıp yoluna devam eden boğazın ılık lodosu gibi...

Haremdeki kızların üzerine dokunulmamışlığın gölgesi düşerken, aynı kızlar haremin mermer damarlarının üzerinde birer hayalet misali gezinip duruyorlardı. Her biri hareketsizlik ve amaçsızlık nedeniyle kilo alıyordu. Vasıfsız köleler yaz boyunca bir yandan yemek yiyip; bir yandan da divana sere serpe uzanan kızları yelpazeleyip durmuştu. Bu sırada cariyeler önlerine konulan, Uludağ'dan özel getirilmiş buzlarla soğutulmuş tarçınlı, karanfilli, portakallı şerbetleri yudumluyorlardı.

Dışarıdan bakıldığında haremde hayat ne kadar güzeldi. Ancak lodos kesildiğinde ardından gelecek olan baş ağrısından kimse haberdar değildi.

Yaz bitimiyle haremde doğum hazırlıkları başladı. Dönüp duran dedikodular nedeniyle Şifahane'de bulunan birkaç ebe, büyücülük suçuyla- tek suçları Muhammed, Zekiye ve yandaşlarına yardım etmekti- birer birer asıldı. Sessizce ve farkedilmeden gerçekleşen infazlardı bunlar; ancak bir avuç vasıfsız kölenin yokluğu kimsenın yüreğini acıyla dağlamıyordu. Bunu birkaç odalık takip etti; Hatice, ardındaki gölgelerin farkındaydı, odasından çıkmaz olmuştu. Zaten ben de onu hareme geldiğimden beri ya bir veya iki kere görmüştüm. Biri hamamdaydı; ince uzun ve biçimsiz bir vücudu vardı. Göğüsleri erken hamileliğin şaşkınlığıyla büyümekle büyümemek arasında bir hendeğe düşmüş gibiydi; beliyse kalçalarına oranla çok genişti.

Ahmed, bu kızda ne bulmuştu anlayamamıştım. Kim bilir, belki de zihnimde bu düşünceleri yaratan kıskançlıktı. Ben de bu bir parça özgürlüğe özeniyordum.

Ekim sonunda karnı burnunda Hatice, odasından hiç çıkmaz oldu; yanında yirmi dört saat duran baş ebesi Elvan vardı. Elvan, çok yaşlıydı; başında patlıcan moru bir başörtüsüyle gezerdi saçındaki beyazları kapamak için. Üzerinden hiç çıkarmadığı aynı renkteki şalvarı, beyaz ipek gömleği ve altın bir yeleği vardı. Kamburdu; kısa boylu olduğundan haremde varlığı pek fark edilmezdi, gözle seçilmesi çok zordu.

Söylentilere göre Ahmed'in kardeşi Mustafa da bu kınalı ellere doğmuştu; bu narin yapılı padişahı doğurtan eller onunkilerdi. Söylentiler haremin duvarlarında, hamamın mermer göbek taşlarında ve büyük avlunun en ücra köşelerinde dahi yankılanıp duruyordu; bazıları bu bebeğin gayri meşru olduğunu iddia edip, bebek doğar doğmaz ipek urganla boğulacağını söylüyordu. Bazılarıysa Elvan Ebe'nin bir hain olduğunu, anasının uykuya daldığı anda bebeği göbek kordonuyla boğacağını. Asılsız hikâyeler tenimizi yalayıp geçiyordu; fakat bir hakikat vardı ki bu bebek erkek olursa, asıl kıyamet o zaman kopacaktı.

Tüm imparatorluk inleyecekti.

Ve Kasım'ın üçünde dedikoduların kundağına sarılı bebek dünyaya geldi. Sesi fazlasıyla boğuk çıktığı için yaşama şansı verilmedi ilk başta, daha sonra boynundaki halat şeklindeki kat kat morluklar fark edildi. Bebek doğar doğmaz, kendi kordonuyla boğulmaya çalışılmış; fakat girişim başarısızlıkla sonuçlanmıştı. Tüm bakışlar tek bir kişiye yönelmişti.

Ertesi sabah Elvan ebe, haremin avlusundaki uzun selvi ağacına kalın bir halatla asılı bulundu. Bebeğin boynuna dolanan ölümün gölgesi, bu sefer hakikatiyle onu boğazlayıvermişti. Başındaki mor başörtüsü, ayaklarının ucuna düşmüştü; şu dünyada iki Osmanlı varisini doğurtma kadrine ulaşmış o kınalı eller, cansızca, bedeninin iki yanından sarkıyordu.

Gıybetler çocuğu, bir erkekti. Adının Osman olacağına çok önceden Ahmed tarafından karar verilmişti bile. O sabah ezanla birlikte atılan topların gürültüsü, Elvan Ebe'nin selvi ağacından sarkan bedenini titretti.

* * *

Osman'ın doğumuyla Hatice odasından sık sık çıkmaya başladı. Adeta hareme meydan okuyor; bir varisi dünyaya getirmenin verdiği güvenle salına salına dolaşıyordu. Haremdeki gölgeler ve fısıltılar neredeyse yok olmuştu; herkes bu yeni erkek çocuğun varlığını kabullenmişe benziyordu, Zekiye Kalfa bile. İlk birkaç hafta kederden ve korkudan odasından dışarı adım atmamış olsa da, onu Elvan Ebe'nin cesedinin dibinde Kuran okurken görmüştüm. Vicdan azabıyla bir ileri bir geri sallanıp duruyordu. Nargilesindeki haşhaşın miktarını arttırmıştı. Artık sabah ezanıyla uyanmıyor; geceleri eğlencelere katılmıyordu.

Zekiye git gide çektiği azapla solgunlaşıyor ve kendi kendini öldürüyordu. Zarif'le bense birbirimize düşman kesilmiş gibiydik; artık beni görmeye gelmiyordu. Bundan şikâyetçi sayılmazdım. Ne zaman onun solgun mavi gözleriyle karşılaşsam, bir sonraki adımımda tökezlememi bekleyen bir ifadeyle selamlaşıyordum. Geçenlerde Çerkez Sabahat, hamamda tüylerimden arınırken usulca yanıma yaklaşmış ve bana fısıldamıştı.

"Kösem, benden duymuş olma ama şu Zarif var ya, ne zaman bir fırsatını bulsa senin hakkında dedikodular yayıyor ortaya, benden söylemesi, eğer Zekiye Kalfa'nın kellesi istenecek olursa bir gün emin ol ki bu Zarif'in attığı iftiralar yüzünden olacaktır. Allah korusun."

Yanında duran sedef sabunluğa yumruğunu üç kez vurdu. Kocaman dudakları, acı biber yemişçesine kabarmıştı. Bu kızın ne kadar güzel dudakları vardı, kahverengi düz saçları ve bir çift çekik kedimsi gözle birleşiyorlardı.

Duyduklarım üzerine kızı her iki yanağından öperek teşekkür ettim ve hamam odasından fırlayıverdim. Arkamdan beni izleyen o bir çift kedigözünün varlığının verdiği güvenle sırtım dik yürümeye başladım; emindim ki bu haremde beni izleyen her göz ya imrenerek bakıyordu veya kıskanarak.

Hamamın mermer duvarlarından ve zemininden yayılan boğucu sıcağa aldırmaksızın yürümeye devam ettim. İçerideki buhar yüzünden alnımda ter damlacıkları oluşmuştu; her seferinde hiddetle alnımı elimin tersiyle siliyor, Zarif'i aramaya devam ediyordum. İşte, bir grup gencecik kızla bir havuzda kirli beyaz mermer arkalığa yaslanmış; minik bir kızın pirinç bir tasla kafasından aşağı ılık su dökmesine mırıltılarla karşılık veriyordu. Yanında da geçenlerde hamamda olay çıkarmama neden olan zenci kız vardı. Kollarını mentollü bir yağla ovuyordu, Zarif'e yaklaştıkça mentolün keskinliği boğazımı yaktı. Havuza bir bacağımı sokmadan önce belimden peştemalı sıyırıp kenara atıverdim; havuzdaki genç kızların beni izlediğini fark etmiştim. İlgi hoşuma gidiyor, yalnızlık çektiğim bu delikte ruhumu okşuyordu. Zenci kız da varlığımı fark etmişti. Kendimi aniden havuzun içine atıverdim.

Havuzdan sıçrayan sabunlu sular, Zarif'in yüzünden akıyordu. Tiz bir çığlık attı ve zenci yardımcısı Fatma'ya dönerek bağırmaya başladı.

"Bu sıçanlardan hangisi..." Beni daha fark etmemişti; kızları parmağıyla işaret ediyordu. Sabunlu sudan dolayı yanan gözleri; az önce ağlamışçasına kızarmış, iyice küçülmüştü. Sonra yumruklarını sıkarak hırsından ağlamaya başladı. "Hangi beyinsiz, yarım akıllı fahişe..." Başını hısımla kızlara doğru çevirdiğinde, temkinli adımlarla ona yaklaşmakta olan beni gördü. Yüzümdeki geniş gülümsemeyi görmezden gelemezdi. Yanına iyice yaklaşarak dibine kadar geldim; kızarmış gözlerinden akan yaşlar üst dudağına kadar süzülüyor, o hiddet dolu mavi gözler öfkeyle korlaşmışçasına parlıyordu. Öfkesinden ne yapacağını şaşırmıştı.

Üst dudağını yalayarak, elinin tersiyle gözlerini sildi. Şimdi sadece hırsından ağlıyor; az sonra duyacaklarından korkarak içini çekiyordu. Kulağına fısıldamak için yaklaştım; o sırada kulağındaki bir çift altın küpeyi gördüm. Muhammed'in bana geçen günlerde hediye ettiği, on sekiz ayarlık işlenmiş altın, damla biçiminde düşürmüş olma korkusuyla uykularımı kaçıran küpelerdi. Kulağını tuttum ve sadece onun duyabileceği kadar yüksek bir sesle konuşmaya başladım.

"Köpek, kulaklarını Pera'da bir çift gavur fahişesi kulağı niyetine pazarlamamı istemiyorsan bu sözlerimi iyi dinle. Sana yaptığım gibi Muhammed'in kulağına fısıldayıvereceğim bir çift söz. İşte o zaman..." Boynundan tutarak arkasındaki mermer arkalığa yapıştırıverdim; kafasını hızlıca mermere çarpmıştı. Bir eliyle başını tutuyor; bir yandan da gözlerini siliyordu. Yine de gülüyordu.

"Fatma hakkındaki dedikodular hiç kulağına çalındı mı Kösem? Onun geldiği yerleri bilir misin; o korkunç sıcak Kassala çöllerini? Hiç Fatma'nın ayı derisi misali o kapkara tenine dokundun mu Kösem? Peki, hiç onun büyülerini, tapınma seanslarını, danslarını izledin mi, yaşadın mı? Eğer görmüş olsaydın, kendinden, kapkara gözlerinde parıldayan o keskin zekâ ve güçten korkardın güzel Kösem; çünkü her birinin teker teker solup gideceğini hissederdin. O yanı başında; yapabileceklerinin bir sınırı yok, nasıl olsa o bir zenci, dinsiz, Allah'ın gazabından ona ne? Ama sen..."

Ellerimi gevşetmiştim, boğazını biraz rahatlatabilmek için öne doğru çıkardı. "Sen gerçek bir ruhu olan, değerli bir ölümlüsün Kösem, bu lanetli zenci tarafından mırıldanacak bir çift sözün gazabıyla ateşlerde yanacak, kan kusacak, aklını kaçıracak bir kul." Sustu ve yüksek sesle gülmeye başladı; işte o zaman gözlerim Fatma'nın gözleriyle buluştu, onun o delici bakışlarıyla.

Ona gülümsedim ve onun da bana geri gülümsediğini hissettim, en azından öyle umdum; iki gün önce Afife tarafından özenle şekillendirilen sivri tırnaklarıma baktım, sonra sertçe Zarif'in boynuna geçirdim; bunu yapmayı umanın ben değil de Fatma olduğunun farkındaydım. Bu şiddetle ve iki yüzlülükle imzalanmış bir bağlılık anlaşması olacaktı; seziyordum.

Zarif'in boynundan ince ipler halinde kan sızıyordu. Etrafındaki su açık kahverengiye dönüşmüştü. Çığlık attı ve boynunu iki eliyle sıkıcı tuttu. "Seni oros..." Bir parmağımı tırnağımın keskinliğine güvenerek dudaklarına bastırdım. Susmasını sağlamıştım; gülüyordum. Dudağında derince bir kesik oluşmuş; dişleri kan içinde kalmıştı.

"Peki, sen, bu narin teninin; bu görkemli vücudunla kelleni bağlayan o nazik boynunun yenilgisinden korkmuyor musun, onun savunmasızlığından? Dünyevi güçlere sadık kal Zarif ve sana hayatını bağışlayayım; herkes biliyor ki Ahmed döndüğünde tüm güç elimde olacak, bunu bilmek için zenci bir büyücüye ihtiyacın yok bence. Sezebiliyorsun; sende de varolan o gücün, başka bir kaynaktan yayılmakta olduğunu, nabzının usulca attığı boynuna dayanan bu tırnakların ölümcüllüğü sayesinde hissedebiliyorsun. Arkamda şanlı bir imparatorluk misali duran yüce bir gücün varlığına, onun gölgesinin benim gölgemi seyrettiği her saniyeye tanık oldukça doğmakta olan bir gücün varlığıyla titriyorsun Zarif. Gelecek sefer bil ki dudağından dökülen her yanlış sözün bedeli, sana yaklaşacak bir hançerin parlaklığıyla ödenecektir; güven bana sevgili Zarif." Havuzdan usulca çıkarken, kızların Zarif'in boynundan akan kanı görüp çığlıklar attığını fark ettim.

Zarif'se olduğu yerde biraz daha doğrulmuş; Fatma'ya şifahaneden Cahide'yi bulmasını emrediyordu. Hızlı adımlarla haremle yatakhaneleri bağlayan koridorda yürümeye başladım; arkamdan beni takip eden bir çift ayağın daha varlığına güvenerek adımlarımı sıklaştırdım. Muhammed'in öngördüğü üzere işler doğru işlemişti; arkamda Fatma'yla onun odasına yöneldik.

Kapı açıldığında karşımızda duran Muhammed'le kucağında elbiseleri kanlar içinde kalmış yaşlıca bir kadının görüntüsüyle irkildik. Saçları boynundan oluk oluk akan kanla kıpkızıl, ensesine yapışmış; ipek gömleği kocaman bir kan lekesiyle boyanmıştı. Muhammed'in suratı kaskatı kesilmişti; çenesi ve bir gözü seğiriyordu. Dev hadımın kollarında, cansız bir beden, yitip bitmiş suçsuz bir kadın bedeni. Fatma bile korkmuş gözüküyordu; hayatında daha önce bu kadar çok kan gördüğünü sanmıyordum. O tanıdık yüzün yüreğimde açtığı umutsuzluk yarasıyla ileri doğru atıldım; Muhammed dokunmamam hakkında bir şeyler mırıldandı. Zekiye... Zekiye'nin boynu kesilmiş; şahdamarından hâlâ oluk oluk boşalan kanla yıkanmıştı. Muhammed tek bir kelime edebildi sadece.

"Hatice."

O anda Zarif ve Hatice'nin bizden bir adım önde olduğunu anladım. Fatma da anlamıştı ve yerinde huzursuzlukla kıpırdandı.

"Ki melekler, güzellikle canlarını aldıklarında 'Selam size' derler. 'Yaptıklarınıza karşılık olmak üzere cennete girin.'" Yaşamakta olduğum cehennemin varlığıyla ürpererek, cennetin varlığını sorgular olmuştum. Şu anda o kafirler için hazırlanmış cehennem ateşi, Muhammed'in ve benim tenimizi usulca yakıyordu. Cehennem buysa, cennette bulunacak huzur gereksizdi; gerçek dışıydı.

Yemeğimi usulca kontrol ettikten sonra-birkaç kez koklayabilmiştim ancak, yapabileceğim daha fazla bir şey yoktu, ne celadon porselen takımım vardı içinde yemek yiyebileceğim, ne de bir çeşnicibaşım- yemeye koyuldum. Bitirir bitirmez de yanımda duran Fatma'ya fısıldadım.

"Hallettin mi?" Zekiye'nin ölümünden sonra haremin düzeni iyice bozulmuştu. Herkes aniden yatağında boğazı kesilmiş bulunma korkusuyla huzursuzca kıpırdanır; laflarını başkalarından sakınır olmuştu. Haremde dedikoduyla ilişkilendirilebilecek en ufak bir söz sarf edilmez olmuş; koridorlarda salınarak gezen tüm cariyelerin, hizmetlilerin -evet, özellikle hizmetliler, hadımlar korkar olmuştu dilsiz cellatlardan- yerini Hatice ve ekibi almıştı. Haremin bu usule yakışmayan sessizliğinin ardında yürütülen bir savaş vardı.

Muhammed'in tek avuntusu sultanımızın sarayının, evinin yolunu tutmuş olmasıydı.

Muhammed son birkaç ayda kilo vermiş; fakat planlarını her zamankinden ayrıntılı yapar olmuştu. Bir akşam birlikte yemeğimizi yerken-ilk önce birkaç kez koklayarak kontrol etmemiz gerekmişti; birkaç kez de gözlerimizle tabağın kenarlarını zehir izi bulabilir miyiz diye gözden geçirmiştik- hararetli bir şekilde konuşmaya başladı.

"Seni nasıl sunacağımı biliyorum; belki Sultanımız ilk önce gözdesini görmek ister fakat biraz değişiklik dil yakmaz değil mi Kösem, senin dediğin gibi..." Gülümsüyordu. "Akşam yemeğinden sonra nargilesinin tadını çıkarırken usulca yanına yaklaşırım ve derim ki 'Efendim, size bir sefer hediyesi sunma onurunu bana bahşedin lütfen.' Bunun üzerine o da kendi özel işlenmiş mendilini- anası tarafından elbette, ah yüce Handan Sultan, o da bu savaşın arasında yitip gitti- elime tutuşturur ve der ki..."

Tüm bu katakullinin ardında yatan bir valide sultan olduğunu unutuvermiştim; cidden Handan Sultan neredeydi?

"Handan Sultan nerede Muhammed?"

"Başlatma Handan Sultan'ına Kösem, sözümü kesme!" Muhammed, eskisine kıyasla daha çabuk sinirlenir olmuştu; endişeden ve kilo kaybından kaynaklanan el titremesine aldırmadan kadehine biraz şerbet döktü. İncelikle işlenmiş mavi kaftanının üzerine koyu kırmızı şerbetten dökülmüştü birkaç damla. Zekiye'yi anımsadım; zihnimle oyunlar oynayan kâbusların tekrar canlandığını koca lacivert gözleriyle sezen Muhammed de huzursuzlaşıp ayağa kalktı.

"Ne diyordum ben Kösem, hah evet mendilini bana uzatır ve der ki 'Sadık hizmetkârım Muhammed'..."

"Niye hiç benimle konuşmuyorsun, varsa yoksa Ahmed gelince ne yapacakmışız da, onun huzuruna çıktığımda nasıl eğilecekmişim de... Zekiye'yi kimin öldürdüğünü merak etmiyor musun; şu Zarif cadısının kellesini hiç mi istemiyorsun Muhammed. Sen Zekiye öldüğünden beri..." Öfkemi kusmaya devam ettim; yanağımda patlayan bir tokat beni kendime getirip, karşımda öfkeden kudurmuş dev bir Muhammed bulana dek.

"Yeter artık Kösem, zırvalamayı bırak seni cahil, kendini bilmez sersem. Elbet bunu her gün düşünüyorum; fakat biliyor musun, asıl korkum bir gün Zekiye'nin cansız bedenini taşıyan kollarımın senin bedenini yüklenmesi. Gözler üzerimizde Kösem, anlamıyor musun; kafanı çalıştır biraz, Hatice ve hadımları her yerde. Bizse sadece sen, ben, bir avuç hadım ve Fatma." Bu laflardan sonra yere yığılan bedenimi kaldırmak üzere yardım elini uzattı; kendi kendime yerimden doğrulup, ona öfkeyle bakmaya devam ettim. Birkaç kez kendi kendine "Fatma, Fatma..." diye mırıldanadurdu. Daha sonra eğilerek yanağıma, tokat attığı yere bir öpücük kondurdu. Mavi gözleri uzun zamandır ilk defa sevinçle parıldıyordu.

"Fatma!"

* * *

Fatma bir türlü cevap vermiyordu. Zekiye'nin odasındaydık. Zekiye'nin ölümüyle Muhammed bu odanın bana verilmesini teklif etmişti Handan Sultan'a. Handan Sultan, haremiyle ilişiğini olduğunca aza indirgemeye çalışan belki de tek valide sultandı; bu yüzden Muhammed'in teklifine "Olur!" deyivermişti.

Fatma başı öne eğik kendi kendine bir şeyler mırıldanıyordu. Benim şu ana kadar öğrenmiş olduğum dualar gibi Arapça değildi. Farklı bir dildendi; ara sıra dilini ağzında şaklatıyor ve yutkunma sesleri çıkarıyordu. Az sonra eğilip alnını yere değdirerek, gözlerini tavana, daha doğrusu tavanın ilerisindeki göğe dikti.

"Hallettin mi dedim sana!" diyerek çenesini kavrayarak yüzünü kendime doğru döndürdüm. Ağlıyordu; yaşlarını ellerimin tersiyle silerek kafasını göğsüme yasladım, usulca başını kaldırarak dudaklarına bir öpücük kondurdum.

"Yapabileceğini biliyordum."

* * *

Dakikalar sonra, uzun zamandır duyulmayan bir ses yankılandı sıvası dökülmeye yüz tutmuş harem duvarlarında, acı dolu kuvvetli bir çığlık. Koridorlarda aceleyle koşturan ayak seslerini duyduk; ikimiz de olanları bildiğimizden dolayı dışarı çıkmaya korkuyorduk. Bir süre daha Fatma başı göğsümde durdu; daha sonra kalkmaya yeltendi. Dışarıdaki çığlıkların keskinliği kulaklarımızı tırmalıyordu; ancak tüm bu olayların şiddete eğilimi bize bir parça huzur veriyordu. Huzur; anılarımızın tozlu köşelerine terkedilmişti uzun bir süre zarfınca.

Herhangi bir ses, kurnaz bir sessizliğin tek düzeliğinden çok daha güvenliydi ne de olsa; huzurluydu.

Fatma, kusacak gibi gözüküyordu; midesini tutmuş zar zor konuşmaya çalıştı. "Beni koruyacaksın değil mi?" Sesi ağlamaklıydı; onun bu zayıf tarafıyla daha önce hiç yüz yüze gelmemiştim.

Ona elimi uzatmıştım; beni ayağa kaldırmasını bekliyordum. Son birkaç aydır kendime, sözlerime ve inançlarıma olan güvenimin neredeyse yok olup gitmesine aldırmayarak onu cevapladım.

"Elbette, sonuna kadar."

Taşlığa çıktığımızda karşılaştığımız görüntüyle şaşkına dönmedik, bu uzun zamandır beklediğim andı. İşte orada sert zeminin üzerinde kan kusan Zarif duruyordu. Etrafında da bir halka oluşturmuş onlarca odalık, hadım ve Zarif'in elini tutmuş olan Hatice. Benim varlığımı, bakışlarımı ensesinde hissetmiş olacak ki dönüp gülümsedi; Zarif'in can çekişmesi umurunda değilmiş gibi. O da belli ki bu savaştan bıkmıştı; bir an önce Ahmed'in gelmesini ve her şeyin sonlanmasını umuyordu.

Zarif'in pembe şalvarı ve brokar yeleği kan içinde kalmıştı; yüzü bembeyazdı. Gözlerinin maviliğindeki o pırıltı neredeyse kaybolmuş gibiydi; Hatice'ye birkaç çift söz etmeye çabaladı fakat yapamadı. Oracıkta, karnını tutmuş; ölüyordu.

Bense onunla ilk karşılaştığımız gün, onun peşinden koşuyor olmayı umuyordum hâlâ; eskisi gibi. Hiçbir şey yaşanmamışçasına. Gülen, koşan ve oynayan Zarif güç uğruna yerde kan kusuyordu; hiç kimsenin de buna aldırdığı yoktu. Korkuyla yanına yaklaştım; son nefesini yüzümde hissedebilmek istedim. Ölümün keskin kokusu beni büyüledi; geri adım atmamak için yumruklarımı sıktım. Ellerindeki kan hızlıca kuruyordu; elleri doğuştan kınalı gibi duruyordu parlak güneşin altında. Elini tuttum; bir parça kan elime bulaştı fakat aldırmaksızın elini sıktım.

Hatice benim gücümden ürkerek diğer odalıkların yanına çekildi; işte onun ardında uzun zamandır beklediğim yüz duruyordu: Handan Sultan.

Zarif, elini tutanın ben olduğunu kavramışçasına yüzüme baktı; kan kusmaya devam ediyordu, bir anlığına da olsa kanla lekelenmiş dişlerini göstererek gülümsedi. Başımı kendisine doğru çekerek öğürdü; kusmasını bir süreliğine durdurmuştu ve fısıldadı.

"Beni zehirledin Kösem, varlığınla; yapacağını biliyordum." Yere yığıldı; kusmaya devam etti, solukları gittikçe düzensizleşiyor, bedenini yavaşça ölüme teslim ediyordu. Elini bırakmadım; Hatice, Zarif'in üzerine eğilerek sordu.

"Kim yaptı bunu sana güzel Zarif?" Sesini ilk defa duymuştum; oldukça kalındı, hatta duyan erkek sesi bile sanabilirdi. Gözleri zekâyla aydınlanmıştı; bakışları en ufak bir ayrıntıyı bile kaçırmayacak derecede kurnaz bakıyordu. Bu soruyu sorarken cevabı bildiğinin farkındaydım.

Zarif, son nefesinin verdiği kuvvetle parmağını Fatma'nın hemen dibinde duran masum, sarışın bir cariyeye yöneltti; kız tiz bir çığlık attı ve ağlamaya başladı. "Ben yapmadım diyorum size; ben yapmadım!" Handan Sultan kızdan tiksiniyormuşçasına yana doğru bir adım attı ve hadımlara el kol hareketleriyle kızı götürmelerini işaret etti. Yanındaki Fatma'ysa soğuk terler döküyordu. Dilini şaklattığını duydum.

Zarif'in eli birkaç kez avucumda çırpındı; sonra sadakatle dayanarak yüzünü kucağıma gömdü. Yeşil şalvarım kana bulanmıştı. Zarif kucağıma gömülü kaldı; benden ne kadar tiksindiğini hissedebiliyordum. Onu sırtüstü çevirdiğimizde yüzündeki tebessümü fark ettik; gözleri sımsıkı kapalıydı. Her şey başarıyla sonuçlanmıştı. Zarif, olduğu yerde gömülü kaldı; sarışın kızsa, bir şehit olarak, affedilmiş günahlarıyla Haliç'in dibinde...

* * *

Zarif'in ölümü talihsiz bir tesadüf olarak algılandı. Hatice, bir hafta korkudan odasından çıkmadı. Gece gündüz hadım çetesiyle oturuyor, sohbet ediyor, nargile içiyordu. Osman'ı sütannelere teslim etmemişti korkudan, koynundan uzaklaştırmamayı yeğliyordu. Benden korktuğunu biliyordum; etrafta dolaşan dedikoduların kaynağının o olduğunu da.

"Cadı Kösem, öyle bir güzellik, o kadar kıvrak bir zekâ; Ahmed gelir gelmez hepimizi astıracakmış diye duydum. Bazılarımızın derisini yüzdürecekmiş yaşlandığında kullanmak için. Cadı işte o, büyücü! Zaten o Kara Fatma var ya, en çok da ondan korkuyorum."

Cariyelerden biri ne zaman topluluk içinde bu denli ağır bir laf ederse, tüm topluluk çil yavruları gibi dağılıyordu.

Bense Ahmed'le daha tanışmadan, karşılaşmadan kurduğum bu hâkimiyetin giderek yayılmasını, büyümesini izliyordum. İlk geldiğim harem düşmandı ve karanlıktı. Şimdiki haremse korkulu ve ürkekti; kaçacak köşe arıyordu.

Evet, onlar da biliyorlardı ki, Ahmed gelince Hatice'nin talihsiz oğlu anasının bağrından koparılacaktı. Haremin duvarları, yaklaşmakta olan tufanın yıkıcılığına dayanabilecek gibi gözükmüyordu.

Ne Zarif ne de Zekiye gibi silinip gidecektim bu dünyadan... Her ne kadar savunmasız gözükse de bu duvarlar, ismimi onların üzerine kazımama şimdilik izin veriyorlardı. Gözümse bu dört kıtalık imparatorluğun fatihinin üzerinde bırakacağım izdeydi.

Ahmed ve ordunun gelişi üzerine divan canlandı; halk ordunun yenilgisini göz ardı ederek muhteşem kutlamalar düzenledi. Sultanı ilk defa haremin avluya bakan penceresinden gördüm; hiç Muhammed'in anlattığı gibi gözükmüyordu. Yenilgi onu zayıflatmıştı, başındaki sarık kafasının üzerinde rahatsız duruyor gibiydi. Boynu hafif büküktü öksüz bir çocuğu andırırcasına. Sultan, bahçedeki taşlık yolda yürürken bir tavus kuşu gördü; dizlerinin üzerine çöktü ve elini uzattı. Tavus kuşu hızlıca uzaklaştı; aynı milleti ve ordusu gibi.

Ahmed olduğu yere çöktü, onu görebilecek durumda olan bir tek ben vardım. Divan görüşmeleri hâlâ devam ediyordu. O ise sıkıntıyla kendini bahçesine atmayı tercih etmişti. Oturduğu yerden eline irili ufaklı siyah taşlar alarak ilerideki ağacın gövdesine fırlatmaya başladı; her isabetle göğsü biraz daha kabarıyor ve sırtı dikleşiyordu. Taşları daha kuvvetli fırlatmaya başladı. Ahmed, hırslı bir padişahtı ve hırsına meydan okuyan yenilgiler onu tüketiyordu. Onun bu derbeder görüntüsünden olabildiğince uzaklaşabilmek için kendimi altın parmaklıklarla süslü harem penceresinden geriye çekip Muhammed'i görmeye gittim.

Odasına olan yolda attığım her adım beni Ahmed'ime götürüyordu.

* * *

Muhammed, Hindistan'dan yeni getirilen altın kaplamalı fil heykellerinin arasına koyulmuş minderlere yayılmış, normalde haremdeki doğumların ardından hazırlanan loğusa şerbetini yudumluyordu; yanındaki ziyaretçisiyse her zamanki olağan gülüşüyle bana bakıyordu. Aylar önce Pera'nın atıklı sularında can çekişen Hamit'in değildi sanki bu gözler; düşmanının adımlarını gözleyen, saldıracağı anı bekleyen bir yeniçerinin, sipahinin gözleriydi.

Başını havaya kaldırarak yarım ağzıyla mırıldandı. "Selamünaleyküm." Elindeki loğusa şerbetini benim şerefime havaya kaldırdı; ne ima ettiğini, Muhammed'le yaptığımız gece yarısı sohbetlerinin ardından kavramamak olanaksızdı. Hareketleri Hamit'in tüm bu planlardan haberdar olduğunun bir işaretiydi.

Gülerek cevap verdim. "Aleykümselam Hamit." Muhammed elini sertçe Hamit'in omzuna koydu ve konuşmaya dahil oldu.

"Hamit'i görmeyeli ne kadar olmuştur Kösem, yarım yıl?" Hamit Kösem adını duyar duymaz irkildi, yastıklarda sırtının biraz daha dikleştiğini görür gibi oldum.

"Evet, evet..." diye geçiştirdim Muhammed'in sorusunu, daha fazla uzatmak istemiyordum; dışarıdaki buruk, güçsüz padişahı gördüğümden beri tüm bu planların bir anlamı kalmamıştı sanki. Tüm bu harem entrikaları, hayatlarımızı derinden etkileyen birkaç mevzuat ve tüm Osmanlı tarihinde köklü değişikliklere yol açabilecek birkaç gözde.

Muhammed, düşünceli tavrımdan etkilenmiş olacak ki beni görmezden gelerek Hamit'le dostane bir sohbet ortamı yaratmaya çabaladı; tüm bu özenli çabalar Hamit'in onuru ve hâlâ sönmemiş öfkesiyle geri püskürtüldü. Şimdi Muhammed'in şaşaalı odasına koyu bir sessizlik hâkimdi, olacakların farkında olduğundan dolayı kimse bu sessizliği bozmaya yeltenmiyordu. Hamit ayağa kalkarak Muhammed'in havuzunun kenarlarına kondurulmuş mavi beyaz devasa boyutlardaki çini vazoların içinde yeni yeni açmaya başlamış pembe beyaz orkidelere dokunarak konuşmaya başladı. "Odanı güzel döşemişsin Muhammed..." Bunları söylerken bir kez bile Muhammed'e bakmadı; gözleri kırmızı renkli altın ipliklerle ve işlemelerle süslü kaftana bürünmüş olan benim üzerimdeydi. Eskisi gibi patavatsızdı.

Helenistik heykelleri andıran bir yüz yapısı vardı; ince kemikli, elmacık kemikleri olabildiğine çıkık ve belirgindi. Altın bukleleri terden alnına yapışmıştı; arada bir sol eliyle saçlarını karıştırıyor, daha da dağıtıyordu. Gözleri hâlâ aynı soğuklukla bakıyordu; göğsü ve omuzları genişti.

Önce Muhammed'e baktım, sonra da Hamit'e. Allah'ın iki farklı kulu, diye düşündüm. Biri kara biri beyaz, biri itaatkâr biri asi, biri benim diğeriyse... Asla bütünüyle sahip olamayacağım: Hamit.

Başımı hâlâ orkidelerle oynayan Hamit'e çevirdim; ince uzun silueti, havuzun ışık oyunlarıyla boğuşan sularına yansıyor, dalgalanan suyun etkisiyle bacaklarıyla kolları birbirine geçiyordu. Gelip geçiciyiz, diye düşündüm ve Hamit'e yaklaştım.

"Bugün gece yarısı, ben sultanımızın odasından çıkar çıkmaz gel, geç kalma..." Başımı yere eğip Muhammed'in yanına çömeldim. Beklediğim üzere yeleğinin cebinden çıkardığı menekşe moru mendili omzuma koydu. Usulca teşekkür ederek arkamda bıraktığım iki kıskanç hadıma aldırmaksızın odadan hızlı adımlarla çıktım. Hazırlıklar başlamadan omzumda sultanımızın mendili, haremin her bir köşesini adımladım. Haberi alan Hatice gün boyunca odasından çıkmadı. Osman'ın bir ebenin kucağında anasının koynundan uzaklaştırıldığını gördüm. Odanın açılan kapısından göz attım, mahşer yeri gibiydi.

"Ah Lal, halimize bak... O Rum orospusu sonunda istediğine kavuştu; Ahmed'in altında uzanabilecek artık, yatağına davetli olacak. Artık yapabileceğim bir şey yok Lal, elimden geleni yaptım ona karşı; Handan Sultan'sa..." Devamını duymamak için Hatice'nin odasının önünden uzaklaştım; bir ara cariyelerin arasından geçerken kasıtlı olarak o pürüzsüz beyaz mermerin üzerine düşürdüm mor mendilimi. O da benimdi artık; tüm harem bunun farkındaydı. Sonunda Rum kızı istediğine kavuşmuştu.

Cariyelerin özenen bakışları altında nazikçe eğilerek mendilimi elime aldım; omzuma koyarken onlara doğru fısıldadım. "Sultanımızın yokluğundan beter bir yalnızlığa hazır mısınız kızlar, buna ebedi kölelik deniyor."

Ne kadar farklı olursak olalım; ileride her hangi birimizi kayırmaksızın bize kucağını açmış bekleyen bir kıskançlık var. İleride hepimiz orada buluşabileceğiz, farklarımız ayırt edilmeksizin.

* * *

Ahmed'in eski odasına giden meşaleli yolun sessizliğine canlılık katan incilerin sesi, kapkara örgülü saçlarımın arasına serpiştirilmiş bir tutam altın tozu, İslam'ın rengini temsil eden koyu yeşil, altın karanfil işlemeli bir şalvar ve üstünde aynı renk ve desenlerde kadife bir ceket. Tam da göğüslerimi anca gizleyebilen ipek saten kirli beyaz bir gömlek ve şans getirmesi uğruna kırmızı ipek kurdeleye sıra sıra dizilmiş on sekiz karat altınlar... Hepsi ödünç alınmış; sahip olunması imkânsız. Uzun süredir bekleneni gerçekleştirmek uğruna alınan yol, kaybolup geri gelen gölgeler, değiştirilen konumlar ve ileri atılan her bir adımla sizi takip eden biçim değiştirmiş, daha farklılaşmış bir gölge... Kara cilaya bulanmış tahta menteşeli ceviz kapının önünde bekleyen Muhammed'i görüp fesimin ön bölümüne eklenmiş tülbendi gözlerim görünecek şekilde kaldırıp onu selamladım. Eski formuna kavuşmuştu; etleri yanlarından fırlamaya başlamıştı tekrar, yeleğinin alt iki düğmesi kapanmıyor üçüncüsüyse zorlanıyordu. Kırmızı kadife kıyafetinin altında huzursuzlukla kımıldandı. Onu rahatlatabilmek adına, fakat güvenden yoksun bir ses tonuyla fısıldadım.

"Her şey düzgün gidecek Muhammed." Omzumdaki mor mendili elime alarak gözüne doğru salladım; gülmeye başladı.

"Seni sabırsızlıkla bekliyor Kösem. Zaten Hatice'yi görmek istemeyen oydu; senin haberini daha İstanbul yolunda, Konya civarlarındayken almış. Şanın yayılıyor güzel Kösem."

"Büyücü Kösem." diye fısıldardı Macar devşirmesi sarışın bir gedikli bir diğerine.

Kıskanç bir cariyeyse "Çirkinler çirkini...".

Kapalıçarşı'yı evi bilen bir kap kacak tüccarıysa olabildiğince alçak sesle "Şeytanın ta kendisi," derdi.

Muhammed elimde sıkıca tuttuğum mendili alarak cebinden serçe parmağı uzunluğunda ve oldukça küçük çaplı, Venedik camından bir şişe çıkararak tıpasını açtı. Titreyen elindeki yakut yüzük şişeye çarptıkça koridoru camın savunmasızlığını kanıtlarcasına çıkardığı ince sesler kaplıyordu. Birkaç damla sıvı boşalttı mendilin üstüne. Sıvı hemen uçuverdi. Birkaç kez daha tekrarladı.

"Afrodizyak. Çarşıdan, Çinli tüccarlardan almış bunu gediklilerimden biri. Onların memleketinde cinsel arzuyu arttırmak için kullanırlarmış. Biraz boynuna..."

Elimden tutarak beni yanına çekti; şişeden avucuna boşalttığı sıvıdan birazını boynuma, birazını el bileklerime, birazını da saten gömleğimin düğmelerini aralayarak göğüslerime sürdü. Alnıma bir öpücük kondurdu; şişesini cebine, hançerinin durduğu yerin birkaç santim yanına yerleştirerek mendili omzuma nazikçe geri koydu. Kınalı ellerimi titrek meşale ışığında daha iyi görebilmek için avuçlarına alarak konuştu.

"Her zamankinden daha da güzelsin Kösem."

Tülbentimi indirerek yana çekildi; ait olduğu ve olacağı, beni hep bekleyeceği ve koruyacağı yere.

Fesimi, dört kalın saç örgüme takılmayacak biçimde tekrar kafama yerleştirerek ellerime baktım; sonra da eliyle kapıyı işaret eden Muhammed'e. Kapıya yaklaşarak, sürgülü ceviz kapıyı tüm gücümle ittirdim.

Muhammed'se bekliyordu; bekleyecekti.

* * *

Kapı koyu bir gıcırtıyla duvara hafifçe çarptı, sonra geri kapandı. Duvarlar sarı, turuncu mozaiklerle kaplıydı; üzerlerinde belirli aralıklarla sıralanmış al yıldızlı lacivert kandiller vardı. Gecenin karanlığına meydan okuyan titrek ışıklar Sultan'ın görüntüsünü bulanıklaştırıyordu. Kapının hemen karşısında, duvara yaslanmış yeşil bir sedirde oturuyordu; kafası dizlerindeydi. Beyaz sarığı, beyaz şalvar ve iç gömleği vardı. Göğsü hızla inip çıkıyordu. Bir an için ağladığını sandım; fakat başını bana doğru kaldırdığında yüzündeki gülümsemeyi fark ettim. Bana baktı ve tek bir kelime etmedi. Yüzümü örten ince tülbenti kaldırmamı istemediğinin farkındaydım; uzun süreli bir çilenin ardından gelecek hediyesini bekleyen küçük bir çocuğa benziyordu. Dizleri titriyordu.

Yerdeki kırmızı lacivert motiflere bezeli halının üzerinde bir adım attım. Terliğimle halının sürtüşmesi yumuşak bir ses çıkarıyordu; tülbentimi hafifçe kaldırıp fesimin üstüne attım.

"Oh, ne güzel..." diye inledi Ahmed. Daha fazla yaklaşmamamı öğütlercesine elini kaldırdı; başını tekrar dizlerine dayadı. Bense yeşil fesimi usulca çıkarıp ayaklarımın dibine bırakmıştım bile. Omuzlarıma dörder örgü halinde dökülen siyah saçlarım, altın tozunu parıldatan kandil ışığının altında elmasa dönüşmeyi bekleyen kömür parçalarıymışçasına ışıldıyordu. Bir kez daha başını kaldırıp bana baktığında ağladığını fark ettim; ne kadar da savunmasızdı.

"Emrinizdeyim Sultanım." diyerek alnımı yere değdirmek üzere eğildim; o sırada sedirden hızlıca kalkarak kolumdan tuttu ve ayağa kaldırdı beni. Fesini başına yerleştirerek tülbenti yüzüne örttü. İşte gerçek Ahmed buydu; gülüyordu, bir padişahın sorumluluklarından, yükümlülüklerinden uzaklaşmış, gülüyordu. Tülbentini sağ elimle kaldırarak fesinin üstüne attım ve kulağına eğilerek alçak sesle fısıldadım.

"Ne kadar da güzel olmuşsunuz Sultanım." Her halde başka bir sultan olsaydı şu anda karşımda duran, yeşil fesini cilveli hareketlerle sedirin üstüne atan, şu anda durumum çok farklı olurdu. Fakat bu Ahmed'di ve Muhammed'in bahsettiği kadar vardı. Pek yakışıklı olmasa da, gözleri pırıl pırıldı; yüzünde güleç bir ifade vardı, burnu yüzüne oranla uzunca ve kemerliydi. Gözleri şişti; bu padişah, Osmanlı'nın yıllara, on yıllara dayanan bozulmasının karşısında duran ilk padişahtı belki de Kanuni'den sonra. Yüksek kubbe misali tasarlanmış çivili tavana yansıyan tıknaz vücudunun gölgesi, karşımdaki hafif meşrep tavrıyla gülünç bir hal alıyordu.

Daha da yaklaştım Ahmed'e, en alttan başlayarak gömleğinin düğmelerini açmaya başladım. O hâlâ gülüyordu. Gördüğü muameleden hoşnuttu; hareketlerime ne aşırı bir saygı hakimdi, ne de aşırı bir laubalilik. Düğmelerini boynuna kadar açtığımda tüysüz ve hafif buğday rengi göğsü parladı bir maden misali. Ellerimi göğsünde gezdirmeye başladım; o da saçlarımdaki örgüleri bir bir açmakla uğraşıyordu. Eline bulaşan altın tozunu yanaklarına, alnına sürüyor ve gülüyordu. Küçük bir çocuk gibiydi sultan; zaten çok erken yaşta tahta geçmişti daha tam erişkin sayılmazdı bazılarının gözünde. Örgülerimi açmayı bitirdiğinde ayağa kalkarak yüzüne baktım; benden biraz daha uzundu, çok uzun sayılmazdı. Omuzları vücuduna kıyasla genişçeydi; ışığın gelip geçiciliğinin altında sakalının altınımsı ışıltısı kendini belli ediyordu. Yüzümü tutarak kendine çekti ve inledi.

"Çok güzelsin Kösem; Hatice'den çok daha güzel, her şeyden. Ben..." Kesik kesik nefes alıyordu; parmağımı dudağına götürdüm susması için, dudaklarını mühürlemeye çalıştım. Parmağımı öptü; ilk defa bir erkeğin şehvetine bu denli maruz kalıyordum. Soğuktan çatlamış dudaklarını boynumda, yüzümde, dudaklarımda gezdiriyordu; elleriyse acemice vücudumda dolanıyordu. O kadar acemiydi ki dokunuşları, canımı yakıyordu; bağıracak gibi olduğumda inlemeyi yeğliyordum. Ayakta geçirdiğimiz zaman bitmek bilmeyen bir kâbus gibiydi; acılarla, korkularla, keşiflerle daha doğrusu ilklerle dolu...

Ahmed'in şalvarı kabarmış gibi gözüküyordu; bundan haremdekilerin arasında birkaç kez bahsedildiğini duymuştum. Bir erkek-ki hadımlar bu sınıfa dahil edilmiyordu- çok haz aldığında, arzuyla kıvrandığında; erkekliği harekete geçiyor, kabarıyor, dikleşiyordu. Hamit'in sırtının dikleşmesini hatırladım ve sessizce hıçkırdım.

Ahmed beni odanın köşesinde duran görkemli divana doğru çekiyordu. Kollarını yanlara açarak sırtüstü uzandı ve eliyle yanına gelmemi işaret etti. Korkuyla üzerine doğru eğildim ve sesimin titremesine engel olmaya çalışarak bir şeyler mırıldandım. Beni üzerine doğru çekerek yeleğimi ve gömleğimi çıkardı. Bunu yapan Muhammed olsa bu kadar yadsımazdım. O sırada kapının usulca gıcırdadığını ve geri kapandığını duydum. Ahmed'in duymadığından emindim.

Aklımda yankılanaduran tek bir görüntü vardı: Hamit'in aynı kandil ışığının altında beni kucağına almış hali. Aynı zevklerle kavrulan, aynı günahlarla cezalandırılan iki ruh, iki köle.

Ahmed şalvarını çıkarmakla meşgulken kesik kesik fısıldadı. "Seni seviyorum Kösem." Bu sözlerinin üzerine kıyafetlerimden tek geriye kalan yeşil şalvarımı çıkarmaya yeltendim. Üstüme uzanan Ahmed'e aldırmayarak kendi kendime mırıldandım.

"Ben de seni." Duraksadım ve duyamayacağı bir sesle tekrarladım. "Ben de seni Hamit."

Üzerimdeki Ahmed'le, sahip olduğum her şey bir bir üzerimden akıp gitti. Gölgeler kadar gelip geçiciydi her anı; ardı ardına oluşan bin bir gölge, nereye gidersen git, ne kadar uzaklaşırsan uzaklaş bir iz bırakmayı başarabilirdi. Hakikat olan tek bir kavram vardı; tek bir ikilem.

Sevmek veya ihanet etmek. Seçim size aitti. Severken ihanet etmekse diğer hepsinden çok daha kolaydı.

* * *

Bazen bir sır, istese de uzaklaşamaz sizden, asıl varolduğu yerden; yok olmaktan, anlamını yitirmekten, olağanlaştırılmaktan korkar belki de... Haremde dönüp duran tüm bu hikâyelerin su yüzüne çıkmamasının sebebi de buydu; sıradanlaştırılmaktan korkan sırlar, ölümler, gizemler ve katiller, altlarına saklandıkları feracelerle bir ömür süregelip aniden yok oluyorlardı işte. Onlarca ömür, onlarca sır, onlarca ömrün ardında, bir diğer ucunda onlarca ölüm ve tek bir mekan; belki de tek bir katil vardı.

Burası I. Ahmed'in haremiydi.

Kısaca Osmanlı Erkeği'nin gerçek yuvasıydı; eviydi.

Kandiller olağan pırıltılarıyla yanımda yatan Ahmed'in sırtında gölge oyunlarına sebep oluyordu. Ahmed'in uyuduğundan iyice emin olmak için bekledim; mendili elimde evirip çeviriyor, besmelenin işlenmiş olduğu iplikleri uzun tırnaklarımla sökmeye çalışıyordum. Boş inançlar, diye geçirdim içimden. Bir ömrü ziyan etmeye değmeyecek kadar boş inançlar. Yüzüstü dönüp odayı izlemeye koyuldum; oldukça karmaşık bir mimari ve süslemeler hâkimdi: bir duvara boy boy dayanmış altın varaklı boy aynalar, diğer duvara yaslanmış pembe incili kumaşlarla süslenmiş, bembeyaz ipek kumaştan yastıklarla desteklenen bir başka divan. Beyaz-lacivert İznik çinilerine bezeli mozaik taşlar, bu taşları saran kırmızı-altın yaldızlı işlemeli duvar süsleri ve kirli beyaz mermerden yapılmış süslü bir çeşme de vardı.

Çok şık olmadığı kesindi; biraz gözden ırak ve bakımsızdı da. Hünkâr sofalarının, has odalarına yakın olanlarından biriydi. Cariyelerden ve haremin dedikodularından yalıtılmış bir bölgeye denk geliyordu, odanın konduruldugu alan; tamamen unutulmuş veya saklanmış, diye geçirdim içimden. Ahmed'in ne kadar düşünceli olabileceğini içten içe sınıyordum çünkü.

Halının üzerinde kırışmış ve düğmelerinden bazıları kopmuş gömleğimi üzerime geçirerek, iliklemeye başladım. En alttaki iki düğmenin yokluğunu görmezden gelerek yeşil yeleğimi üzerime geçirdim; o sırada Ahmed derin bir soluk alarak sırtını döndü ve dişlerini gıcırdatarak uyumaya devam etti. Kolları ve bacakları ikide bir seğiriyor; yatakta kendi kendine tepiniyordu. Sultanımızın bastırılmaya çalışılmış, rüşvetle satın alınılmaya davet edilmiş huzursuzluğu ve bilinci; onu uykusunda gafil avlıyordu.

Her birimizin zayıf bir yönü vardı.

Yeşil şalvarımı divanın altından çıkarırken fildişi gömlek düğmelerimden birini de buldum; Ahmed'in eline iliştirdim. Düğmeyi bilinçsizce kavrayarak göğsüne bastıran Ahmed'in sabah karşılaşacaklarını merak ederek, elimde terliklerim, odayı terk ettim.

Sessizce ve ufak tefek izler bırakarak gelen bir ölüm gibi; ufak sıyrıklarla atlatılmış fakat dönüşünde ortalığı sarsacak bir kıyamet.

Kandillerin sessizliğinde, Ahmed'in uykusunda çekip gittim; uzaklarda bir yerlerde, bilinçsizce beni bekleyen kişinin varlığını anımsayarak.

Kapıdan çıkarken eşikte, aynı bıraktığım gibi bulduğum Muhammed'i kafamla selamladım. O ise kucağını açtı ihtiyacını duyduğum şefkati sağlayabilmek adına; ilk kez sarılıyordum Muhammed'e. Kimilerince bir hadımla sahibinin arasındaki bu denli yakınlık garip karşılanabilirdi, fakat harem ortamı daha garip olaylara sahne oluyordu. Aynı meşaleli yoldan odama yürürken sırtımı sıvazladı Muhammed, tek bir kelime etmeden. Aynı sıvası dökülmüş duvarları geçerken, beni takip eden gölgemde bir değişiklik fark ettim. Göz yanılmasıydı belki de bu.

Muhammed aniden durdu ve içini çekti.

"Mendil nerede Kösem?" Sanki beni sınıyordu; bu yolda ne kadar istekli olduğumu ölçebilmek için.

Şalvarımın kenarlarını, gömleğimin içini arıyormuş gibi yaparak bu küçük sınamaya mizahi bir cevap verdim. "Galiba yanlışlıkla Sultan'ımızın odasında bırakmışım; tam da istediğin halde."

Muhammed gülümsedi; o da Ahmed'in annesinin işlediği o mor mendilin üzerine, Allah'ın adıyla tabirinden sonra gelen küçük işlemeli kısmın neyi ifade ettiğini düşünüyordu ve padişahımızın buna nasıl tepki vereceğini. Ah Kösem, diye geçirdi içinden, "tam bu oyunlar için biçilmiş kaftansın".

* * *

Harem çok büyük bir alana yayılıyordu; mahrem olması hususuna dayanarak inşa edilen bu büyük yapı imparatorluğun dört bir yanından getirilen kızlara bambaşka bir yuva gibi gözükse de; çoğuna göre bir hapishaneydi. Harem, cennet olsaydı eğer; koruyucu melekler de hadımlar olurdu diye düşünürdüm hareme ilk geldiğim zamanlarda. Halbuki hadımların da bu hırs, güç ve ihtiras oyunlarında bizden aşağı kalır rolleri yoktu; kimi hadımlar arasında oynanaduran, neredeyse ölüme kadar giden onlarca oyun, tuzak, haremin dengelerini değiştirmeye yetiyordu.

Ortaya günah keçisi olarak atılan her bir piyon, haremin acımasız duvarlarının altında eriyip gidiyordu.

Odama geldikten sonra Muhammed'in desteğiyle divanıma çöktüm. Odam benim yokluğumda beş-altı kadar gedikli tarafından temizlenmiş; divanımın üstüne gül yaprakları serpiştirilmiş, bu küçük oda elverdiğince lüks ve şatafatlı bir hale getirilmeye çalışılmıştı. Ne de olsa bu odada kalan Kösem, gözde olma imkânına kavuşan bir kızdı artık. Gözüme girebilmek için yapamayacakları yoktu bu gediklilerin; hepsi de benim himayem altına girebilmek için çabalıyordu.

Muhammed, Fatma'nın varlığını belirtmek üzere kafasıyla onun durduğu yeri işaret etti. Daha sonra kulağıma doğru eğilerek fısıldadı.

"Kimseye gereğinden fazla güvenme." Sonra önümde nazikçe eğilerek odadan hızlı adımlarla çıktı; bense divanımın üstüne bırakılmış açık mavi kaftan ve beyaz gömleği incelerken, bir yandan Fatma'nın yanıma yaklaşmasını bekliyordum. Elindeki tepside tuttuğu kadeh sallandı sıvının birazı yere döküldü; yüzümü hınçla ona dönerek bağırdım.

"Biraz dikkat etsene!" Başını öne eğerek ağlamaya başladı; kendi kendine mırıldanıyordu.

"Bunu yapamam, bunu yapamam. Sultanımıza ihanet edemem; gayri meşru bir çocuğun doğumuna yardım edemem. Benden daha fazlasını istemeyin; ben yapamam." Hıçkırarak ağlıyordu; her an tepsiyi elinden düşürebilirdi.

Ayağa kalkıp kadehi divanımın başucuna, yere koydum; sonra Fatma'nın boğazını, bana karşılık verecek cesareti olmadığına güvenerek kavradım ve tıslayarak konuşmaya başladım.

"Bana bak Fatma; bu yaptıklarından bir kişiye söz edersen hem senin kelleni uçurturum hem de... Hatice'nin adamlarına Zarif'i öldürenin sen olduğunu söyleyebilirim. Fatma o yüzden bence kendine gereğinden fazla ne yüklen, ne de güven! Şimdi..." Sustum ve derin bir nefes aldım. Kadehi göstererek konuşmaya devam ettim; boğazını serbest bıraktım çünkü iriyarı kadının dehşet içerisindeki görüntüsü beni korkutmaya başlamıştı.

"Hem, bir gözdenin lafına mı inanırlar bu haremde, yoksa zenci bir büyücünün mü? Hem şu ana kadar hiç ihanet etmediğini mi sanıyorsun; Zarif'e yaptığın neydi öyleyse?"

Yüksek sesle ağlıyordu; bense eğilerek yerdeki kadehi elime aldım. "İstediğim malzemeler mi?"

Başını umutsuzca salladı; az sonra diyeceklerimden habersiz yine bir dua mırıldanmaya başladı.

"Bir yıl daha sabret Fatma; bir yıl sonra her zaman yakarıp durduğun özgürlüğe kavuşmuş olacaksın." Söylediklerimin onun ruh halinde yarattığı şaşkınlığa aldırmaksızın kadehi bir dikişte içtim; tatlı-ekşi bir tadı vardı. Fatma'nın tarifine uyularak şifahane ebeleri tarafından hazırlanmıştı. Osmanlı ebelerin bildiklerinden çok daha kuvvetli bir doğurganlık arttırıcı karışımdı içtiğim. Geldiği kabiledeki reis eşleri bir an önce bir erkek bebek dünyaya getirebilmek için başarısız olan her doğumun ardından bu karışımı içerlermiş Fatma'nın anlattığı üzere; bazılarının isteği gerçekleşirmiş. Kendi kendime güldüm.

Erkeklere gereğinden fazla önem veriliyordu bu dünyada; onların aklını çelebilecek bir kadın hep vardı halbuki.

* * *

Ertesi sabah müthiş bir mide bulantısıyla uyandım ve yatağımın dibine, mavi kaftanın ve gömleğin bulunduğu yere doğru kustum. Fatma'nın çeşmenin dibinde beni beklediğini gördüm; elinde bir kadeh daha vardı. Hamit'in saatler önce gittiği belliydi; zaten bu koşullarda hiçbir zaman varolmamış gibiydi. O üç saat ne kadar kısa geliyordu hatırladığımda; umutsuzca kafamı salladım ve tekrar kustum. Korkuyla ve büyük bir bağlılıkla yanıma yaklaşan Fatma elimi tuttu ve yüzümü cebinden çıkardığı eskimiş bir mendille sildi. Hafif nemliydi; lavanta kokuyordu.

"Kolonya." diye fısıldadı elime kadehi tutuştururken. "Bebeği düşürmemen için; dikkatli iç. Kusmanı engelleyecektir."

Kolonyayı içtikten sonra bilinçsizce yatağa düşmüşüm; koridorda yankılanan çığlıklar Fatma'nındı ve olduğum yerde baygın yatarken, fedakarlıklarla nelerin gerçekleştirilebileceğini fark ettim.

"Kösem Sultan, hastalandı!"

Fatma'nın bana yakıştırdığı Sultan ünvanı üzerine gülümseyerek kendimi uykunun ellerine bıraktım; tekrar Hamit'le olabileceğim yere gitmeyi seçebilirdim rahatlıkla.

Ne kadar uyuduğumdan emin değildim; vücudumun çeşitli yerleri uyuşuk ve bir o kadar tatlı bir şekilde sızlıyordu. Divanın etrafına toplanmış onlarca yüz bana yönelmişti; fısıltıların konusu da bendim. Hepsi gelecek gözdenin heyecanı ve ona duyulan kıskançlıkla konuşuyordu. Muhammed elinde taşıdığı tepsi dolusu yemeği bana doğru getiriyordu: şerbetli lokmalar, fıstıklı lokumlar, biraz domates, bir kap yoğurt, birkaç siyah zeytin ve birkaç hurma, Medine hurması.

Muhammed tepsiyi kucağıma bırakarak darmadağın olmuş bukleli saçlarımın bir kısmını kulağımın arkasına doğru itti; gür bir sesle devam etti.

"Kösem, padişahımızın doğacak çocuğuna hamiledir ve olabildiğince sağlıklıdır." Bu sözlerden sonra bana dönüp elimi tuttu ve gülümsedi.

Kalabalık anında dağılmaya başladı; ileride görünen bir çift kara gözse kin ve sadakatle parıldadı. Fatma...

Fatma, olabildiğince sağlıklı görünüyordu; yüz hatları gereğinden gergindi, onun da yaşlanmaya karşı o ünlü merhemlerden birini kullandığını düşünüyordum. Belki de kabilesine has özel bir hayvan yağı kullanıyordu; kim bilirdi ki bu Afrikalılar'ı, uzak kıtalardan olanlar çok garip insanlardı doğrusu.

Düşüncelerimden sıyrılarak önümdeki tepsinin bana sunduklarını minnettar bir şekilde yemeye koyuldum.

Fatma, odamdaki çeşmenin beyaz mermeriyle zıtlıklar yarışına girişen soluk kara teniyle bir o kadar umursamaz ve kindar duruyordu. Gülüyordu.

* * *

Haftalar birbirini kovalarken Ahmed'in bana sunduğu hediyelerin sayısı artıyordu; odam da değişmişti, eşyalarım kalfanın odasına sığmıyordu çünkü. Ne bir çift terliğimi bulabilir olmuştum o odada, ne de Muhammed'in bana çarşıdan getirdiği Rumca eski halk öykülerinden oluşan kalın ciltli kitabı. Odamda pek fazla gediklinin çalışmasına izin vermiyordum. Tek güvenilir hizmetlim olan Fatma özel eşyalarımın temizlenmesi ve korunmasında bana yardımcı oluyor, hizmetime sunulan çeşnicibaşım yemeğime elimi sürmeden önce tüm yiyeceklerimi, şerbetlerimi, tatlılarımı teker teker tadıyordu. Bir elma bile olsa, ben elmayı ısırmadan önce ucundan bir parçayı bıçağıyla kesip zehirli olup olmadığını kontrol ediyordu.

Tamamen risksiz bir hayat yaşabilmek tek gayemdi; fakat çevremdeki bazı insanlara sonu gelmez bağlılığım bana bedeli zor ödenecek bir ders olacaktı.

Ahmed neredeyse haftada dört gün beni huzuruna çağırıyor; çeşitli hediyeler sunuyordu. İlk başta mücevher ve kaftanlarla başladı hediyeleri; daha sonra himayem altına girecek onlarca köle, meşhur Osmanlı hazinesinden büyükçe bir pay ve onlarca gelecek vaadiyle devam etti. Hepsi gereğinden kısa bir sürede oluyordu; Hatice'nin varlığı günden güne silikleşiyor; fakat gölgeler arasında oynadığı oyunların sayısı fazlalaşıyordu.

Muhammed'in anlattığı üzere geçen günlerde Hatice'nin genç gediklilerinden biri, bana sunulacak yemek tepsilerinin bulunduğu tezgâhın yakınlarında elinde küçük bir şişe tutarken yakalanıp cellatlara teslim edilmişti. Hikâyeler Hatice'nin şüpheli gediklileri, harem dedikoduları ve öldürülen onlarca hizmetliyle sınırlı kalmıyordu.

Ahmed, haftanın en fazla bir günü nezaketen Hatice'yle görüşüyor; onunla dertlerini paylaşıyordu. Bana yemin ettiği üzere paylaşmadıkları tek şey vardı; o da muhteşem saltanat yatağı. Beni endişelendiren de buydu. Bir insan üzerinde kalıcı bir himaye kurulması gerekliyse ortada cinsel bağlılık dışında dert ortaklığı da olmalıydı. İlk aylarımızda Ahmed'le aramızda bu bağ kurulmuş olsa dahi, Ahmed'in tek bir dermanı yoktu.

* * *

Korkunç bir Şubat şafağında; odanın ayazında üşüyen ayaklarıma eğilip baktım. İçimi ürperten sadece ayazın kesik soğuğu değildi; hamileydim ve korkuyordum. Pişmanlıktı belki de, gereği yapılmalıydı diye düşündüm; zihnimin ücra köşesine tünemiş bilincim konuşurken. Gereği yapılmalı.

İstenmeyen bir bebek, yasak bir aşkın meyvesiyse sonuçlarına katlanmayı kendime görev adledecektim.

Ertesi sabah, Fatma bana gündelik verdiği karışımlardan birini içirdikten birkaç saat sonra karın boşluğumda korkunç kramplar başladı. Bunu ayarlamamıştık. Daha önce de bahsettiğim gibi hâlâ Fatma'yla ruh eşi olduğumuzu düşünürüm. Fatma'nın güçlerinden kimseye bahsetmemişimdir. Kimilerine göre büyücüdür o; fakat benim eski Katolik inançlarıma göre o bir azizedir.

Zor durumda, günahkârlara yardım eli uzatan bir başka günahkâr azize. Bir o kadar yardıma muhtaç. Magdelena olabilir diye geçirdim içimden: onu da fahişelikle suçlayanlar vardı.

Üstünde yattığım bembeyaz keten çarşaflar kana bulanıp ikişer kez değiştirildikten sonra bu düşükten sağ çıkamayacağım kanısına varıldı bazılarınca. Bense neyle baş ettiğimden emindim; intikam ve ihanet. Bu zehri vücudumdan attıktan hemen sonra ayağa kalkıp Muhammed'in odasına yürüyeceğimi, ne çeşit emirler vereceğimi de çok iyi biliyordum. Fatma'nın bana olan sadakatiyle bir kez daha yüz yüze geldikten sonra büyük bir korku doldurmuştu içimi; sizi, sizden daha iyi anlayan, bir nevi zihninizi okuyan biriyle nasıl daha fazla yakınlaşabilirdiniz ki?

Onun da bunu yaparken, şu anda düşündüklerimi okuduğunu anımsayarak tekrar ürperdim. Parmağımla Fatma'yı çağırdım; o da elinde bir bardak suyla yanıma yaklaştı. Köle ve sahip ilişkisi bu kadar basit olmalıydı; uzun süreli kölelik ilişkilerinde elde edilen tek kâr da buydu belki. Uzun süreli bağlılık, sadakat ve sevgi, yanında sadece zararı ve suçluluğu getiriyordu.

Eli kanlar içinde kalan ebe bir kenarda çığlıklar atıyor; saray hafızıysa yatak başucuma çökmüş Kuran'dan sureler okuyordu. Muhammed kulağıma doğru eğilerek yüzündeki çelimsiz gülümsemesiyle fısıldadı.

"Günahlarını affetmesi için bir rahip ister misin Anastasya?" Benimle konuşma şekli ölümü kandırırken değinilecek türdendi; azap dolu, fakat bir o kadar mizahi. Son altı aydır bana bir kez bile gerçek adımla hitap etmişliği yoktu; umutsuzca içimi çekerken olabildiğince alçak bir sesle fısıldadım.

"Bir rahibin bunu yapabileceğini sanmıyorum Üstat, sence başpiskopos uygun mudur?" Gözlerimi yumarak tekrarladım. "Amin."

Muhammed kahkahalarla gülüyordu; bunu fark eden ebe daha yüksek sesle ağlamaya, hafızsa daha kulak tırmalayan bir sesle dua etmeye devam etti. Muhammed, o ana uygun ruh halini takındıktan sonra yeterince ciddi bir ses tonuyla haykırdı.

"Evet, galiba Kösem Sultan ölüyor."

Solgun tenim, işlemiş olduğum günahlarla her zamankinden daha da acı yanıyordu; cehennem ateşinden kurtulabilmek için kutsal suyla yıkanmak ne yazık ki işe yaramıyordu.

Bunu fark eden ve yaklaşmakta olan sonu soluyan Fatma'ysa dayandığı çeşmenin musluklarını açtı. Sanki Tanrı katına ermişçesine soyundu. Yanımda duran Muhammed bile bunu fark etmemişti; durmaksızın alnımı öpüyor, aynı sahtekâr gülüşü sahiplenip bileklerimi ovuyordu.

"Ne olur beni bırakıp gitme!"

Fatma çırılçıplaktı; bembeyaz mermerin işlemeli pirinç musluklarından oluk oluk akan kutsal suya ayağını daldırdı; kara teninin üzerinde parıldayan su, onu günahlarıyla yakıyordu. Bu cehennem ateşinden bile beterdi; işte o zaman Fatma ayağını sudan çekti, Havva'nın kusursuzluğuna yakın bir kimliğe bürünmüş bedeni mermer çeşmeye dayanmış bir şekilde durdu. Bense ikizini izleyen bir diğer kardeş edasıyla büyülenmiş ve şaşırmıştım. Avucunu çeşmeden akan suyla doldurarak başından aşağı döktü ve çığlık attı; aynı anda yankılanan yakarışlarımın karanlığında duyulmadı bile onun günahkâr çığlıkları.

Muhammed bir kez daha kulağıma doğru eğilip fısıldadı. "Hamit'i mi görmek istiyorsun, bebeğini kaybetmeye bu kadar istekli olduğuna göre?" Sırtını dikleştirdi, parmağını ebeye uzatarak haykırdı. "Eğer bu kadını kurtaramazsan seni çürütürüm Ebe Hanım anladın mı; yıllarca maruz kalacağın işkencelerin kanırtıcı umutsuzluğunda çürütürüm."

Fatma, susmuştu. Solgun kara kalçalarıyla bembeyaz mermere oturuyordu; arkasından taşan soğuk suya aldırmıyordu. Ayağa kalkmaya çalıştım; ebeyse olduğu yerde mıhlanıp kalmıştı.

Fatma, yeleğinin cebinde duran şişeye uzandı. İnce, uzun bir şişe; hiç görmediğim cinsten, kopkoyu, simsiyah incileri anımsatan parçacıklarla dolu bir sıvıyla doluydu.

Yataktan kollarımın kuvvetiyle doğrularak pencereye doğru gittim; mahkûmiyetten bıkan Fatma'nın içinde kabaran huzurla pencereye bir darbe indirdim, kırılıp elim kanlar içinde kalana dek birkaç defa daha.

Fatma'ysa avucuna aldığı suya şişeden sıvıyı boşalttı. O avucundaki karışımı iştahla içerken ben elimden oluk oluk akan kana dudağımı değdirdim. Fatma kutsal suyla dolup taşan çeşmenin içine düştü...

"Muhammed, gitti..." diye mırıldandıktan sonra yere yığıldım. Ebenin çığlıkları yerde hareketsiz yatmakta olan bedenime yönelmişti. Günahkârlık, histerik çığlıkların karmaşıklığında bürünülen bir roldü sadece.

Ertesi sabah bacağımda kuruyup kalmış kana bakarak uyandım. Güce giden yolda, duygularla oynanan bir oyun uğruna şehit düşen bir varisten geriye kalanlarla. Fatma'ysa odasında ölü bulunmuştu; çırılçıplaktı ve saçları hâlâ ıslaktı.

Muhammed acımasızca gülüyordu. "Evet, Fatma'ydı adı."

Dudağındaysa hâlâ inci gibi parıldayan zehir parçaları; avucuna kazınmış cam kırıkları vardı.

Yaptığım sancılı, bir o kadar da belirsizliklerle dolu düşüğün ardından tüm harem halkı ve Ahmed üzerime daha da titrer olmuştu. Günlerden birinde Muhammed, haki yeşili perdelerle kapladığım pencerelerin önüne geçerek cebinden kırmızı parlak kumaştan bir kese ve elinde her sallayışında muazzam bir zenginlik hissi veren onlarca akçenin şıngırtısını sergilemişti önümde.

"İstediğin yeni köleler için." Bunu söylerken gülümsüyordu; tüm harem biliyordu ki Fatma'nın yokluğu beni yiyip bitirmişti; artık odama gelen tüm yemekler beni biraz şekle sokabilmek için bol unlu ve yağlı yapılıyordu. Tüm harem kızlarının arasında en cılız olan bendim herhalde.

"İstemem." diye cevap verdim soluk almada zorlanırken. Düşüğün ardından akut hale gelen bir saman nezlesi sarmıştı bünyemi; arada sırada soluk almam zorlaştığında tüm gedikliler büyük bir telaşla pencereleri açıyor, aralarından biri yanıma yaklaşarak kocaman bir yelpazeyi başımın üzerinde sallamaya yelteniyordu.

"İstemem" diye yineledim. "Zaten yeterince beceriksiz gedikli var etrafımda; bir düzine dahasını ne yapayım?" Gelincik kırmızısı şalvarımın cebinden mendilimi çıkararak öksürdüm. "Fatma'yı ziyarete gidiyor musun?" Muhammed, bu denli önemli ve gizli bir konuyu, uluorta konuşmanın şaşkınlığıyla gözlerini açtı.

Gülerek devam etti. "Ne Fatma'sı güzel Kösem, yanılıyorsun herhalde. Fatma haftalar önce öldü." Yanıma divana oturarak, akçelerle dolu keseyi divanın altına doğru yuvarladı. "Burada, gediklilerin arasında... Evet delirdiğini biliyorum; ama bu denli değil."

Israrla üsteledim. "Muhammed, zevzekliğin sırası değil. Fatma'yı ziyarete gittin mi; ayrıca diğer zenci kıza ne oldu, şu Fatma'nın odasında boğduğuna hani." Muhammed'in suratı hem ona ettiğim hakaretten, hem de düşmüş olduğu zor durumdan dolayı kızarmaya başlamıştı. Yüksek sesle, belki de gereğinden yüksek konuşmaya başladı.

"Evet, Fatma'nın mezarını ne kadar ziyaret etmek istediğini biliyorum; şu anda titizlikle inşa ediliyor kabri, baş mimar Dalgıç Mehmet Ağa tarafından. Güzel, beyaz granitten olacakmış senin emrettiğin üzere. Kabrin ve musalla taşının kenarlarına işlemeler yapmak üzere Venedik'ten ünlü bir usta getirilecekmiş, kiliselerde..."

Sabırsızlıkla tısladım. "Fatma, nerede?" Muhammed, başını öne eğmişti; dudakları titriyordu. Elinin titremesine hâkim olmaya çalışarak omzuma koydu ve fısıldamaya başladı.

"Güzelim, aslında ben de emin değilim; sen bana, hatırlarsan ölüm döşeğinde o emri verdiğinden beri..." Verdiğim emirlerin gerekliliğinden şüphe duyuyormuş gibi bir hali yoktu Muhammed'in; sadece sağlığımdan endişeleniyor, üzerime fazlasıyla titriyordu şu son birkaç haftadır. Dayanamayıp omzuma koyduğu kolunu alıp; kucağına doğru ittim.

"Fatma'nın nerede olduğunu bilmiyorsun." Sırtımın arkasına yerleştirilen Hint kumaşından özel imal edilmiş yastıklardan birini kabartarak arkama yaslandım. Yerde duran nargileyi kucağıma doğru alarak afyon tadını, kokusunu, himayesini son zamanlarda edindiğim alışkanlıkların yolundan çıkmamak üzere ant içmişçesine iki kez çektim ve uzun bir nefes verdim. Ağzımdan, burnumdan çıkan tatlı duman boğazımı yaktı; aynı mendili çıkararak öksürdüm. Mendilin üzerinde aniden beliren kara lekeyi gören Muhammed endişeyle yanıma sokuldu.

"Hastasın." Tek ve eskiye nazaran oldukça ince sayılabilecek bir örgüyle sırtımdan belime doğru dökülen saçlarımın üzerinde gezdirdi elini. "Ve ne hikmetse, her zamankinden daha da güzelsin ve..." Hışımla Muhammed'i yanımdan itmeye yeltendim; kuvvetten düşerek sırtüstü yığıldım. Kucağımdaki yeşil Murano camından nargile, büyük bir gürültüyle düşerek parçalarına ayrıldı. Hele şükür cam kırılmadı, diye geçirdim içimden. İnsanoğlunun düşünce gücü ne kadar karmaşıktı; en savunmasız pozisyonda dahi gereğinden önemsiz bir konuyu dert edebiliyordu.

Halının hızlıca emdiği kaynar suyun oluşturduğu buhar bir süreliğine olsa da nefesimi açmıştı.

"Hastasın..." diye inledi Muhammed gedikliler yerde patlayan yeşil, yaldızlı nargilenin üstüne çullanırken. "İnce hastalık mı yoksa..." Tekrar kesik kesik öksürdüm; pes etmekte olan ciğerlerimin yakarışlarına kulak asmayarak çığlık attım.

"Allah aşkına Muhammed sesini keser misin?" Bu sözlerim üzerine tüm gedikliler başlarını işlerinden kaldırarak bana baktı; sonra korkuyla başlarını indirerek halının üstünü bezleriyle kurulamaya, karanfil ve afyon tanelerini tek tek toplamaya devam ettiler. İçlerinden biri toplamakta olduğu bir avuç karanfili divanın altından çıkarırken Muhammed'in kesesini buldu. Keseyi halının üzerine fırlatıverdi. Onlarca avuç altın, kesenin büzülmemiş ağzından halının üstüne dökülürken gedikliler durumun tuhaflığından taş kesildi. Muhammed'le hâlâ kavga ediyorduk ve odaya hakim bu karmaşada birkaç parça akçenin yokluğundan kim haberdar olabilirdi ki?

"Ben olurdum," diye geçirdim içimden.

Fatma neredeydi acaba?

Yataktan hızlıca doğrularak avucunu olabildiğince altınla dolduran sarışın bir kızın elini, olabildiğince sert kavradım. Kızı, odanın diğer köşesine kadar kolundan çekerek sürükledim; yere saçılan o bir avuç altının gözümde en ufak bir önemi yoktu oysa. İhanete uğramaktan, kandırılmaktan, tuzağa düşürülmekten bıkmıştım. Gediklilerin arasında bulunan annesi yakarışlarla ayaklarımın dibine çöküp ağlamaya başladı. İşte o an, gözümün öfkeden karardığı andı. Sahipsizlik, kaybolmuşluk, sonu gelmez mahkûmluk, yurdundan koparılmışlık hissi ciğerlerimi taze bir nefesçesine doldurdu.

Kapının eşiğinde bekleyen beyaz sarık ve kaftanlı sağır dilsiz cellatlar oldukları yerde huzursuzca kıpırdanmaya başlamışlardı. Ahmed tarafından sıkı tembihli olduklarının bilincine vararak kızın kolunu daha da şiddetle sıktım. Altı yedi yaşlarındaki sarışın, Tatar çocuk inledi. Yüzü ve yırtık, şilte çarşafından dikilivermiş kıyafetleri sırılsıklam olmuştu. Ayaklarıma kapanmış annesini tekmeleyerek cellatların olduğu tarafa baktım.

Yerdeki kadının bedeni hıçkırıklarla sarsılıyor; arasıra nefessiz kalıyordu. Bu esmer kadının, nasıl ellerimdeki sarışın çocuğun annesi olabileceğinin farkında değildim; fakat gözümü bürümüş olan hırs, öfke ve yoldan çıkarıcı istikrarla kadını tekmelemeye devam ettim. Bize doğru yaklaşmakta olan cellatların kararlılığı, kadını deliye döndürmüştü; tüm canlılara has hayatta kalma iç güdüsüyle, annelik güdülerini alt etmeyi becermiş, odanın içinde koşturmaya başlamıştı.

Zarif'i hatırladım sonra.

Ardından Fatma'yı...

Cellatlar odanın her bir yanına dağılmışlardı; delirmiş anneyse savunmasız bir yaratıktı sadece. Kafasını tutmuş; odada büyük bir çember çizerek koşmayı sürdürüyordu. Havayı ölümcüllüğüyle kesen celladın palasıyla karşılaşınca ne yapacağını bilemedi. Kel cellat, palasını havada bir oraya bir buraya sallıyor; kısa boylu kadını olabildiğince korkutmaya çalışıyordu. Bu oyun komik bir hal almaya başlamıştı.

Kollarımdaki kızsa ellerimi ısırmaya çalışıyor; havaya yumruklar savuruyordu.

Cellatlar gülüyordu. Palanın bir sallayışıyla parmaklarından üçü kopan kadın halının üzerine düşmüş, acıyla kendini camdan dışarı atmaya çalışırken kafasını beton duvara çarparak boynunu kırmıştı. Haki perdelerin arasında öylece yatıyordu, ellerimdeki küçük kızsa bağırıyor, çırpınıyordu. Kızı saçlarından tutup cellatlara teslim ettikten sonra gediklilerin çil yavrusu gibi, haremin diğer bölümlerine dağıldıklarını gördüm. Muhammed'se olduğu yere mıhlanmışçasına, yastıkların arasında oturuyordu ve evet, ilk defa korkmuştu. Ne Muhammed'in yüceliği kalmıştı ondan geriye; ne de soğukkanlılığı...

Perdelerin üzerindeki kara leke ve içimdeki hastalık büyümeye devam ediyordu. Cellatların alıp götürdüğü kızın, harem duvarlarında yankılanan çığlıkları sonunda durulduğunda başımı öne eğerek ağlamaya başladım. Olabildiğince yüksek sesle bağırdım.

"Evet, belki de, hastayım!" Korkuyla yanıma yaklaşan Muhammed'in siluetinden kaçarak kendimi harem koridorlarının, duvarlarının, onlarca hatta yüzlerce odasının arasına attım. Tüm cihanda büyümekte olan bir kara lekenin varlığında, yapılacak en akıllıca şey bu değildi. Mendilimi çıkararak yere attım ve öksürmeye devam ettim.

Ülkenin doğusundaki Nevruz kutlamalarıyla irkilen doğa, ani bir uyanışla yapraklarını açıverdi. Nevruz, yeni bir gün ışığı anlamına gelen bahar kutlamalarıydı ve genellenecek olursa bu kutlamalara ev sahipliği yapma arzusuyla çarpan yüreklerin çoğunluğu imparatorluğun doğusunda, İran, Irak ve Suriye sınırlarında yaşayan Kürt ve Çingene topluluklarıydı.

Mayısın ilk günlerinden birinde- oldukça sıcak ve rutubetli bir gündü- gözdeler taşlığının ücra köşelerinden birinde açmakta olan kiraz ağacının gönül okşayan renkleriyle parlayan gözlerini bana döndürerek sessizce, son zamanlarda benimsemiş olduğu bir ses tonuyla konuşmaya başladı Muhammed. Hastalığımı bizzat yaşıyor olmak; benim adımlarımı izlemek ona apayrı bir haz veriyormuşçasına konuşuyordu.

"Hekimler çağırttım; ünlü Arap, Fas, Avrupalı, Cezayirli hekimler, dünyanın dört bir tarafından. Ahmed yakında anlar Kösem; nefes alırkenki hırıltılarını bu gürültüde, bu kızlar bile duyabilir artık. Baksana ciğerlerin çürüyor." Durdu ve uzun bir soluk aldı.

Aslında yanılıyor sayılmazdı; Ahmed'le olan en son buluşmalarımızdan birinde, yoğun ve yorucu bir gecenin ardından Ahmed başını soğuk terlerle yıkanmış göğsüme koyarak o hırıltıları dinleyedurmuştu. Sonra bir dirseğinin üzerinde doğrularak, doğru kelimeleri seçmeye dikkat ederek, sunacağı kendi manzumlarından biriymişçesine, sakin sakin konuşmaya yeltenmişti.

"Sesler geliyor; boğuk boğuk." Doğrulmaya çalışırken göğsümdeki baskıdan ötürü öksürmüştüm; ağzımı elimin tersiyle silerken soluk tenimi kına gibi boyayan lekeyi nasıl fark edebilirdi ki?

"Evet, biraz saman nezlesi var herhalde Sultanım veya üşütmüşümdür." Buz gibi olmuş ellerimi avuçlarının içine alarak, parmaklarımı teker teker sıkmıştı.

"Üşüyorsun da. Kendine iyi bak Kösem biliyorsun annemin de durumu iyi değil artık; gereğinden fazla yaşlandı." İstemsizce ve isteksizce mırıldandım, "Valide Sultanımız çok yaşa." Gülmeye başlayan Ahmed gereğinden neşeli ve umutlu bir sesle konuşmaya devam etti. Bense zar zor hâkim olabildiğim öksürük krizleriyle boğuşmaktaydım.

İçini çekerek ayağa kalktı ve yere, halının üzerine oturdu. Yerde, her zamanki yerinde duran parşömen rulosunu eliyle düzeltti; koluyla düz tutmaya çalışarak, diğer elinde tuttuğu tüy kalemin ucunu mürekkep dolu şişeye daldırdı. Kalemi parşömenin üstünde sağdan sola doğru gidip gelmeye başladı. Onlarca kelimenin yaratıcısı bu duygusal adam; itinayla işlenmiş Mısır halısının üzerinde bağdaş kurmuş, gelenekselleşmişçesine, uzun geçen gecelerimizin ardından bir beyit daha yaratıyordu yorulmak bilmez elleriyle.

"Ne yazıyorsun?" diye fısıldadım narin bedenim divandan sarkarken. Kilo kaybetmeye devam ediyordum; vücudumun kıvrımları bile yokolmaya başlamıştı artık. Ellerini vücudumda gezdiren Ahmed, kaburgalarımı sayabilir hale gelmişti ve dalga geçiyordu. Sıska Kösem diyordu artık bana.

Gülümseyerek baktı.

"Hiçbir şey; az önce söylediklerimi, hissettiklerimi, duyduklarımı veya duymak istediklerimi." Sustu ve yutkundu. Divandan, halıya indim, emekleyerek yanına gittim.

"Ne duymak istiyorsunuz padişahım?" İyice yanına yaklaştım; yavaşça parşömenin üzerindeki mürekkebi kuruması için üfleyerek boynunu öpmeye başladım. Beni durdurdu; çenemden tutarak dudaklarıma nazik bir öpücük konduruverdi.

"Hasekim olmak istediğini duymak istiyorum." Başını benden uzaklaştırdı, mürekkep lekeleriyle dolu müsvedde parçasını aramaya koyuldu. Kolundan tutarak bana bakmasını sağlamaya çalıştım. İstenmemişliğin, terkedilmişliğin yüreğinde açtığı yaraların sebep olduğu gözyaşlarını tutamadığını fark ettim.

"Bunu istediğimi sen de biliyorsun." diye fısıldadım kahverengi şalvarımın ucundan tutarak ayağa kalkmaya çalışırken. Artık ayağa kalkıp oturmakta da büyük güçlük çekiyordum. Divana kadar yine emekleyerek gittim; kenarına tutunarak güçlükle ayağa kalktım.

"Ne kadar istediğimi biliyorsun Ahmed." diye yineledim odadan çıkarken.

Bazılarınca bir evlenme teklifi, bir ilanı aşk bu kadar basit olmalıydı işte. Ahmed'in bununla yetinebileceğinden kuşkuluydum doğrusu. Gecenin karanlığında, yüreğimdeki yarayla, hâlâ Fatma'nın nerede olduğunu merak ederek odama döndüm.

"Hekimlere ne diyorsun Kösem? İstersen kimseye fark ettirmeden bir harem odasında yapıveririz bunu, hem mahremliği boş ver gitsin; bunun sonunda ölüm var. Hem..." Heyecanla konuşuyordu Muhammed.

Sabırsızlandım; tüm ağırlığını koluma vermişti. Kolumu silkerek onu uzaklaştırdım. Hastalık yüzünden ne kadar aksileştiğim konusunda bir şeyler mırıldandıktan sonra susması gerektiğini anladı.

"Mahremiyetmiş!" Öksürdüm; bembeyaz mendilin üzerinde beliren kara lekeyi görür görmez yere, ağacın gövdesinin dibine fırlattım. Hayatımda çok kan görmüş değildim; adet kanamalarının sancılı günleri dışında kana alışabilmemi sağlamıştı bu hastalık. Muhammed ilk başlarda veba dese de ebelerden öğrendiğime göre bu veba değildi; ne olduğunu daha onlar bile anlayamamıştı. Bazılarıysa- buna Muhammed de dahildi- ince hastalık diyorlardı; soluk almada zorluk, bedenin bitkinliği, kilo kaybı, ateş, soğuk terleme.

Mahremiyetmiş; bıktım artık. Hangisi en tecrübelisiyse öğren artık veya gerekirse hepsini. Hırıltılı, derin bir soluk aldım. "Gerekirse hepsini getir hareme Muhammed; sultanın eşinin temizlenmesi lazım." Bitkin düşerek kiraz ağacının kalın gövdesine, Muhammed'in yanına yaslandım. Başımı omzuna dayayarak mırıltılarla konuşmaya başladım.

"Kiraz ağacının yapraklarına bak; ne kadar saf bir pembe ve beyaz, ne kumaşlarımızdaki ne de yemeklerimizdeki, takılarımızdaki gibiler. O kadar saflar ki, ne birini seçebilirsin, ne de diğerini. Ancak işte böyle, Yaratıcı'nın yaptığı gibi ikisini bir araya getirerek başarılı olabilirsin hayatta veya... Veya iki güzelliği kıyaslamaya çalışırsan başarısız olursun Muhammed çünkü... Çünkü insanoğlu kıyaslama, karar verme konusunda berbattır ve..." Muhammed'in koluna tutunarak yüzüne bakmaya çalıştım. "İşte o zaman Muhammed elinde sadece pembe bir yaprakla, beyaz sade bir yaprak kalır; insanoğlu anlamaz bunu, çünkü mucizeler yaratma konusunda başarısızdır o." Sustum ve yutkundum. Daha fazla konuşacak takatim kalmamıştı.

İstanbul melteminin, boğazın rehavetini ciğerlerinize dek taşıdığı günlerden birinde; aynı meltem, Harem duvarlarının altında aynı bizler gibi mahkûm kalmış görkemli bir kiraz ağacının yapraklarını hışırdatırken hadımımın kucağına düşerek bilincimi kaybettiğimi söyler bazıları. Buna inanmayın; ben buna "zorlukla kavuşulmuş huzur" denmesini tercih ediyorum.

* * *

Genzime kaçan kanı kusarak uyanmıştım; sanki hayatım bir döngüye dönüşmüştü de birkaç ay aralıkla her olay kendini tekrarlıyordu. Elimi havaya kaldırdım; iskeletten farksızdı, bir avuç kemiğin üzerine gerilmiş kuru bir deri parçasından ibaretti sadece.

Çırılçıplak olduğumu anımsıyorum da; artık çıplaklık, tekdüzeliğimle bağdaştırılır olmuştu. Tüm gösterişli kıyafetlerim kadar gündelikti artık, harem hayatına alıştığımdan beri. Ne hadımların alaycı bakışlarından gizliyordum çıplaklığımı, ne de cariyelerin kıskançlığından.

Soğuk bir geceydi; oldukça soğuk; fakat ateşim düşsün diye ne bir battaniyenin üzerime örtülmesine izin vardı, ne de yatağımın ayak ucuna közlerle dolu bir mangalın yerleştirilmesine. Zangır zangır titriyordum; alt çenem soğuktan kilitlenmişti. Soğuk terler alnımda damlalar halinde birikmiş, kim bilir belki de soğuktan donmuştu.

Küçük kızın biri "Çok soğuk." diye inler inlemez annesi kıza kuvvetlice dirsek atmıştı; günler önce olan olayı gediklilerin duymamış olması olanaksızdı.

Muhammed'in kolundan tutarak getirdiği doktor çelimsiz bir adamdı, yüzündeki çocuksu ifade ve sakallarının eksikliği "Köse." diye mırıldanarak kıkırdamama sebep oldu.

"Köse, köse, köse... Adıma benziyor Köse Kösem, adınız neydi? Kösem olamaz değil mi?" Ne dediğimi tam olarak anımsayamasam da doktorun endişeyle üzerime eğildiğini ve nazik bir hareketle çenemden tutarak ay ışığına doğru döndürdüğünü hatırlıyordum.

Gedikliler ve hadımlar onun bu hareketinden rahatsız olmuştu. İtiraz dolu mırıltıları Muhammed'i rahatsız etmiş olacak ki hepsini dışarıya çıkarttırdı. Sadece dilsizler ve cellatlar kaldı. Doktor bu durumdan rahatsız değildi; adının daha sonra Gerard Tomés olduğunu öğrenecektim. Fransa'da çok meşhur bir doktormuş; salgın hastalıklar konusunda uzmanmış. Sonraları Osmanlı toplum anlayışına aykırı davranışları-bir kadını peçesiz görmeye aldırmamak, en ufak bir rahatsızlık göstermeksizin kadınların yüzlerine bakmak- yüzünden Osmanlı'da hoş karşılanmadığını söyleyecekti bana. Onunla kuracağımız dostluğun ardından Fransızca öğrenmek için

Muhammed'i bana Fransız bir hoca bulması için görevlendirecektim.

"Vampir hastalığı" diye mırıldandı soluk yüzümü ay ışığında incelerken. İç gömleğimi sırtımın tamamı görünecek şekilde havaya kaldırdığında Muhammed inler gibi oldu; fakat Mösyö Tomés'nin ayıplar bakışları altında sustu.

Mösyö Tomés, ağzımdan gelen kanı cebinden çıkardığı, köşesine altın ipliklerle GM harflerinin işli olduğu bembeyaz bir mendille sildi. Sonra, özel deri çantasının üzerine-az sonra açtığında görecektim, içi yılan derileri, fare pençeleri, onlarca çeşit kan örneği, saç tutamları, tuz, saf su ve onlarca sıvıyı taşıyan cam şişelerle doluydu- koydu. Kulağını yavaşça sırtıma dayayarak birkaç kez nefes almamı, öksürmemi ve tekrar nefes almamı istedi. Muhammed, dilsizlerin yanına bir sandalye çekmiş, kollarını kavuşturmuş bizi izliyordu. Omuzlarının üzerine bir tavşan kürkü atmıştı. Bakışlarından ne kadar pişman olduğu anlaşılabilirdi.

Mösyö Tomés, yüz yüze geldiğimizde en ufak bir utanç veya gocunma belirtisi göstermeden konuşmaya başladı.

"İlaçlarım var elbet; fakat size bu Balkanların dondurucu soğuğunda sıhhati temenni edemem, ancak..." Muhammed oturduğu yerden öne doğru atılarak, doktorun koluna hafifçe dokundu.

"En ufak bir tavsiyeniz..." Yalvaran gözlerle Mösyö Gerard'a bakıyordu.

"Sıcak, ılıman bir iklimi olan bir yerde en az birkaç ay konaklamanızı tavsiye ederim. Vampir hastalığı dediğiniz azizim, geldiğim yerde tüm halkı kasıp kavuran hastalıktır. Bilirsiniz; yoksullar, köleler pek imkânları olmadıkları için gidemezler ama diğer zengin ve soylulara tavsiye ederim ki, ben..."

Mösyö Gerard'ın bozuk ve eksiklerle dolu cümle aralarını doldurmaya çalışan Muhammed'in yüzündeki ifade giderek karmaşıklaşıyordu. Bunu fark eden Mösyö Gerard, Muhammed'in sırtına elini koyarak kahkaha attı. Doktorun bu laubali tavrıyla irkilen Muhammed ise elini şalvarının arkasına attı. Mösyö Gerard, tehdidi fark ettiğine dair en ufak bir işaret göstermedi.

"Ah azizim, Türkçe'yi unutmuşuz konuşmaya konuşmaya; ah bize gavur dersiniz ya burada, alınırım her seferinde, az gelirim buraya, unutmuşum dilinizi. Diyordum sıcak bir yere götürün bu Matmoiselle'i, ne de olsa padişahımızın biricik karısıymış." Haddini aştığını fark eden doktor, sustu ve çantasını eline alarak kapıyı aramaya başladı.

Yavaşça yanına yaklaşan Muhammed elindeki parlak yeşil kumaştan keseyi saklama konusunda en ufak bir gayret göstermeden, eline sıkıştırıverdi. Mösyö Gerard'sa ödemesini nazikçe kabul ederek çantasına attı. Birkaç ufak şişeyi de Muhammed'in eline tutuşturdu.

"Şifahane, ebeler, tok karnına, merhem..." gibi kelimeler fısıldadığını duyar gibi oldum.

Ayazın boynumu, kollarımı, parmaklarımı, bacaklarımı birer kılıç yarası gibi kesen darbelerine karşı koymakta zorlanıyordum.

"Üşüyorum," diye mırıldandım. "Çok üşüyorum..." Gediklilerin biri elinde kaynar suyla dolu bir tasla, diğeri onlarca kat gibi gözüken koyun yününden battaniyelerle, bazılarıysa gül suyu, lavanta kolonyası gibi ağır kokulu sıvılarla dolu kaselerle etrafımda dönüyorlardı.

Mösyö Gerard'ın bu naçizane harem odasında birkaç dakikalık da olsa estirdiği farklı rüzgâr beni ölümden, korkudan, hatta ve hatta şu bahsedilen "Vampir Hastalığı"ndan bile daha çok etkilemişti. Daha sonra bu hastalığın aslında ince hastalık olduğunu öğrenecektim. Hareme dahil olduğumdan beri dış dünyada olan bitenlerden bihaber olmanın yarattığı acıyla yatağımda huzursuzca kıpırdandım. Acaba haremin iç ilişkileriyle, kavgalarıyla, rekabetiyle uğraşmaktan dış dünyanın varlığından bu kadar soyutlanabilmek mümkün müydü?

Beyaz mendilin Mösyö Gerard'ın çantasında olduğunu fark ederek ürperdim; belki de bu ürpertinin sebebi ilk defa hadım veya saray kıyafetlerine bürünmemiş bir erkek görmenin heyecanıydı.

Ertesi sabahı, iyice havalandırılmış; Azrail'in kokusundan arındırılmış odamı dolduran cilveli ışıklarla karşıladım. Yatağımın kenarında dört gedikli kıvrılmış uyuyordu; demek ki saat daha çok erkendi; bir kölenin sahibinin hizmetine girmesi için bile çok erken bir saat. Bakışlarımla odanın son halini tararken başucumda pek de tanıdık sayılmayan bir el yazısıyla yazılmış bir not buldum ve hazin bir iç çekişle Latin alfabesinin Fransızca'yla kucaklaşan harmonisini anlayamadığımı fark ettim. Notun sonundaki Arap alfabesiyle, acemice kodlanmış harfleri tek tek okudum.

"M-ö-s-y-ö..."

Az sonra kapı aynı tanıdık gıcırtıyı çıkararak duvara doğru savruldu ve hızlıca duvara çarptı. Bu görüntü ve gürültünün yarattığı afallamayla uyanan gedikliler, başları açık bir halde yüce Sultan'ı, daha da doğrusu korkusundan köpürmüş bir "erkeği" karşılarında bulunca çığlıklarla odadan dışarı kaçtılar. Terden alnıma yapışmış perçemlerimi düzeltmeye çabaladım; halbuki Ahmed'in beni rastıksız, sürmesiz görmesi pek de umurumda değildi.

Yataktan hızlıca doğrulmaya çalışırken Ahmed, yeşil kaftanının sardığı kollarını havaya kaldırdı. Tok bir sesle bağırmaya başladı.

"Yat, istirahata ihtiyacın var; Mösyo Gererd söyledi, hani şu Fransız bozması doktor." Yanlışlarını düzeltmek istesem de kendime yeterli kuvveti bulamayarak yastığımın içine çöktüm. "Mösyö," diye tekrarladım içimden "Gererd değil, Gerard, seni cahil!" Sinirden ve yorgunluktan her nefes alıp verişimde tısladığımı, homurtular çıkardığımı duyar gibi oluyordum. Ahmed, halının üstünde kararlı ve titrek adımlar atarak yatağa, yanıma oturdu.

"Daha iyisin değil mi Kösem'im; dün bizi çok korkuttun. Gece yanına geldim, tanıyamadın beni 'Muhammed' diye sayıklayadurdun yüzüme karşı." Aynı muzip gülümsemesiyle sırıtıyordu; düşüncelerini okumakta güçlük çekmiyordum. Olanlara rağmen ona bağlı olarak öleceğimi bildiği için rahattı.

"Dediler ki," diye devam etti Ahmed aynı tekdüze kalın sesiyle, "Daha doğrusu Mösyo Gererd dedi ki..." Araya girerek yanlışını düzeltmekte bir sakınca görmedim, "M-ö-s-y-ö Gerard" diye inledim inatla. Beni duymamışçasına konuşmaya devam etti.

"Her ne Mösyö'yse, dedi ki, sıcak yazlık bir yerlerde istirahat etmeliymişsin; İstanbul'un soğuk havası sana dokunurmuş, ayrıca dediği gibi Vampir Hastalığı da değilmişsin- ne kadar garip bir isim ha?" diye gülmeye başladı. İşin ciddiyetinde olmaması sinirlerimi bozmaya başlıyordu; sırtımın dikleştiğini hissediyordum.

"Manisa sence nasıl bir fikir Kösem?" Muzipçe sırıtıyordu; hasekisi olmanın yarattığı bağlılıkla gözlerimin dolduğunu hissettim.

Boğazıma düğümlenen yumağın ağırlığıyla fısıldadım. "Güzel bir fikir padişahım." Çocuksu bir neşeyle odanın içinde volta atmaya, kaftanının kollarıyla oynamaya başladı. Çocuksu endamına ters düşen büyük padişah sarığı onu daha da gülünç kılıyordu.

"Kösem Manisa'ya gidiyor, Kösem Manisa'ya gidiyor." Odanın içine sanki daha farklı bir ölümün kokusu çökmüştü. "Evet gidiyor," diye kendimi yastığa doğru bıraktım. Ne sırtımın dikliği, ne Muhammed ne de bir Mösyö Gerard kurtarabilirdi beni bu durumdan.

Aklıma gelen bir fikirle yatakta zıpladım; niye daha önce düşünemedim ki diye kıkırdamaya başladım.

* * *

O gece Ahmed'le yatmamayı tercih etmiştim. Gün boyu Muhammed'den ve diğerlerinden uzak kalarak kendi hamamımda keselenmeyi yeğledim. Her zaman hamamın tanıdık rayihası beni rahatlatmıştır; anlık sorunlarımdan alıkoymuştur. O buhar ve kavurucu sıcağın içinde alev alev yanan kadın bedenlerinin de bunda bir payı olabilir elbette. Hamamın içinde elden ele dolaşan kıl temizleme merhemleri, badem yağları, lavanta kolonyaları, midye kabukları, karanfil, yasemin, kara amber ve sandal ağacı parfümleri. Tüm bu iksirler karışımı harem kavramını betimlemeye yetiyordu.

Bana özel hamamın tam ortasına yerleştirilmiş kocaman, kenarları pembe granit, içiyse beyaz ışıltılı, neredeyse sedefli görüntüsü yaratan mermerden yıkanma havuzum vardı. İçinde yıkanmadığım zamanlarda içine buzlu su doldurulmasını emredip, bir ucundan diğerine yürüdüğüm günler çoktur, rahat rahat düşünmek istediğimde. Bazen geceleri uyku tutmadığında, yorgunluğumu gidermek için melek otu merhemiyle tüm vücudumu Reyhan adlı, Karadağlı sarışın, kuvvetli elleri olan bir kıza ovdururum. Bu masajın ardından birkaç dakika buzlu suyun içinde dinlenmek gibisi yoktur.

Harem hamamı daha cafcaflı ve abartılı olsa da kendi özel hamamımdaki sükutu ona yeğleyeceğimi düşünürüm. Tüm hamam gediklilerine istediğim yağlardan sipariş ettiririm; en sevdiklerim vanilya, menekşe, karanfil ve sandal ağacı özlü yağlardır. Badem yağı da ovulmak için birebirdir; ayrıca yüze sürüldüğünde yüzün tüm sertliğini alır, diğerleri gibi kayganlaştırmaz, yumuşatır. Hamama genelde öğle vakti gitmeyi yeğlesem de, uyku tutmadığında gece yarısında dahi hizmetlilerime hamamı hazırlamalarını emrettiğim olmuştur.

Kendi hamamımda yıkanmak istemediğim zaman da Ahmed'e sürpriz yapmak için, gediklilere onun hamamını hazırlamalarını emrederim. Ahmed, meyve özlü yağlardan daha çok hoşlanır; bu yüzden bazı kandillerin içine portakal çiçeği özlü yağlar damlatmalarını söylerim. Sıcak havada bu aromalar en ücra köşelere bile yayılır; hamama adımını atar atmaz Ahmed'in içindeki çocuk tekrar canlanır. Özellikle yoğun bir gün geçirmişse eğer, çocukluğundaki harem anılarını anımsar. Hamamında ben de varsam, herhangi bir gediklinin orada bulunmasını istemem; kontrolü hemen ele geçiririm. Elimde tuttuğum pirinç taslar, yasemin kokulu yağ ve üstümdeki pembe entarimle çok güzel göründüğümü söyler Ahmed...

Göbek taşına uzanmamı ister bazen ve saatlerce beni izler; yanına parşömenini ve kalemi almayı başardıysa, sabahlayacağımız kesindir. Keyfimizi bozmaktan çekinen gedikliler öğün öğün yemeklerimizi hamam kapısının önüne bırakırlar. Eğer Ahmed yerimden kalkmamamı tercih ederse yemekleri o getirir ve beni ufak lokmalarla besler. Fakat genelde bu tip görevlerin sorumluluğu bendedir: padişahın beslenmesi, yıkanması ve ihtiyaçlarının giderilmesi.

Ahmed'le birlikte girdiğimiz özel yıkanma bölümünü çepeçevre saran altın parmaklıklar padişahın can güvenliğini sağlar. Altın kapıyı kilitli tutma veya tutmama kararı da Sultan'ın birlikte olduğu kadına duyduğu güvene bağlıdır. Hamam adabında padişahın o kapıyı açık bırakması hasekisine beslediği güvenin bir dışavurumudur. Her ne kadar padişahın kötülüğünü isteyen bir cariye veya hasekinin emellerine kavuşması bu anahtara bağlı olmasa da, sultanın bu güven gösterisi padişah-cariye, sahip-köle ilişkisinin en çok ihtiyaç duyulan unsurlarından biridir.

Ahmed'le geçirilen bir akşamın, dur durak bilmeden tekrarlanan kasılmaların, derin soluk alıp-verişlerin ardından hamamımı yakmalarını söyledim. Bir hamam keyfini hak etmiştim. Kıyafetlerimden arınıp belime bir peştamal bağladım. Peştamalın kumaşı tenimi gıdıklıyordu. Yüksek tavanın tepesindeki yuvarlak pencerelerden kırılıp hamamın dört bir yanına dağılan ışık huzmelerinin gözümü rahatsız etmesi üzerine kirpiklerimi birkaç kez kırpıştırdım. Hamamda yalnız olmadığımı biliyordum; beyaz mermerden yükselen dayanılmaz sıcağa rağmen kenarı dantelli fıstık yeşili feracesine bürünmüş bir kadın göbek taşına sırtüstü uzanmıştı. Tanıdığım bu siluetin gönlümde doğurduğu huzura güvenerek salına salına gezindim hamamın etrafında; daha sonra çeşmelerden birinin granit lavabosuna dayanarak muslukla oynamaya başladım.

Mermerin beyazlığıyla çelişen kapkara bir yüz bana dönüp eksik birkaç dişini göstererek tısladı. Korkmamıştım; aksine ruhuma dolan güvenle altın musluğa biraz daha dayadım bedenimi ve inledim. O güldü.

"Nerelerdeydin?" diyerek kahkaha attım. Yeşil feracesi dizlerine kadar düşmüştü. Kapının dibindeki tahta tezgâhın üstünden bir peştamal alarak beline doladı; sonra kollarını göğsünde kavuşturarak yanıma kadar geldi. Yavaşça saçlarımla oynamaya başladı. Kendi saçları kalın bir örgü halinde beline kadar iniyordu; saçlarını genelde hızlı uzaması için badem yağıyla yağlar ve öyle yıkardı. Feracesinin bulunduğu göbek taşının dibine kadar giderek yeleğinin cebinden kalın camlı bir şişe çıkardı; eline birkaç damla damlatarak saçlarını elleriyle taramaya başladı. Başını öne eğip kaldırdı; saçları yağdan birbirine yapışmış bir halde alnından geriye düştü.

"Burada değildim." diye güldü daha sonra saçlarını tekrar örmeye koyuldu. Boynu aynı bir zürafanınki gibi uzundu; kalfanın anlattıklarına göre Afrika kabilelerindeki insanların boyunlarına taktıkları onlarca gerdanlık boyunlarının uzamasını, kadınların çok daha çekici ve kadınsı gözükmesini sağlarmış.

Fatma'nın güzel olduğunu söyleyemeyecektim; fakat onun gizemli yapısı beni gitgide hükmü altına alıyordu. Bunu anlayan Fatma, tamamladığı örgüsünü havada savurdu ve tekrar güldü. Yağlı ellerini saçlarıma sürmeye hamle ettiğinde yanından kaçmayı başardım.

"Sevmediğimi biliyorsun." Muzipçe gülümsedim ve sıcak su akıtan musluklardan birinin dibine giderek musluğu çevirdim. Mermer kurnaya hızla çarpan su hem zemini ısıtıyor hem de hamamda su seslerinin yankılanmasına sebep oluyordu.

Boğazını temizleyerek konuşmaya başladı. "Muhammed'in habercilerinden biri konağa kadar geldi; haber verdi, hastalanmışsın. Bir doktor varmış; saraydaymış hâlâ, meşhurmuş da bayağı." Dudaklarını büzüştürmüştü ve yüzümdeki ifadeden bir anlam çıkarmaya çalışıyordu. Ona anlattığım hikâyeler ve onun bana anlattığı öykülerden yabancı kültürlere ne kadar meraklı olduğumun farkındaydı; bu yüzden de Mösyö Gerard'ın üzerimde yarattığı etkiyi gözleriyle ölçmek ister gibi bir hali vardı.

Peştamalımı belimden sıyırarak mermer kurnanın yanına, bacaklarımı suya uzatarak oturdum. İsteksiz görünmek isteyerek mırıldandım.

"Ne olmuş o doktora; adını bile ezberleyememişim yahu?" Söylediklerim üzerine güldü; yalan söylediğimi biliyordu, bu yaptığımız sadece oyun oynamaktı.

Sırt üstü uzandığı göbek taşı hamamın tam ortasındaydı; yerden yüksek bir yüzeye yerleştirilmiş, birbirine dayalı taşlardan sadece biriydi. Göbek taşlarına çıkabilmek için yerden yukarıya uzanan tahta basamaklar sudan kabarmış, yer yer çürümüştü. Mermer merdivenlerde yaşanan kazalardan dolayı böyle bir önlem alınması makbul görülmüştü. Göbek taşlarının oluşturduğu öbeğin tam ortasında, kirli beyaz mermerden dört kolon birbirine yapışık, tavana dek uzanıyordu. Fatma peştemalı yana kaymış, bacaklarını havaya kaldırıp indiriyordu. Ondaki enerjiye her zaman hayran kalırdım.

"Osman nasılmış?" diye sordu akıllarımızı Fransız doktordan uzaklaştırmak için. Osman, Hatice'nin oğlu, benim doğuracağım çocuktan önce gelen, Ahmed'in tahtına talip baş sıradaki varis, her geçen an, her uzadığı santim ve her aldığı kiloyla beni ürkütmeye başlamıştı. Ahmed'den hâlâ gebe kalamamış olmamın sebebi kısırlığım değildi. Fatma'nın hazırladığı merhem, macun, şurup gibi "kara büyü" olarak da adlandırılabilecek, halbuki tıptan başka bir şey olmayan yöntemlerle kendimi gebelikten korumayı başarmıştım. Kimi cariyeler saray dışından çağırdıkları çingenelere büyüler okutuyorlardı. Bazılarıysa adet kanamalarını düzensizleştirmek için sık sık kilo alıp veriyorlardı.

"İyi; her geçen gün daha da büyüyor sıçan." Bıyık altından güldüm. "Ebeleri sen gittin diye rahat birer nefes almışlardır, Allah bilir." Bu sözlerim üzerine bacaklarını indirerek bana doğru döndü; sonra tekrar ayaklarını havaya kaldırarak sallamaya başladı. Fatma'daki bu ani değişikliklerden-bu kadar enerjik, hayat dolu, neşeli ve umutlu olmasından- korkmuştum. Bir zamanların karamsar, duygusuz, korkusuz Fatma'sı gitmiş, yerine tamamen insani duygular besleyen, fani bir Fatma kalmıştı; bir insan...

Çevirmekte olduğu işleri düşünerek ürperdim ve ondan daha uzak bir köşeye çekildim. Teni bile daha pürüzlü görünüyordu artık, kusurları da insanoğluna has duyguların yarattığı ışıkla daha görünür kılınmıştı. Düşündüklerimi anlamışçasına içini geçirdi ve başını yan tutarak mermere yasladı.

"Bir aşığım var; Pera'nın arka sokaklarında bana bir apartman ayarladı Muhammed, senin artıklarını tıktıkları bir apartman. Oldukça eskimiş Kösem, ahşap bir bina; yorulmuş artık... Evet, dediğim gibi..." Konuşurken olduğu yerde huzursuzca kıpırdanıyor; onu ilk defa rahatsız eden çıplaklığını örtmek için peştamalının kırmızı püskülleriyle oynuyordu. "Senin artıkların Kösem; beşe yakın cariye, bir ben bir de..." Yutkundu; gözlerinin sevgiyle, arzuyla, bağlılıkla pırıldadığını görür gibi oldum.

Fatma'nın gizemli aşığını gözümde canlandırmaya çalıştım: Dev bir kara adam, burnu ve tek kulağı delik, iki kulağında da birer mercan küpe, kolları ve bacakları beş-on yıl boyunca bir köle olarak kadırgalarda kürek çekmekten sertleşmiş ve nasır tutmuş, elleri kaba saba işlerle meşgul olmaktan beceriksizleşmiş, hoyratlaşmış.

"Hamit," diye fısıldadı Fatma bana meydan okurcasına, "bana karşı çok nazik ve evet, Hamit benim aşığım." Sesi kararsızca hamamda yankılanırken hiç ummadığım bir duygu gönlümü dağladı; ardından karşı konulamaz öfke, kıskançlık doldurdu yerini.

Derler ki birine nasip olmayan, bir diğerine nasip olurmuş; onun kaderini çizermiş.

Sırtımı dayadığım soğuk duvarda bacaklarımı göğsüme doğru kuvvetlice çekerek elimi duvara vurdum. Fatma'ysa yüzündeki tebessümle beni izliyordu. Olduğu yerde yuvarlandı; bir sağa bir sola, daha sonra az önce bulunduğu konuma geri dönerek gülümsedi. Konuşmaya devam etti; gerisinin geleceğinden emindim de zaten, üçüncü gözüm, kulağım, kolum, bacağım olan Muhammed bahsetmişti bundan.

"Ama Muhammed dedi ki-" Sözünü sabırsızca keserek ayağa kalktım; hamamı adımlamaya koyuldum.

"Hamit, beni görmeye gelecek, evet biliyorum; bana bilmediğim bir şey söyler misin?" İntikamın tatlı kekremsiliğiyle dilimi damağımda şaklattıktan sonra Fatma'nın yanına giderek, yanındaki göbek taşına sırt üstü uzandım. Fatma, her ne kadar değişmiş olsa da; çıplaklığımın pürüzsüzlüğüne bu kadar yakından tanık olmanın verdiği heyecanla donakalmıştı. Söyleyeceklerimi, meraktan kaskatı kesilmiş, bekliyordu. Gülerek konuşmaya başladım.

"Muhammed'e söyleyebilirsin ki aşığın sana kalabilir, artık Hamit'e ihtiyacım yok; ayrıca gidip ona söylersen."

"O senin hadımın, sen söyle ona..."

Ortamın kızışmaya başladığını fark eden Fatma, kendisini benden uzaklaştıracak bir şekilde sırtüstü döndü; hafif kilo da almıştı. Hayatında ilk defa eski sahibesine meydan okuyabilmenin, onunla boy ölçüşebilmenin yarattığı heyecanla elleri hafifçe titriyor, göğsü hızla inip kalkıyordu.

"Muhammed'in senin adamın olduğunu bilmiyorum mu sanıyorsun; her hareketinde titreyen, yankılanan bir suçluluk var ve ardından abartarak, haykırarak belli ettiği o minnet... Beni hafife alıyorsun Fatma."

Bir anda öfkelenerek bir çığlık attım; Fatma en ufak bir tepki göstermedi. Eski zamanların hatırına beni hayranlıkla izlemeyi yeğlemişti; gözlerinin akı, aynı eskisi gibi, deli bakıyordu ve elleri şiddetle titremeye başlamıştı. Başının dibinde duran şişeyi alarak hızlıca hamamın mermer zeminine fırlattım; yüzlerce parçaya ayrılan şişeden çıkan badem yağının acı kokusunun tenime işlediğini hissederken derin bir soluk alarak, sakinleşmenin Fatma'yı daha çok korkutacağının farkına vardım.

Her geçen saniye üzerinde karar kılınan planlar değişiyor; kaleler, vezirler ve yem olarak kullanılan piyonlar tahtanın bir ucundan diğer ucuna sürükleniyordu oyuncunun elinde. Düşmanın kim olduğuna aldırmaksızın, tahtaya meydan okurcasına oynanan bu oyunda mağlup gelen taraf her zaman oyuncunun kendisi oluyordu; çünkü insanın kendisine karşı oynadığı bu oyunda galip gelen taraf olması gibi bir olasılık yoktu.

Fatma, her zaman olanları anlardı; ayağa kalkarak ağlamaya başladı.

"Şimdi de, şimdi de onu istiyorsun, Hamit'imi istiyorsun benden... Kaybettiğinde..." Zar zor soluk alıyordu; bitkinleşip yanıma çöktü, hiddetle çenemi sıkarak deli beyazıyla kaplanmış kıvılcımların çaktığı gözlerini, kara gözlerime dikerek tısladı.

"Kaybettiğinde düşmanın olacağım; Hamit de bir bir..."

Güldüm.

"Kurban olacak, biliyorum. Umurumda mı sanıyorsun?" Çenemi kavrayan elini okşayarak şehvetle dudaklarını öptüm. "Umurumda olan sensin, en büyük acıyı çekecek olan da."

Eski Fatma'ya kavuşmuş olmanın verdiği neşeyle hamam kapısına yöneldim; Fatma'ysa göbek taşlarından birinin üzerine yıkılmış; o her zamanki dualardan birini mırıldanıyordu. Hamamdan çıkmadan önce bir kez daha arkama dönüp ona baktım; acınacak bir yanı yoktu.

O da benim yerimde olsa aynısını yapardı, diyerek avutmaya çabaladım kendimi.

Olmadı...

En büyük darbesini de kapıdan çıkmadan hemen önce vurdu; olduğu yere çökmüş savunmasız, umutsuz, tüketilmiş bir halde, belki de ilk defa gerçekten hissettiklerini, gerçek sesiyle dile getirdi.

"Kösem, seni seviyorum."

Ve işte o anda, oyuncu feda edilen o tek piyonla mağlup gelecek tarafın kendisi olacağından emin bir şekilde gülümsedi ve kendinden emin bir kuvvetle konuştu. Bir sonraki hamlesini gerçekleştirmek üzere, tek doğru olanı söyledi.

"Ben de seni."

Oyuncunun kendisi tarafından parçalanan piyon, mermerden oyun tahtasının üzerinde öylece yığılı kaldı.

* * *

Haremin küçük, tozlu eşya dolaplarının birine Muhammed tarafından yerleştirilmiş iki kişilik sedire çıplak uzanmıştı Hamit. Kenarları odanın karanlığında dahi parlamayı başaran muazzam büyüklükteki sedefli taşlarla süslü, el işi bir boy aynasında kendini izliyordu. Çıplak sırtının açısına, omurunun iniş kavisine dikkat etmeye zorluyordum karmakarışık zihnimi.

Bahar gelmişti; kış soğukları geçmiş, Osman da memeden kesilmişti. Erken zamanda memeden kesilen bu bebeğin vazgeçemediği tahta at heykelinin yüzeyi, çıkarmakta olduğu dişlerin sebep olduğu pürüzlerle dolmuştu.

* * *

Hatice'yse Fatma'nın hayatta olduğunu öğrenmiş ve her zamankine kıyasla on kat daha yüksek bir sesle, onun haremin düzenini nasıl bozduğunu, insanları nasıl öldürdüğünü ve bunların arkasında olan kişiyle nasıl günahkâr bir aşk yaşadığını anlatır olmuştu harem halkına. Arada sırada, artık günlerini kanaviçe işlemekle geçiren deli Safiye Sultan'ı oturduğu eski sarayda ziyaret ediyor, ona harem dedikodularını anlatıyordu. Hatice, eski saraydaki yalnızlıkla bunalmış olan bir zamanların meşhur Valide Sultan'ının zavallılığıyla bir kez daha umudunu yitiriyor; haremine geri döndüğü zamanlarda tüm işlerden elini ayağını çekerek, kendisini odasına hapsediyordu.

Eski sarayın, sıvaları rutubetten dökülmüş ağırlama salonlarından birinde, taş sedire kurulmuş Safiye Sultan'ın yavruağzı rengindeki şalvarı odanın karamsarlığını dağıtıyordu. Safiye, Hatice'nin kapkara, rastıklı gözleriyle karşılaşınca başını ilgilenmiyormuşçasına diğer tarafa çevirdi; fakat Hatice de biliyordu ki, kendisi Safiye'nin tek ziyaretçisi, dostu, sohbetiydi ve Safiye gibi bir oyuncu bile tek dostunu görmenin sevincini, yüreğinin mühürlenmiş çekmecelerinde saklayamıyordu. Yüzünde beliren gülümsemeyi, deliliğiyle bağdaştırılabilecek dudak seğirtmesine çeviremiyordu.

Hatice, başını öne eğerek peçesini çıkarıp oldukça laubali bir tavırla halının üzerine fırlattı. Sedirin hemen altına, onun için yerleştirilmiş yuvarlak, gülkurusu renginde, gül işlemeli yastıklardan birinin üzerine oturdu. Tek bir kelime dahi etmeden dakikalarca birbirlerinin varlığından, dostluğundan, birlikteliğinden, paylaşımından minnet duyarak dua ettiler belki de...

Sessizliği ilk bozan şaşırtıcı bir şekilde Safiye oldu. "Gebermedi mi daha o Handan moruğu?" İstemsizce gülmeye başladı ve saniyeler boyunca susmadı; daha sonra bedenine bir titreme hükmetmeye başladı. Gözlerindeki ifadesiz bakış bile titredi bir süre boyunca. Onlarca kez yaptığı ziyaretlerde hayretle izlediği bu hareketlere bu kez şaşkınlıkla tepki vermeyen Hatice'nin kara gözlerineyse aynı kaybolmuşluk, unutulmuşluk, umutsuzluk yüklendi. Derin bir nefes alarak üzerindeki bu laneti atabilmek adına omuzlarını silkeledi. Safiye'nin titremesi biter bitmez, gözlerine bakmamaya özen göstererek bakımsızlıktan beline kadar gelmiş, uçları çatal çatal olmuş sapsarı buklelerini inceledi. Safiye'nin bukleleri de yıllar önceki canlılığını yitirmişti. Mehmed'i, Murad'ı kendine boyun eğdiren kadının yaşlılığından bukleler de nasibini almıştı.

"Aylardır yatağında ateşli bir hastalıkla boğuşuyor Handan Sultan." diye inledi Hatice saygıyla. Sadece gerçekleri konuşuyordu. "Aylardır hem de. Ne ayağa kalkabildi; ne de doğru düzgün konuşabildi. Tabi, bunları gören ben değilim; hadımım Lala ve diyor ki..."

Safiye, Lala adını oldukça gülünç bulmuşa benziyordu; karnını tutarak gülmeye başladı. Yine o tanıdık titreme başlayınca sustu. Öylece donakaldı ve sessizlikle boğuşmaya başladı.

Hatice, kafasında topladığı kalın örgüyü açarak konuşmasına devam etmeyi yeğledi. Ne asabı bozulmuştu koskoca Sultan'ın bu davranışlardan, ne de hoşnut kalmıştı. Lala ismini telaffuz etmemeye özen göstererek, aynı bıkkın tonla konuşmaya başladı.

"Gediklileri bile hastalığın kokusundan bıkmışlar; oda hayvan pisliği gibi kokuyormuş artık, doğaldır Sultan ne ayağa kalkabiliyor ne de yürüyebiliyor, her halde hacetini de oracıkta yatağın üzerinde gideriveriyordur." Gülmeye başladı; Safiye'nin yer yer lekelerle dolu teninden yükselen aşağılayıcı eda, salgın bir hastalıkmışçasına onun buğday rengi tenine yapışıvermişti sanki. Hatice'nin omzuna lekeli elini koymaya çalışan Safiye'nin parmağındaki koca zümrüt yüzük köprücük kemiğine çarptı. Bunun kasıtlı yapılmış bir hareket olduğunu anlayan Hatice yüzünü Safiye'ye dönerek bir zamanların muhteşem yüzünü incelemeye başladı.

Bir keresinde haremdeki eski eşyaların koyulduğu minicik, karanlık bir odada duvara asılı duran, bir sanat eseri niteliği taşıyan kenarları sedef taşlara bezeli kocaman Venedik boy aynasının hemen yanında; duvara yaslanmış, üstü oldukça pahalı kırmızı kadife kumaşla örtülü bir tablo bulmuştu Hatice. Altında yabancı bir ressamın imzasını görür görmez korkuyla titremişti. Bunun nedeni İslamiyet'te ve bununla bağlantılı olarak da Osmanlıda kesinlikle yasak olan resim, heykel gibi sanatların ta Osmanlı sarayının meşhur haremine kadar taşınmış olmasıydı ki; bunun düşüncesi bile insanın tüylerini ürpertiyordu. Hatice, ensesine bir şeyin dokunduğunu hissederek arkasını dönmüştü o sırada; fakat arkasında bulduğu tek şey odanın öbür tarafının duvarına dayanmış farklı türde eşyalar, tablolar, aynalar, halılar olmuştu.

Ensesinde hissettiği tek şey eksiklikti, kıskançlıktı; korkuyla bağdaştırılamazdı bile. Eksik ruhların korkuyla karıştırdığı, korkuyu yeğlediği, korkuyla beslendiği başka bir zehirdi bu.

Kendisinin hiçbir zaman, buna geleceğin bilinmez yolları da dahil bir resmini yaptıracak kadar önemli bir konuma gelemeyeceğini, padişahının gönlünü kazanamayacağını bilerek içi sızladı; eli yalancı bir korkuyla titredi resmin örtüsünü kaldırırken.

* * *

Hamit, aynadaki dağınık görünüşünü hayran bakışlarla izlerken, aynanın güzelliğini fark etmiyordu. Bense yattığım yerden onun hayata karşı sergilediği bu tutumu hayretle izliyor, onu örnek almaya çalışıyordum. Dağılmış altın rengi saçlarını aynanın önünde biraz daha dağıtarak burnunu da biraz havaya kaldırarak aynanın güzelliğine meydan okudu; daha sonra bir elini düzgün kalçalarına koyarak biraz daha geri çekildi ve tüm vücudunun muhteşem çıplaklığını seyre daldı. Bir an kendi adalelerinin, kıvrımlarının düzgünlüğüne kaptırdı kendini; odada olduğumu unutarak mırıldandı.

"Sultan olabilirmişim; bir padişah..." Kıkırdadı; onu izlediğimi aynaya yansıyan siluetimden fark etti ve durdu. Yanakları kızardı. Onun ruhu dahi bu denli kendini beğenmişliğe, üstünlük duygusuna sahip çıkamıyor, bazen onu korkutuyordu.

Onunla onlarca kez tutkuyla, aşkla beraber olmuştuk; ama onun bedeninin ilk defa bu denli kadınsı bir ruha sahip çıktığını görüyordum. Hadımlığın erkekliği yaktığı, köreltttiği söylenir; fakat Hamit bir hadım değildi. Hatta sünnetli bile değildi ki bu İslam'a göre büyük bir ayıp, günahtı ve bunlar göze alındığında bu denli kadınsı bir ruhun hüküm sürdüğü bir erkek bedeni kaybolmaya, gözden düşmeye mahkûmdu.

Tüm o düzgün hatları, kalın dudakları, çıkık elmacık kemikleri, altın bukleler halinde nerdeyse omuzlarına dökülen saçları, her saniye titreyerek inip kalkan göğsü, bu kadın hükümdarın gücü altında ezilmeye mahkûmdu.

* * *

O da hepimiz gibi bu dünyada ezilip gidecek; ondan geriye sadece toprak kalacaktı. Ne bir isim ne bir hatıra... Yine de şimdi, bugünlerde soracak olurlarsa onu Hadım Hamit diyeceklerdi; halbuki o sapasağlamdı. Hadım olmasaydı Yiğit Hamit diyeceklerdi; halbuki bir kadın besliyordu onu...

Bana dönerek bembeyaz altın dişleriyle gülümsedi; yanıma oturarak sırtımı okşamaya başladı. Onun dokunuşları beni her zaman heyecanlandırmıştır; sırtımın kasıldığını, gözlerimi kapattığımı memnuniyetle izleyerek beni kendine doğru çekerek öptü.

"Beni izliyordun değil mi?" Kaşlarını çatmıştı; ona ait bir sırrın paylaşılmasından duyduğu öfkeyi yüz hatları açıkça belli ediyordu. Sessizliği odayı aydınlatan mumdan tahta zemine dökülen damla bozdu. Ben kıkırdamayı yeğledim suçlu olduğumu kabul ederek; o ise omuz silkti.

Tekrar aynanın dibine kadar yaklaşarak yüzünün ufak bir bölümünü kaplayan çillerini, kirpiklerini, ayva tüylerini merakla izlemeye koyuldu. Az sonra aynanın dibinde duran üzeri kırmızı bir örtüyle kapatılmış tablo dikkatini çekti; dikkatin başka bir yöne kaydığını fark eden kadın ruhu homurdandı fakat erkek bedeni ona ihanet etti.

Kadın hükümdar üstün bir güçle erkeğine öfkesini yükledi; bunu fark eden Hamit kuvvetle bir tekme attı tabloya ne olduğunu umursamaksızın...

Tablo da varlığına ihanet ederek, muazzam bir gürültüyle, tahta zemine düştü; bir toz tabakası tüm odayı sardı.

* * *

Hatice, tablonun örtüsünü kaldırır kaldırmaz korkusu daha da artmıştı; arka zemini kan kırmızısı olan tablonun çerçevesi bile çok pahalı gözüküyordu, altın varaktandı. Tabloyu, örtüsünün üstüne koyarak duvara yasladı ve birkaç adım geri çekildi.

* * *

Hamit, yere düşen tabloyu kaldırmak için en ufak bir çaba harcamadı; her zamanki vurdumduymazlığıyla kendini seyretmeye devam etti. Onun bu tavırları beni içsel bir hesaplaşmaya itiyor, kendi eksikliklerimi tamamlamama yardımcı oluyordu. Bir de ben kendimi zalim hissederdim; Hamit, her türlü varlıkla arasına ördüğü o duvarla en büyük zalimliği sergiliyordu.

Tabloyu düştüğü yerden kaldırarak, sedirin üzerine serdim; yüzüme yayılan tebessüme engel olamayarak tablonun yüzeyine, tozlanmış altın varaklı çerçevesine yürek dağlayan bir merakla dokunmaya başladım. Dokundukça tablonun sahibine de dokunuyordum sanki. Sahibiyse yüreğime bile dokunmaktan kaçınan, uzaktan uzağa Hatice'yle dedikodumu yapan dünyalar güzeli bir günahkâr, sarı saçlı bir şeytandı, haremin çoğuna göre...

* * *

Acemice birkaç kez tabloyu okşadı Hatice; fakat daha sonra elini yakmışçasına hızlıca çekti, gözleri yaşla dolmuştu. Ruhu ve bedeni kıskançlığını gizleyemez duruma gelmişti artık; boğazına takılan düğümü yutmaya yeltenmedi bile, sadece tablonun dibinde diz çökerek ağladı o karanlık odada. Tablonun o odaya saklanmasının bir sebebi vardı elbette; fakat Hatice gözünü, yüreğini, dudaklarını, tenini yakan kıskançlıkla bunu fark edemiyordu bile.

Tablodaki güzeller güzeli Safiye'ydi; upuzun boynunda sıra sıra dizilmiş incilerle dolu altın bir kolye vardı, kulaklarında da aynı kolyenin küpeleri. Altın saçlarının arasına inciler gizlenmişti; fakat tabloda bile bu inciler, Safiye'nin güzelliği altında ışıldayamıyordu. Kıpkırmızı dudakları şehvetle aralanmıştı; boğuk bakışları, hafifçe çekik badem şeklindeki kahverengi gözlerini aralayarak geçmeye çalışıyor gibiydi, ellerini kucağına yerleştirmişti. Aynı arka tonların kırmızısından inci düğmeleri olan bir yelek seçmişti Safiye, iç gömleği bile parlıyordu sanki. oysa ki kalitesiz ipek kumaştandı; fazlaca dikkat edildiğinde seçilebiliyordu.

Çok derinine inildiğinde Safiye'nin gözlerine saklanmış o erkeği dahi seçebilirdiniz; belki de onlarca erkeği. Çift cinsiyetliliğin bir simgesi haline gelme onuru ilk olarak bu kadına bahşedilmeliydi. O bir kadın bedenine gizlenmiş, hapsedilmiş, güçle oynamayı seven bir erkekti.

* * *

Hâlâ bu özenle çizilmiş portreye dokunduğumu fark eden Hamit saçıyla oynayarak yanıma yaklaştı; sedire, tablonun yanına ilişti. İlgi çekmeye çalıştığını fark ederek bakışlarımı ona çevirmemeyi tercih ettim; omzuna düşen karanlıkla daha da bir öfkelendi, şehvetle karnımı okşamaya başladı. Tablodaki kadınsa hazince gülümsüyordu; ona tanıdık gelen bu davranışları benimsemekte zorluk çekmiyordu.

* * *

Hatice tekrar inledi ve hızla resmin üstünü kapayarak işlediğini sandığı günahın yalanına kanarak kelimeyi şahadet getirdi; bilinçsizce odanın diğer köşesine uzandı. Onu burada kimsenin bulamayacağını biliyordu. cebinde taşıdığı, başkası için kullanmayı planladığı zehri içmeyi geçirdi aklından fakat uzandığı sedirde uyuyakaldı.

Rüyalarında dahi asla kavuşamayacağı o kadının resmini tekrar çizerken zihninde; en derin uykusunda dahi inledi ve bedeni titredi. Bunun korku olmadığını o bile fark etmişti; fakat kıskançlıkla haykırmaktansa titremeyi seçti.

* * *

Kısık gözlerimi Hamit'e yönelterek ağzımı hafifçe açtım ve tek bir cümle sarfettim; ne bu kadının güzelliği etkilemişti beni ne de ihtişamı. Gözlerinde tanıdık bir ifade vardı ve söylemek istedikleri içime işliyordu her dokunuşumda. İstemsizce dökülüverdi ağzımdan o sözler.

"Sana benziyor Hamit."

* * *

O gece, Ahmed'le birlikte olduktan sonra odama telaşla giren bir gediklinin sesiyle rahatlamıştım; uzun süredir korktuğum o rahatlığa sonunda kavuşmuştum.

* * *

Safiye'nin gözlerini seyre dalmış olan Hatice omzundaki eli anımsadı ve omzunu silkti; aklı fikri belalısı Kösem'deydi. Safiye tek bir cümleyi dile getirdi; ömrü boyunca unutmayacağı tek cümle olacaktı bu.

"Hepimiz korkmayı seçiyoruz..."

* * *

Gediklinin göğsü ipek gömleğinin altında inip kalkıyordu; söyleyeceklerini tahmin edebiliyor olsam da o rahatlamayla ısınabilmek için gözlerimi ona dikerek esnedim.

Kahverengi saçlı, Fransız gedikli tuhaf aksanıyla Türkçe konuşmaya başlayınca neden olduğunu fark etmeden gülmeye başlamıştım.

"Hamit'i zehirlemişler Efendim..."

Hâlâ gülüyordum; Hamit de öyle. Yapılacak başka bir şey yoktu. Önceki sevişmemizde söylediklerini anımsayarak tüm bedenimin kasıldığını hissettim.

"Fatma hamile."

Her şey bu denli basitti; hepimiz korkmayı seçiyorduk: Hamit ve Safiye dışında hepimiz. Onların ördüğü duvarlar olmayı seçiyordu bazıları, bazılarıysa korkunun ta kendisi.

O gece Hatice sayesinde Safiye'yle Hamit birbirlerinden ayrıldılar; Hamit'in içindeki Safiye, Safiye'nin içindeki Hamit yoktu artık. Hatice'yse onların ördüğü duvarlardan biri olmayı seçmişti sadece; çünkü o da korkuyordu.

Ne aynalardaki muhteşem görüntüler, siluetler kaldı geriye; ne de o altın bukleler. Boğulduğumu hissediyordum; boğulduğumu ve bir tutsak haline geldiğimi.

Sarayda, özellikle de haremde aylar, yıllar çabuk geçiyordu; Mösyö Tomés birkaç kez daha Muhammed yardımıyla bana mektup yazmıştı. Bunları bana ulaştıran Muhammed'in ayıplayan bakışlarına aldırmaksızın bir gece, ansızın Mösyö Tomés'nin odasına girerek onunla beraber olmuştum. Ne Hamit kadar hoyrat ve kendinden emindi dokunuşları; ne de Ahmed'inkiler kadar nazik, şairane, duygu yüklü. Mösyö Tomés bedenimi aynı bir doktor edasında inceliyor; kuru dudaklarıyla bedenimin çeşitli yerlerine öpücükler konduruyor, kesik kesik çığlıklarla hissettiklerini dile getiriyordu.

İğrenmeye, nefret etmeye alışıktım; hayal kırıklığını öğrendim. Hayran olduğum bir kültürün, yabancılığın büyüsüne kapıldığımı hissederek suçlulukla kendimi kamçıladım ve uzun bir süre hiçbir erkekle beraber olmamaya karar verdim. Gece Mösyö Tomés'ye bıraktığım o iki kelimelik cümleyle hayallerime, umutlarıma, hayranlıklarıma da veda ediyordum ve ona bu saraydan defolmasını nazikçe emrediyordum.

"Au revoir." Hoşça kal.

Doktorun saraydan ayrılmasından günler sonra kendimi tekrar Fransızca'yla boğuşur bir halde bulduğumda Muhammed'den bana Fransızca öğretecek birini bulmasını emrettim, o her ne kadar İngilizce öğrenmemde ısrar etse de. O sıralarda tahta yeni geçen Kral James I'in, Kraliçe Elizabeth'in altın çağını nasıl sürdüreceğini, yine de yardım için Osmanlı'nın ayaklarına tekrar tekrar nasıl kapanacaklarını yineleyerek bir başka yabancı dili öğrenmeye teşvik etmeye çalışıyordu beni.

Hamit'in ölümünün ardından iki hafta geçmişti ve Fatma çıkageldi gecenin karanlığında; siyah çarşafından hısımla arınarak ayağıma kapanıp ağlamaya başladı ve tekrar tekrar özür diledi. Nedenini sorduğumdaysa inanmadığı Yaratan'a karşı işlediği günahtan dolayı kendini iliklerine kadar pisliğe batmış gibi hissettiğini ve suçlarından, günahlarından arınabilmek için böyle bir özre ihtiyaç duyduğunu söyledi. O ayağıma kapanmış ağlarken bir açıklama yapmasını talep edercesine çenesini kaldırdım ve dudaklarımı ısırdım.

"Bebeğimi düşürdüm; bilerek düşük yaptım..." Karşımda sergilediği zavallılık gösterisinden tiksinmişçesine onu ayağımla ittim, daha da şiddetle ağlamaya başlayınca, Muhammed'e onu evine götürüp yarın tekrar getirmesini söyledim.

Fatma aklını yitirmiş gibiydi; ilk geldiği karanlığı izleyen her ay doğumunda odamda beliriyor, söylediklerini tekrarlıyor, ben Muhammed'e yine aynı emirleri verene dek ağlıyordu.

İki hafta boyunca bu değişmedi; iki hafta sonra Fatma bir daha Topkapı Sarayı'na adım atmadı. Benimle irtibat kurmaya da çalışmadı; gözümden düştüğünü, dostluğumuzun anlamını yitirdiğini bildiği için çekip gitti. Taşındığı evin odasında tüm eşyaları bırakıp gittiğini öğrendim orada yaşayan cariyelerden birinden. Bunu söyleyen kızıl saçlı Çerkez bir kızdı, haremden zekâsı yüzünden kovdurduğum. Huzuruma çıktığında zümrüt yeşili gözleriyle beni tartıyor; onaylamaz tavırlarıyla gördüklerine burun kıvırıyordu.

Onu da hemen evine geri göndermelerini söyledim. Kızın anlattığına göre Fatma düşük yaparken kimsenin yardım etmesini istememiş; bunu çok yaptığını söyleyerek kendisini odaya kilitlemişti. Halbuki yaptığı bir hatayla bebeği düşüremeden bilincini kaybetmiş; ertesi gün kapısını kırarak odaya girdiklerinde onun şuuru kapalı yattığını gördüklerinde düşüğü tamamlamışlardı. Kızıl saçlı kız bebeğin paramparça olduğunu anlattı; çünkü gövdesini başından ayırarak Fatma'nın içinden çıkmasını kolaylaştırmaları gerekmiş.

Diğer tüm cariyeler gördükleri yüzünden günlerce hasta yatmış, Fatma'yı da öyle tek başına bırakmışlardı. Fatma, yataktan kalkar kalkmaz bana gelmişti.

Ölümden dirilen Fatma'nın gözlerinden ölüm bize doğru bakıyordu ve beklenen de oldu.

Bir ay sonra Fatma'nın cansız bedeni, şişmiş bir halde, Pera'da erzak deposu olarak kullanılan odalardan birinde bulunmuştu; hiçbir zarar gelmemişti bedene, sadece nereden geldiğini bilmedikleri bir tutam altın saç vardı ellerinde.

Bazıları bunun sadece bir hikâye olduğunu söyler; bir hadımla kölenin aşkı... O altın bukleyi elime alana dek ben de öyle kabullenmeyi yeğlemiştim. O altın bukleyle hayatım değişti; o sıcak Haziran başında Hatice'yi odama getirmelerini emrettim.

* * *

Az sonra Sümbül, Hatice'nin baş hadımı, soluk soluğa odaya girdiğinde elimle yanıma yaklaşmasını işaret ettim. Üzerine uzandığım divanın ayak başucunda üç güzeller güzeli kız oturuyordu; bunu gören Sümbül şaşırmış olacak kielbette ki Hatice'nin saatler süren Fatma muhabbetlerinden olsa gerek- çekingen adımlarla yanıma yaklaşarak elimi öptü. Kızlar sırayla kıkırdamaya, aralarında şakalaşmaya başladı.

Yaşayamadığım gençliği gözlemleyerek sanki tekrar diriliyor; mahkûm hayatıma renk katmasını umarak getirttiğim bu haremin üç en güzel kızının boş kafalarıyla, Fatma'nın yüreğimde açtığı yarayı kapatmayı amaçlıyordum.

Ne yazık ki kızların uçarılığı sinirimi bozmaya başlamıştı; annelerini takip eden köpek yavruları misali gölgemin etrafına dizilerek beni takip ettikleri her yerde, her ortamda aynı sinir bozucu kıkırdama krizlerine giriyor, olup olmadık konularda gülmeye, esnemeye, parmak şaklatmaya başlıyorlardı.

Giderek daha da yaşlandığımı hissediyordum...

"...ve demişler ki yaşlı adama 'Seni evimizin kadınlarından biriyle evlendirelim bari, bu dul halinle kimse seni istemez.' Zavallı adam, o güler yüzlü kadının sözlerine inanıp, tarif ettiği yere gitmiş, kapıyı çalmakta tereddüt etse de birkaç kez yoklamış kapı tokmağını... Kapıyı açınca ne görsün, kolları, bacakları olmayan bir kadın!" Firuze'ydi bunu anlatan; en az Hürrem kadar acımasızdı yaptığı yorumlarla. Onun diğerlerine kıyasla daha da vurdumduymaz, sözden anlamaz bir yapısı vardı; aynaya geçip saatlerce süt beyazı tenini, sık bukleler halinde alnına düşen ve genellikle topuz yaptığı, ateş kırmızısına kaçan saçlarını tarar, nazik elini upuzun, dokunulsa kırılacak boynunda dolaştırır, dudaklarını şehvetle yalardı.

Billur, gülmeye başladı; onu yanıma almamın en büyük sebebi sesiydi ama güzelliği de, sesinin duruluğuyla yarışır nitelikteydi. "Zavallı yaşlı adam... O da zamanın Kanuni'si gibi yatakta beceriksizleşmiştir elbet..." Kinayeli sözleriyle odadakilere meydan okuyor; onların dikkatini çekmeye çalışıyordu. Umduğunu bulamayınca düz sarı saçlarını arkaya attı; incecik dudaklarıyla çıkık elmacık kemikleri Slavlığını ortaya çıkarıyor, açık mavi gözleri onu izlerken kendinden geçmenize yol açıyordu. Alacalı mavi gözlerini birkaç kez kırpıştırdığında saraydaki herhangi bir hadıma her şeyi yaptırabileceği söylentiler arasındaydı.

Bir de şarkı söylediğinde...

Kemençe çalmasını da çok iyi bilirdi; Firuze'yse udu hiç zorlanmadan çalmayı başarıyor, ortaya çıkan o ulu sesler harmonisinden büyülenmişçesine üzerinde altın pırıltılar dolaşan kızıl kafasını bir o tarafa bir bu tarafa sallıyor, iyice kendinden geçtiğinde udunu halının üzerine bırakarak eline zillerini takıp çiftetelli oynamaya başlıyordu.

Rüveyda'ysa orada oturmuş; bu cümbüşü tasvip etmediğini belirten sesler çıkarıyor, beni izlemekle yetiniyordu. Onun da bana benzer kara saçları vardı fakat kulaklarının hizasında kesilmişti. İlk defa görüyordum harem kızlarının arasında böyle bir saç kesimini ; yine de bana pürlüğü, sadeliği hatırlatıyordu. Kulaklarının hemen altında biten kısacık siyah saçları, koskocaman ela rengi gözleri, kalemle çizilmiş gibi görünen kalın, günün her saati acı biber sürülmüşçesine kırmızı ve şiş dudaklarıyla bana Antik Yunan heykellerini hatırlatıyordu.

Ama beni en çok korkutan bakışlarıydı; nereye gitsem nerede dursam onları ensemde hissetmeye başlamıştım artık. Bana zarar vermeyeceğinden emin olsam da rahatlamayı başaramıyordum. Onun hızla inip kalkan göğsünü izledikçe onda varolan saf hayatı ellerimle tutmak, dilimle yutmak, ruhumla yaşamak istiyordum.

"Yaşlılık, zor iş hanımlar," diye mırıldandı mizahi bir tonlamayla başını havaya kaldırırken. Heykelimsi suratına uyum sağlayan minicik, yukarı doğru kavisli burnu da aydınlanmıştı; gözlerini rahatsız eden ışıktan korunabilmek için bir elini gözlerinin üstüne doğru getirerek, minik kafasını gölgeledi.

"Yaşlılık zor; hanımını memnun edemezsen." Firuze kıkırdayarak lafı ortaya atmıştı, Rüveyda'nın boşluğundan yararlanarak. Tam Rüveyda tekrar sözüne devam etmek için ağzını açmıştı ki Billur bir eliyle ağzını tıkadı ve yüksek sesle şakıdı.

"Yaşlılık yalnızlık bence, unutmak, unutulmak..." Kızların kendilerince yarattıkları felsefi halkanın içinde kalmış, afallamış ak hadımı fark ederek sesimi yükselttim; Firuze'yle Billur saçlarıyla oynayarak bakışlarını bana yönelttiler. Rüveyda'ysa hiç oralı olmadı; genelde beni, yalnız olduğumda seyretmeyi tercih ederdi.

Sümbül, fırsatı anında değerlendirebilmek için hızla, anlaşılmayan bir sesle konuştu. "Efendim bugün sizi ziyaret edemeyeceğini bildirmemi istedi." Soluk soluğa kalmıştı.

"Ne diyorsun sen?" diye yüzümü buruşturarak mırıldandım.

"Gelemeyecek; Sultan hazretleri Efendim'i ziyaret etmeye karar vermiş, uzun bir süreden sonra... Ee, sıkıntı cana bela derler." Hadımın ne yapmaya çalıştığını anlayarak Rüveyda'nın kulağına fısıldadım. Rüveyda, kalın sesiyle tüm odayı doldurarak hadıma hitap etmeye, onu büyülemeye başladı.

"Siz de o zaman Efendiniz'e söyleyin ki Kösem Sultan artık ona yaptığı ziyaret teklifini kaldırmış bulunmaktadır; asıl Efendi'nin ziyaretine gelince... O piçini biraz koruma altına alması içindir; bilirsiniz Genç Osman'ın sağlığı hakkında dedikodular var, güya ayak parmaklarından biri eksikmiş, boğazı doğduğundan beri şiş..." Bu sözler üzerine diğer kızlar kıs kıs gülmeye başladılar; özellikle Firuze, başkalarının kusurlarıyla alay etmeyi canı gönülden severdi. Kendinde bulamadığı o kusurları arayış çabası içindeydi çünkü; içine bakmaktan kaçınıyor, aynaya yansıyanlarla yetinmeyi kafi buluyordu.

"Yüzünü daha geçen gün gördüm; bir ebenin kucağında dolaştırılıyordu, korkunç..." diye güldü Firuze, halbuki bu doğru değildi. Osman, gayet sağlıklı ve güzel bir bebekti; hatta bu masum çocuğu himayem altına almaya kararlıydım.

Asıl Rüveyda'nın sarf ettiği sözlerden yaralanan hadım kekelemeye başladı. Destek almak için ayağını halıya şiddetle sürtüyor; çıkan sesten kelimeler yaratmaya çalışıyormuşçasına derin soluklar alıp veriyordu. "Be- ben farkındayım; sizin efendiniz karşımda ve o..."

Rüveyda, bu sözlere omuz silkti.

"Tek bir Efendi vardır; o da Yaratan, ona adlar takmaksa cehalettir." Duyduklarından hoşnut kalmayan hadımın yüzü asıldı; çenesi titreyerek genç kıza cevap vermeye yeltendi, yapamayınca bana dönerek fısıltılarla konuşmaya başladı.

"Sen koynuna bir kâfir almışsın; baksana kız dinden imandan çıkmış buna sen ne Mümin'i öğretebilirsin ne de şeyhülislama bağlı olmasını sağlayabilirsin; bu kızın içine şeytan girmiş yahu..." Ona doğru eğildim; biraz irkilerek bir adım geri attı, her zamanki sakin sesimle konuştum.

"Peki, bana ne diyeceksin?" Sümbül, hafifçe eğilerek selam verdi; odadan çıktı. Az sonra görüp duyduklarını Hatice'ye aktaracağından en ufak bir kuşkum yoktu; Rüveyda'ya dönerek bağırmaya başladım.

"Sen kendini ne zannediyorsun; koskoca 'Efendi'nin Baş Hadımı'yla konuşuyorsun!" Bunu haklı olarak ciddiye almayan Rüveyda gülmeye başladı, ben de ona eşlik ettim. Hâlâ olup biteni anlayamayan Firuze'yle Billur'sa ayağa kalkarak öğrenmeye çalıştıkları çiftetelli hareketlerini tekrarlıyor, bir yandan da şarkıyı mırıldanıyorlardı.

Birkaç saat sonra, biraz kestirmeye karar vermişken, kızlar da divanımın hemen dibindeki rahat, koskoca yastıklardan oluşan yataklarına kurulmadan önce Muhammed hızlı adımlarla içeri girdi. Kızları görür görmez sarığını çıkardı. Elime tutuşturduğu el yazısını hemen tanımıştım; tanımamak olanaksızdı. Hızlıca yazıldığı belliydi çünkü parşömen daha mürekkep kurumadan rulo haline getirilmiş, mürekkep lekeleri içinde kalmıştı; fakat mühim olan notun hizası, yazının düzgünlüğü değil içeriğiydi.

"Budin'e yürümekte çok geç kalmışız; kaleleri kuşatıp bir beyit kazıyacağım gavur topraklara, benim ol diye, ehlileştirilemeyen dizelerim... Seni hep seveceğim, Ahmed-i evvel"

Kâğıdı tekrar rulo haline getirerek Muhammed'e uzattım; o da bir kez okuduktan sonra ıslık çalarak odadan çıktı. Rüveyda'ya dönerek ela rengi gözlerindeki duruluğa baktım; sesimin titremesine engel olmaya çalışarak konuşmaya başladım.

"Efendileri doğruyu çarpıtmışlar, Allah'ın gölgesi sefere çıkmış da haberimiz yokmuş. Ama korkulan yaklaşıyor; hissedebiliyorum." Divana yüzüstü yatarak düşünmeye başladım; Sümbül ve Hatice'nin planlarına bu not da dahil olabilirdi.

Peki, asıl beklenen gerçekten geliyor muydu?

Dışarıdan top sesleri duyuldu, metal şıngırtılarını, at kişnemelerini ilk defa duyuyormuşçasına dikkatle dinlemeye başladım. Aradığım cevabı bulamayınca…

"Muhammed!" diye bağırdım. Kızlar beni şaşkınlıkla izliyorlardı; gün batımının kızıllığıyla saçları güneşi andıran Firuze sesini çıkarmaya yeltendi ama onu susturdum.

Muhammed ne isteyeceğimi notu daha bana uzatırken biliyordu; uysal sesiyle konuştu.

"Arabayı hazırlattım; girişte sizi bekliyorlar."

Safiye'yi görmek için çok geç kalmıştım belki de…

* * *

Konağın dış cephesini görememiştim, arabadan indirildiğimde eski sarayın harem girişinin önündeydim. Ayaklarıma baktım; yerdeki taşları inceledim. Koskoca Safiye Sultan'ın adımlarının, ayaklarının tabanlarının süpürdüğü yerlerdi burası; sürgününe yalvardığı günlerin bekçisiydi bu yerler, onu serbest bıraksın diye… Ve kadere kahrettiği nefeslerdi içine çekmekte zorlandığı; koca taş duvara dokundum, peçemle çarşafıma korkuyla sıkı sıkıya sarınarak hadımların gösterdiği yoldan yürümeye başladım.

Havanın kararmasına az kalmıştı; balığa çıkmak üzere hazırlanan balıkçıların seslerinin yedi tepeyi savurarak yankılandığını hisseder gibiydim.

İstemsizce saçımın siyah buklelerinden birine dokundum peçemi biraz aralayarak; bunu fark eden hadım homurdandı, daha sonra eliyle gösterdiği yere gitmem için kaş göz yaptı. Sofanın açıklığında beni bekleyen Sultan'ın tek renkten oluşan kıyafetini gözümün ucuyla incelerken, kendi kendine mırıldandığını duydum.

"Ve Murat, Selim'i öldürmelerini emretti... Sarhoş Selim'i... Ve Murat, Sarı Selim'i öldürmelerini emretti... Ve Safiye Sultan gülerek Oğlancı Selim'i boğdurmalarını emretti... Ve Yeniçeri Ağası kılıçtan geçirilmesini emretti. Ulu Kanuni yaşama hakkını kabul etmedi; kardeşi Mustafa'nın boğulmasını emretti. Sarhoş Selim'in şansı yoktu; ben değildim..." Bir öne bir geriye sallanıyordu sedirin üzerinde; benim geldiğimi fark etmiş olmalıydı fakat durmadı. Aynı sözleri onar kez tekrarladı; biraz sonra içeri girmezsem yorgunluktan bitkin düşeceğinden korkarak kapının eşiğinde yerlere kadar eğildim.

Konuşmadı... Böyle olacağını tahmin etmeliydim. Eliyle peçemle çarşafımı çıkarmamı işaret etti; koca kemerli kapının eşiğinde istediğini yerine getirdikten sonra tekrar eğildim. Güldü; altın buklelerine düşen kızıllıkları ovuşturmaya başladı. Kınanın saçına verdiği kızıllığa batan güneşin kızıllığı karışıyordu. Tablodaki görüntüsünden çok daha yaşlı, bitkin duruyordu.

Düşündüklerimi tahmin etmişçesine başını yere indirdi; yanaklarından süzülen yaşları fark etmemiş gibi davranabilmek için başımı pencereden uzattım. Yazın kavuruculuğu yüzüme doğru estiğinde korkuyla, telaşla fısıldadım.

"Hatice artık gelmiyor diye üzülüyor olmalısınız?"

Tek bir kelime dahi etmedi; içinden nereden biliyorsun diye geçiriyor, titreyen ellerini arkasına saklayarak güçsüzlüğünü belli eden tüm işaretleri silme çabalarıyla boğuşuyordu.

Safiye Sultan Murat'ın korkularını bastırdığı gibi sertliğiyle, Selim'i susturduğu gibi gür sesiyle yürümeye devam ediyor olmalıydı. Ve Şanlı Kanuni'nin kanını dondurduğu gibi acımasızdı hâlâ. O olmasa, hiçbir padişah, hareminde olan bitenlerin önemini kavrayamayacaktı; Safiye Sultan kadınların başarıya giden yolda önünü açan zalim bir önder niteliği taşıyordu. Zalim; fakat ileri görüşlüydü, dudaklarını büzdü.

"Senden öğrenmek istediğim tek bir şey var; Hatice gibi sana sığınmaya gelmedim, sana etrafında soluyamadığın saygıyı sunmaya da. Yardım için geldim; zavallılığına acıyarak değil, yılların tecrübesine sırtımı dayayarak ve..." Soluk aldım; arkamı güneşe vererek asıl söylemek istediklerimi sonunda söylemeyi başardım.

"Koskoca imparatorluğu, Osmanlı Padişah'ını, Yüce Divan'ı bir zamanlar ayaklarına nasıl kapatabildiğini öğrenmek için."

Güldü; tiz bir kahkaha attı. Fakat söylemek istedikleri vardı, ortaya dökemediği, ilk defa ellerini önüne koyarak titremesini gösterdi. Elleri yorgunluktan titriyordu; belki de ilk defa ne kadar güçsüz, tahammülsüz kesildiğini vurgularcasına haykırıyordu. Sesli olmasa da gösterdikleriyle...

"Kadınlara has güçsüzlüğün, narinliğin; erkeklere özgü zekân, kurnazlığınla etkileyeceksin onları... Bunları başarırsan; ne bir ülkenin onayına ihtiyacın olacak, ne de Divan'ın. Kendinin Efendisi, Yaradan'ı ol yeter; kendinin Tanrı'sı ol, gücü ol, dine bağlanarak ruhunun saflığını harcama, pür kal... Gerektiğinde ellerini kirletmekten kaçınma; fakat bir gün o kirlettiğin eller titrerken önüne düşecek, katlettiklerin hayaletin olarak seni sürgünde hapsedecek olurlarsa, işte o zaman güçsüzlükten ve savunmasızlıktan sakınma... Çünkü seni kurtaracak olan da ne kadar güçsüz olduğuna bakarak yardım edecektir sana ve o yardımcın da zekân olacaktır. Bu toplumda zekâ erkeğe özgüdür Kösem; kadınlar sadece bedensel hazların duvarları altında ezilmeye mahkûmdur. Son sözüm... Korktuğunda, her şeyin sona erdiğinden emin olduğunda konuşmamayı seç; çünkü seni anlayacak, yardımına ihtiyacı olacak olan, seni dile getirdiklerinle değil, düşündüklerinle, hissettiklerinle anlayacaktır. Korkmaktan kaçınma, ağlamaktan kaçın. Sevinmekten kaçınma, gülmekten kaçın... Başkalarından korunmanın, onları etkilemenin yolu gizli kalmaktadır; unutma."

Arkasını döndükten sonra gitmemi söyleyen bir el hareketi yaptı; peçemle çarşafımın yerli yerinde olduklarını kontrol ettikten sonra önünde son bir kez eğildim. yüzünde beliren gülümsemeye nasıl engel olmaya çalıştığını fark ederek ben de gülümsedim. Kapının eşiğinde tekrar durdum; uzun konuşmaktan kaçınmalıydım bu kadının yanında, tehlikeliydi. Gözlerinde, söylediklerimle beni bitirebileceğini anlatan bakışlar, hikâyeler, deneyimler vardı.

"Herkesin zaafları vardır."

Kapıdan hızlı adımlarla çıktım; haremin girişine geldiğimde soluk bir görüntünün harem koridorlarında bir belirip bir kaybolduğunu görür gibi oldum. Safiye'nin bahsettiği hayaletler onun sürgününün bekçileriydi; yaşam boyu süren bir sürgünün. Onu diğerlerinden ayıran zekâ yolunun sonunda karşılaştığı bu mahkûmiyetti.

Aynı hayaleti kapıyı eşiğinde tekrar gördüğümde gülümsüyordu; tek bir kelime etmeden. Altın sarısı buklelerine dokunmuş ne bir kızıllık vardı görünürde ne de bir yorgunluk. Tablodaki Safiye haremin mermer girişine dayanmış; beni bekliyordu.

Araba Eski Saray'ın hareminden uzaklaşana kadar hayalet Safiye'yi izledim; güneşin kızıllığında pür beyaz ışığı andırıyordu. Havada süzüldü, altın saçları onu izledi, bembeyaz tüller uçuşuyordu her tarafından. Ve ben aksini düşünürken yok oldu; tam saray kapısından çıkmak üzereyken. Tüylerimin ürperdiğini hissettim; kendi hayaletlerimle yüzleşmeyi beklemekten başka çare yoktu.

Peki, Fatma'yla Hamit?

* * *

Araba kapısının kemerinin, etrafı çinilerle kaplı aralığından içeri süzülerek rüşvetlerimle karınlarını doyurduğum, hayatlarını kolaylaştırdığım harem ağalarına selam verdim. Giriş çıkış zamanlarımdan önce tanıdık harem ağalarına Muhammed tarafından kese kese altın dağıtılıyor; hareme giriş çıkışım kolaylaşıyordu. Son günlerde pek de ani sayılmayan ölüm haberiyle çalkalanan haremde olan bitenle ilgilenenlerin çoğunluğu Handan Sultan'ın kaybına yas tutar olmuştu artık; fakat kalfalar, gedikliler, karaağalar, haremağaları, musahipler arasında dillere dolanacak bir dedikodunun padişahın kulağına gitmesi işten bile değildi.

Handan Sultan'ın ölümüyle daha da şairane bir havaya bürünen Ahmed, Bahti mahlasıyla beyitlerin ardından zaman bulabildiğinde, arada sırada odama uğrar, yaptırmak istediği Okuma Odası'nın hayallerini anlatırdı bana. Birlikte olmayışımızın ilk ayını geride bıraktığımızda şüphelerimin doğru olduğunu Firuze'den öğrendim. Şengül adında, Kırım Hanları'nın hediyesi olarak saraya gönderilmiş kıpkızıl saçlı, zümrüt yeşili, kedi misali gözleri olan, selvi boylu narin yapılı bir kızmış padişahın yeni gözdesi.

Yapılacak onca iş vardı halbuki...

Başımı eğerek koca kemerin altından geçerken kapının eşiğine dayalı duran iki ay önce ona hediye ettiğim, daha önceden de Ahmed'in bana sunduğu kırmızı kaftanı, fesi ve şalvarıyla Rüveyda'yı görünce gülümsedim. Emirlere aldırmaksızın, tamamen kendi isteğiyle, her hangi bir harem ağasının onu fark etmesi tehlikesini göze alarak sahibini karşılamaya gelmişti. Muhammed'in eline tutuşturduğum tek kese altının bu kızı bedenen satın almaya nasıl yettiğini hatırlayarak gülümsedim.

Kimilerini bedenen satın alırken ruhlarını da sahiplenmiş oluyordunuz; ama kimi ruhlar vardı ki Rüveyda gibi, ne bedenen ne de ruhen zapt edilmesi imkânsızdı.

Aynı alaycı tonuyla kapının iç kısmında bulunan yazıyı yüksek sesle okumaya başladı; okumayı daha yeni öğreniyordu ve yeni hayat tarzına, diline şiddetle karşı çıkıyor, sahip olduklarını daha fazla benimsiyordu. Ancak parlak zekâsı onu her yerde, her vakit bir adım daha öne itiyordu. Burnunu havaya dikerek, yüzünü de biraz buruşturarak okumaya sürdürdü.

"Bismillahirahmanirrahim. Medine-i Müne..." Becereme-yince duvarı tekmeleyerek tiz bir kahkaha attı. Cümlesini hızlıca, tek düze bir sesle devam ettirdim.

"Medine-i Münevverede Hazret-i Peygamberin Ravza-i Mutahhara ve hücrelerinin pencerelerinin şallarıdır." Başımı sallayarak şefkatle yüzünü inceledim.

"Ne demek oluyor şimdi bu?" diye mırıldandı kendi kendine levhayı işaret ederek. Bu yaptıklarını gören hadımlardan birinin onu cezalandırması işten bile değildi.

"Ne bileyim ben, burası benim evim mi zannediyorsun?" Sakin adımlarla yürümeye başladım. Peçemi çıkarıp harem ağalarını selamladım, Rüveyda'nın elini tutmak istedim, geri çekti.

"Ne yapmaya çalışıyorsun?" Yüzündeki ifadeye bakılırsa kızgın olduğu söylenemezdi ama hayatın getirdiklerinden dolayı ne büyük hayal kırıklıklarına uğradığı belli oluyordu. Her gülümseyişi, adımı, imasıyla... Hayata karşı takındığı tavırda bir gücenmişlik vardı.

"Yapmaya çalıştığım bir şey yok; sadece seni hazırlıyorum." diye mırıldandım planımdan haberdar biriyle konuşmanın verdiği rahatlıkla. Öfkeyle kolumu tutarak bağırmaya başladı.

"Senin de diğer boş kafalı odalıklardan bir farkın yok; aklın fikrin entrikada, güçte, düzende... Dışarıda ne olduğunu merak etmiyor musun?" Aramızda pek büyük bir yaş farkı olduğu söylenemezdi fakat sahibe-köle ilişkileri göz önüne alındığında bu konuşma tarzı kabul edilemezdi. Rüveyda'nın davranışlarını kınayan harem ağaları kapı önünde yaptıkları muhabbetlerini kesip Rüveyda hakkında bir şeyler mırıldanmaya, iç çekmeye başlamışlardı bile. Bunu fark eden Rüveyda ise kafasını onlara döndürerek Dolaplı Kubbe'nin sonundaki büyük tunç kapının üstündeki duayı okumaya çalıştı.

"Allahümme Ya mü- mü..." Takılmıştı; bunu fark eden ağalar uluyarak gülüyor kızla dalga geçiyorlardı. Rüveyda, sakin adımlarla odadaki ince işlemeli dolaplardan birinin yanına gitti. Kapağı açtı, üzerinde Canan Kalfa'nın sipariş ettiği yazılı Mekke yapımı, mercan, doksan dokuzluk tespihi alarak yere fırlattı; doksan dokuz parçaya ayrılan tespihin ve mercan bilyelerin taşın üzerinde çıkarttığı ses bir süre kulaklarda yankılandı.

Ağalardan biri hançerine doğru uzanır gibi oldu; yanındaki "Kösem..." gibi bir şey fısıldadıktan sonra vazgeçti, tehlikenin yakınlığından ürpererek Rüveyda'yı çekiştirdim, koca tunç kapıdan geçirmeyi başardım. Hâlâ kendi kendine hararetle mırıldanıyordu:

"Akılları fikirleri buldukları tüm kapıların üzerine dua asmakta; namaz kılmakta, yere eğilip kalkmakta... Ayak bileklerini şöyle yıkamazsan öyle olursun, Allah'ın adıyla demezsen böyle, günaha batıp çıkarsan ise şöyle..." Gülmeye başladı. Beni de durdurarak yüzüme bakmaya çalıştı.

"Bunların birer saçmalık olduğunu sen de biliyorsun; değil mi?" Gözlerimi kırpıştırdım; derin bir soluk aldıktan sonra bitkinleştiğinin farkına vararak fesini çıkardı, koşar adımlarla emrimle onun olan, benim odama yakın odasına gitti. Ağladığını duyabiliyordum.

Ben de odama gidip uyudum; Handan Sultan'ın ölümünün sarstığı harem, sonbahara hazırlanırken daha da bir sararıyor, rekabet daha da artıyordu.

Cariyeler koğuşunun loş ışığına gözleri alışır alışmaz Firuze'yi aramaya başlamıştı gözleri Rüveyda'nın; asma kata çıkmak için Kalfalar Dairesi'nden dahi geçmişti. Haremin içinde bu kadar rahat dolaşabilmesinin sebebinin, elbette Kösem'in haremde kurduğu düzen olduğunu biliyordu. Genelde üst katlarda padişaha, şehzadelere haseki olabilecek niteliklere sahip cariyeler yetiştirildiğinden, asma katın büyüsüne aldanmıştı gönlü. Yirmi kadar birbirinden güzel kız, alt katta yetişmekte olan diğer kızlardan tamamen ayrı, istedikleri yemekleri yiyor; rahatça sohbet ediyorlardı. Arada sırada gardiyanları kalfalar ve ortada bir gözüküp bir kaybolan hadımların dışında onları rahatsız edebilecek kimse yoktu ortalarda.

Genişçe odanın dört bir yanına dağılan, yedi cihanın güzelleri yemeklerini yerken alıştıkları sohbetleri ediyor eski valide sultanlarının vefatı, Kösem Sultan'ın köleleri, aldığı maaş, Hatice'nin oğlu, padişahın zevkleri, koca kadehlere doldurulmuş karlı şerbetlerini yudumluyor; ardından yerlerini değiştirerek öğrendiklerini diğerlerine aktarıyorlardı.

Rüveyda'nın kalbi, alışık olmadığı bu curcunayla alevlenivermişti; aralarına katılıp, onlarla sohbet edebilmeyi, onlar gibi olabilmeyi ne kadar da isterdi. İçi sızlarken düşündü,

"Kösem'in planları olmasa..." Gözlerini ovuşturup turuncu saçlı Firuze'yi aramaya başladı. Onca güzel kızın arasında dahi dikkat çekebilecek nitelikteydi sabahati; Rüveyda bunu düşünerek omuz silki.

"Bir avuç saçtan başka bir şey değil."

Odayı adımlamaya koyulur koyulmaz kızlar daha da hararetle mırıldanmaya, Kösem'in adını daha da fazla anar olmaya başlamışlardı. Kafkasya'dan getirilen, upuzun sırma gibi saçları beline kadar uzanan buğday tenli bir kız yanındakine fısıldadı.

"Kösem'in yasak aşkıymış."

"Yoo, ben duydum ki pis işlerini şimdi de buna hallettiriyormuş; hem saçlarına baksana nasıl da kısacık kesilmiş, erkekten de beter bu."

"Bazıları onun da hadım olduğunu söylüyor; anlarsın ya."

Kızların tümü çarpıttıkları hikâyeleri paylaşır olmuşlardı birbirleriyle; hepsi önlerindeki yemeklerden bıkmışçasına kollarını omuzlarında birleştirmiş, dedikoduya başlamışlardı. Hepsinin merak ettiği tek bir şey vardı.

Bu kızın saçlarının hikâyesi neydi?

Beş kişilik bir topluluğun arasından uzun boyuyla bir kız yükseldi ve her zamanki tiz sesiyle şakımaya başladı.

"Aa, Rüveyda gelmiş buraya yahu... Sen hiç gelir miydin buralara?" Upuzun boynunu sergileyip şalvarının paçalarını tutarak geldi yanına kadar. Ardından Billur kalktı ayağa; tüm kızlar ağızları açık bu üç kızın talihine imrenerek bakıyordu. Harem ağalarından biri olanları Süreyya Kalfa'dan duymuş olacak ki, asma katın girişine kadar gelmiş ve avazı çıktığı kadar bağırmıştı. Kimse neden olduğunu anlayamamıştı; fakat Rüveyda biliyordu.

"O da Hatice'nin adamlarından olmalıydı." Başını öne eğmemeye çalışarak, koluna giren iki kızı onlarca cariyenin arasından geçerek takip etti. Hepsi yere bağdaş kurarak oturmuş; onların sergilediği töreni izliyordu. Billur'sa bir şarkı mırıldanıyordu; sesinin titremesine engel olamasa da.

Oturdukları yerdeki insanlarla tanıştırdı Firuze Rüveyda'yı; fakat Rüveyda'nın umurunda bile değildi. Bulgar Handan, Venedikli Mihrişah, Hırvat Gülruh, Gürcü Hafsa... Onlarca ırk ve yaşam tarzı.

"Kösem istemese buraya adımımı bile atmazdım."

Billur kolunu Rüveyda'nın beline dolamış mırıldanıyordu. "Çok, çok sevdim." Gözlerine yaşlar dolmuştu; söylediğinin bir şarkı olup olmadığını kestirmek imkânsızdı. Az ötesinde duran nargileye sarıldı; Rüveyda şaşkınlıkla sordu.

"O da ne?"

"Nargile; eğlence için içersin, bak şimdi şöyle..." Sipsiyi Rüveyda'nın ağzına sıkıştırıp karnına bastırdı. Kız, ani bir nefes aldıktan sonra dumanı dışarı kustu. Olanları şaşkınlıkla izleyen diğer kızlar kıkırdamaya başladı; elbette onların böyle alelade nargile içmeleri kabul edilemezdi ama söz konusu "Kösem'in Çocukları" olduğunda...

Herkes onlara bu adları takmıştı; Firuze, Billur ve ucube Rüveyda. Kösem'in çocukları.

Rüveyda, korkuyla başını kaldırdı; ne hissettiğinin farkında bile değildi, sanki içine dolan zehirli duman kalbini, midesini, ruhunu zaptetmişti. Uçtuğunu, birkaç santim havaya kalktığını hissetti bedeninin; altında bulunan İran halısını okşadı.

"Renkleri güzelmiş." diye baygın baygın mırıldandı.

Billur masumca kıkırdıyordu. "Tabi güzel olur ya; afyondan."

Rüveyda bir eliyle ağzını kapadı, diğer elini saçlarının arasında gezdirdi. "Bu afyon, o Dolaplı Sofa'nın dolaplarında bulunan şeylerden mi yoksa?" İnanmadıklarını dile getirmekten dolayı canı yanıyordu; sanki bu afyon korkularını aşmasına, diğer kızlara benzemesine yardımcı oluyordu.

"O dolaplardaki cinler gibi mi, seni şapşal, saçmalama." Bilgiç tavrını takınarak usulca konuşmaya başladı Rüveyda'ya doğru eğilerek; kızsa onun elini tuttu.

"Neymiş bu afyon bir açıklasa…"

"Şişşt, bir duyan olacak şimdi; güya tüm ülkede yasak ama bir tek Topkapı Saray'ında serbest." Dilini çıkartmıştı Billur.

Rüveyda kafasını kaşıdı. Hafsa, kapkara saçlarıyla biraz da Kösem'i andırıyordu; bunu fark eden Rüveyda, ondan uzaklaşarak Billur'un kucağına yattı. Gediklilerden birinin onun için getirdiği tepeleme dolu tepsinin içindekileri bile fark etmedi; lokmalar, şerbetler, zeytinyağlılar, içli pilavlar, biraz da tandır.

"Bir nevi şarap mı bu afyon?" Bunu duyan Billur yerinde sıçradı; Rüveyda'ya getirilen tepsideki lokmalardan birini özel şerbetine batırarak ağzını onunla doldurdu, yapış yapış olan ellerini tepsinin üzerine bırakılmış beze sildi.

"Yok canım, ne şarabı... Biraz rahatlatır bu seni o kadar; çok koymadım zaten, içinde biraz da adaçayı var, böyle, çok da ağır olmuyor." Esnedi; bir kez daha Rüveyda'nın tepsisine doğru öne eğildiğinde ipek gömleğinin alt düğmesi açılarak göbeği ortaya çıktı. Usulca kıkırdadı; Rüveyda'nın saçlarını okşarken.

"Hamile değilim ya."

"Olsan ne yazar?" Rüveyda, bu sert cevapla Billur'u eğlendirmeyi düşünmüyordu fakat Rüveyda'nın bu tavırlarından ayrı bir zevk alan Billur gülmeye başlamıştı.

"Nasıl ne yazar; ah bir düşünsene Rüveyda, ben I. Ahmed'in hasekisi olacağım da ona bir erkek evlat vermeyeceğim, yemin ederim ki…" Telaşla doğrulmuştu Rüveyda, duyacaklarından endişe ederek; bunu fark eden Billur susmayı yeğledi.

"Her şey çok güzel olurdu." İçini çekerek Rüveyda'nın kucağındaki nargileye uzandı; bir nefes çektikten sonra tekrar aynı şarkıyı mırıldanmaya devam etti, bir eline Rüveyda'nın saçları dolanmıştı, kızsa onu merakla izliyordu. Kadife gibi sesiyle devam etti Billur.

"Çok sevmiştim; ben, ah çok sevmiştim..." Gözlerini yumarak arkasındaki taş duvara yaslandı. "Sen sevmiş miydin Rüveyda?"

Firuze'yse arkada bağırarak anlatıyordu.

"Kösem Sultan dedi ki 'Hatice Sultan mı dedin sen; bedenin Çemberlitaş civarlarında bir selviden sarkarken de böyle mi diyeceksin? Peh, Sultanmış... Sultan'ı görürsün sen!' Daha sonra o gedikliye öyle bir tokat attı ki, Kur'an üzerine yemin ederim, kadının gözlerinin akı göründü bir ara, sonra oraya yığıldı kaldı. Billur'la Rüveyda çıkarttı kadını dışarıya, sonra Yedikule'ye götürüldüğünü söylüyorlar..."

Rüveyda, Firuze'nin anlattıklarını yarım yamalak da olsa duyabiliyordu; gülümsedi.

"Duyuyorsun sen de değil mi?" Yattığı yerden Billur'un bir periyi andıran yüzüne bakıyordu.

"Duymaz olur muyum; artık uykumda bile Firuze'nin saçmalıklarını duyuyorum..."

Rüveyda öfkelendi. "Ama sen, sen de onun gibi davranıyorsun; aynı diğer kızlar gibi..." Sonra sakinleşti. "Belki de haklısın, farklı olmak..."

Billur, nargileden bir nefes daha çekti; kıkırdadı. "Farklı olmanın zannedildiğinin aksine bir ayrıcalığı yok değil mi Josephine."

Evet, bir zamanlar Josephine diye bir kız vardı diye anımsadı Rüveyda, peki ondan geriye ne kalmıştı? Şarap bağlarında koşturan rüzgâr derlerdi ona, öksüz olsa da bir sahibi vardı; sahibi sayılabilecek bir Osmanlı aşığı, Mösyö Gerard. o dahi anlamazdı Josephine'i, belki de o yüzden göndermişti onu ta kıtanın diğer ucuna, İstanbul'a, kurtlar sofrasının tam ortasına. Herkesin bir hikâyesi vardır, diye geçirdi aklından; elini saçlarında gezdirdi.

Kimseye anlatmadıkları vardı; anlatabilir miydi, inanırlar mıydı? Onlarca yıl baba bildiği doktora beslediği aşkı anlatabilir miydi?

Sevmiş miydi, belki evet; ama sevilmekten nasibini alamamıştı.

Birkaç gün sonra anlatacaklarımın ardından çılgına dönecek, bana düşman kesilecekti. Doktorumla, doktoruyla yaşamış olduğum gizli aşkı.

Peki, ben anlatabilir miydim?

Olanları bir kez daha hatırlayarak Billur'a biraz daha sokuldu Rüveyda, ondan yaşça büyük olmanın olgunluğuyla yanaklarını okşadı Billur ve şarkısına devam etti.

* * *

Rüveyda'nın eli titreyerek getirdiği taş tepsiden hızlıca aldım kahvemi ve tabağın kenarında duran siyah çikolatayı. Çikolata kadar sevdiğim başka bir yiyecek yoktu. Ağzımda bıraktığı tatlı acı tatla biraz daha doyuma ulaşıyor, neşeleniyordum adeta; ihtiyaç duyduğum rahatlamayı çikolatada bulduğumu söyleyebilirdim.

Ahmed, Handan Sultan'ın defnedildiği süre boyunca saraydan uzaktaydı; bana habercisiyle ulaştırdığı mektupta ne kadar üzgün olduğunu belirtmemişti bile. Sadece beni ne kadar özlediğinden bahsediyordu ve sevgili gözdesinin ne durumda olduğunu soruyordu. Cevabımda üstüme alınmamayı tercih ederek Şengül'ün iyi olduğunu, onu penceresinden Mihrişah Valide Sultan dairesinin görkemli cumbalarını görebileceği genişçe bir odaya yerleştirdiğimi belirttim. Ayrıca Handan Sultan'ı rahmetle andığımı da eklemeyi unutmadım.

Emindim ki ömrü yetseydi benimle gireceği çekişmelerden o da Hatice gibi mağlup ayrılacaktı.

Arada sırada Safiye Sultan'dan mektuplar aldığım oluyor; onun da tercih ettiği üzere mektuplarına cevap yazmıyorum. Sadece kara hadımların biriyle bir miktar kara çikolata yolluyorum. Eski Saray'a yapılan erzak alış verişi eskisi kadar bol keseden değilmiş artık, yemeklerdeki çeşitlilik de azalmış. Özellikle çikolata gibi nadir, çok az bilinen bir tatlının listeden çıkarıldığından haberdar olduğum için ayda bir yollar olmuştum. Biliyordum, sultan da çikolatayı çok seviyordu. Ufak bir not da eklerdim paketin üstüne. "Sultan'ıma..."

Günlerini Avusturya'da savaşarak geçiren Ahmed'i özlediğim oluyordu elbette. Rüveyda sayesinde Fransızcam epey ilerlemeye başlamıştı. Boş zamanlarımda ondan bana Fransızca hikâyeler, masallar anlatmasını isterdim; bir kendine bir de bana şekersiz kahve söyledikten sonra çikolatasını yiyişini seyrederdim. Anlattığına göre Fransa'da çikolatalar çeşit çeşit ve renk renkmiş. Sözlerine Mösyö Gerard'la ilgili hikâyeleri de sıkıştırmaktan kaçınmazdı, ne de olsa yıllarca ona beslediği sevgiyle olgunlaşmıştı. Hareme geliş yaşı göz önüne alındığında ehlileştirilmesi harem ağalarına göre çok zor olmalıydı.

Onu hareme getirtmemin sebebi de buydu; değişmeyecek, uyum sağlayamayacak bir yabancıyı hizmetime sokabilmek. Kısacık saçlarının hikâyesini bir gün anlatacağı umuduyla uyanmaya başlamıştım artık sabahları; güneşin doğuşuyla odama gelirdi Kösem'in çocukları ve etrafı temizlemeye koyulurlardı. Böylece gediklilerimin sayısı da epeyce azalmış oluyordu. Çoğunu azat etmiştim bile; bazıları kölelerimi bilinçli olarak iki yıldan fazla yanımda tutmamaya özen gösterdiğimi söyler.

Firuze alnına vuran gün ışığıyla gülümsemişti mangalı halının üzerine bırakırken; bu kızda aradığımı bulamamış olmanın hüsranıyla uykularım bölünüyordu, fakat Billur ve Rüveyda'dan oldukça memnundum.

Bu kızlarda gelecekte Osman'ı nasıl yetiştireceğimi planlıyor, denemeye devam ediyordum.

* * *

Evet, Osman'ı. Bir yaşını doldurmuştu artık. Haremde şerbetler dökülmüş; hafızlara Kur'an okutulmuş, cüceler, soytarılar gece gündüz süren şenliği doldurmuştu. Rüveyda kulağıma fısıldamıştı bariz Fransız aksanına engel olamayarak.

"Hatice ne kadar da savunmasız, geride kaldığını hissediyor değil mi? Valide Sultan olacak olsa bile ne kadar korkuyor ve savunmasız olduğunu biliyor." Suratıma yanlış bir laf etmiş olmanın endişesiyle bakar gibi oldu; gözlerimi kırpıştırır kırpıştırmaz devam etti. Cücelerin boğuk sesleri kulaklarımızda yankılanıyor; davul sesleri yüreğimizde atıyordu. "Çok korkuyor Sultan'ım; fakat sizden değil, oğlundan. Sanki ne planladığınızı hissediyor."

Rüveyda haklıydı; şüpheci bakışlarla etrafı süzen Hatice'nin bacakları titriyor, elleri terliyordu. Birkaç kez ateşi olup olmadığını kontrol etmek için alnına dokundu. Yeni yürümeye başlayan Osman'ın dikkatini çeken cücelerse bir oraya bir buraya koşturuyor, küçük şehzadeyi güldürmeye çalışıyorlardı. Koca havuzun üzerindeki küçük, kısa kayıklarda taklalar atmaya çalışırken suya düşen diğer cüceleri izleyen cariyeler kahkahalar atıyorlardı. Bu gün, harem için şenlik günüydü; Hatice'yse eğlencenin dışında kalmayı seçmişti.

"Daha iyi," diye mırıldandım Rüveyda'nın burnunu incelerken. "Korkunun ecele faydası yok; niye Hatice'ye olsun ki?" Gülümsedim ve aşağıyı, havuzdaki cüceleri izlemeye koyuldum.

Hayatın hepimize sundukları ne kadar farklı, diye mırıldandım kendi kendime. Haklıydım... Bazılarımızın kaderi sürgünlere bağlıydı; belki de çoğumuzun. Ait olduğumuz yerlerden sürülerek yazdığımız yeni yazgılarımızla, yeni bizler... Bir de yaradılışıyla belirlenmiş kaderlerine boyun eğenler vardı; fiziksel, zihinsel ve daha da önemlisi duygusal engelliler. Hepimiz yaradılışımızla bunlardan biri olmaya mahkûmduk belki de; zamanın getirdikleriyle değişerek, yeni kaderler benimsiyorduk...

Peki, geride kalanlara ne oluyordu?

Cücenin tiz çığlığıyla ikimiz de irkildik; Osman yalpalayan, koşan adımlarıyla bacağıma sarılıverdi. Kafasını okşadım; saçlarına doğru üfledim. Altın sarısı bukleleri havada hareketsiz kaldı bir süre; daha sonra Osman, Hamit'i aratmayan kahkahasıyla titretti ortalığı, tarihin kanlı sayfalarına geçecek kaderine meydan okuyarak. Rüveyda'ya mırıldandım. "İşte bu padişah, geride kalmış olanlardan."

Muhammed, kızlar ağası olmayı başarmış olmanın memnuniyetiyle odasına bir grup muhasibi toplamış; murano camından karaflardan gümüş kalın kadehlere boşaltılan şarabının tadını çıkarıyor, odaya getirttiği Çingenelerin oyununu gözlerini kısarak izliyordu. Ender rastlanacak nitelikte olan sapsarı saçlı uzun boylu çingenenin kendisine doğru yaklaştığını görerek elini havaya kaldırdı ve mırıldandı: "Kösem."

Muhasipler, saraya bizzat padişah tarafından tayin edilen önemli harem ağalarındandı; genellikle iri cüsseli adamlardan oluşmalarının sebebi asıl görevlerinin padişahın haremde geçirdiği gecelere nöbetçilik yapmalarındandı. İri boğumlu elleri, gölgeli, taştan yontulmuşçasına kaba saba suratları görevlerini dile getirir gibiydi. Padişahın hasekilerine tuzak kurma niyetinde bulunan cariyelerin hakkından gelme işi de onlara kalmıştı.

Muhasiplerden biri boğuk sesiyle mırıldandı. "Bu romanlar gibisi de yoktur; bir hatlarına bak şunların, dolgun hatlarına..." Çenesinden yeşil yeleğine kadar akan tükürüğü elinin tersiyle silerken sustu, iki adım ötede kandilin oynak ışığına meydan okurcasına dans eden Çingenelerden birinin beline sarıldı. Kız şuhça gülmeye çalıştıysa da olmadı, yüzündeki iğrenmeye benzer ifadeye engel olamadı.

Kızı omzundan aşağı bastırarak çömelmesini sağlayan muhasip boğuk boğuk hırıldamaya başladı. Arkasındaki sofraya oturmuş beş kadar muhasip, on kadar yetenekli çalgıcı ve koskoca Darüssaade Ağası'na aldırmaksızın kızı taciz ediyordu. Ortamın adım adım yaklaştığı tehlike hepsinin nabzının hızlanmasına sebep oluyordu. Biçimsiz sakallı bir muhasip kıkırdayarak şarkı söylemeye başlamıştı.

Muhammed başını divanın ahşap ayağına yaslamış, elindeki nargileyi havada sallıyordu. Parmağındaki kocaman yakut yüzük, kandilin oynak ışığıyla buluştuğu her pırıltıda tehditkâr sırıtıyor; odadaki ölümlülere meydan okuyordu.

"Siz kendinizi kim zannediyorsunuz da, I. Ahmet'in sarayının yek koruyucusunun önünde şaraplarınızı yudumlayıp, karı kız oynatıyorsunuz?"

Muhasip, çingene kızın boynuna yumulmuş; homurtularla kızı öpücüklere boğmaya başlamıştı. Kızın ayakları havada birkaç kez çırpındıktan sonra hareketsiz kaldı; durumu kabullenen köle yavaş yavaş itaat etmeyi de öğrenirdi.

"Ey korkusuzlar!" diye mırıldandı Muhammed'e yakın kara ağalardan biri. "Söyleyin, Kıbrıs'ın eşsiz bağlarından getirttiğimiz şarabımızı beğendiniz mi?" Kara ağa ayağa kalkmış bir yandan Çingenelerle çiftetelli oynuyor; bir yandan da elindeki şarabı yudumlayıp konuşmaya çalışıyordu.

Şehzadeler Mektebi'nin taş duvarlarında dahi yankılanan kalın sesleri üst katın geniş odalarında gürlüyor; cariyeler taşlığına varamadan yok oluyordu. Muhammed'in kendinden geçmiş mırıltıları hayali gediklilerine emirler yağdırıyordu "Hamamımı yakın!" Ne yapacaklarını şaşırmış gediklilerse bir oraya bir buraya koşturmaktan bezgin, alt kattaki servis odalarına kadar getirilmiş; üstü kalın siyah örtülerle kapatılmış şarap fıçılarının üstünde biraz soluklandıktan sonra yeniden harekete geçiyor, çiçek işlemeli taş tepsilere yerleştirdikleri onlarca gümüş tabak, mavi-yeşil karafı ve dileyenler için Trakya civarlarından getirilmiş aslan sütü adı verilen içkiyi kalın bir dumanın kaplamış olduğu üst kattaki odaya taşıyorlardı.

Muhammed, gözlerini yemek odasının duvarındaki beyite dikmiş şuursuzca bakıyordu. Odaya giren on beş kadar gedikliye gözünün ucuyla bile bakmadan tepsiden beyaz renkli sıvıyla dolu kadehi alarak havada salladı. Kokladıktan sonra bir dikişte bitirdi. Göğsü ısındı. ötmeye hazırlanan bir horoz gibi duvardaki beyiti, kendi yazmışçasına büyük bir gururla dile getiriverdi.

"Bu oda hoş ziyaretkara olubdur talibi sa'a
Allah safa bahşetmede daim olubdur yar-ı dilfikara"

Okuduğuna bir anlam veremediği belliydi. Ne duvara kazınan dualara, ne de kutsal olduğu sanılan beyitlere... İçini çekti; tek bildiği şey tenini yakıyor, onu hayattan soğutuyordu. O bildiği şey de Kösem'i kaybetmekte olduğuydu. Rüveyda denen şeytan yavrusuna, gavur evladına beslediği kini kusamadığı için kendini düşünceleriyle zehirlemeye karar vermişti.

Beni kaybetmeye dayanamazdı çünkü...

* * *

Ben ihtişamında kaybolmaktan korkarken Muhammed tarafından odamın daha da büyütülmeye, süslenmeye karar verilmişti. Kışı hafif geçirmişti Konstantiniye, bir sabah bahara uyanıvermişti. Hareme gelişimden bu yana iki sene geçmiş olacaktı yakında ve bu kadifeler, inciler, brokar ve Hint kumaşlarıyla süslenmiş odamda yalnızlıkla olgunlaştığımı hissediyordum; yalnızlığımla büyüyor, özlerken güçleniyordum.

Eskiyi hatırladıkça hüzünleniyordum; geride kalanlara ne olmuştu?

Muhammed elinde tuttuğu gümüş sandığın kapağını kaldırıp yeşil kadife kumaşın üzerinde parıldayan mücevherleri havaya kaldırarak sallamaya başladı. "Ne kadar güzeller değil mi? Padişahımız burada değilken bile seni düşünüyor; sana nerdeyse her hafta -hatta ve hatta haftada iki- mektup yazıyor, daha fazla ne ister ki bir harem kölesi. Sahip olmak istemediği kadar mücevher ve..."

Küpelerden birini kulağına tuttuğunda inanmadıklarını, sadece söyleme ihtiyacı duyduklarını dile getiriyordu. Mektuplarında üzüntüsünü, yenilgisini, unutulmuşluğunu belirten Ahmed ise yalvarıyordu.

"Lütfen suratını unutmamış olayım sevgilim, savaşma dirayetine sahip olabilmek için suratını yanlış hatırlıyor olmayayım sevgilim." Mürekkep lekeleriyle dolu mektupları kısa ve öz oluyordu. Bazen sonuna bir beyit iliştiriyor; tuğrasının önemini küçümsediği için ismini konduruveriyordu mektubun sonuna.

"Bahti."

Muhammed hâlâ sallıyordu elindeki küpeleri. Hiddetlenerek gözümde biriken yaşlara direnmeye çalıştım. Sedirin yanında duran karlı acıbadem şerbetinden bir yudum alarak başımı geriye attım.

Bir imparatorla nasıl baş edilebileceğini biliyordum elbette; fakat bir imparatorluğun tehlikede olan sınırlarını nasıl elimde tutacağımdan emin değildim. Başımı salladım; korkudan da öte bir duyguydu bu, haftada bir aldığım bu haberler haremde olan biteni gölgeleyiveriyordu bir anda. Sonra yine Hatice ve elinden tutarak dolaştırdığı Osman'ı görünce, vaat edilenden daha fazlasına dair rivayetleri unutuyordum.

Avusturya çok uzaklarda bir söylenti haline geliyordu; Ahmed'in anlattığı göklere kadar uzanan uzun çamlar altında, el ve ayak parmakları donmuş askerlerin iniltileri birer masal halini alıveriyordu.

Vaat edilenden daha fazlası var mıydı, merak ediyordum.

"Hepsini git Pera'da şu Yahudi kuyumcuda bozdur; adı her neyse artık. Daha sonra git, git de Vezir-i Azam denilen pisliğe ilet eline geçen akçeyi... Orduya biraz yardım etsin pis köpek, parasını meyhanelerde, genelevlerde harcamayı iyi bilir tabi." Ellerimi saçlarımın arasına sokup mırıldandım. "Gitsene hadi!"

Muhammed odadan çıkar çıkmaz, düşman İran'dan yeni getirilmiş kırmızı halının üzerine sırt üstü uzandım; tavanı dahi kaplayan çinilerin karmaşık hikâyesini çözmeye çalışırken Ahmed'i düşündüm; daha sonra da Hamit'i, Fatma'yı, Mösyö Gerard'ı.

En son da Rüveyda'yı.

Ardından benim oğlumdan önce tahta çıkacak olan Osman'ı, talihsiz Genç Osman'ı.

Elimi kalbimin üzerine koyup dinledim; sürekli gelen kalp atışlarını ve emin oldum ki vaat edilene yakınlaşmak hiç de zor değildi.

* * *

Rüveyda'nın saçları dağılmıştı; haremin dolambaçlı koridorlarında haykırıyor, sesini duyuramıyordu. Arkasından onu kovalayan Hadım İbrahim'e göz ucuyla baktı; adaleli bacaklarının aldığı her adım onunkinin iki katı kadardı, geniş omuzları Altın Yol'a zor sığıyordu. Kapkara gözlerindeki öfkeyi görünce bacakları karıncalanır gibi oldu, ak hadım elindeki hançeri yere düşürdükten sonra haykırdı. Diz üstü taşların üstüne çökmüş ağlıyordu.

"Seni istiyorum Josephine, seni istiyorum..." Ellerini çektiğinde yüzünde Mösyö Gerard'ın gözlükleri, sakalı, kırışıklıkları belirivermişti.

Rüveyda, o Mart sabahı gece yarısı aniden uyanıverdi. Birkaç adım uzağındaki koltuğa kurulmuş olduğumu görünce şaşırmadı. Gözlerinde parıldayan kini fark etmiyormuşçasına alnındaki soğuk terleri silmek için yanına yaklaştım; başını yastığa gömüp ağlamaya başladı.

"Adının Josephine olduğunu bilmediğimi mi sanıyorsun?"

"Bana Rüveyda diyen sendin, sen bana bu adı verdin; sen beni buralara getirdin, bu kıyafetler..." Yumruğunu sıkmış bağırıyordu; cariyeler taşlığına bir koridorla bağlanan odasında yankılanan haykırışları tavandaki kristal avizeyi bile sallandırdı.

Gülümsedim; benden ancak iki yaş ufak olabilirdi, ama ne o, ne de ben onu çocuğum kabul etmiş olmamdan rahatsızlık duyuyorduk. Başını öne eğerek mırıldandı. İpek iç gömleğinden görünen teni soluk beyazdı.

"Dayanamıyorum; ben dayanamıyorum, bu dünyaya yabancı olmaya." Kucağıma kapanmış bağırıyordu; bileğimi tutarak kuvvetlice sıktı, canımı acıtmak istiyor fakat yapamıyordu. Başımı sırtına dayayarak kalp atışlarını dinledim.

Odasından benim odama nakledilen eşyaların yarattığı boşluk, Hatice'yi oldukça rahatsız ediyordu; Valide Sultan'sız bu haremin hükümdarı olması gerekirken bir hizmetkârın oynadığı rolü, başını eğerek kabullenmişti. Pes etmiş gibi görünüyordu; genç yaşında ağaran saçlarını zar zor kınayla kapatır hale gelmiş, oğluna beslediği sevgiyle yorgun düşen bedenini güçlükle taşır olmuştu.

Yine de gururluydu; ne o Kösem'in varlığını kabul etmişti, ne de ben Ahmed'in ilk aşkını tanıyordum. Haremi Hatice'den ayıran alanda yaşayanlara Kösem'li, diğer taraftakileryse Mahfiruz'lu denmeye başlanmıştı.

Turuncu saçları cariyeler koğuşunda parıldarken fark ettiği Firuze'yle sohbet kurmaya çalışmıştı Hatice; fakat bu boş kafalı kızın ona fayda etmeyeceğini biliyordu.

Artık Safiye'yi de göremiyordu...

* * *

Hatice kıs kıs güldü; alnına düşen perçemi geriye doğru taradı elindeki altın saç fırçasıyla; diğer elindeki aynayla da yüzündeki kırışıklıkları inceliyor, dudaklarını aşağıya doğru kıvırarak kendisini seyrediyordu. Aklından geçen düşünceler her neyse onlara bir cevap verdi.

"Palavra."

Ayağa kalkıp Osman'ın peşinden koştu.

Hamamda geçirdiğim saatin ardından yeleğimi ıslatan saçlarımı havada savurarak haremde yürümeye başladım. Odalardan gelen seslere kulak asmaksızın yürüyordum, sükûnetimi koruyarak. Beni gören kızlardan bazıları aralarında fısıldaşmaya başladı.

"Aa Kösem işte bu, Kösem Sultan."

"Onun dönme sevgilisi nerede ki, diyorlar ki kız dinsizmiş."

"Ya, ben de duydum; Allah'ın adını ağzına almıyormuş, diyorlar ki başka bir Fatma'ymış bu, anlarsın ya. Kösem'e getirilen özel büyücüler arasından seçilmiş bir başka Fatma."

Yeni gelen kızlardan biri çekinerek öne atılmıştı.

"Fatma da kim canım, hadımı mı?" Kıkırdayan kızların çınlamaları duvarlarda bir yükselip bir alçalıyordu; her geçilen odadan yükselen imalar aynıydı. Saçlarını ördüren kızlar fısıltılarıyla birini överken diğerinin adını karalıyor; bir şakalaşırken bir bakmışsınız kavgaya tutuşuyorlardı.

Büyük kavgaların imdadına görevli harem ağaları veya kalfalar yetişiyor; her hangi birinin yaralanmaması için ellerinden geleni yapıyorlardı.

Harem koridorlarının rutubetli, tanıdık taş kokusunun yükseldiği duvarlarına yaslanarak yürüyordum; eflatun şalvarımın, yeleğimin tozlanmasına aldırmıyordum. Uzaktan gelenlerin bakışlarıyla, önümdekinin adımlarıyla, kapının ötesindekilerin fısıltılarıyla adeta bir kez daha can buluyordum. Sırtımı duvara yaslayarak gözlerimi yumdum; çok dediğim bir şeydi bu. Zihnimde canlandırdıklarımla etrafımda olan bitenin tadını çıkarmayı çok önceden öğrenmiştim.

Hamit'in dokunuşunu yanağımda hisseder hissetmez gözlerimi keskin bir acıyla açtım; başımı arkamdaki duvara vurmuş olduğumu fark edip gülümsedim. Cariyeler taşlığına gelene dek yürüdüğümü fark etmemiştim; baharın cilvesini ciğerlerime çekerek taşlığa bir adım attığımda dağılan kalabalıktan büyük bir memnuniyet duymayı da öğrenmiştim. Şalvarımdaki tozu silkeledim. Arkamda beliren Rüveyda'yı fark etmemiş gibi davranarak Yeditepe'yi seyretmeye başladım.

Turuncu bir şala bürünmüş yuvarlak bir zümrüdü anımsatarak batmakta olan güneşi görebilmiş olmanın hazzıyla taş korkuluklara biraz daha yaslanıyor, göğsümü gererek biraz daha yükseldiğimi hissediyordum. Edepsiz bir odalık gibi bağırmak geldi içimden, Konstantiniye'nin yamaçlarını diriltecek bir kuvvetle...

"Ben I. Ahmet'in gönlünü kazanmış, aklını çelmiş, rüyalarını süslemiş olan ilk ve tek kadınım; ben bir Osmanlı Hükümdarıyım."

Benliğime, geleceğime duyduğum saygıdan dolayı susup dinlemeyi yeğledim. Gün batımıyla eve dönen halkın arkada bıraktığı sessizlik insanın kulağını, gürültüden daha da şiddetli tırmalıyor, kaybolanı umutsuzca aramasına sebep oluyordu. Haliç'ten yükselen deniz kokusuyla denizin yaşadığını hissedip daha da kuvvetle korkuluklara yaslandım; avucumu sıkarak, dudağımı ısırdım, kendime engel olabilmek için.

Evet, belki de vaat edilenden fazlası dışarıdaydı...

Kendi kendime fısıldadım.

"Ötesine ulaşabilmek için bir hükümdarın sözleri, zekâsı yeterli." Kaşlarımı çatıp omzumun arkasından baktım; Rüveyda'nın beni yalnız bırakmış olduğunu görerek gülümsedim. Güneş çoktan batmış, geride bıraktığı kızılımsı ışıltının yerini mavili yeşilli bir kaftana dikilmiş parlak yıldızlar almaya başlamıştı, genzime dolan denizin kokusuyla bulmuş olduğum cevabı anımsayarak gülümsedim.

Fazla zaman kaybedilmişti; başkalarına şans verilmesinin tam zamanıydı.

Şehzadeler Mektebi'nin inşasına başlanalı epey olmuştu; fakat inşaatın tamamlanması sürekli erteleniyordu. Rüveyda okuduğu kitaptan başını kaldırarak kendi kendine mırıldandı. Elinde tuttuğu Clément Marot adlı Fransız şairin kitabı aşağıya doğru kaymıştı.

"Ancak Kur'an okumasını öğretirler ona." Rüveyda, dine olan öfkesini kelimelerine yüklüyor, kabul edenin uzanıp tutması için ortaya sunuyordu. Havada bir süre asılı kalan sözlerine kulak asmayarak bana bir şiir daha okumasını rica ettim. Aynı uysal sesiyle, kelimelerin anlamlarına, vurgularına, tınılarına önem göstererek okumaya devam etti; okurken zorlandığı yüz ifadelerinden belli oluyordu, alnındaki kırışıklık uzuyor, el ve ayak parmaklarını huzursuzca hareket ettirme ihtiyacı duyuyordu. Sakince konuştu.

"Daha fazla okumak istemiyorum."

Mavi terliklerinin üzerine dizili yarı değerli taşlar kandil ışığının altında hareket ettikçe şıngırdıyordu. Başını salladı. Yüzüme baktı, anlamadığımı düşünerek duyduğu müthiş hazla kelimeleri teker teker, ağzında yuvarlamadan tekrar dile getirdi. "Evet, daha fazla okumak istemiyorum."

Umarsızca omzumu silktim. "İyi, zaten pek bir şey anladığım yoktu; aptal bir Fransız'ın aşk uğruna verdiği budalaca savaş umurumda bile değil zaten." Omzuma düşen buklelerden birini ikiye ayırarak dudaklarımın arasına aldım ve tekrar ettim. "Hiç umrumda değil."

O da beni taklit ederek omzunu silkti; ayaklarını sedirden indirdi, öfkesine hâkim olmaya çalıştığı belli oluyordu. Odada yürümeye başladı; yumruklarını sıkmış adımlarını sayıyor, mırıldanıyordu.

"Siz Osmanlılar ne bilirsiniz ki, süs, para, mücevherler, ah altın, kasalarca altın gerek size. Duvarlarınızı, banyolarınızı, hamamlarınızı, yataklarınızı süsleyesiniz diye.Ama aciz bir adamın yazdığı bir dize söze gelince aşktan bahsetmekten de kaçınmazsınız; ağzınıza bile almamalısınız aşkı, kirletip duruyorsunuz çünkü." Gülerek cümlesini tamamladım.

"Sen ne bilirsin aşkı Josephine, yoksa bir gün sevgili doktorunun eşi olacağını mı sanmıştın? Etrafına baksana, onca arayış içindeyken senin şu meşhur Fransız şairin dizelerini mırıldanıp kendinden geçecek vaktimiz yok." Tartışmamıza başlamış olmanın memnuniyetiyle kendini koltuğa attı; odama adım attığından beri bu anı bekliyordu, belki de bu yüzden dile getirmişti okumak istemediğini.

Üstüne gittim. "Okumak istemeyen sendin; benim umrumda değil mırıldandığın birkaç Fransızca kelime. Peki, sen hiç bu duvarların ötesinde mırıldanılanlardan haberdar oldun mu?" Öfkeden olsa gerek gözü seğirmeye başlamıştı; dünyadaki tek korkusu birinden daha bilgisiz olduğunun ispatlanmasıydı. Köşeye sıkıştığında pençelerini göstermekten çekinmiyordu; fakat bu sefer, yorgunluktan olsa gerek, ayağa kalkarak iznimi istemeyi daha makul gördü.

Yüzümde beliren memnuniyetsizliği körükleyerek bir yangın haline getirme isteğinden olsa gerek çekip gitti odamdan; odanın dört bir köşesine dağılmış onlarca kutu, terlik, kumaş ve yastıklar kalmıştı sadece.

* * *

Billur, neşeyle mırıldandı.

"Ah, çok güzel." Bülbül gibi şakımıştı yine; etrafındaki kızlar hem onun güzelliğine hem de sesine hayran bir şekilde aralarında konuşmaya başlamışlardı. Billur, önündeki koca gümüş sandığı açarken şen şakrak sesiyle kendinden geçiyor, etrafındakilerin kıskanç bakışlarına karşı oluşturduğu kalın kalkan her geçen saniye biraz daha inceliyordu. Önce elmas bir kolye çıkmıştı sandığın içinden, ardından Trabzon'da işlenip getirildiği söylenen el işi, kalın bir altın bilezik, Avrupa'da kadınların kullanmayı sevdiği tarzdan gümüş bir ankanın üzerine işlenmiş zümrütlerden oluşan bir broş, birkaç çift daha değerli küpe, yüzük ve tek bir altın küpe. Kız bu bolluğun içinde küpenin kayıp tekini aramaya yeltenmedi bile.

"İnanmıyorum; çok güzel." Cariyeler koğuşunun üst katını doldurmuş on kadar cariye Billur hediyesini kucağında toparlamaya çalışırken imrenerek onu izliyor, içlerini çekiyordu. Yeni gelen esmer kızlardan birinin kendine hâkim olamayarak inlediğini duydu Billur; oynadığı oyuna uyum sağlayarak şuh bir kahkaha patlatıverdi. Yanındaki Firuze'nin gözleri hiddetle parıldıyor, öfkeden boğum boğum parmaklarında kan çekilmeye başlıyordu.

"Kim yollamış ki bunları sana, sarayda bir aşığın mı var? Yoksa şu hayali olan mı?" Tüm kızlar gülmeye başlamıştı; Billur, yüzünün kızarmasına engel olamayarak yakut yüzüğü parmağına geçirmekle meşgulmüş gibi davranmayı tercih etti.

"Bunlar çok güzel; ama ne yazık ki benim bir aşığım yok Firuze, evet ne yazık ki hayali bile değil. Ama Muhammed açıklayabilir belki de bu hediyelerin kimden olduğunu?" Kaşlarını kaldırmış Muhammed'e bakıyordu; önüne dikilmiş koskoca hadımla daha önce tek bir kez bile yüz yüze konuşmamıştı.

Anlatıldığı kadar ürkütücüydü onun gözlerine bakmak, bir keresinde böyle demişti Kösem, diye anımsadı, insan mavi gözlerindeki anlamı çözmeye çalışırken kaybolmaktan korkuyordu. Bu adamın gözlerinde açlık vardı.

"Kimden olacak seni budala, Kaptan-ı Derya Derviş Paşa'dan elbette; Avusturya sınırından sana mektup da yollamak istemiş, fakat savaş koşulları işte... Sana ganimetin çok çok ufak bir parçasını hediye olarak sunmak istemiş; birkaç kez onunla bir araya geldiğimde senin güzel yüzünden ve sesinden bahsetmiştim. Heyecanlanmış olmalı." Billur, hadımın suratındaki muzip ifadeyi çözememekle beraber Kaptan-ı Derya'nın ne demek olduğunu anlamaya çalışıyordu.

Firuze, alaycı bir kahkaha attı ve elini düşmanca Billur'un omzuna koyarak en içten sesini kuşandı ve bağırmaya başladı. Billur, fazlasıyla şaşkındı.

"Ne, şimdi sen koskoca Osmanlı Donanması'nın başındaki komutanın bizim zavallı Billur'a bu paha biçilmez mücevher koleksiyonunu yolladığını mı söylüyorsun yani? Peki, bunda bir acayiplik yok mu?" Susmuştu. Muhammed, sakin bakışlarıyla kızın toplu vücudunu süzmekteydi. İçini çektikten sonra Firuze'yi konuşmaya teşvik etmek için mırıldandı.

"Söyle kızım..."

"Koskoca Osmanlı Donanmasının meşhur kaptanı Derviş Paşa..." Durakladı. Yanakları heyecandan al al olmuş; nabzı gereğinden hızlı ve kuvvetli atmaya başlamıştı.

Bazıları içindeki canlı kıpırtıyı sadece rekabetle, güçle, otoriteyle, kavgayla tekrar keşfetmesini biliyordu. Firuze'yle bu konuda benzer olduğumuz söylenebilirdi.

"Niye Avusturya'ya gitsin canım, ben anlamadım şahsen." Muhammed, telaşlanmış görünüyordu; elini kızın omzuna vurarak sükûnetini korumaya çalışarak konuşmaya başladı. "Kadınlar devlet işlerinden anlamak için yaratılmadılar zaten güzel kızım, onlar gönül işleriyle uğraşadursunlar; müziklerini yapsınlar, hattat olsunlar, beni alakadar etmez. Sen daha fazla konuşup da etrafındakileri yanlış yönlendirme; Derviş Paşa elbet bu güzel kızla ilgilenecektir." Sahte bir dokunuşla rahatlatmaya çalıştı Billur'u; kız gözlerini olabildiğince açmış konuşulanların en ufak bir detayını kaçırmamaya çalışarak dinliyordu.

Gerçekten de aylardır beklediği gerçekleşmiş miydi?

"Derviş Paşa'nın saygılarıyla..." diye mırıldandı Muhammed ve saygıyla biraz eğildi.

Firuze, dişlerini gıcırdatarak kollarını göğsünde kavuşturdu. Kendi kendine mırıldanıyordu; az sonra yerinden kalkarak gözden kayboldu. Diğer cariyeler de tek tek odadan ayrılmaya başlamışlardı. Billur, sandığın içinden o teki kayıp küpeyi çıkararak havada salladı. Bunu fark eden esmer kız tekrar inledi ve başını öne eğdi. Billur, muzipçe gülümseyerek kızı yanına çağırdı, başını okşadı ve avucunun içine koca halkayı iliştiriverdi. Umut ve neşeyle gözleri parıldayan esmer kızın adını bile öğrenmek istemiyordu; eliyle sırtından iterek odadan uzaklaşmasını sağladı. Kız avucundaki altının pırıltısını izliyordu, büyülenmişti.

Billur'sa başını eğdi; kayıp eşini hiçbir zaman bulamayacağını anlamış olmanın derdini hissetmiyor gibiydi. Sadece gözlerindeki pırıltı anında yitip gitti; ne sesi kaldı o kayıp tekten geriye, ne de billur gibi güzelliği.

Derviş Paşa'nın haremine gitmek için Araba Kapısı'na doğru yürürken Muhammed'in avucunda altın küpenin teki parıldıyordu. Diğeriyse Emine adındaki ufak esmer kızın yastığının altındaydı; diğer tüm teklere kıyasla çok daha güvende sayılırdı.

* * *

Muhammed karşımdaydı. Yüzündeki şekilsiz yarıklara, anlamsız sırıtışa ve günışığında parıldayan mavi gözlerine bir anlam verememek beni rahatsız ediyordu. Yapılacak onca iş varken odamda bir hadımla konuşmak büyük bir zaman kaybıydı; padişahın sözde bir özel emirle seferden dönüşünün kutlamaları için yapılan hazırlıklar Topkapı'nın hem selamlık hem de haremlik bölümünü telaşa boğmuştu. Hükümdarın bir yıla yakın bir süreden beri ayak basmadığı sarayı onun yokluğunda biraz yozlaşmış gibiydi; bense güçlenmiş, sırtımı yasladığım destekle daha da dik yürür olmuştum.

* * *

Genellikle Cuma sabah ezanının eşlik ettiği Ayasofya namazlarının ardından görkemli Kubbealtı'nda birer birer toplanmaya başlayan düşük rütbeliler, sarayı, imparatorluğu, halkı ilgilendiren muhabbetlerle kendilerini meşgul eder; ardından sırayla onlara katılan vezirleri selamladıktan sonra saray müezzinlerinin kadife sesleriyle okudukları Fetih Suresi'ni dinlemeye koyulurlardı. Görkemli kubbenin altında sıradan ve endişeli görünümleriyle göze batan divan üyeleri tartışmalarına başlamadan, ortalık ikramlarla şenlendirilmeye çalışılırdı; kimilerinin gözü endişeyle padişahın içinde bulunmadığını umdukları altın parmaklıklarla çevrili kafese ilişirdi. Aralarında bazıları yiğitçe mırıldanırdı, "Altın kafesindeki dilsiz bir bülbül gibi. Bülbülün sesi çıkmaz olunca korktuğunu farz edip önüne dantel bir tülbent eklemişler. Nedir bu bülbülün hali deyip durmuşlar birbirlerine." Bu mizahi konuşmalar padişahın seferde olduğu zamanlarda yüksek sesle yapılır, Halife Hazretleri saraylarına teşrif ettiklerinde ise boğuklaşırdı.

O altın parmaklıkların ardındaki bülbüle bir isim vermeyi başaramamıştı divan üyeleri henüz; Kösem diye anmaları da şart değildi; ne kadınların, ne de dilsiz bülbüllerin tanınma hakkı vardı, dar düşüncelilerin arasında.

Çavuşbaşı Defterhane'nin mühürlerini sökerek getirdiği defterleri Divanhane'ye taşırken, Sadrazam konuşmaya başlamak için doğru anı bekliyordu. Yanımdaki Rüveyda'nın kulağına fısıldadım usulca.

"Horozlar birazdan ötmeye başlar Josephine. Ne hakkında öteceklerinin bir önemi yok, nasıl tüylerini kabarttıklarına, boyunlarını havaya kaldırdıklarına bak. Sabahı ilan edecekler sanırsın; ama onlar tam tersini yapıyorlar aslında." Rüveyda, hayretle yüzüme bakıyordu. Devamını getirmem için hafifçe koluma dokundu.

"Gelenin karanlığın ta kendisi olduğunu bilmiyorlar mı; halk aç, inançsız, bitkin. Aşırı vergiden ailesini haftada tek somun ekmekle beslemeye çalışanını gördün mü sen hiç; peki hayatı boyunca bir kez bile hamama ayak basmamış olanını..." Yavaşça soluklandım. Parmaklıkların arasından uzun boylu, sarıklı divan üyelerinden birini işaret ederek fısıldadım.

"Peki o? Onun adı..." Başımı kaşıyordum; Rüveyda gözünde beliren pırıltıya engel olamayarak heyecanla fısıldadı. Yerleri süpüren uzun sarı renkli kaftanı ve kürk yeleğiyle tüm üyeler arasında oldukça göze batıyordu. Gözleri dirayetle parıldıyor; kararlı adımları yeri sarsıyordu. Etrafındakilerin ona bakmaktan kaçındığı belliydi; önüne çıkan olursa ezip geçecekmiş gibi bir havası vardı, eliyle bacağında tempo tutuyor, etrafa gülücükler saçıyordu. Yakışıklı olduğu söylenemezdi; gür sakalları ağarmıştı ve neredeyse göğsüne dek iniyordu. Başını hafifçe ikinci vezire doğru döndürdükten sonra konuşmaya başladı. Başkalarının sorularına yanıt vermeye çalışıyordu.

"Anlıyorum sizi galiba. Onu ben de duymuştum; evet, yanılmıyorsunuz. Siz de Vezir-i Azam hazretleri; Halife Hazretleri sarayına geri dönüş yolunda ona eşlik etmesi için bir bölük deliyi, sipahiyi ve yeniçeriyi de görevlendirmişsiniz. Haklısınız paşalar, padişahımız evine dönüyor ve ben de..." Sözünü tamamlayamadan yakınlarında kuvvetli bir öksürük duyuldu.

"Peki, sizin göreviniz nedir Süleyman Efendi, bir haberci görevini mi yapmaya gidiyorsunuz Balkanlar'ın gür ormanlarının arasına yoksa..."

Başkaları da bu hararetli konuşmaya dahil olma heyecanıyla tizleşen seslerini boğazlarını temizleyerek aşmaya çalışıyor, el kol hareketleriyle sözcüklerini sıralıyordu.

"Deliler demişken, duyduğuma göre onlar gibisi yokmuş orduda."

"Haklısın Efendi, ne önlerinde duran topa bakarlarmış; ne de kılıca. Dalıverirlermiş düşmanın içine, o kadar gözleri kara, yürekleri tokmuş ki; alayına deli derlermiş zaten onlara. Deliler ha?" Topluluktan yükselen kahkaha tufanının dinmesini bekleyemeyen ikinci vezir bağırarak konuşmaya çabalıyordu.

"Peki, siz Süleyman Efendi?" diye tekrarladı aniden. Kesik kesik çıkan sesini gürleştirerek kendinden emin ve meydan okuyan bir hava vermeye çalışıyordu kelimelerine. "Sizin göreviniz ne olacak Avusturya'da? Fazladan bir komutana ihtiyaçları olduğunu duymamıştım." Bu sırada İkinci Vezir'in söylediklerine kulak asmayarak konuşmakta olan Süleyman gür bir kahkahayla sessizliği sağladı; daha sonra vezirin söylediklerini tekrarlamasını nazik bir dille istedi.

Dikkatle vezirin sorusunu dinleyen topluluk derin bir soluk alarak Süleyman'ın cevabını dinlemeye koyuldu. Kalabalıktan dışarıya doğru bir adım atan Süleyman cebinden çıkardığı akik tespihi sükûnetle sallamaya koyuldu; gözleri gururla yaşlanmış, yüzünde beliren çizgiler onu daha da olgunlaştırmıştı. Elini göğsüne koyarak başını biraz eğdi. Sesinde tereddüdün ufak tınıları dolaşıyordu.

"Görevde bulunan Yeniçeri Ağası'nın vefatı üzerine..." Topluluk bunu duyar duymaz tekrar fısıldaşmaya başlamıştı bile; ikinci vezir suratını asarak kendini bir sofaya attı. Arkadan Vezir-i Azam'ın titrek sesi duyuldu.

Konuyu değiştirmek üzere yerimde kıpırdandım. Kolumu duvara dayayarak Rüveyda'ya Vezir-i Azam'ın durduğu yeri işaret ettim. Kalabalıktan dışarıda, yüksek rütbeli bir askerle konuşurken Süleyman'ın söylediklerine kulak misafiri olarak göğsünü kabartmayı seçmişti.

"İşte bu domuz, korkak; ne bir iş gelir bunun elinden, ne de ülke yönetmesini bilir. Ah, ama bir bildiği vardır herhalde;

karılarının üstüne çullanmak." Rüveyda, kullandığım dilden en ufak bir rahatsızlık duymuyordu; kesik bir gülücükle geçiştirdi. İçini çekerek konuşmaya başladı.

"İşte Sekbanbaşı Süleyman Efendi; cüssesinden bahsederler hep." Rüveyda, ellerini parmaklıklara dayamıştı; birinin görmesinden endişelenerek koluna dokundum. Parmaklıkların önündeki tül huzursuzca kıpırdandı.

"Sizi kim atamış oralara Süleyman Efendi?" diye yankılandı Lala Mehmed Paşa'nın iri gövdesiyle tezat oluşturan incecik sesi. Kalabalık meydanda sadece Süleyman Efendi'yle Lala Mehmed Paşa'yı bırakacak şekilde kenarlara çekilmiş; yapay bir muhabbeti sürdürerek ikilinin konuştuklarına kulak kabartmaya başlamıştı. Süleyman, üç adım öne giderek Lala Mehmed'in dört adımı edecek yolu aştı. Aralarında ancak iki karış mesafe kalmıştı; Süleyman yukarıdan bakmaktaydı Vezir-i Azam'a. Vezir-i Azam iki adım daha geri çekildi.

"Demek istediğim benim verdiğim bir tayin kararı yok; siz de bunu biliyorsunuz Efendi. Saygıdeğer bir Sekbanbaşı olduğunuzdan haberdarım elbette; fakat Yeniçeri Ağamız Mahmut Paşa'nın sağlığı yerindedir..." Sözü kuru bir öksürükle bölünmüştü Lala Mehmed'in.

"Emin misiniz Vezirim? Peki size Yeniçeri ağamızın iki hafta önce vefat etmiş olduğunu ve padişahımızın ocaktan beni tayin ettiğini söylesem..." Vezir-i Azam afallamışçasına elini yüzüne götürdü; kayıtsızca "Allah rahmet eylesin." diye mırıldandı. Ne konuşulduğunun farkına varmamış gibi davranmak zorunda olan divan üyeleri de içlerinden rahmet dilediler.

"Elbette, şey, bunu bilmiyordum."

"Bilmediğinizden eminim Vezirim. Benim yarın yola çıkmam lazım, malum yeniçeriler başıboş bırakılmaz."

"Evet, haklısınız Süleyman Efendi. Yolunuz açık ola." Lala Mehmed, telaşla arkasını dönerek tezgâhın üzerinden kaptığı sürahiden biraz şerbet doldurdu kadehine.

Rüveyda kafasını arkaya atarak saçlarını hafifçe salladı; saçları neredeyse omuzlarına geliyordu artık ve kestirmemek için şiddetle direniyordu; neden diye sorduğumdaysa omzunu silkiyordu.

"Osmanlı Hanımefendisi olmak lazım bir süre sonra, daha fazla karşı koyulmaz. Erkeğime beğendirmem lazım kendimi..." Bu cevabına kendisi de gülüyor; başını duvara hafifçe vurarak dudaklarından komik bir ses çıkarıyordu. "Ne bileyim işte, uzatmak istiyorum. Belki bir gün de kel kalırım pek belli olmaz Kösem." Elini saçlarına daldırarak karıştırmıştı. "Cidden de ne kadar uzamış baksana?" Utangaç bir tavırla gülümseyivermiş; ardından da kırgın bir tavırla boynunu eğmişti. O da fark ediyordu değişime daha fazla meydan okuyamayacağını; rüzgâra kapılıp gitmek de vardı, rüzgârın bir parçası olmak da. O arada sallanan ağaç dallarıydı sadece; yeni yeni yapraklarını dökmeye başlamıştı.

"Gidiyormuş ha? Yeniçeri Ağası olmuş." Güldüm. Altımdaki yastığı kabartarak yanımdaki nargileden bir nefes çektim; bir yandan da yanımda getirdiğim altın, sedef tarakla Rüveyda'nın saçlarını taramaya koyuldum.

"Peki, sen tüm bunlar ne demek biliyor musun küçük Josephine; yeniçeri, sekbanbaşı, kapıcıbaşı, tokmak..." Sözümü heyecanla keserek başını sallamaya başladı. Elimden kaptığı nargileyi bacaklarının arasına çekerek ağızlığını avucuyla kuruladı. Nargilenin içinde fokurdayan su sanki Rüveyda'nın karnından geliyordu.

"Tabii biliyorum; hepsini bu adamı gözetlerken öğrendim." Nargileden aldığı nefesi bir süre ciğerlerinde tutup dışarı verdi; parmaklıklara değil, kafesin açıldığı kapıya doğru üflüyordu. Yineledi. "Tabii ki biliyorum Kösem."

Gururla ona doğru bakıp divanın açılışının yapılmasını dinledim; Muhammed'in gediklileri sırasıyla kahvaltımızı oluşturan yemekleri odaya getiriyor, çayı servis ediyorlardı. Kollarımı açarak gülümsedim.

"Sefa diye buna denir herhalde." Rüveyda beni dinlemiyordu bile, divanı terk etmekte olan Yeniçeri Ağasını takip ediyordu gözleri. Parmaklıklara yapışarak dudakları sessizce bir kelimeyi okudu.

"Süleyman." Şefkatle omzuna dokundum; oralı olmayarak sadece kafasını salladı. Süleyman, dev kapının açıldığı muhteşem bahçeye çıkana dek gözleriyle bu iri cüsseli adamı izledi. Kubbeyi göz kamaştıran bir aydınlık doldurdu, kapıların kapanmasıyla da yok oldu.

Gümüş şekerliğin kapağını kaldırarak, Rüveyda'yla aramıza yerleştirdim. Fıstıklı lokumu iki parmağımın arasına tutarak Rüveyda'nın yüzüne doğru salladım. Muzipçe gülüyordum. "İster misin?"

Dudaklarını ısırdı. Sol kolu semaverden doldurduğu çay bardaklarını tabaklarına yerleştirmeye çalışan gedikliye çarptı. Güldü. "Sabah sabah mı? İstemem." Avuçlarını parmaklıklara dayayarak o da divanın açılış konuşmasını dinlemeye koyuldu. Yanına yaklaşarak kulağına bir sır verircesine fısıldadım.

"Daha iyi bir zaman olamazdı." Lokumu ağzıma atarak iştahla çiğnemeye başladım; arkamdaki gediklinin korkudan veya açlıktan yutkunduğunu duyabiliyordum.

Ahmed'in gelişi çok ani ve sancılı olmuştu. Anadolu'nun dört bir yanında çıkan isyanlar yüzünden kutlama hazırlıkları iptal edilmiş, sadece ufak bir karşılama düzenlenmişti. Süleyman Efendi'nin Yeniçeri Ağası olarak göreve atanmasının ardından çıkması olağan karışıklıklar da Ahmed'in vezire yaptığı açıklamalarla önlenmişti.

"Yeniçeri ağalarının atanması... Evet, biliyorum. Mehmed, bu kadar da abartmana gerek yok; biliyorsun o kaybın ardından... Farkındayım..." Susarak sakalını sıvazlamıştı Ahmed; daha fazla açıklama yapmak istemiyordu. Farkında olmadan rütbeli erkekler topluluğunun içinde gözleri Kösem'i aradı; nefesini ensesinde hissediyordu adeta. Yüzüğünü öpmek için önünde eğilen birine ne dediğinin farkına varmaksızın birkaç ateşleyici söz mırıldandı. Savaştaki kayıpları anarken kıpırdayan dudakları, Kösem'in iştah açıcı boynunu arıyordu kalabalığın içinde.

Anlık olsa da gözlerini yumdu ve arkasına yaslandı. Sıcak bir gündü; sarığının içinde sırılsıklam olmuş saçları ve çenesini tahriş eden sakalı ona rahatsızlık veriyordu. Avlunun ortasına kurulmuş süslü koltuktan inmeyi istedi; ayaklarını sallandırdı hafifçe. Ufak bir esinti olsa keşke, diye geçirdi aklından. Boğucu kıyafetini zar zor taşıyor; onu kutlamak üzere önünde eğilen divan topluluğunun önünde güçlü görünmeye çalışıyordu. Kösem olsa, diye düşündü. Kösem olsa...

Hamamı yaktırabilmek için hangi divan üyesiyle konuşabileceğini düşündü ilk önce; daha sonra usul usul güldü.

"Halife Hazretleri..." diye haykırıyordu dizlerinin üzerine çökmüş mollalardan biri. Mollanın divan üyelerinin arasına nasıl karıştığını sorgulamadı bile. Bileğini tuttu diğer eliyle, ayaklarını bir kez daha sallandırdı. Yüzüğüne baktı ardından; akik yüzüğün yüzeyi sırılsıklamdı, yüzünü buruşturdu. Ardından önünde eğilen bir vezir konuşmaya başladı.

Kösem olsa, diye geçirdi tekrar aklından. Cephede kıvranan binlerce askerin çilesini bile unutturuyordu bu büyülü kadının bedeni ona; bedeninin altında kıvrandığını anımsayarak çadırında mahcupça sırıtıyordu ara sıra. Onun bu halini bir gören olsa. Bunu da düşünmüyor değildi.

Kafasını güneşe doğru çevirdi; tam tepesindeydi. Gözlerini ovuşturdu; kararan görüntüyle rahatladı biraz. Önünde tekrar biri eğildi; aldırmadı bile. Koltukta arkasına yaslanmış hangi mevsimde, hangi ayda olduklarını anımsamaya çalışıyordu; savaşta dünyanın döndüğünü bile unutuyordu insan. Havayı dolduran onca sesle, nabızla, kuvvetle insan her şeyi unutuyordu; aşk hariç. Ahmed geceleri teninin sızlayan bir zevkle yandığını hissedip kıvranıyordu yatağında; zihninde canlanan imgelerden kendisi bile utanarak şiir yazmaktan dahi kaçınıyordu. Müezzinlerden biri tarafından okunan sabah ezanıyla kalkıp abdest alıp, askeri üniformasını geçiriyordu üzerine. Askerlerinin arasında saltanat kılığıyla dolaşmak istemiyordu; çadırından çıkar çıkmaz askerlerden biri haline geliyordu Ahmed ve aklındaki Kösem.

Bazen düşünüyordu da onu arasında bulunduğu hayvanlardan ayıran tek bir mevzu vardı; Kösem... O da Allah'ın adını haykırarak cephede koşturmasını, palasını havayı yarak sallamasını, atına çile çektirerek düşmanları beygirinin ağır nalları altında ezmesini iyi bilirdi aslında. Çevik bir bedene sahipti her zaman; şehzadeyken de, halifeyken de...

Kösem diye aralandı dudakları, dizleri üstüne çökmüş kızlar ağasını fark etmeksizin. Durumun farkında olan hadım etrafı kolaçan ettikten sonra Sultan'ın yüzüğünü öpmemekte bir sakınca görmedi.

"Efendimiz," diye mırıldandı. Bu tanıdık sesle irkilen Ahmed'in kalın, kara kaşlarla çevrili büyük gözleri Muhammed'e kitlendi. Dilinin daha da kuruduğunu hissetti; Kösem'in karşısında durduğuna inanamıyordu. Bedenine aldırmaksızın, Kösem'in konuştuğundan emindi, başını arkaya vererek güldü.

"Ah, sen... Gelmeyeceksin sanmıştım..." Hadımın aralık dudaklarına baktı ve Kösem'in dudaklarının nasıl olduğunu hayal etmeye çalıştı. Nasıl yukarıya doğru kıvrık olduğunu; üzüldüğünde nasıl büzüldüğünü. Gözlerini kırpıştırdı; evet, Kösem'le konuşmayı hatırlıyordu.

"Efendimiz, Kösem Sultan size hoş geldiniz, demek istiyor ve belirtmek istiyor ki, yokluğunuzda haremlik ve selamlığın dengesinin korunabilmesi, düzenin bozulmaması için elinden gelen her şeyi yapmış." Ahmed'in gözlerinin parıldadığını görüyordu Muhammed. Padişahı hor görmeye başladı içinden, kadınlara zaafı olanlara tahammül etmesi çok zordu.

"Ne kadar tatlı konuşuyor." diye mırıldanacaktı az kalsın Ahmed, daha sonra durumun vahametinin farkına vararak göğsünü dikleştirdi; kaşlarını çatarak düşüncelerine, hazlarına engel olmaya çalıştı.

"Ah, bir de Kösem'in suratını hatırlayabilsem" diye düşünürken aklından geçenleri yarıda kesmek için dudaklarını ısırdı. Gözlerine dolan yaşların fark edilmemesi için güneşe uzunca bir süre baktı. Kösem'in güçsüz olduğunu anlamasını istemiyordu.

"Kösem, ne istiyor sadede gel Üstat..." Dudakları ruhsuzca kıpırdamıştı, halbuki kalbi yerinden çıkacak gibiydi.

Arkadaki kalabalık gitgide azalıyordu; padişahı bizzat kutlayamayacak olduklarının farkına varanlar acilen evin yolunu tuttu. Avlu iyice boşalmıştı artık; güneşin beyazlığı kızıla kaçar olmuştu.

"Sizi bekliyor Efendim, her zamanki yerinizde, eğer sizin için de uygunsa." Muhammed, sırıtıyordu; buna bile aldırmadı Ahmed. Başka zaman, bir başkası olsa hemen kellesini istetirdi ama Kösem'e yapamazdı bunu. İnsan olamazdı bunu yaparsa, öbür hayvanlara benzerdi. Bunu düşünerek titredi. Beyitlerini anımsayarak içi ısındıysa da yüreğindeki soğukluk ısınmıyordu bir türlü.

Bir Kösem'i görse... Tarih kendini nasıl tekrar ediyorsa; duygu ve düşünceleri de aynı kimliğe bürünmeyi seçmişti Ahmed'in. Hissettiklerinin dışına çıkmaktan aciz bir padişah olduğu gibi cephede de çok başarılı, kuvvetli sayılmazdı; fakat aklından "Ben iyi bir insanım." diye geçirdi.

Gerçekten de iyi bir insandı.

"Peki," diye fısıldadı hadıma bir sır verircesine. "İşim olmazsa gelebilirim, Sultan'ına söyle..." Ağrıyan dizlerine tutunarak ayağa kalktı; sarığının üstündeki tüyler kımıldandı bir süre. O beklediği ufak esinti gelmişti Ahmed'in, esintiye kapılıp uçmayı diledi; teslim oluyordu.

Giyinmeme Firuze'yle Rüveyda yardım ediyordu. Son zamanlarda Rüveyda hiç gülmez olmuştu; yüzünü bir çerçeve gibi çevreleyen siyah saçları onu daha da karanlık gösterir hale gelmişti. Firuze'yse her zamanki gibi neşeliydi; diğer cariyeler arsında edindiği konumdan hoşnuttu, fakat Rüveyda'ya bakışları her zamankinden daha düşmanca ve kıskançlık yüklüydü. Rüveyda'nınsa umurunda değildi; okuduğu kitaplara vermişti kendini. Çoğunlukla Fransız yazar ve şairlerden seçmeler okumayı seviyordu; bu kitapları nereden bulduğu hakkında en ufak bir fikrim yoktu.

"Çarşı'daki bir kitapçıdan sadece," diye mırıldandı. "Hatta resimli kitapları bile var.."

Gülüyordum; Rüveyda'nın onları bir kitapçıdan bulmadığından emindim. Çünkü Muhammed'i dışarıya benim için Rüveyda'nınkilere benzer kitaplar bulması için yolladığımda eli boş dönmüş ve tüm satıcılardan aynı yanıtı almıştı.

"Yoktur Üstat. Gavurca kitapları hiçbir yerde bulamazsın... Ne biliyim ben o gavuru... Şair de ne canım? Ozan gibi bir şey mi?" Muhammed, bunları anlatırken somurtmuştu sadece.

"Ne bileyim canım... Adlarını mı kaydediyorum sanıyorsun; gidip alıyorum işte, her köşede bunlardan bir tane var..." demişti Rüveyda elindeki kalın ciltli kitabı sallarken, sayfalar birbirine değerken hışırdıyor; beni rahatlatan kelimelerin aralarından görünmesine anlık da olsa izin veriyordu.

Başımı öne eğmiştim; yenilgiyi kabullenmekle, yenilgi ayrıydı. Onuruma yenik düşmeyeceğimden emindim.

* * *

Kafamdan pür dikkat geçirdikleri tenime yapışan incecik gömlek, üstüne kollarımı uzatarak oturttukları uçuk pembe bir yelek ve haremde eşi benzeri görülmemiş, eteği yerleri süpüren uzunca bir elbise. Evet, uzun bir sürenin ardından ilk defa bir elbise giyiyor olmanın heyecanını yaşıyordum; belimi kavrayan uçuk pembe elbiseyle Osmanlı giyimini karıştırmış olmanın sevinciyle göğsümü kabartarak gümüş aynaya çevirdim başımı. Eteğinin uçlarını tutan Firuze mahzun bakışlarıyla içini çekiyor; Rüveyda'ysa aşağılıyordu. Birer nedimeye; uzak Britanya'nın, Fransa'nın, Avusturya'nın topraklarındaki nedimelere benzemişlerdi. Karşılarında bir kraliçe edasıyla hafifçe boynumu kaldırdığımda Rüveyda dahi geri adım attı.

"Değişik olmuşsunuz." Firuze'nin yanında benimle sizli konuşmayı tercih ederdi.

"Değişik?" Kaşlarımı kaldırmış Firuze'ye gülümsüyor; Rüveyda'ya karşı hayali bir ittifak oluşturmaya çalışıyordum. Firuze, uzun süredir beklediği yakınlıktan yararlanarak bana biraz daha sokulmuştu.

"Çok güzel olmuşsunuz Sultanım; aynı masallardaki perilere benzemişsiniz." Kızıl buklelerini omzunun arkasına atarak gözlerini kırpıştırdı. Muhammed, kapının eşiğinde durmuş, aynada benimle göz göze gelmeye çalışıyordu. Gözlerimi kırpıştırarak yanıtladım.

"Teşekkür ederim canım; fakat Rüveyda, pek hoşnut kalmış gibi gözükmüyor. Buna ne dersin peki?" Rüveyda'yı göz ucuyla süzüyor, vereceği tepkilerden çıkarmam gereken anlamları zihnimde bir araya getirmeye çalışıyordum. Kıskançlık, düşmanlık, intikam, imrenme, hor görme... Gözden kaçıracaklarımdan korkarak avucumda biriken ter damlacıklarını elbiseme sildim.

"Gerçekten de bir ilk." diye mırıldandı Muhammed kapının eşiğinden. O Ahmed'le buluşmamızın ardından elde edeceği akçelerin peşindeydi. "Haremde değil miyiz Kösem Sultan, yoksa Versailles Sarayı'na mı davet edildiniz, pek kestiremiyorum?" Rüveyda gözlerini açmış bana bakıyordu; saçlarını parmağına doluyor arada bir de ağzına götürüyordu. Parmaklarının boğumları bir düzleşip bir kabarıyordu hareketleriyle.

"Sen ne anlarsın ki?" diye güldü Firuze, aynanın karşısındaki görüntüme hayran kalarak.

Boy aynasının önünde durmuş her bir buklenin birbiriyle yarışarak omuzlarımdan aşağıya, neredeyse kalçalarıma kadar dökülmesini izliyordum. Simsiyah badem gözlerimin üstünde, hamamdaki marifetli kadınların şekil verdiği kavisli kaşlarım; Tanrı vergisi çıkık elmacık kemiklerimin üzerindeki yanaklarımı şehvetten kızartacak kadar dolgun dudaklarım ve muntazam dişlerim. Hafifçe uzun boyum, boynum; kavisli kalçalarım, büyükçe göğüslerimi ortaya çıkaran dekoltem...

"Bir ilk," diye tekrar mırıldandı Muhammed odaya girmekten çekinerek. Ayaklarımdaki incilerle dolu terliklere bir göz attı. "Osmanlı haremi için bir ilk gerçekten de."

Yüzümü ona dönerek selamladım. Arkamda duran Rüveyda'nın iç çektiğini duyar gibiydim; Muhammed'in koluna girerek koridorları, odaları, hamamları, taşlıkları emin adımlarla geçmeye başladık.

Her zamanki kapının önüne gelince Muhammed tek bir kelime bile etmeden duvara dayanarak cebinden çıkardığı keseden bir akide şekeri attı ağzına. Şapırtıları duvarlarda yankılanırken kandillerden yayılan titrek ışıklar dahi içeride bekleyenin ne kadar sabırsız olduğunu ispatlar nitelikteydi. Elbisemin kuyruğunu toparlarken bir yandan da saçımı düzeltiyordum. Muhammed'e yalvaran gözlerle baktım; halbuki ona karşı saygımı tükettiğimin o da farkındaydı. Zor anlarda alacağı intikamı bekliyordu hep; duvara yaslanmış boğuk sesiyle konuştu, akide şekerini ağzından düşürmemeye çalışarak.

"Gerçekten de bir ilksin," diyerek ellerimi saçlarımdan çekmek için sırtımı dürttü. "Böyle bir elbise, böylesine güzellikler olduğunu unutmuş bir adamım ben..." Gözleri buğulandı, sonra eski acımasız sesine dönerek emretti. "Hadi içeri girsene, aşığın özlemiştir seni..."

Başımı hafifçe yana eğerek Muhammed'in yaralı ruhuna dokunabilmek üzere elimi uzattım; sertçe itti. Her şeyin burada biteceğinden o da adı gibi emindi.

"Peki, giriyorum; ama bana bir söz vermelisin..." Cebinden çıkardığı tütün parçalarını ağzına atarken mırıldandı.

"Ee neymiş?.." Tütünleri çiğnerken çıkardığı ses ve koridora dağılan koku bana cesaret vermişti. Uzaklardan anımsadığım bir koku belki de, çok uzaklardan, Adalardan.

"Uzatmadan söylesene, neymiş vermem gereken söz... Ben, kızlarağası, Kösem Sultan'a ne söz verebilirim ki, hâlâ geçerli midir sözlerim?" Gevrek gevrek güldü; padişahı bekletmek istemiyor olmalıydı ki aceleyle konuşuyordu. Tütünleri yere tükürdükten sonra bir kez de ayağının altında ezdi; zemin taşla ayağının arasında kalan tütün yaprakları yok oldu.

"Bu haremden bir şekilde gitmeni istiyorum. Hemen, kısa bir sürede..." Duyduklarına uzunca bir süre güldü; gözlerindeki ifadeyi görünce odaya girip yok olmak geldi içimden. Oysa içeride bekleyen...

"Ben, haremin en yüce ağasını evinden mi kovuyorsun Kösem Sultan? Ne hakla sen..." Bir kez daha güldükten sonra sertçe sırtımdan ittirdi; böyle olacağını tahmin ettiğim için aldırmadım. Ona dönüp anlaşılmaz sözcükler fısıldadım. Afallamasından yararlanarak büyük meşe kapıyı hızlıca ittirerek içeri daldım; arkamdan mırıldandıklarını duyabiliyordum.

"Seni pis köpek, seni beş paraya Hatice'nin cellatlarına satayım da gör gününü, benimle böyle alay edemezsin seni pis oro-" Öfkesinden kudurmuş bir sokak itine benziyordu; ağzından çıkan hakaret öbeklerinden oluşan köpükler dört bir yana yayıldı. Kaçarı yoktu; yüzüne kapanan kapıyla susmasını bildi. Ve ilk kez Muhammed'in varlığını dışarıda hissetmeksizin Ahmed'le aynı odada bulunmanın heyecanını yaşadım.

Bir köşeye oturmuş; hararetle bir şeyler karalıyordu. Yanı başında, Uzakdoğu'dan getirtildiği belli, granitten filin ayakucuna koyulmuş gümüş tepsinin içinde bir cam karafla tek bir kadeh duruyordu. Kadehin dibinde kalan kırmızı şarap buyurgan gözüküyordu; Ahmet elinin tersiyle kadehe çarpınca kendi kendine mırıldandı.

"Ah, özür dilerim; çok özür dilerim..." Ayakta durmuş; bana söyleyeceği birkaç kelimeyi özlemle bekliyordum, ilk defa fark etmiştim Ahmed'i ne kadar özlediğimi. Düşünüyordum da; birisine ihanet etmek bu kadar zorken, koskoca Osmanlı Padişah'ına karşı işlediğim bu suç ne kadar hafif geliyordu yüreğime. Onu bu kadar savunmasız gördükçe pişman oluyor; kendimi hatırlamaya zorluyordum. Halbuki hayatta unutmaktan başka yapılacak başka bir şey yoktu.

Hafifçe güldü Ahmed. Yanında duran ipek mendille ensesinde birikmiş teri sildikten sonra zehirliymişçesine top haline getirip öteye fırlattı. Bedeni titriyordu. Yasak meyvenin tadına bakmış olan padişahın derdi çok farklıydı; dokunulamayacak kadar farklı. Kadehini yerden kaldırarak karafta kalmış şarabı içine döktü; karafı tepsiye sert koymuş olacak ki ne var ne yok devrildi, oda Ahmed'in lanetleriyle inledi.

"Seni kahrolasıca..." Bağdaş kurup oturduğu yerde, ayaklarının dibinde duran parşömeni elinde buruşturarak bana döndü; elbiseyi fark etmedi bile. Tükürürcesine konuşmaya, ulumaya başladı. Oda oldukça karanlıktı; sesi kanımı donduruyordu. Duvarlar bir zelzeleye uğramışçasına titreşir gibi oldu; sesi tüm dünyaya varoluş sebebini unutturdu.

"Sen, sen... Beklemedin." Omuzları çökmüştü; fili ayağıyla tekmeleyerek geriye düştü; fil de öyle. Korkunç bir gürültüyle onlarca parçaya ayrılan granitten çıkan toz dumanı Ahmed'in genzine doldu; veremliymişçesine öksürürken bir yandan konuşmaya çalışıyordu. Yanaklarından dudaklarına doğru akan sicim sicim gözyaşlarını kelimelerinin arasında yanlışlıkla yutuyor; sessizce hıçkırıyordu. Yüzüne bakınca daha da acayip bir şey fark etmiştim; yüzünde en ufak bir tüy yoktu, belki de saltanatından bu yana ilk defa sakalsızdı.

"Beni yarıda bıraktın; sen... Sen... Hatice gibi sığsın; halbuki ben..." Konuşmasını yarıda kesti; elini sakalına götürür gibi oldu; durumu fark eder etmez ulurcasına güldü.

"Bu neden biliyor musun?" Sakalını eliyle gösteriyordu; ona acımamı değil, birlikteliğimiz boyunca ilk defa saygı göstermemi buyuruyordu. "Bu... bu... Köselikten değil; hayır suyum kurumadı daha... Ben, Kösem, ben..." Sendeleyerek ayağa kalktı. Elinde kadehi, iki adımla yanıma kadar ulaştı. Sabah tıraşına gelen berberine sakalını tümden yok etmesini emrettiğini anlattı yanıma yaklaşır yaklaşmaz; berberin çok şaşırdığını... Kara gözlerine dolan yaşlar siyah bir parıltı yayıyordu. Nedenini sorduğumda yıkılmışçasına zar zor, büyük bir dirayetle cevap vermeyi başardı.

"Ben, neden bilmiyorum... Korktum, onca şey, kaybedilen binlerce adam, aç bir halk, ayaklarımın önünde eğilmiş yalancılar..." Yanımdan uzaklaştı, parşömenin başına oturdu yine, avucuyla düzelterek, alaycı bir tonla okumaya başladı. Aynı rayihayla kavrulan kelimelerin harmonisi odaya uğrayıp tekrar uzaklaştıktan sonra yanıma gelip saçlarımı avuçlarının arasına aldı; parşömenle temas eden saçlarımın çıkardığı hışırtıyı dinledi.

"Ve sen beni beklemedin; varolduğun sürece de beklemeyecektin biliyorum, bedenlerimiz ait olmayabilir ama..." Yumruklarını sıkarak gözlerinde beliren umudu belli etmemeye çalıştı. "Bundan fazlası olmalı."

Hareket etmekten korkarak konuştum; imkânım olsa bu odadan çıkıp gider, bu umutsuzlukla Muhammed'in ayaklarına kapanırdım af için. Yarılanmış bir yolun ortasında ardına bakmak doğru olmaz, derdi hep babam. Başımı döndürmeden konuştum.

"Beklemek... Fazlası da var zaten." Aşağıdan yaklaştırdığım dudaklarımla çenesine bir öpücük kondurdum; aradığı saygıya kavuşabilmesi için gerçekleri konuşması yetmişti. Aşkta saygıya yer yok diyenlere meydan okurcasına öptüm çenesindeki kırışıklıkları, dudaklarına ilişmedim. Bir süre durdum ve cevabını bekledim. Gözlerini yummuştu; bu kadar çabuk pes etmiş olmanın pişmanlığını yaşıyordu. Onun da elinde olsa arkasını dönüp odanın dışındaki cellâtlara, kendini benliğine yönlendiren bu kadını bir daha görmek istemediğini bildirirdi.

* * *

Gözünün ucuyla kadının elbiseni inceledi; kadınsa arkasındaki parçalanmış file bakıyordu. Kadının belinin inceliğini, kıvrımlarının zarifliğini, yüzündeki kemiklerin düzenini inceledi Ahmed, hayatında böyle bir elbise görmemiş olduğunu fark etti daha sonra. Ama nedense ömrü boyunca bu elbiseyi taşımışçasına sahiplenmişti pembe, ipek tuvaleti. Böyle bir şeyi nasıl alabildiğini sormadı bile kadına. Cevap vereceklerine yoğunlaşmıştı çoktan.

"Bunu nasıl söyleyebilirsin sen, bedenini de sattın; ruhunu da. Cevap verebilecek misin?" Korkuyla kaskatı kesilmiş kadını çenesinden tutmuştu; koparırcasına sıkıyordu. Kadınsa sükûnetini korumaya çalıştı; gözlerini yumduktan sonra aradığı cevabı verdi sonunda.

"Bedenimi satmam, ait olduğumuz yere gelmeme mani değil sevgilim." Adam elini çekmedi bile, gözleri yumulu kadının hafif aralık kırmızı dudaklarını şiddetle öpmeye başladı. Öpücükleriyle kadının tenine sinmiş badem kokusunu içine çekiyordu; saçlarından tutarak saçlarını kokladı daha sonra. Bedeninin yandığını hissediyordu; bacakları karıncalanmaya başlamış, kulakları uğultuların hükmüne yenik düşmüştü. Bir kolunu tutkuyla kadının beline doladı; kadın da aynı arzuyla adama cevap verdi. Birbirine değen ipek elbiseyle kaftanın çıkardığı sesle adamın yüreği daha da ateşlendi; durmak bilmez bir yangın gibi kavuruyordu yüreği bedenini. Kadın kapalı gözlerinin ardından mırıldandı.

"Seni özlemişim."

* * *

Gözlerimi açtığımda Ahmed'in şaşkın bakışlarıyla karşılaştım, söylemiş olduğum yanlış bir söz olup olmadığını sorgulamaya başlamıştım ki yüzünde, gözlerinde, yüreğinde barınmaya başlayan sevinç dışarı taştı bir anda.

"Ben de seni... Hayal ettiğimden de çok; hatırlamak isteyecek kadar çok. Unutulası bir an bırakmayacak kadar şiddetli." Ahmed iki kolunu da belime doladıktan sonra kuvvetle en yakınındaki duvara doğru itti; arzuyla korlaşmaya başlamış ayaklarıma hakim olamaz hale gelmiştim ki Ahmet, duvara dayadığı bedenimi yükseltti. Özlediğim adamın nasıl değiştiğini hayal ederek daha da ateşlendim. Halbuki gerçeğiyle beden bedeneyken hayallerin ne yararı dokunurdu ki; Ahmet'in de dediği gibi...

Bundan fazlası olmalıydı...

* * *

Padişahın gelişinin üzerinden tam iki hafta geçmiş olacak ki Firuze telaşla yanıma yaklaştı. Bu denli erken saatte neden uyanık olduğunu sormadım; pencerenin önüne geçmiş olup bitenlere birer anlam vermeye çalışıyordum. Alacakaranlığı pembeli sarılı ışıklarla yarmayı başaran güneşin ılıklığını parmaklıkların ardından bile hissedebildiğimin farkında olarak şükrettim. Daha çok erken olmalıydı saat; ya beş veya altı... Firuze'nin heyecanlı mırıltılarını ona arkam dönük dinlemeye koyuldum.

"Ve evet, Muhammed'i haremden sürüklerken haykırıyordu Sultan'ım, o şeytan yaydı bunu herkese, asıl kafir olan odur paşalar..." Ayaklarından öylece sürüklediler onu, ta Galata'ya kadar galiba. Evet, Sultan'ım, ta Galata'ya kadar..." Bana, bilmediğim şeyleri söylediğini iddia edemezdim elbette, Muhammed'in görevinden alınmasını bizzat ben Ahmet'e izah etmiştim.

"Evet, Firuze farkındayım, ben de çok üzüldüm; sen şimdi sakin ol." Yavaşça arkamı dönerek elimdeki kadehi ayağımın dibine yerleştirdim. "Gel de biraz yanıma otur. Rüveyda nerede?" Firuze, saçlarını dalgalandırarak halının üzerinde yürümeye başladı; üzerinde benimkine benzer, fuşya rengi bir kaftan vardı, şalvarlarının paçaları diğer kızlarınki gibi bileklerinde bitmiyor, yerlere değiyordu. İçine giydiği koyu kırmızı şalvar ona zengin bir görünüm veriyordu; Firuze ne kadar asilse, Rüveyda bir o kadar paspal olmaya gayret ediyordu. Cariyeler Firuze'ye hayranlık duyarken Rüveyda'nın adını ağızlarına almamaya özen gösteriyorlardı. Üzerinde görmeye alışık oldukları ucuz ketenden boyasız bir şalvar ve yamalı bir gömlekle Pera'da bulabileceğiniz dilencilere benziyordu; fakat kıyafetleri ne kadar paspalsa yüzü de o kadar gösterişliydi. Gözüne yerleşmiş sürmeleri, dudaklarına sürmekten hoşlandığı enteresan kırmızı boyası veya bazen boya niyetine kullandığı acı biber yüzünden yüzüyle kıyafetleri birbirine zıt düşüyordu.

"O dilenci mi?" diye omuz silkti Firuze pencere pervazına yerleşip dantel perdelerle oynamaya başlarken. Ayaklarımın dibindeki yarı dolu kadehi fark etmiş muzipçe gülümsemeden edememişti. "O her zamanki gibi uyuyor. Biliyorsunuz Sultan'ım o devamlı uyuyor; artık ne sorunu varsa..." Yüzü kızararak kekelemeye başlamıştı. Eğilip kadehi aldım, gözlerimde biriken yaşlara engel olmaya çalışarak hızlıca konuştum.

"Muhammed'i nereye götürüyorlardı Firuze?" Bir hattat tarafından çizilmişçesine muntazam bir haşmetle doğmakta olan güneşin ışıltıları yüzümün bir yarısına vurmaktayken, yüzümün karanlıkta kalan diğer yarısı somurtuyordu. "Yedikule hakkında bir şey söylediler mi?" Ellerimi ovuşturmaya başlamıştım; çiğin kokusunu içime çekerek ayaklarımı Firuze'nin dizlerinin üzerine uzattım. İlk defa böylesine tatlı bir sarhoşluk yaşıyor olmanın sahtekâr güveniyle rahatlamış, elimi Firuze'nin saçlarına götürdüm. O da nazikçe büyük elmas yüzüğümü öptü.

"Söyle Firuze..." Zorlanarak yutkundum; boyalı yanaklarımdan aşağı süzülerek boynumu ıslatan gözyaşına bakakalmıştı. Birkaç kez gözünü kırpıştırdı; dışarıda karanlıkla ışığın savaşı son bulmaktaydı; ışığın dansı İstanbul'un canlılarını uyandırmaya başlamıştı. "Yedikule hakkında herhangi bir şey duydun veya öğrenebildin mi?"

Firuze başını öne eğerek buraya niye gelmiş olduğunu açıklayan bir tavırla parmaklarındaki yarı değerli yüzüklerle oynamaya başladı; kafasını birkaç kez kaşıdıktan sonra anlaşılmaz bir tonla mırıldanmaya başlamıştı. "Ben... aslında... orada..." Pencere camına yanağını dayayarak yüzünü serinletmeye çalıştı bir müddet. Sabırsızca elimdeki kadehi parmaklarımın arasında çevirdikten sonra derin derin iç çektim. Kapıda dikilmiş yeni hadımın varlığından dolayı az sonra söyleyeceklerini tahmin edebiliyordum. Cemal'in bize bu denli erken katılması iyi olmuştu; Ahmed'in dediklerine göre, uğursuz bir savaşın ardından bulabilecekleri en iyi kara hadım buydu. Deniz savaşlarında yaşanan basiretsizlik; köle pazarlarındaki durgunluğa sebep gösterilir olmuştu. Türk korsanların toplayabildiği kölelerin çoğunluğu ticaret yapmak üzere İstanbul'a gelmekte olan Venediklilerden oluşuyordu, çoğu da erişkin erkeklerdi. Hadım edilebilecek yaşta ne bir erkek vardı köle pazarlarında, ne de haremlere yakışır nitelikte güzeller. İstanbul belki de ilk defa kölelere bu kadar muhtaçtı.

"En iyisi buydu, yemin ederim Kösem." demişti Ahmed umutsuzca elimi öperken. Kapı eşiğinde duran donuk bakışlı hadımdan bahsetmekteydi; fakat hadımın tek kelime anladığı yoktu. Henüz dilimizi anlayamasa da bu donukluk ihtimal bir zekâ geriliğinin habercisiydi. Kanım bu zavallı hadıma çabucak ısınmıştı; diğer hadımlarınkine hiç benzemeyen çelimsiz bedeni, çarpık bacakları, yakışıklı suratı ve simsiyah teniyle benzersizdi. Başımla selamlamıştım onu ilk gördüğümde, o ise mahcupça gülümsemekle yetinmişti. Yalvaran bakışlarla izliyordu olan biten her şeyi.

"Umurumda değil sevgilim," diye yanıtlamıştım Ahmed'i. Gözlerindeki bakışlardan yeni hadımımı nasıl hor gördüğü belliydi. "Onu ben eğiteceğim, ne Muhammed gibi bir günahkâr olacak ne de Hatice gibi sözde bir melek..." Sabırsızca gülümseyerek hadımın odadan ayrılmasını beklemiştik, sevişmek için. Hadım harem kurallarına ne kadar uzak olursa olsun; tensel olayların gelişiminden haberdar olacak kadar deneyimli sayılırdı. En fazla on yedi yaşlarında sayılırdı; minik kum tepeleri gibi gözüken yumuşak pazuları vardı.

"Evet, sen eğiteceksin." diye yineliyordu Ahmed ağırlığımın altında nefes almakta zorlanırken. Aklından geçenleri tahmin etmekte o kadar başarılı olamamakla beraber, dışarıda beni beklemekte olan hadımın hissettiklerinin yüreğimi ısıttığını fark ediyordum.

* * *

Firuze, kapı eşiğinde duran hadımı fark ettikten sonra omzunu silkerek konuşmaya başladı. "Biliyorsunuz Sultan'ım Mahfiruz Hatice." Suratını bu kez camdan gördüğü bir minareye doğru çevirdi; öyle bir hayretle bakıyordu ki doğmakta olan güneşe, daha önce hiç gündoğumu görmediğinden emin olabilirdiniz. Dudakları hafifçe aralanmıştı; suratıma bakmaktan kaçınarak fısıldadı, "Onu taşıyan yeniçerilerin yanında kendi hadımını göndermiş olacak, hatırlarsınız..." Anılarıyla kucaklaşırken umutsuzca bir gülümseme yayıldı suratına. Ne kadar zaman geçmiş olduğunu anımsayamamakla beraber, başaramadıklarına bir göz attığında bu kadına daha da imrenir hale geliyordu.

Yavaşça elimi omzuna koydum; kızın içindeki cevheri ilk defa fark etmiş olmanın verdiği huzurla derin bir nefes aldım. "Biliyorum; onları ikna ettiler. Yedikule'ye götürmemeleri için, Hatice'nin dışarıdaki casusu olacak... Tabii ki biliyorum Firuze." Elimi tekrar saçlarının arasına daldırdım; arkamda duran hadımın elindeki gümüş tepsiden gümüş çiçek işlemeli karafı alarak kendi kadehimi ve tepsideki yeni kadehi doldurdum. Firuze'nin eline iliştirdiğim kadehin hafifçe titrediğini görünce anaç bir tavırla gülümsedim.

"Biliyorsun değil mi Firuze bunun adı şarap, kesinlikle yasak bu topraklarda, kesinlikle..." Kadehimden kocaman bir yudum aldıktan sonra bakışlarımı tekrar üzerine çevirdim. "Ama ne kadar güzel olurmuş böyle içmesi, doğayı izlerken, gelişmeyi izlerken, yaşlandığını izlerken... Bir gün daha doğarken, sona bir gün daha yaklaştığının daha da iyi farkında olmana yardımcı olurmuş..." Eli hâlâ titriyordu. Bir yudumda kadehimi bitirip yenisini doldurdum.

"Üzümden yapılıyormuş; böyle kıpkırmızı..." Dudaklarımı hafifçe yaladım; Firuze'nin kadehinin dudaklarına değişini izliyordum. "Hafif boğazını yakıyor; o kekremsi tadıyla..." Firuze, ilk yudumunu aldığında suratını ekşitmiş; boş elini bir yumruk haline getirmişti.

"Kitapları nereden aldığını söylemeyecek misin?" Soyunma yerinde şalvarımı çıkarırken Rüveyda'ya haftalardır cevabını merak ettiğim soruyu tekrar sordum. "Gerçekten de söylemeyecek misin?" Sakince güldüm. Başımı tavana kaldırmış, eşit çaplı deliklerden süzülen gün ışığının gözlerimi kamaştırmasını bekliyordum; Rüveyda'nın arkamda huzursuzca kıpırdandığını duyabiliyordum. Haziran ayının başlarıydı; hava o kadar sıcaktı ki, mermerin soğuması için hamama dışarıdan kalıp kalıp buz getirilir olmuştu.

"Dedim ya bilmiyorum..." diye sükûnetle mırıldandı; bağını çözdüğü paçavra şalvarı dizlerinden ayak bileklerine doğru kayarken. Kemer niyetine kullandığı urgan da hafifçe şalvarının üzerine düştü. "Daha Fransızca öğrenememişken niye kitap okuyasın ki; ne gereği var... Gözlerini bana dikmiş göz göze geleceğimiz anı bekliyordu; dudağımı ısırarak burnumu çektim.

"Belki de..." diye fısıldadım kendi kendime; fakat söylediklerimi duyduğundan emindim. "Belki de kendime bu kitapları okuyacak bir başkasını bulmanın vakti gelmiştir." Bakışlarıyla karşılaşır karşılaşmaz gülümsedim. Belime soluk mavi bir peştamal bağladım, kumaşını hafifçe okşadıktan sonra, kuvvet kazanmışçasına güldüm. "Ah, bunları artık çok kaliteli yapmaya başlamışlar; Cemal'i kutlamak lazım. O buluyor bunları Bedesten'in ufak dükkânlarından, iyi bir Bursa malıdır herhalde..." Sıcaklığa doğru ilerlerken kendi kendime ıslık çalıyordum.

Arkamızdan hamama giren tıknaz bir gedikli özür dileyerek ayağındaki tahta takunyaların çıkardığı sesi öksürükleriyle kapamaya çalışırcasına elindeki, içinde meyve tabağı bulunan gümüş tepsiyi mermer havuzlardan birinin yanına koydu. Tepsi ses çıkarınca tekrar özür dileyerek gözden kayboldu.

"Cemal de iyice bu işi kavramaya başladı." diye devam ettim Rüveyda'nın suskunluğunu bozarak. Tıknaz gediklinin ardından hamama giren yarı çıplak, iki iriyarı zenci kadına doğru başını çevirmişti.

Ruhsuzca mırıldandı. "Ah, evet, bence de. Çok akıllı maşallah..." Yüzündeki makyajın birazını peştamalına sildikten sonra yanaklarına doğru dağılmış sürmeleri musluktan akan ılık suyla temizlemeye koyuldu. "Ben de diyordum ki artık şu zavallı Firuze'ye bir hadım alsan. Çok yalnız ve böylece Muhammed'in Billur'a yaptığı gibi, ona da bir koca bulabilir hadımı..." Muhammed'in Ahmed'in hediyesi olan mücevherleri Billur'a sunduktan sonra, bunları Derviş Paşa'nın gönderdiğini söylemesi Billur'un saray hareminden ayrılarak Derviş Paşa'nın haremine nakledilmesine sebep olmuştu. Ama gelmemişti paşa, bakire Billur hâlâ, yüzünü göremediği Derviş Paşası'nı bekliyordu.

Rüveyda'nın suratını siyah bir is gibi kaplayan sürmeler onu yanında duran zencilere benzetmişti. Daha ufak tefek olanına dönerek içtenlikle gülümsedi; halbuki koca dudaklı şişman kara gedikli en ufak bir kelime etmemişti ona. Yavaşça Rüveyda'yı kolundan tutarak az ötedeki göbek taşına yatırdı. Eline aldığı keseyle kızın sırtını keselemeye, bakır taslardan merhemler sürüp kızı ovmaya ve tüylerini bir deniz kabuğuyla temizlemeye başladı. Rüveyda arada bir hafifçe inliyor; yüzünü buruşturuyordu. Onun düştüğü zor duruma alışmış olan bense huzursuzca kıkırdıyordum.

"Haklı olabilirsin, hem düşündüğünde onun bu haremde tahmin edemeyeceğin kadar çok seveni ve düşmanı var; halbuki senin..." Kızarmış suratını incelerken yüzünden mermer taşa damlayan bir damla siyah suyu fark ettim. "Haremin dilencisi diyorlarmış sana, Firuze söyledi." Güldüm.

Rüveyda, yüzüstü yatıyordu; bir bacağı havada kısa boylu zenci kadının elleri arasındaydı. Diğer zenci yanımda saygıyla dikilmiş Rüveyda'yla olan konuşmamı bitirmemi bekliyordu; yerimden kalkarak diğer mermerlerden birine uzandım. Onun gözleri altın parmaklıklarla çevrili minik odaya kayıyordu arada sırada, cehaletini gizlemek amacıyla soramıyordu.

"Padişahımızı korumak için..." diye zorlukla konuştum iri yarı kadın bir tas sıcak suyu başımdan aşağı dökerken. Islanan peştamalın bacaklarıma yapıştığını hissediyordum. Beyaz mermerden yükselen sıcak havayla buluştuğu anda buhara dönüşen koskocaman buz kalıplarının odada yarattığı ince sis Rüveyda'nın yere doğru sarkan koluna kadar ilerlemişti. O da bunu fark etmiş olacak ki hafifçe üfledi sise doğru, sis bir süre dağılsa da yolunu tekrar Rüveyda'nın koluna çevirdi. Gözlerindeki yaşlara engel olabilmek için dudaklarını ısırdığını gördüm.

"Belki de o zaman..." Zenci kadını hafifçe ittirerek ayağa kalktı ve soğuk su akıtan musluğa doğru ilerledi. Saçlarına vuran cilveli ışık ve bembeyaz mermer onu bir iyilik meleği tablosunun kahramanı yapıyordu, fakat sözleri o kadar acımasız ve günahkârdı ki. Günah belki de ne istediğini bilmek, ne söyleyeceğinden emin olmak, düşünebilmek, bu acımasız dünyada yaşayabilmekti. Rüveyda'nın da bir günahkâr olmaktan başka çaresi yoktu. Gerçeği söyleme zamanının gelip geçtiğini fark etmişti; ama sözlerini yuttu.

"Belki de o zaman," diye yineledi kenarına oturduğu mermer çeşmenin pirinç musluğuyla oynarken. "Padişahımız benden bile daha acınası durumdadır. En azından benim ardında yıkanmak zorunda olduğum parmaklıklar yok; sadece beni hayattan koparan bazı..." Devamını getiremeyeceğini anladıktan sonra yerde duran ipek gömleğini üzerine geçirdi; ıslanan gömlek göğüslerini ele veriyordu. Başını arkaya atarak önüne düşen siyah perçemleri düzeltti. Duyacağımdan emin bir tavırla mırıldandı.

"Bazılarımız bu kadar bile kalıcı olamıyoruz hayatta, ha, ne dersin?" Saçlarını kıvrak bir hareketle başının üstünde topladıktan sonra takunyalarını fırlattı. Son bir kez bana döndükten sonra haykırdı. Zenci kızlar yerlerinden sıçradı.

"Pera'nın girişinde. Söyle Cemal'e Hacı İbrahim'i sorsun. Ah, adına bakma; elbette pis bir hacının teki değil, hayır..." Seğiren yanağını eliyle tuttu. "Hadımını bir mahzene götürecekler, oradaki ufak tefek oğlana literatür dediğin anda seni sadece Fransız edebiyatında seçmelerin bulunduğu kocaman bir kitaplığın yanına götürüyorlar..." Elleriyle havayı kavramaya çalıştı. "Loş bir odada koskocaman, raflar dolusu Fransızca kitap... İstemediğin kadar Kösem, ha, bu arada..." Hafifçe yutkundu. "Niye bu kadar geç cevap verdiğimi merak ediyorsundur; haklısın. Ama fark ettim de, kendi söylediklerimle... Hak etmeyenlerin, bilmeyenlerin, daha çözememiş olanların bile bir şansa ihtiyacı var." Hafifçe göz kırptı. "Anlarsın ya, senin şu moruklamaya başlamış padişahının bile. Hadi kolay gelsin." Saçlarını serbest bırakarak arkasını dönüp gitti.

"Enteresan bir kızmış." diye mırıldandı iri cüsseli kadın keselemeye devam ederken. Yanındaki başını eğerek fısıltıyla cevap verdi. "Hakikaten de bir acayipmiş; dinsiz olduğunu söylerlerdi de inanmazdım vallahi, güzel olduğu kadar şeytansı da..." Kadın gözlerini devirmiş kendi kendine fısıldıyordu.

Yüzüstü yattığım yerden tanıdık rutubet kokusuyla karışan taş ve toprak kokusunu içime çektim. Hamamın aralıklarından içeriye giren kızılımsı ışıklar günbatımının habercisiydi; kendimi tamamen taşın üstüne bıraktıktan sonra gözlerimi yumdum.

"Gerçekten... Çok garip bir kız..."

* * *

"Kitapların hepsi 500 akçe mi ediyormuş? Bunca kitap ha?" diye sordum, elimde çevirdiğim kahverengi ciltli kitabın üzerine itinayla kazınmış ismi okumaya çalışırken. Cemal'in bildikleri onu sahiplendiğim andan beri beni şaşırtmaya devam ediyordu. Gözlerini kısarak elimde tuttuğum kitabın üzerindeki ismi akıcı Fransız aksanıyla telaffuz ettikten sonra başındaki sarığı taşlığın mermer oturaklarından birine yerleştirdi. Gözleri seramik vazonun içindeki leylaklara doğru kayar gibi oldu.

"François Rabelais, Gargantua ve Pantagruel, Efendim..." Gözlerindeki pırıltı bu romanlar dizisini okuduğunu belli ederken, tek tük öğrenebildiği Türkçe'si bunları dile getirmesine yetmiyordu. Yanıma yaklaşmaktan ürkerek, kavradığı beş kitabı tahta sandığın içine atıverdi. Sandığın içindeki toz havalandı. Cemal bir elini yelpaze niyetine kullanırken diğer eliyle kitapları işaret etti. Elimi "Daha başka ne biliyorsun?" anlamında sallarken cesaret verici bakışlarla eksik Türkçe'sini tamamlamayı denedim. Ani bir heyecanla hızlıca birkaç kelime sıraladı.

"İki dev bunlar Efendi, biri Gargantua, baba, diğeriyse…" Gözlerini hafifçe kısarak ismi ağzında birkaç kez zorladı. Ben tamamlamaya çalıştım. "Pantagruel." Sandıktaki kitaplardan birinin üzerindeki altın yaldızlı kelimelerden birini okumuştum sadece.

"Ah, evet." diye memnuniyetle başını salladı. İstanbul manzarasını izlemek üzere korkuluklara doğru birkaç adım attı. Güneşin konumuna bakılırsa saat öğleden sonra iki, üç olmalıydı. Üzerindeki yeşil tavşan kürklü yeleğinin göğüs kısmı terden sırılsıklam olmuştu. Mahcupça gülümseyerek konuşmaya devam etti. "Bunlar kocaman devler Efendi, kocaman..." Gözlerini açmış, kollarını havada sallıyordu; hafif bir esintiyle gömleğinin yakası havada uçuştu. Dudakları hâlâ aynı kelimeleri fısıldıyordu. "Kocaman, kocaman..."

Kalın saç örgümü açıp düzelttikten sonra gümüş yuvarlak tepsinin içindeki dilim dilim salatalıklardan birine uzandım. Yaz vakti şerbetli tatlılara tahammül edemiyordum; Firuze, Hatice gibileri gün boyunca koğuşlarında oturup kahvelerini içerken baklava, kalburabastı, lokma gibi tatlıları kaşıklamaya bayılırlardı. Rüveyda'nın favorisi ise sakızlı muhallebiydi. Ağzında erimek bilmeyen sakız tanelerini gün boyunca çiğnerdi.

Elime aldığım kopkoyu, hatta neredeyse siyaha kaçan yeşil kapaklı kalınca kitabın üzerine beyazla yazılmış kelimeleri işaret ettim Cemal'e. Kitabın yaprakları o kadar ince ve hafiftiler ki, en ufak bir esintiyle dahi havada kolayca dalgalanıyorlardı. Kitabın mistik bir havası vardı. Cemal kitabı görür görmez suratını asar gibi oldu; halbuki az önceki seriyi ne büyük heyecanla karşılamıştı.

İçimdeki burukluk gitgide büyümekteydi; Rüveyda'nın mermerimsi teninin grileştiğini gözlemledikçe endişeleniyordum. O, esintisiz Mayıs gecelerinden birinde hamamdaki soğukluklardan birine atmıştı kendini. Saçlarını ıslattıktan sonra düğümlerini yasemin yağıyla çözmeye başlamış ve hırıltılı sesiyle kendi kendine konuşmayı tercih etmişti.

"Bu dünyada yalnızlığa mahkûmuz." diye başlamıştı. Alnını kapatan perçemlerini kulaklarının arkasına iterek kırmızı dudaklarını duvara dayamıştı uzun bir süre. "Ne güç, ne de aşk sana yolun sonuna kadar eşlik eder Kösem. Yalnızlığı paylaşamazsın, feda da edemezsin. Çünkü o hep oradadır; en neşeli, tasasız gününde dahi." Yanıma usulca yaklaşarak bileğimi yakalamış ve gözlerindeki şeytani pırıltıyla hayata dönmüştü.

"Ama en yalnızımız, yalnızlığını başkalarının bedeninde tüketmeye çalışanlar; çünkü onlar başka bir yalnız bedenin mesuliyetini daha benliklerine yüklemiş oluyorlar. Her neyse..." Elindeki bardakta aslan sütü vardı.

* * *

"François de Belleforest, La chasse d'amour" diye ruhsuzca mırıldandı. Kitabın kendi kendine aralanan sayfalarının ardında görünen uzunca kıtalar Ahmed'in hoşuna gidebilecek nitelikteydi.

Simsiyah, yer yer parçalanmış bir kapağa göz ucuyla baktıktan sonra; kitabı elimden kaptığı gibi sayfalarını karıştırmaya başladı. Yüzünde beliren gülümsemeye zar zor engel oluyordu. Sonra bu isimsiz kitabın sırrını ortaya dökercesine konuşmaya başladı.

* * *

Rüveyda'nın elinde sallanan cam bardak, bir kol hareketiyle duvara çarpınca ortalığı tatlı acı bir rayiha kapladı. Elinde yarısı kalan bardağı dudaklarına götürmeye çalışıyordu. Gediklilerden biri fırlayarak Rüveyda'nın elindeki kırık bardağı kapmaya çalıştı; o ise ısrarla bardağın dibindeki son yudumu içmeye çabalıyordu. Hamamın boğucu havasına eklenen bu drama canımı sıkmaya başlamıştı; yanımda duran gedikliye Rüveyda'yı sakinleştikten sonra odasına götürmelerini söyleyip emin adımlarla hamamdan çıktım.

"Kösem, Kösem..." Arkamdan sesleniyordu. "Kösem, hep yalnızsın; hep... Süleyman Paşa da yalnızdır hep." Şimdi arkamdan koşuyordu.

"Süleyman Paşa..."

Cemal'in siyah çapkın gözlerinin süslediği yakışıklı kara suratı ve her gülümsediğinde öne atılan elmacık kemikleri bile titremeye başlamıştı.

Anlaşıldığı üzere bu gencin sanata olan zaafı onu hayatla ölüm arasına itmeye yetmişti. Yüzündeki gülümsemeye engel olmakta çok gecikmişti; alnına vuran gölgeye doğru eğilerek fısıldadı.

"Homeros, İlyada." Kapağı birkaç kez daha okşadıktan sonra saygıyla tahta sandığın içine yerleştirdi; ardından diğer kitapları. Farklı kalınlıklarda bir o kadar kitaptan umursamaz bir tavırla bahsettikten sonra sandığı eline alarak taşlıktan uzaklaştı. Ardından duyulan ayak sesleriyse Firuze'nindi; kesik nefesi telaşını belli ediyordu.

"Sultanım; Sultanım..." diye haykırdı; kendini kaybetmişçesine. Mavi süslü bir kaftan vardı iç gömleğinin üzerinde. "Sultanım!" Korkuyla hıçkırmaya başlamıştı; sakin bir sesle kızı sakinleştirmeye çalıştım. Gözleri açılmış; zorlukla yutkunabiliyordu.

"Firuze, sakinleş; ne oldu?" Kaftanının kollarını huzursuzca çekiştirirken bir yandan hıçkırıklarla sarsılıyordu. Kendini korkuluklara doğru attı. Arkasından atılarak ensesinden tuttum, göğsüme yaklaştırdım; saçlarını kokladım. Çenesinden tutarak gözlerini okumaya çalıştım.

"Firuze, ne oldu?" Sesimin titremesine engel olamıyordum; aklımdan geçen onlarca şeyden biri Ahmed'e bir şey olduğuydu. Kızı endişeyle sarstım. "Ahmed mi yoksa, ne oldu?" Yanaklarımın kızardığını hissediyordum; Firuze'yse kontrolsüzce ağlıyordu.

"Sultanım..." diye yatıştırmaya çalıştı kendini. Parmağındaki koca incili yüzüğü ile oyalanmaya çalıştı bir süre; sonra en kuvvetli sesiyle bağırdı. Kendini bu kadar hırpalamasına bir anlam veremiyor, harem halkını taşlığa toplamasından çekiniyordum; o yüzden elimi beline doladım. Sakin sesimle tekrar aynı soruyu yöneltim.

Başını iki yana hızlıca sallarken yüzüme çarpan saçlarını arkaya attım; alnına bir öpücük kondurduktan sonra tekrar kulağına fısıldadım.

"Efendim," diye başladı sözlerine. "Bunu siz yapmış olamazsınız biliyorum ama..." diye umutsuzlukla mırıldandı "Ben biliyordum; Derviş Paşa bir düzmeceydi sadece." Ayaklarını huzursuzca oynatıyor; ellerini hızla silkeliyordu. Gözleri kan çanağı gibi olmuştu. Geriye birkaç adım attıktan sonra dengesizce gümüş masanın üzerine düştü; masanın üstündeki şerbet sürahisi yere düştü. "Ben biliyordum," diye mırıldanıyordu kafasını sıkıca tutarken. "Billur, oraya gitmemeliydi Sultanım; ama onu siz mi gönderdiniz bilmiyorum, sadece Muhammed denen o adam var ya…" Derin nefes aldıktan sonra başını kaldırdı. "O söyledi ona, dedi ki Derviş

Paşa onu haremine istiyormuş; hatta elinde koca bir sandık dolusu mücevherle geldi o pislik." Yere tükürdükten sonra tekrar başını mavi kumaşın üzerine gömdü. Omuzları istemsizce titriyordu.

Korkuluklara dayanarak batmakta olan güneşten kaçırdım gözlerimi. İlerideki Galata'ya, Haliç'in üzerinde dalgalara doğru salına salına giden balıkçılara, martıların çığlıklarına... Sahip olduktan sonra kaybetmek bu kadar acı vermekteyse insanoğluna, bağışlanmış bu canların amacı ne olabilirdi ki ıstırap çekmekten başka?..

Firuze'nin sözüne devam etmesini istememiş olsam bile o farkında olmadan aklını kurcalayan, zihnini rahatsız eden düşüncelerini dile getiriyordu. "Ben demiştim ona, ne alaka Derviş Paşa diye... Fakat o çocuksu aşk zaafıyla peşinden atlayıverdi, Sultanım siz söyleyin..." Sözünü keserek başını bir kez daha kaldırdı. Yanına yaklaşarak elimi omzuna koydum, başımı salladım.

"Ben istemedim gitmesini..." Daha kaybedilecek ne var diye düşünürken elimden kayan bir günün ardından sürüklenip gidiyordum. Başımda yankılanmakta olan uğultunun peşinden koşmaktansa kendimi yere bıraktım. Perişan olmuş bu kızı anlamakta zorluk çekiyordum; o da zavallı bir ölümlüydü, peki çektiği bu ıstırapta neye, kime dem vuruyordu anlayamıyordum...

"Ona ne olmuş Firuze?" diye fısıldadım saçlarını okşarken. Kızıl saçlarının elimde bıraktığı kokudan oldukça hoşlanıyordum; kızın bebeksi suratına bakmaktan kaçınarak, gözümü İstanbul'un gerisindekine o koskoca cihana diktim. Her şeyin farklı olabileceği bir yer var mıydı yoksa?

"Efendim, biraz önce getirdiler cariyeler koğuşuna." Elimi hızlıca ittikten sonra koşarak taşlığın girişine doğru ilerledi. Özlediği arkadaşına biraz daha yaklaşmak niyetindeydi sanki. "Cenazesini getirdiler Sultanım, güzelim Billur'un cenazesini ve diyorlar ki..." Nefes almakta zorluk çekerek kesik kesik öksürdü.

"Diyorlar ki, ırzına geçilmiş, sonra da açlıktan ölmüş. Ne zehir varmış vücudunda ne de en ufak bir darp izi, sadece..." Başını eğerek mırıldandı. "Ah Kösem Sultan, nedimenizi bir görseniz ne halde o soluk bedeni, çehresi." Kirpiklerinden damlayan yaşlar taş zemine muazzam bir gürültüyle düşüyordu. Göğsü şiddetle inip kalktıktan sonra sırtını duvara yasladı.

"Hepsi Muhammed yüzünden değil mi, bunu siz de biliyorsunuz? Onu o hareme o yolladı. Kim bilir onu orada nasıl tuttular? Kim bilir kaç kez zavallı kızı yataklarına aldılar; belki de hareme bile gitmemiştir, Pera'nın depolarından birine atıvermişlerdir onu satılacak bir mal gibi..." Daha fazla konuşamadı; fakat haremden yükselen sesler kulağıma çalınmaya başlamıştı bile. Tiz çığlıklar görmüş geçirmiş harem duvarlarının dökük sıvalarını titretiyor; çinilerine hayat katıyordu.

"Peki Firuze, Billur'u bu kadar mı severdin sen?" Karşı koyulması güç bir merakla sorumu sorabilmeyi başarabilmiştim; titreyen ellerimi arkamda saklayarak kıza daha da yaklaştım. Yüzlerindeki çilleri sayabilecek kadar yakındım ona.

"Ben, ben..." Afallamıştı; başını iki yana salladıktan sonra gözleri kocaman açıldı, akmış rastıklarının oluşturduğu acımasız çerçeveye karşı koyan kadifemsi bir sesle Billur'u anımsatırcasına şakıdı. "Sadece varolamamaktan korkuyorum; böyle unutulup gitmekten. Ben hatırlanmak istiyorum. Çocuklarım tarafından, belki de torunlarım. Korkmadan, tereddüt etmeden yaşayabilmek istiyorum. Pişman olmadan, aşkın peşinde koştuğum için yargılanmadan, isteklerime gem vurmadan." Derin bir nefes alarak göğsünü şişirdikten sonra taşlığa doluşmaya başlayan kalabalığı görmezden gelerek haykırdı. Sesi saraya karşı bir başkaldırıydı adeta, upuzun yankılandı güzel Firuze'nin sesi, fakat konuşan Billur'du.

Buğday sarısı saçları seslerin arasında dalgalanır gibi oldu, huzursuz kalabalıktan yükselen sesleri bastıran o kadifemsi sesle Billur son defa konuşabilmeyi amaçlayarak haykırdı.

"Ben, varolmak istiyorum." Firuze, koşarak taşlıktan ayrılırken yanıma yaklaşan Hatice'nin hareketlerine zalim bir sükunet hakimdi. Boğuk sesiyle konuşmaya başlayınca bu haykırışın aslında saraya karşı değil de; varolmak için savaştığımız benliklere karşı olduğunu anlayabildim. Onlar ki, bir köle olmayı kabullendikten sonra, kuvvetli bir yelin özgürlüğünü çalmaya uğraşanlardı.

"Çok üzüldüm Kösem kaybına, daha on altısında bile değilmiş..." Gözlerini devirerek kulağıma eğildi. "Bunun böyle devam edemeyeceğini biliyorsun değil mi?" Koluma hafifçe dokunduktan sonra kırmızı yeleğinin alt düğmelerinden birini açtı; şişkin karnını sergileyecek vaziyette bir adım daha geriledi.

Gözlerimin karadığını hissetmiş olsam dahi ayaklarımı sıkıca yere basmayı yeğledim; evet, belki ikinci varis de yoldaydı. Peki, biz unutulmuşların durumu ne olacaktı?

"Ne yapmayı düşünüyorsun Kösem, pes edebilecek misin gırtlağına kadar pisliğe batmışken?" İç cebimde duran hançerin kabzasını o anda kavrayabilmeyi ne kadar çok isterdim; fakat anlamıştım ki karşı koymak, unutulup gitmekten beterdi. Diğerlerini silmek için çok daha fazlası gerekliydi; güç...

"Geri adım atmayacağımı biliyorsun." diye mırıldandım güzel hasekinin kara gözlerine bir adım daha yaklaşırken. "Geri adım atmayacağımı adın gibi biliyorsun değil mi Hatice?" Tükürürcesine tekrarladıktan sonra arkasındaki kalabalığın artmaya başladığını fark ederek gözlerimi devirdim.

"Kendi haremine gitsen iyi olacak..." Arkamı döndüm, pembe kapaklı kalın ciltli kitabı elime alarak taşlıktan uzaklaştım. Bu koridor yalnızlığın soğuğuyla üşütüldükten sonra daha bir ürkütücü gelmeye başlamıştı ruhuma.

"Varolmak istiyorum... Varolmak istiyorum... Varolmak istiyorum..." Sesim kesilene kadar anımsadım. Billur'un cansız bedeniyle saptığım her köşede karşılaşma korkusuyla sürekli yolumu değiştirdim; odama vardığımda yarım saattir yürüyordum. Odada beni bekleyen Cemal'le Firuze'nin yanına çökerek kendime de onlara da acı badem likörü doldurdum. Boğazımı yakan tatlılığı yudumlarken Firuze'nin hıçkırıklarıyla titreyen divana sırtımı dayayarak büyük sandığı inceledim.

Rüveyda'nın yokluğunu fark ederek zihnimi dağlayan muazzam bir acıyla gözlerimi yumdum. Yutkunmakta zorluk çekiyordum; ya Rüveyda da onlardan biriyse diye düşünmekten alıkoyamadım kendimi.

"Sağlığınıza!" diye ruhsuzca bağırırken yanağımı ıslatan yaşları elimin tersiyle sildim. Kucağımdaki kitaba damlayan acıbadem likörünü cebimden çıkardığım kadife mendille silerken Cemal'in fısıldadığını duydum.

"En iyisini bulmuşsunuz Sultanım." Kitabın üzerine düşen uzun, siyah bukleli saçlarımı arkama atarak kapağı incelemeye koyuldum; Cemal'in satır aralarında dalgalanan fısıltılarıyla hayat buluyordum belki de. Korkuyla, endişeyle, şüpheyle varolmasını öğrenebilmiş olmanın umuduyla avuç içlerimin ısındığını hissettim.

"Yine Homeros, Odysseia." diye fısıldarken Firuze derin bir çığlık atıverdi. "Biliyorum bunu ben de okumuştum" dedi "Çok mühim deyip manastırda zorla okutmuşlardı ama böyle bir varoluş hikâyesi duymadım hayatımda." . Cemal tek tük Türkçesiyle yanında ağlayan kızı doğrularken bir yandan da kitabı hayranlıkla süzüyordu. En sonunda konuşabildi.

"Bu size yardımcı olacaktır Sultanım..." Garip aksanı yüzünden dili ağzında kontrolsüzce hareket ediyordu. Kelimeler ağzından zorlukla çıkar gibiydi. Başımı eğerek kitabı incelemeyi sürdürdüm, sayfalarını karıştırdım. Minik yazıların arasına serpiştirilmiş onlarca resim vardı, daha dikkatli bakınca Fransızca olmadığını anladım.

"Peki, bu" diye sakince konuştum. "Hangi dilde?" "İngilizcesi varmış sadece Sultanım." Cemal kitabı kucağımdan kaparak incelemeye başladı. Firuze'yse elindeki boş likör bardağını sallarken gülüyordu, gözyaşları hâlâ durmamıştı.

"Homeros, ha... Vay canına!" Güldü. Başını yastıklardan birine dayadı, gözlerini yumdu ve uykuya daldı.

* * *

Rüveyda birkaç hafta ortalıkta görünmedi; Haziran ortasında verilmesi kararlaştırılmış, kıdemli bir konuğun, Venedik Elçisi'nin karısı Barones Contarini'nin katıldığı büyük ziyafette çıkageldi. Kimse onun nerede olduğunu merak edecek durumda değildi elbette; birkaç hafta önce güzeller güzeli Billur'un cenazesi kaldırılırken bile gelmemişti solgun ruhlu Rüveyda.

Şimdiyse Ca' d'Oro malikanesinin sahiplerinden biri olan Barones Contarini'nin karşısına geçmiş; yama yapılmaktan dolayı kumaşı incelmiş şalvarının acınası görüntüsüne aldırmaksızın sohbete dahil olmaya çalışıyordu.

Barones'in üzerinde lacivert kadifeden görkemli bir tuvalet vardı; yakası kalın, kahverengi dantellerle işlenmişti. Göğüslerinin minnacık olduğu, korsesi ne kadar sıkılırsa sıkılsın belli oluyordu; beliyse incecikti. Ayağında aynı kadifeden ökçeli sayılabilecek ayakkabılar vardı, burnu kapalı, topukları incilerle işliydi. Barones'in simsiyah saçları ve pürüzsüz, bembeyaz teni onun asil soyunu belli ediyordu. Yanında duran çevirmen, Barones'in söylediklerini, aksak bir dille Türkçe'ye çeviriyor; arada da salonda olan bitenle ilgileniyordu.

Etrafta koşturan gedikliler için dikilen özel kıyafetlerin kumaşları aylar öncesinden Kira'lara sipariş edilmişti; elbette bununla ilgilenen bendim. Hatice, tüm gün odasında oturuyor, Osman'la ilgilenmeyi haremle alakalı işlere yeğliyordu. Saçlarının diplerinden belli olan beyazları saklamak için devamlı fesle gezer olmuştu.

"Bazıları onun kel olduğunu söylüyor; yemin ederim, Osman'ın ebelerinden duydum." diye kıkırdamıştı Firuze. Yanında duran Cemal'le de cilveleşmeyi ihmal etmiyordu; Cemal'se verebileceği karşılığı kestiremiyor, elleri kucağının üstünde, gözlerini bana dikmiş derin derin nefes alıyordu.

"Gerçekten de kel kalmış olabilir!" diye heyecanla bağırdı Firuze, Cemal'in yanağını okşarken. Cemal'se kendini geriye doğru atmıştı.

* * *

Gediklilerin çoğunun ten rengine uyan beyaz saten kumaşlardan dikilmiş bir örnek uzun şalvarlar, fesler, terlikler, yelekler ve şalvarlarının üzerine bağlanan gümüş el işi kemerler gün ışığının altında parlıyordu. Hünkâr Sofrası bu özel konuk için özenle süslenmişti; tavandan sarkan kristal avizenin üzerinde duran, bir defa dahi kullanılmamış mumlar tozlanmış, belki de küflenmişti.

"Barones, ne kadar memnun kaldığını belirtmeden edemiyor." dedi çevirmen kadın. Sarı biçimsiz saçları ensesinde bir topuz halinde toplanmış; incilerle süslenmişti. Kızın saçlarından sarkan ince dantel tül bir gelini anımsatıyordu. Rüveyda'ysa tam Barones'in karşısında lekeli yeleğinin düğmelerini çekiştiriyor; perçemlerini karıştırıyordu. Yanındaki cariyeye fısıldadığını duyar gibi oldum. Doğru hatırlıyorsam kızın adı Latife'ydi. Upuzun kahverengi saçlı, hoşça bir kızdı; Venedikliydi.

"Gerçekten de böyle mi konuşuyor Barones, bu denli minnettar mıymış bu yaşam tarzına?" Gevrek gevrek güldükten sonra başını öne eğerek Barones'i selamladı; bu kaba selama karşılık vermekte zorlanan Barones Contarini'yse çevirmenin kulağına hararetle birkaç kelime fısıldadı.

Çevirmen usulca kıkırdadıktan sonra bakışlarını duvar kenarlarında dikilmiş hadımlara çevirdi; çinilerin önünde haşmetle duran hadımların karasından, beyazına hepsini inceledi. Kızın bu erkeklerin, bunca güzeller güzeli kadınla aynı çatı altına nasıl girebildiğini kavrayamadığı açıktı; bir yandan köle kızları küçümserken, onların güzelliği altından ezilmekten alıkoyamıyordu kendini.

"Böyle konuşuyor Rüveyda; kadının haline baksana, şaşmış kalmış besbelli." Latife, Barones'in önünde gösterişli bir reverans yaptıktan sonra akıcılığını yitirmiş İtalyancasıyla "Buralara kadar gelerek bizi ne kadar mutlu ettiniz bilemezsiniz Barones, gerçekten de çok memnunuz, bunu bilmelisiniz." dedi. Kestane rengi saçlarını omzundan arkaya doğru attıktan sonra konuşmaya devam etti. "Efendim, bana ülkemizde neler olup bittiği hakkında en ufak bir bilgi verebilirseniz size çok minnettar kalacağım; bundan emin olabilirsiniz."

Kızın konuşma tarzı, el hareketleri, yüz ifadesi benim kadar Rüveyda'nın da ilgisini çekmişti. Bir kez daha yüksek sesle güldü. Barones huzursuzca dantel yakasını çekiştirdi; güzel sayılamayacak uzun yüzünde beliren o küçümseyen edayla Latife'ye hitap etmeye başladı.

"Hanımefendi, dilimizi ne kadar da akıcı konuşuyorsunuz; artık sizin ana diliniz olmamasına rağmen." Latife itiraz eder gibi olduysa da Barones, ince, kemikli elini havaya kaldırarak İtalyanca devam etti.

"Eminim siz görkemli Ca' d'Oro konağımızı da ziyaret etmişsinizdir, Venedik asıllıysanız." Belli ki kadının ülkesinde yaşanan olaylara pek aldırdığı yok, diye aklından geçiren Latife başını eğerek kırgınlığını saklamaya çalıştı.

Arkasındaki Rüveyda'ysa durumu biraz kavrayabilmiş olmanın verdiği hazla koltukları kabarmış bir şekilde bana doğru yürümeye başladı; işte o anda Fransızca'yla İtalyanca'nın pek benzer diller olduğunu hatırlayabildim. Rüveyda, kılığına rağmen her zamankinden daha büyüleyiciydi. Saçları oldukça kirli gözüküyordu; keçe gibiydi adeta. Omuzlarına kadar uzamıştı; perçemleriyse gözlerinin alt çizgisini geçecek uzunluktaydı. Boğuk sesiyle konuşmaya başladı. Fransızca konuştuğunu anlar anlamaz yüreğimin havalandığını hissettim.

"Birazdan senin yanına gelir bu sülük, dikkatli ol!" Gülüp gediklilerin getirdiği tepsilerin birinden nane likörü aldı eline, havaya kaldırdıktan sonra bir dikişte bitirdi. Fransızcamın yetersizliğinin farkında, birkaç kelimeyi bir araya getirebilmeye çabaladım. Beyaz kaftanımın üzerindeki değerli taşlardan el işleri ve aynı kumaştan terliklerle her ne kadar gediklilere benzesem de kafamın tepesinde toplanarak yapılmış topuzumla güzelliğim, görkemim, ışıltımla seçilebildiğimin farkındaydım.

Barones de beni birkaç kez saygılı bir baş hareketiyle selamlamayı ihmal etmemişti.

"Senin halin ne böyle? Nerelerdesin haftalardır; kimse seni odanda dahi bulamıyor, hem Billur'un cenazesinde..." Boğazıma takılan düğümle başımı yana çevirdim; duvar dibinde, mermer çeşmelerden birinin yanında ayakta duran Cemal'le göz göze geldim. Umutla hafifçe gülümseyiverdi genç hadım.

"Yoktum, biliyorum... Birilerinin halletmesi gereken işler var." diye kesip attı Rüveyda, daha sonra saçlarını düzelterek heyecanlı bir edayla konuşmaya başladı. "Hem, böyle ziyafetler barışmak için sebep olamaz mı?" Akıcı Fransızcasına hayran kalmamak işten bile değildi.

Bize yaklaşmakta olan Barones'le göz göze gelince Rüveyda'ya doğru eğilerek zalim bir tonla konuşmaya başladım. Ben heyecanıma, o sıkıntısına engel olmakta zorlanıyordu. "Hemen buradan uzaklaş da, Barones benim bir dilenciyle ahbaplık ettiğimden şüphelenmesin!" Gülüp sırtımı Rüveyda'ya döndüm, Barones'e yaklaştım. Kadının yanındaki çevirmen endişeli ve kıskanç bakışlarla beni süzerken bıyık altından gülüyordu; bir el hareketiyle uzaklaşmasını ima ettim.

"Ama Hanımefendi, ben Türkçe biliyorum..." diye geveledi. Gözleri başımın üstündeki topuza takılı kalmıştı.

"Benim için bir arabulucudan farkınız yok güzel kızım, o yüzden lütfen çekiliniz. Benim çevirmenim bana yardımcı olmaktan büyük bir zevk duyacaktır." Barones'i nazik bir baş hareketiyle selamladım. Bütün başlar şimdi Firuze'ye çevrilmişti. Üzerinde benim pembe tuvaletim vardı; giysisiyle uyum yakalayan kızıl saçları da aynı benimki gibi biçimli bir topuzla kafasının üstünde tutturulmuş, üzeri zümrütlerle kaplı gümüş bir tokayla süslenmişti. Barones'in önünde reverans yapmadı. Kadının gözleri kocaman açıldı; titreyen ellerini arkasına götürerek çevirmenine bir göz attı. Kadının İtalyanca konuşmayı bilen harem ağalarından biriyle sohbete koyulmuş olduğunu görünce endişelendi.

"Barones, bu paniğinizi Sultan'ımıza duyduğunuz büyük saygıya bağlıyorum." diye buyurgan bir sesle konuşmaya başladı Firuze. Bu kızın diplomatik duruşuna hayrandım doğrusu, yüzündeki asillikle afallayan Barones, daha da dikkatle dinlemeye koyuldu. "İzin verirseniz ayakta kalmayın; sakince tartışalım konuşacaklarımızı..." dedi Firuze, Şirvanlı tahta yaklaşırken. Rolüne kendini adamış görünüyordu. Hayranlıkla onu izlerken Rüveyda'nın arkamdan seslendiğini duymadım bile.

"Aman etrafındaki sıçanlara dikkat et Kösem!" Gülerken Firuze'den alacağı cevabı beklemiyordu.

"Konuşana bak!"

Firuze büründüğü asilliğe yakışmayan bu tavırdan neyseki çabuk kurtuldu, Barones'a yolu göstermeye devam etti. Barones, Hint işi yastıklardan birinin üstüne Firuze'nin yardımıyla kurulmaya çalışırken derin bir soluk aldı.

"Peki hanımlar, söyleyin bakalım benden neler isteyeceksiniz?" Tahtta yerimizi aldığımızı gören Hatice bozuntuya vermeden salondan çıkıp gitmişti bile, planlarını önceden kestirebilmiş olmanın yarattığı huzurla Firuze'nin Barones'in söylediklerini aktarmasını dinledim. Başımı hafifçe salladıktan sonra gözlerim yüzünde, en anaç tavrımla sorusunu cevapladım.

"Sadece yardım Barones, hayırlı bir iş için yardım. Ve karşılığında da biraz mücevher, değerli eşya, kumaşlar ve onlarcası... Sadece ufak bir yardım." Gözlerimi kısarak tekrarladım söylediklerimi, Firuze de aynı ciddiyetle çevirdi. Barones titreyen elini ortamızda duran gümüş tepsinin üzerinde duran şarap dolu karafa götürürken dişlerini gıcırdatıyordu. Kadehini doldurduktan sonra eline alarak havaya kaldırdı.

"Cin cin!" Kadının çıkardığı bu garip sesi şerefe olarak tercüme etti Firuze kahkahasına engel olmaya çalışarak. Omuzlarının titrediğini hissedebiliyordum; arkamda dikilen Cemal'in varlığının Barones'i biraz daha endişeye düşürmesinden kuvvet alarak kadına doğru eğildim.

"Şerefe!" Boş kadehi elime alarak havaya kaldırdıktan sonra tekrar tepsinin üzerine bıraktım; Barones yakasını düzeltirken güldü.

"Ne o kuzum, siz niye içmiyorsunuz ki?" Firuze, bu soru karşısında kırmızı kesilmişti; tüm kalabalığın bizi izlediğinin farkında, kendini toparladı ve sakin bir sesle cevap verdi.

"Kur'an'a göre yasaktır Barones bizde içki; ne içki, ne haşhaş, ne de afyon makbuldür bu topraklarda..." Bu cümleyi sarf ederken gerçeklere karşı ne büyük bir oyun oynadığının farkına vararak gözlerini Barones'e dikmişti; bense arkamdaki Cemal'e dönerek fısıldadım. O sırada Firuze'yle Barones Venedik'te yapılan yeni kiliseler, manastırlar, otel ve konaklardan bahsediyorlardı. Barones, kadehini tepsiye bırakmıştı.

"Cemal, Rüveyda'nın odası boşaltıldı mı?"

"Daha dün boşalttım Sultan'ım. Farkındaysanız, o bu olanların farkında bile değil." Cemal, duvar kenarına çekilirken Rüveyda'nın ne işler çevirdiğini düşünerek başımı öne eğdim; Barones'in tiz sesiyle irkilip sorusuna cevap verdim.

"Hayır, ülkenizi ziyaret etme şansına kavuşamadım Barones; ama en yakın zamanda inşallah." Şimdi Firuze'yle İtalya'dan, kocası Elçi Contarini'nin ilişkilerinden bahsetmeye başlamışlardı.

"Bizim kadar güzel bir ülke yoktur azizim; ah o San Marko meydanı yok mu? Ya o güzelim kanal gezintilerine ne dersiniz?" Kadın kendinden geçmişçesine anlatıyordu; Firuze'ye kabaca sadede gelmelerini söyledim. Bir taraftan da yanında getirdiği, kocasının metresi Victoria Benetti'yi inceliyordum. Beline kadar uzanan sık bukleli altın saçlarını hafifçe örten beyaz duvağı Barones'e meydan okuyordu adeta. Kızın güzelliğinden gözlerimi alamadığımı fark eden Barones cüretkâr ve alıngan bir tavırla atılıverdi.

"Siz Victoria Benetti'nin kusuruna bakmayın azizim, o boş kafalının tekidir. Böyle laklak etmeyi çok sever, güzeldir de, belki de dünyada bulunmayacak niteliktedir; ama sizi temin ederim ki, çok salaktır." Şaraptan vazgeçememişti anlaşılan, kadehini uzanıp bir dikişte bitirdi. "Benden istediğiniz yardım nedir Sultan'ım, basit bir iş olmadığı kesin görünüyor, vaatleriniz bu denli bol olduğuna göre..."

Kaşlarını kaldırmış beni süzüyordu; bense Victoria Benetti'nin endamının yarattığı tehditle boğuşuyordum. Hayatımda hiç bu kadar asil, görkemli, duru bir güzelliğe sahip kadın görmediğime yemin ederken yanaklarımın kızardığını fark ettim; ürkekçe ellerimi kucağımda kavuştururken kıskançlığa bir adım uzaklıkta olduğumu görerek irkildim. Kızın konuşurken ender kullandığı elleri, mimikleri ve soğuk tavırları bedenine nadir bir endam katarken, gidip gelici ruh hali bana Firuze'yi hatırlatıyordu. O da Victoria Benetti'yi seyretmekteydi. Victoria'nın ceylanımsı kahverengi gözleri bize döndüğünde dudaklarının özenle kırmızıya boyalı olduğunu da görmüş olduk; Firuze bakışlarını hemen Barones'e yönlendirerek sorusunu tekrarlamasını rica etti.

Darılmaya başlayan Barones isteksizce tekrarladı sorusunu; Firuze'yse son bir kez daha onayımı almak üzere kaşlarını kaldırarak uzun bir süre bana baktı. Başımla onayladıktan sonra tekrar Benetti'yi incelemeye koyuldum. O da benden etkilenmiş olacak ki gözlerini üzerimden alamıyordu. Derin ceylan gözlerini hafifçe kırpıştırırken inip kalkan göğsünün ortasında birleştirdiği narin kolları, yerleri süpüren uçuk mavi tuvaletinden sarkan ince dantel... Hepsi büyüleyiciydi; yüzünde eşi Osmanlı'da görülmemiş şuh bir makyaj vardı; sanırım durumu bakımından da beni kendisine yakın buluyordu. O da ben de, yatakta hizmet etmekle kalmayıp Efendisi'ni derinden etkilemeyi başaran kölelerdik; Victoria bunu bakışlarımdan anlamış olmalıydı ki dolgun kırmızı dudaklarının biçimini aldığı geniş gülümsemesiyle yüreğimi ısıtıverdi.

"Biz sadece bizim için bir oyun oynamanızı istiyoruz Barones," diye fısıldadı Firuze. "Küçük bir oyun sadece, gece yarısına doğru Kösem Sultan'ın dairesinde bekliyoruz sizi, yalnız Victoria Benetti de gelsin lütfen." Tepsinin altından elini uzatarak bacağıma dokundu Firuze.

Barones, Victoria Benetti'ye iletmesi gereken bu zoraki davete bozulduğunu açıkça belli etti. "Allah aşkına kuzum, benim ne alakam var o boş kafalıyla? O isterse gider kocamın yatağını ısıtır; isterse ayaklarımı yıkar, onun bileceği iş." Benetti'nin meçhul gülümsemesi bir daha belirir gibi oldu; sanki Barones'in dediklerini duymuş gibiydi.

Firuze, Barones'i sakinleştirerek nabzına göre şerbet vermeyi denedi; bu da fayda etmeyince Elçi'nin metresi davetimize katılmazsa tüm anlaşmanın bozulacağını ima etti. Bu sözler karşısında çaresiz kalan Barones, başını eğerek içten olmayan bir tavırla "Peki." dedi.

Barones ve nedimeleri odadan çıkarken büyük bir gürültü koptu. Victoria'nın çığlıkları salonda yankılandı. "Seni gerizekalı, niye ayağımın dibinde duruyorsun, çekilsene!" Ayağının dibindeki yedi yaşlarındaki kara gedikliyi tekmelerken tekrar gülümsedi. Manası açıktı bu gülüşün, memnuniyetle arkama yaslandım.

Elbette Cemal planlarımızı Bayan Benetti'ye aktarmakta gecikmemişti.

* * *

"Güzel mobilyalarınız varmış; fakat Venedik'tekiler kadar temiz değiller ne yazık ki. Bizim oradakiler kadar iyi ahşap buralarda bulunmuyor herhalde." Bıyık altından gülümseyen Benetti'nin söyledikleri aşağılayıcıydı. Firuze tercüme ederken ufak bir tereddüt yaşamıştı; yanında duran Barones'se kahkahalarla gülüyordu. Benetti'nin ceylan gözleri Barones'i görmüyor gibiydi.

"Evet, kaliteli olabilirler ama bilirsiniz..." diye duraklamıştı Benetti, gediklinin eline verdiği şarap kadehini yudumlarken. "Kültür farkları. Siz süse düşkünsünüz, biz Venedikliler bunu iyi biliriz. Biz sade lüksü aşırı süse tercih ediyoruz." Firuze'ye hafifçe göz kırpmıştı. Firuze kadının söylediklerini çevirip çevirmemekte kararsız kaldı. Bense Benetti'nin söylediklerinden oldukça memnundum; kadının bu öfkeli tavrı aslında anlaşmamıza gösterdiği ılımlı tavrın bir işaretiydi.

"Sevgili Victoria, burada bir misafir olduğumuzu unutuyorsun galiba? Köylülüğün getirdiği o kaba saba tavırlarını köreltememiş olmamız ne kadar acı..." Barones, acımasızca güldü. Bu iki kadının arasındaki çatışmalar umurumda değildi; fakat her geçen saniye Victoria'nın narin yapısının beni büyülediğini hissedebiliyordum. Hareketlerindeki içtenlik onu, benim gözümde Barones'ten daha asil kılıyordu; köylülükle bir alakası yoktu.

Firuze tercümesini yaparken avuçlarında biriken teri eteğine siliverdi; elbisesinin yakasını düzelttikten sonra kulağıma eğilerek titrek sesiyle fısıldadı.

"Sultanım emin misiniz; anlaşmanın bu kadar basit olabileceğine? Baksanıza kavga etmeden iki saniye dahi yan yana oturamıyorlar, işbirliği yapmak bir yana." Gözlerini devirerek Barones'le Benetti, arasındaki gerginliği yatıştırmaya çalıştı. Benetti, pembe elbisenin kıvrımlarını inceleyen Firuze'ye ısınmış gibi görünüyordu. Şarap kadehini ona uzatırken yüzünde talepkâr bir ifade vardı.

"Siz, içer misiniz?" Gereğinden nazik konuşması beni tetikledi; her şeyi olabildiğince kısa kesebilmenin mümkün olup olmadığını sorgulamaya başladım. Firuze daha cevap veremeden basmakalıp cevabımızı dile getirdim.

"Pek sıklıkla değil... Barones ve Victoria Benetti, size böyle hitap etmeme izin verin lütfen, padişahımızın genç oğlu Osman'ın annesi Hatice'yle tanışmış olmalısınız." Derin bir nefes alarak Barones'le Benetti'nin suratlarında beliren ifadeleri incelemeye koyuldum. Victoria, küçümser bir edayla etrafı izlemekteydi; Barones'in alnı kırış kırış olmuştu. Bu karmaşık ifadelere aldanmamak olanaksızdı; Benetti derin bir nefes alarak müdahale etmeyi seçti.

"Evet, o büyüleyici hanımla tanıştım ben de. Ama niye bu kadar arka planda anlayamadım doğrusu; Padişah'ın çocuğuna sahip tek köle o ve görüşmek üzere bizi davet eden kişiyse sizsiniz." Soluklanarak gözlerini kıstı. "İşlerin böyle yürüdüğünü sanmazdım." Tiz bir kahkaha attıktan sonra devam etti. "Tabii ben ne anlarım Osmanlı hareminden, Padişah'ın aldatmacalarla dolu bir oyun alanı değil mi burası, adeta süslü bir operet sahnesi, değil mi Isabetta'cığım ha?"

Barones, eşinin metresinin kendisine ismiyle hitap etmesine içerleyerek başını diğer yana çevirdi; lacivert çini vazoları incelemeye başladı. "Bize bahsettiğiniz ganimetlerden biri de bu mu Kösem'ciğim, inan çok beğendim bunları."

Gediklilerin sofranın ortasına koydukları şamdanlığın kollarından damlayan mumlar cazırdıyordu. Bu gecenin diğerlerine kıyasla çok daha büyüleyici bir havası vardı.

"Elbette Barones, ganimetlere geçmeden önce sizden talep edeceğimiz yardıma gelelim." Soluklanarak başımı öne eğdim; kapının eşiğinde bekleyen üç dilsiz ve Cemal'in varlığı içimdeki endişeyi hafifletmiyordu ne yazık ki. "Dediğim gibi Hatice..." Barones, sözümü keserek öne doğru atıldı:

"Bizden ne istediğinizi tahmin edebiliyorum Kösem Hanım, bu Osmanlı Haremlerinde her şeyin nasıl işlediğini bilirim; bir gece bir cariye boğdurulur, bir başka gece bir anne. Sizin için önemli olan fark edilmemek, bu yüzden pis işlerinizi bize yaptırmak istiyorsunuz; siz Mahfiruz Hatice'den kurtulmak istiyorsunuz. Bizim yardımlarımızla..."

Victoria altın sarısı saçlarını avucunun içine alarak boğuk sesiyle konuşmaya katıldı; daha çok Barones'e hitap ediyordu. "Kösem'in talep ettiği bu kadar kolay bir şey olsa, bize sandıklar dolusu mücevher vaat etmezdi değil mi Isabetta, yoksa ben mi yanlış anladım?" Bu sözler üzerine Barones "Biz mi?" der gibi olduysa da güzel metresin hükmedici sesiyle susturuldu. "O daha kalıcı bir şey istiyor; belki de hükümetin başındaki biri, belki de çok daha yükseklerde... Siz buna ne dersiniz Kösem Sultan?" Hitap ediş biçimi oldukça kinayeliydi. Şamdana yaklaşarak Benetti'yle yüz yüze gelmeyi amaçladım.

"Haklı olabilirsiniz Sayın Victoria Benetti, kurtulmak istediğim kişi Mahfiruz Hatice sayılmaz. Ona kıyasla çok daha yükseklerde, çok daha kıdemli birinden bahsediyoruz. Peki, sizin harem anlayışınız nedir Victoria, bunu bana söyleyebilir misiniz; yoksa bunu dile getiremeyecek kadar aşağılayıp küçümsüyor musunuz bizi? Bizler sadece..." Vurgumu doğru yapabilmek üzere soluklandım.

"Köleler miyiz size göre... Peki, biz köleysek, siz ne oluyorsunuz bu durumda Venedik Elçisi'nin metresi?" Arkama yaslanarak Benetti'nin tepkisini bekledim. Kız sıkıldığını belli ettikten sonra Barones'in kulağına bir şeyler fısıldayıp odadan çıkıp gitti.

"Bu işi onsuz yapmamızı söylüyor Kösem Sultan. Dediklerinizde yerden göğe kadar haklısınız." Barones'in yüzünde şimdi muzaffer bir gülümseme vardı. "O sadece bir köylü kızı, eminim ki sizin kelime oyunlarınızı anlamamıştır bile. Fakat sizin bizden ne talep ettiğinizi anlayabilmiş değilim." Barones'in ince uzun suratı daha da uzamış görünüyordu yüzündeki çizgimsi gülümsemeyle, yanakları gerilmiş, allık tüm suratına dağılmıştı.

"Demek istediğim," diye başladım sözüme Benetti'nin arkasından bakakalmışken "Bize yardımcı olup olmamak sizin elinizde, biz sadece kaybettiğimiz bir arkadaşımıza karşı görevimiz olan yası hafifletmek istiyoruz."

"İntikam demek istiyorsunuz yani?"

"İntikamdan çok, bir bildiri," diye karşılık verdim. Billur'un cansız, soluk suratı geliyordu gözlerimin önüne. Kızcağızın zayıflıktan dışarıya fırlamış kemikleri, düzleşmiş göğüsleri ve kemikli diz kapakları. Ya tek kurtuluş ölümse diye sorgulamıştım uzak hayallerimi, ya güç bir kurtuluş değilse?

"Kaybınıza ne kadar üzüldüğümü belirtmeliyim." diye sözünü sürdürdü Barones kaygıyla. "Peki, sizin yakınınız mı sayılırdı; bir akraba?"

"Yakın bir dostum diyebilirim; ama bu kadarla kalmayıp bana canını bağışlayabilecek bir köle desek daha doğru olur Barones. Olaya bu açıdan bakıldığında, sizden tek talep ettiğim adalettir." Gözlerimi devirerek Firuze'nin elini kavradım. "Mahfiruz Hatice'nin zalimliğine karşı adalet, tek isteğimiz budur. Size vereceğim ad sizi ne kadar şaşırtsa da bu işi başarabilecek tek bir kişi tanıyorum; sizden talep ettiğim tek bir şey var." Barones dikkatle Firuze'yle beni dinliyordu; Firuze'nin tercüme ettiği Türkçe kelimeler İtalyanca'ya dönüşürken her bir kelimeye keskin bir öfke yükleniyordu.

"Bu konuda Victoria Benetti'yi ikna edebilmeniz tek dileğimdir; bunun karşılığında elinize koskoca Osmanlı'nın biricik eşi Kösem'in saygısı, desteği ve ganimetlerinin bir bölümü geçecektir. Sizin sadece kendi rolünüzü doğru oynamanız yeterli; hatta sizin değil Bayan Benetti'nin demek daha doğru olur." Sözlerimi bitirir bitirmez Firuze ezberlemiş olduğu planı gözlerindeki pırıltılarla kaynaştırarak hızlıca anlatmaya başladı. Barones'in suratındaki ifade hızla değişiyordu.

"Derviş Paşa mı dediniz?" Alnı tekrar kırışmıştı; Firuze'nin hararetli konuşmasındaki aralıklarda derin derin nefes alır olmuştu. Söz bitince başını öne eğerek sallamaya başladı.

"Böyle bir şey olamaz, skandal olur bu, ne Elçi'nin saygısı kalır..." Kaşlarımı kaldırmış kadının umutsuzluğunu gözlüyordum.

"Bunun Elçi'yle bir alakası yok Barones, sadece Victoria Benetti'yi ilgilendirir bu. Onun ne kadar şehvetli bir kadın olduğunun farkındayım. Siz de farkında olmalısınız değil mi; evet, yanılmamış olmalıyım. Bu durumda Victoria Benetti, Derviş Paşa'nın yatağını ısıtmaktan memnuniyet duyacaktır. Bu olayın size dokunacağını hiç sanmayın, her koyun kendi bacağından asılır Bayan Isabetta Contarini." Öne atılarak kadının boynundaki gümüş, incili elmas kolyeyi elimde çevirmeye başladım; bu davranışımdan rahatsızlık duysa da gururunun okşanmış olduğunu gizlemiyordu. Benim sahip olduğum mücevherleri görme fırsatını yakalamış olan bir kadına göre doğal bir tepkiydi bu.

Duvarda asılı büyük aynadan üçümüzün görüntüsüne bir göz atan Barones dudaklarını ısırdıktan sonra yüzünde beliren gülümsemeye engel olamadı.

"Bunlardan yüzlercesine sahip olacaksınız Barones." diye mırıldandım, kolyeyi mum ışığında incelemeyi sürdürürken. Barones yanaklarının kızardığını hissettiyse de utancını belli etmekten çekindi.

"Peki Kösem Sultan, sırada ne var?" Yerinden kalkarak nazik bir selamlamayla Firuze'yle bana iyi geceler diledikten sonra odadan çıkıp gitti. Onun uzaklaştığını gören Cemal yanımıza oturarak az önce öğrendiklerini aktardı.

"Barones'in farkında olmadığını biliyorum; ama az önce Rüveyda Latife'ye anlatmış. Derviş Paşa'yı öldürmeleri için Pera'da bir sürü dilsiz aramaya niyetlenmiş. Bir de siz gidip konuşsanız diyorum Sultanım." Memnuniyetle gülümseyerek cevabımı beklemeye koyulmuştu. Yakışıklı gencin yüz hatlarını inceleyen Firuze'yse hafiflemiş gibiydi.

"Biliyorum Rüveyda'nın niyetinin bu olduğunu, bu yüzden bize düşen sadece beklemek ve Victoria Benetti'nin yataktaki hünerlerinin bol olmasından medet ummak... Ha bir de..." Duraksayarak Cemal'e göz kırptım. "Her erkeğin kıskanç yüzünün varolduğundan eminim, umalım ki Elçi'ninki biraz daha keskin ve kuvvetli olsun. Gerisi Derviş Paşa'nın itiraf ettikleriyle dilsizlerin becerilerine bağlı."

Cemal'in yardımıyla ayağa kalktıktan sonra yakındaki aynaya baktım. Victoria Benetti gibi büyüleyici bir kadınla tanıştıktan sonra oynadığım oyunlar, aynada karşılaştığım görüntü ve bu gösterişsiz beden beni daha da ölümlü kılar olmuştu. Kendimi hor görmekten başka bir şansım olmadığını düşünerek gözlerimi kapadım ve kafamı aynaya hafifçe vurdum. "Daha ne yapmam gerekiyor söylesenize!" diye fısıldadım kendi kendime. Kapının eşiğinde bizi bekleyen Rüveyda'nın sakinleştirici sesiyle ölümsüz ruhuma kavuşur gibi olmuştum.

"Gerisini bize bırakın Sultanım."

Victoria Benetti'nin saçları hafif aydınlatılmış geniş odanın ortasında duran dört direkli yüksek yatağın eflatun ipek çarşaflarından sarkıyordu. Kırmızıya boyalı dudakları erkeğini öpmek üzere her aralanışında bembeyaz dişleri ortaya çıkıyordu; pürüzsüz bembeyaz teninin üstünde bir kusurdan çok bir imza gibi parıldayan ufak ben ona gizemli bir hava katıyordu. Ceylan gözleri mutluluktan parıldarken, birden fazla erkekle beraber olma heyecanını tadabildiği için kendiyle gurur duyduğu söylenebilirdi.

Yerdeki duvardan duvara İran halısı da çarşafın renklerindeydi. Konağın üst katındaydı; haremle selamlığı birleştiren kalfa odasının yanındaki görkemli odadaydılar. Derviş

Paşa bu odayı savaşlarda toplanan ganimetlerden payına düşenlerle süslemiş, bir köşeye devasa altın bir tavus kuşu heykeli yerleştirmişti. Yanındaki tezgâhta da gerçek tavus kuşu tüyleri duruyordu. Victoria da yatakta becerikli bir adamın kişisel zevklerinin ne kadar kıt olabileceğini anlamıştı. Yattığı yerden kolunu havaya kaldırarak tavandaki büyük avizeyi işaret etti.

"Bunu yakıyor musunuz?" Adam çıplaklığından utanmaksızın kıza sokuldu; telaşla hayatında görebileceği bu en güzel yaratığın yanaklarını, boynunu, göğüslerini öpmeye başladı. Venedik Elçisi'nin metresinin kendisini kıdemli bir Osmanlı adamının kollarına atmasına bir anlam veremiyordu; ama bu durumun keyfini kaçırdığı da söylenemezdi. Kumral sakalını sıvazlayarak dirseğinin üzerinde doğruldu; o da bu kristal avizenin hiç kullanılmamış olduğunu anımsamış olsa gerek, umursamazca omzunu silkti. Derviş Paşa'nın bir Venedik devşirmesi olmasından dolayı hâlâ anımsayabildiği ana dili sayesinde konuşabiliyordu bu iki yeni aşık.

"Ah hayatım, saçların ne kadar da yumuşak." Derviş Paşa, kızı yattığı yerden üstüne çekmeye çalışırken bir yandan da saçlarını okşuyordu; Victoria'nın yanakları heyecan ve tutkudan kızarmıştı. Hafifçe gülümsedikten sonra kendini Derviş Paşa'nın kollarına atıvermişti; kapalı kapının arkasında bekleyen hadımı düşündü bir an. Elbette, o da bu planın bir parçasıydı; kendini Derviş Paşa'nın dudaklarına teslim ederken hayatın büyük bir hesaplaşmadan ibaret olduğunu kavramaya başladı. Başında bir pişmanlık duyduysa da yaptıklarından, bedeninin duyduğu zevk bilinçaltına engel oldu.

Zevkten kasılırken büyük hesaplaşmanın sonuna gelmiş olabileceğini düşünerek gözlerini kapadıysa da artık çok geçti; tüm hesaplarını kapamış olan sadece Derviş Paşa'ydı.

* * *

"Siz ne diyorsunuz böyle! Ne cüretle..." Öfkesini kontrol edemeyen Elçi Contarini'nin çelimsiz kolu ona verilen Osmanlı kaftanının altında istemsizce sallanıyordu. "Burada bir yanlışlık olmalı Mehmet Paşa, büyük bir yanlışlık hem de..." Duraksayarak gözlerini devirdi; kendi kendine konuşur gibiydi. Karşısında duran Vezir-i Azam sesini çıkarmadan, bir zavallı olarak gördüğü Elçi'nin hareketlerini izliyordu; kendi kendine durumun vahametine gülerek başını salladı.

"Sayın Elçi, bu durum karşısında ne kadar mahcup olduğunuzu varsayarak..." Lala Mehmet Paşa, görevine son verilmek üzere olduğunun farkındaydı; Sultan'ın gözünden düşmesinin sebebinin kim olduğunu biliyordu. "Metresinizi zinayla suçlayabilirsiniz."

"Zina mı? Yanılıyorsunuz! Benim güzel Victoria'm kendini bir pisliğin yatağına atacak kadar aşağılık bir kadın değildir." Elçi, gözyaşlarını tutamaz hale gelmişti; güzelliğin zehrini vücudundan atmak istercesine ağlamaya başladı. Vezir-i Azam başını diğer tarafa çevirdi, kapıdaki yeniçerilerle göz göze geldi; gözlerini hafifçe kırpıştırdıktan sonra öksürdü.

"Yanılıyorsunuz Bay Contarini, bu ülkede zinadan sorumlu tutulan taraf kadınlardır; onlar doğuştan kendilerini erkeklerin yatağına atmaya hevesli yaratıklardır. Bu konuda güvenebileceğiniz tek kadın karınız veya annenizdir."

"Asıl yanılan sizsiniz Lala Bey" diye atıldı Bay Contarini, yüzü öfkeden kıpkırmızı kesilmişti. "Asıl siz, kadınları, hareminizi küçümseyerek çok yanlış yerlere doğru yol alıyorsunuz; ah, evet, çok yanılıyorsunuz... Farkında olmasanız bile tehlikeli noktalarda kadınları küçümsüyorsunuz..." Elçi'nin gözleri yaşlardan ve şimdi vereceği söylevin derinliğinden parıldar hale gelmişti.

"Yanılıyorum ha? Kadınları aşağılarken yanılmış mı oluyorum Bay Contarini?" Mehmet Paşa utancını gizleyemez hale gelmişti; yakasıyla oynayarak belli etmemeye çalışsa da kapana kısıldığını düşünüyordu.

"Elbette yanılıyorsunuz; onlar, kadınlar demek istiyorum, kutsaldırlar; sizi Tanrı'dan sonra affetmeye meyilli tek yaratıklardır... Hatalarınız Mehmet Paşa, onları telafi etmek için sizinle paylaşırlar; mahremlerini, yani duygularını demek istiyorum. Hareminizde eminim ki sizinle mahremini paylaşmak için ölüp biten onlarca kadın vardır paşam; ama onları gözünüzde o kadar küçültmüşsünüz ki ulusça, onlar sizden korktukça siz daha da korkar hale geliyorsunuz. Ve bu yüzden de suçlamaya başlıyorsunuz..." Mehmet Paşa iyice afallamıştı; ayağa kalkarak Elçi'den izin istedikten sonra son kez arkasına baktı. Bir çift lafı daha vardı.

"Peki Elçi Bey, bu kadının sizi aldattığını kabullenmeniz gerektiğinde siz de mahreminizi paylaşabilecek durumda mı olacaksınız? Telafi edebilecek misiniz kadınınızın hatasını?" Mehmet Paşa, ayaklarına bakarak konuşuyordu; kapıdaki yeniçeriler de içeride bir erkeğin ağladığını fark etmiş, huzursuzca kıpırdanmaya başlamışlardı. İçlerinden biri kıs kıs gülünce Mehmet Paşa onu ikaz etmek zorunda kaldı.

"Benim Victoria Benetti'ye bir cevabım olacak sadece; ama merak ediyorum da sizin Derviş Paşa'ya cevabınız ne olacak Vezirim? Kardeş iki ülkenin arasında büyük bir davanın oluşumuna yol açacak bu denli aşağılayıcı bir durum karşısında siz mahreminizi Kaptan-ı Derya'nızla paylaşabilecek misiniz?" Elçi Contarini susarak Mehmet Paşa'nın cevabını beklediyse de paşa omuz silkerek odadan çıkmayı yeğledi. Ama aklında dönüp dolaşıp aynı çıkmaza ulaşan bir soru vardı. Derviş Paşa'yı feda etmek ona kaybettiği itibarı kazandırabilecek miydi? Peki, denemeye değer miydi?

* * *

Lala Mehmet, ardından kapanan kapılara gözünün ucuyla baktıktan sonra kubbe altında bıraktığı divan üyelerini düşünmeden edemedi, onun yerini kapabilmek üzere birbirlerini boğazlayabilecek onlarca adamı... Bu düşüncelerle yoluna devam etti; fazlasıyla sıcak gündü, divan süresince gözünü arada bir hafifçe kıpırdayan dantel perdenin hareketlerinden alamamıştı. Bu sefer Ahmed'in onları izlediğinden haberdardı; Elçi'yle de bizzat görüşmüştü. Arz odasına doğru çevik adımlarla yol alırken padişahına söyleyeceklerini tasarlamaya çalıştı umutsuzca. Padişah Vezir-i Azam'ının yanında herhangi bir vezirin bulunmamasını rica etmişti yolladığı bostancı aracılığıyla. Vezir-i Azam şimdi kendi iç hesaplaşmasına doğru yol alıyordu.

Padişahın yanı başında harıl harıl yanmakta olan gümüş semaverden cam bardağa akıtılan çaya dikti gözlerini. Ahmed'in sakinleştirici sesi üzerine yaklaşmayı göze alabildi.

"Lala Mehmet, yüzün pek bir soluklaşmış... Biraz yaklaşıver." Ahmed'in suratında kendisine has o hoşnut gülümsemesi vardı; gözlerinin içi dahi gülüyordu böyle gülümsediğinde, gamzeleri ortaya çıkıyor, çenesi biraz daha belirginleşiyordu. Sakalını eliyle karıştırdıktan sonra nazik bir el hareketiyle Vezir-i Azam'ı cesaretlendirdi. "Hayrola Lala Mehmet, benimle bir çay bile içemeyecek durumda mısın artık? Bu kadar mı darıldın bana?"

"Aşk olsun Padişah Hazretleri, ne darılması, ben sadece." Mehmet gözlerini devirerek kocaman yastıkların arasına uzanan padişaha doğru bir adım attı; elini beline koyarak derin bir nefes aldı.

"Ne oldu Mehmet, cidden bana darıldın mı yoksa? Bu kadar tereddüt etmene gerek yok; seni sadece bugünkü divan hakkında bir sorguya tutmak istemiştim. Onu da istemezsen iki dost gibi karşılıklı çay içeriz diye ummuştum; ama sen bundan çekiniyorsun." Cam bardağı eline alarak yanındaki gümüş şekerliğin içine özenle dizilmiş tatlıları gösterdi Lala Mehmet'e. "İster miydin Paşam?"

Ahmed hâlâ gülümsüyordu; Lala Mehmet bu koyu kahverengi lokumlar gibisini görmemişti daha önce. Başını hafifçe eğerek padişahın yanındaki büyük turuncu keten yastıklardan birinin üstüne çöktü.

"Affedersiniz padişahım; fakat hayatımda bu kadar değişik bir lokum..."

"Lokum değil bu Mehmet; çikolata!" Padişah gülerken ağzına bir çikolata parçası daha attı; Lala Mehmet Paşa, Ahmed'in uzattığı şekerlikten kaptığı bir taneyi ağzına tereddütle attıktan sonra çiğnemeye başladı. İlk önce çikolatanın acı tadının zevkine varamadıysa da bitirir bitirmez bir ikincisini daha almak için sabırsızlanmaya başladı.

"Paşam anlat bakalım, neler olup bitiyor bizim divanda? Uzun süredir izleyememiştim." Ayakucunda duran değerli taşlarla süslü, simli turkuvaz yastığa uzanırken çayından bir yudum alarak yüzünü buruşturdu. Dudaklarının arasına koyduğu çikolatadan biraz da Mehmet Paşa'ya ikram etti.

"Ama konuşmak istediğim konunun sen de farkındasındır değil mi Lala Mehmet, sana danışmam gereken..." Susup parmağındaki büyük zümrüt yüzüğün kenarlarına işli minik elmaslarla oynamaya başladı; elini kaftanının içine sokarak kocaman bir kese çıkararak gümüş tepsinin üzerine fırlatıverdi; mangırların şıngırtısı büyük odada yankılanırken Ahmed suratını buruşturdu. "Bunu yapmam gerekeceğini sen de biliyordun; hem bu kadar olay üst üste gelmişken dostum, fedakârlıklar... Devşirmelik döneminden arkadaşlarınla oynayacağın çıkar oyunlarına bir son verileceğinin farkındaydın Paşam..." Ahmed'in suratındaki gülümsemenin yerini kıdemli bir kadının sözleri almıştı; Lala Mehmet içinden "Kösem" diye geçirdi.

Yüzü, kolları, bacakları hissizleşmişti; kapıdaki dilsizlere göz ucuyla baktıktan sonra onların olaydan en ufak bir haberlerinin olmadığının farkına vararak derin bir nefes aldı. Demek ki Sultan Ahmed onun yediği haltlardan haberdardı; "Olsun varsın..." diye düşünse de bu durumdan bir kaçışının olmadığının farkındaydı.

Ahmed'in suratındaki dostane ifadenin yerini alan kaskatı öfkenin ta kendisi konuşurken Lala Mehmet, kolları göğsünde çapraz bir vaziyette dinliyordu. "Bu devlet rüşvet yemez demişlerdi de inanmıştım. Baksana ne hale gelmişiz;

başkalarından duyunca ancak akıllanabilen bir adam olmuşum ben meğerse..." Ahmed, yumruğunu vurunca tepsinin üzerindeki şekerlik yastıkların üzerine düştü.

Lala Mehmet gayet sakin görünüyordu; evet, rüşvetle yürütmeyi başarmıştı baş vezirlik görevini, bunu da uzun bir süre kimseye fark ettirmemişti. Bu sükûneti karşısında afallayan Ahmed diyecek bir şey bulamayarak eski sakin haline dönmeye çalıştı; rol yapmayı iyi bildiği kesindi.

"Anlat, divanın durumu nasıl?" Vezir-i Azam, başını kaldırıp kendisine bakamayınca iyice öfkelendi; ayağa kalkarak oturduğu minderi tekmeledi. Semaverin üstüne düşen minder kaynar suyla haşlanınca odayı ince bir buhar kapladı. Ahmed kendi kendine mırıldanıyordu.

"Her şey ne kadar da basitmiş ah dostum; bir Elçi'nin aşığını koynuna almak, bir padişahı kandırmak, rüşvet yemek... Halk açlıktan kırılırken keyfine düşkün olmak." Ahmed bunları söylerken kendi durumundan haberdar değildi; Lala Mehmet Paşa cesaret gösterip padişaha cevap vermeye yeltendi. Ayağa kalkarken kaftanının kollarını sıyırarak güldü.

"Padişahım, sizin yaptığınız nedir acaba?" Ahmed öfkeyle dönüp Vezir-i Azam'ın yanağında şiddetli bir tokat patlattı; içeride olanları göz ucuyla takip eden dilsizler hareketlendi. Ahmed alnındaki teri elinin tersiyle silerek öfkeyle sakalını sıvazladı.

"Ben, ben güvenmemeyi öğrenmeliyim belki de; acı çekmemeyi... Kaybedilmiş bir canın, bir davanın ne önemi var ki." Padişahın bedeni istemsizce sallanırken Lala Mehmet hayatı boyunca kolaylıkla başardıklarını düşündü; Avusturya'da verilen savaşta büyük kıdem almış, ondan önce de Yeniçeri Ağası olarak on binlerce akılsız fakat kuvvetli erkeğe komutanlık etmişti. Hayatta daha ne kadarı gerekirdi? Uğruna ölebileceği padişahının önünde utançtan ağlamaya başladı. İşte o an, hiç birinin yeterli olmadığını kavradı.

"Sen görevini başarıyla yerine getirdin; ama niye bana ihanet ettin Lala Mehmet? Sen koskoca Sokullu'nun soyundan gelme bir adamsın!" Duraklayan Ahmed ayaklarının dibinde yatan Lala'ya bakmamaya çalışıyordu. Paşanın iri bedeni cenin pozisyonu almıştı; sanki ölümü karşılıyordu.

"Bunu yapmamalıydın Lala Mehmet, ihanet edilmek... Bir Kaptan-ı Derya'ya yardım etmekten bahsetmiyorum; başından sonuna kadar yalan dolan... Yabancı kaynaklarla da çalıştığın bilgisini aldım."

Bunu duyan Lala yerinden doğrulmaya çalıştıysa da olmadı; dudakları "Hayır, yapmadım..." dercesine iç geçirdi. Ölüme ayak diremekte ne kadar savunmasız olduğunu fark ederek öğürdü.

"Evet, yaptın; bunu biliyorum. Çünkü Kösem söyledi; hepsini anlattı Lala Mehmet. Bunu herkes biliyor; herkes senin adını dillerine dolamış vaziyette. Senin o zavallı hareketlerini..." Ahmed tiksintisini belli ederek gözlerini yumdu; Lala Mehmet'in durduğu yere yaklaşarak, vezirin sarığını ayağıyla arkaya doğru itti. Vezir-i Azam'ın terden alnına yapışmış seyrek saçları onu daha da savunmasız gösteriyordu. Ahmed bağırmaya devam etti.

"Sen bana ihanet ettin; Elçi'mize söylediğin gibi ben bunu 'telafi' edemeyeceğim Paşam. Sana veda etmekten başka bir seçeneğim yok. Ama gözün arkada kalmasın, biricik dostun Derviş Paşa'yla kaderleriniz aynı noktada kesişecektir."

Ahmed bir an önce odadan çıkmak kendini kadınının kollarına atmak istiyordu; bir dostunu daha kaybetmiş olmanın verdiği acıdan kurtulmak, Kösem'e dayanmak istiyordu.

Lala Mehmet, padişahına bakınca ne kadar da genç olduğunu fark etti. Daha yirmilerine bile gelmemişti; ama ne kadar azimli, iktidarlı, ihtiraslıydı. Gözlerini yumarak alnını padişahının ayaklarının dibinde yere değdirdi; boyun eğmeyi ilk defa öğrendiğinin farkına vararak biraz olsun rahatlayabildi. Sonra bu ihtirasın arkasındaki kadın düştü aklına, "Sultan Ahmed" diye mırıldanmak yerine "Kösem Sultan" diyebildi ancak. Ahmed ise kapıya varmıştı. Arkasında inleyen adamın yüreğinde açtığı boşluğu doldurması için kadınına gidiyordu.

Dilsizlere durumu açıklar açıklamaz beş iri cüsseli cellat odaya daldı. Oysa Lala Mehmet Paşa çoktan hançerini yüreğine saplamıştı. Cellatlar ellerindeki kalın urganları çekiştirerek Paşa'nın üstüne çullandıklarında artık onların yapacağı bir iş kalmamıştı. Lala Mehmet, göğsüne saplı kalan hançerle birlikte gömülecekti Eyüp'teki Sokollu Mehmet Paşa türbesine. Derviş Paşa'nın da yüreğinde benzer bir hançerle ona doğru yaklaştığını görünce usulca fısıldayıverecekti belki de.

"Padişahımızın ardındaki kadının çehresini bir görebilseydim. O zaman güç uğruna savaşmak nedir öğrenecektim dostum, savaştım da; ama bu kadının yapabildiği kadar değil. Ölüme karşı çıkmayı aklımdan bile geçiremezdim ben. İşte bu yüzden bir kez olsun Kösem Sultan'ı selamlayamamış olmanın acısıyla yatıyorum."

Bir zamanların Kaptan-ı Deryası bu denli kurnaz bir oyuna getirilmiş olmanın öfkesiyle karşı çıkacaktı ona; onun gönlündeki hançer bana, Kösem'e karşı beslediği saygı değildi, olmayacaktı.

Cellatlar odaya girmeden önce kulağına "Billur..." adı çalınmıştı; evet, böyle bir kızı haremine istettiğini şimdi anımsayabiliyordu. Hatta bunu sarayın kızlar ağasına bildirmekten kaçınmamıştı. Halbuki haremine hiçbir zaman uğramamıştı Billur. Onun gizemini takip edecek zamanı bulamadığı için gönlündeki hançerin kabzasını kavrayamadı Derviş Paşa. Ölmeden saatler önce onu ziyarete gelen bir cariyenin soğuk bakışlarıyla karşılaşınca da afallamıştı; kız kendinden Rüveyda diye bahsedince alımlı suratını öpmek gelmişti içinden. Üzerine çullanır çullanmaz zihninde gizemli Billur'la seviştiğini hayal etmişti.

Rüveyda'nın pürüzsüz teninin, şehvetli dudaklarının, kısacık saçlarının tadına bakarken Billur'un sapsarı saçlarını okşamıştı Derviş Paşa. Eli Billur'un çıplak belinde gezinirken kızın elindeki gümüş kabzalı hançeri fark edince takip edilecek sırlar çok geride kalmıştı. Göğsüne saplı kalan hançer Billur'undu; Rüveyda, şalvarını toplarken gülerek Derviş Paşa'ya bakmıştı. Gözlerini kırpıştırarak Billur'un adını telaffuz etmiş ve altın halka bir küpeyi çevirmişti elinde.

Muhammed'in kendisine ilettiği küpeyi Derviş Paşa'nın avucuna yerleştirdi Rüveyda. "Bunu Billur'a verirsiniz." Gözlerini kısarak adamın çıplak göğsünü kaplamış kanı avucunun içiyle dağıttı; daha sonra elini yanağına koydu. Koşar adımlarla haremden çıktığında kimse onu fark etmedi bile. Aynı yamalı şalvarı, kirli görünümüyle kimse onun bir saray cariyesi olduğunu düşünemezdi.

Yanağında Kaptan-ı Derya'nın kanı, sokaklarda koşturdu Billur'u bulabilme umuduyla. Muhammed'i yokladıysa da bulamadı en karanlık köşelerde, arada sırada yanağına dokundukça Derviş Paşa'nın göğsünde dolaşan dudaklarını hisseder gibi oldu. Aldırmadı, koşmaya devam etti.

Mösyö Gerard'ı aradı Konstantiniyye'nin dar sokaklarında, zihninin kendisine oynadığı oyunu fark etmeden.

* * *

Uykumdan korkuyla uyandığımda elimi göğsüme koyarak derin bir soluk aldım; yanı başımda uyuyan Victoria Benetti'nin yüzünü seyrederken Rüveyda'nın artık olmadığını, olamayacağını anlamıştım. Göğsümde sızlayan yaranın kapandığını hissederken verdiğim kararları sorguladım. Cidden bunların hepsi güç için miydi, yoksa bir varoluş mücadelesi miydi?

* * *

Rüveyda'nın yokluğunu fark etmeyen bir harem, varlığından hiçbir zaman haberdar olmayacak bir tarih. Gelecek sadece Osmanlı'yı yöneten isimleri kazıyacaktı hafızasına.

Rüveyda'nın odasında sadece hareme gelirken getirdiği kitaplarının, gümüş tarağının ve güzel makyaj malzemelerinin durduğu koca sandık kalmıştı. Meşeden oyulma bu sandığın içindeki her şeyi teker teker inceledikten sonra Rüveyda'nın hatırlanmak gibi bir amacının olmadığını anladım; o da yaşamak isteyenlerdendi. Dağınık yatağına uzanırken istediği hayatı dik başlılığıyla yaşadığını düşündüm. Hayatıma girişini, iniş çıkışlarını hatırlayarak zamana göz yumdum. Bu cinayeti işlemese de ondan uzaklaşacaktım. Ahmed haberi o sabah vermişti, artık yazlarını Üsküdar'daki sarayda geçirecekti ve en geç bir hafta içinde haremin bir kısmı oraya taşınacaktı. Ahmed kızları seçme görevini de bana yüklemişti.

Boş zamanlarımı Cemal ve Firuze'yle doldururken Victoria Benetti'nin hatırasını unutmaya çalışıyordum; Venedikli misafirlerimiz ülkelerine döneli neredeyse bir hafta olmuştu. Barones Contarini gitmeden önce "Kesinlikle bağlarımızı koparmamalıyız." demişti. Boynunda kocaman yakut kolyem parıldıyordu. Victoria Benetti'yse her zamankinden daha neşeliydi. "Kesinlikle Kösem, kesinlikle..." diye gülümsemişti. Topuz yaptığı saçlarını sedef tokamla tutturmuştu. Gözlerindeki ifade bana çok tanıdıktı; bu kızda Rüveyda'yı görür gibi oluyordum.

Rüveyda'nın yokluğuna Firuze de en az benim kadar üzülmüştü; ama yüreğinde, devam ettirdiği yarışın galibi olmanın tadını çıkarmadan da edemiyordu. Son zamanlarda her gece yatmadan önce benimle en az ikişer kadeh şarap içer; ardından da ud çalar olmuştu. Rastıkla buğulanmış gözleri hülyalı bakmaya başlar, bir iki kadehten sonra da odamda uyuyakalırdı. Üstünü tavşan kürkünden yapılma battaniyeyle örten Cemal artık Firuze'ye olan hayranlığını gizleyemez olmuştu; Firuze'nin tahrikleri cevapsız kalmıyordu. Bazen odama geldiğimde ikisini sırt sırta vermiş kadeh tokuştururken buluyordum.

Cemal'in güzel yüzündeki anlam Osmanlı'daki saray anlayışıyla değişmişti; o aşırı duyarlı hadım gitmiş, yerine açık yürekli bir dost gelmişti. Verdiği kararlarla beni derinden etkilemeyi başarıyordu; dilimizi de sökmüştü artık. Hadım kıyafetleri vücuduna o kadar yakışıyordu ki, haremdeki cariyeler etkilenmekten kaçamıyordu.

Lala Mehmet Paşa'nın ölümünün ardından yerine getirilen yeni sadrazamın Derviş Paşa adlı, sakin bir adam olması kaderin bir cilvesi olarak görülmeliydi herhalde. Ahmed adamın her hareketini sorgularken, duyduğu nefreti büyük bir dirayetle saklamaya çalışıyordu. Lala Mehmet Paşa'nın öldüğü gece yanıma gelerek tüm öfkesini kusmuştu. Vurmak için havaya kaldırdığında şaşırtıcı bir çeviklikle kolunu tuttum.

"Sen ne yapıyorsun? Seni orospu! Yatağıma aldım diye adamlarımı öldürebileceğini mi sanıyorsun seni gavur!" Ahmed çenesine akıp kurumuş şarap lekesini yalamaya çalışırken gözleri bana değil boşluğa bakıyordu. Avucumun içinde sallanan ince kolunu öpmeye çalıştım; büyük bir öfkeyle suratıma vurunca ayaklarımın üzerinde zorlukla durabildim.

"Evet, sen bir orospusun Kösem; tüm İstanbul bunu konuşuyor, bak duymak ister misin?" Zoraki kahkahası tüm odayı doldururken pencereye yaklaştı. Kafasını dışarıya çıkarmaya çalıştı.

"Sizi kafirler söyleyin, sizce de bu kadın bir hilebaz değil mi; beni kendimden uzaklaştırmaya çalışan bir şeytan..." Sesi kesik kesik çıkıyordu; elindeki şarap kadehini duvara attı. "Sence ben neyim Kösem? Söyleyebilecek misin?" Odaya telaşla giren bir gedikli de öfkesinden payını aldı. kadının boynuna sarıldı. Bense sakince cevap verdim.

"Sen ne olmak istiyorsan osun; ben bunu değiştiremem Ahmed..."

Ahmed'in hareketleri, davranışları tam tahmin ettiğim gibiydi; saldırgan ve kırılgan. Az sonra ne yaptığının farkında varmadan genç gediklinin gömleğiyle yeleğini yırtıverdi; kız elleriyle göğüslerini kapatmaya çalıştı. "Efendim..." diyebildi cılız bir sesle.

"Kapa çeneni orospu! Ben neysem oymuşum ha? Seni salak Kösem; beni oyuna getirebileceğini mi sanıyorsun, niye Lala Mehmet'i öldürttüm biliyor musun? Çünkü umurumda değildi o aptal vezir..." Kızın boynunu öpmeye çalışırken kelimeleri homurtuya dönüşmüştü. Sonunda çaresiz çırpınan kızı ittirdi.

"Siz hepiniz bir avuç dolusu hayvandan başka bir şey değilsiniz, siz kadınlar; ne mantık var sizde, ne zekâ... Duygu desen; ne işe yarar?"

Ayakta dikilmiş Ahmed'i izlerken güç sahibi bir adamın, yaşamın kıyısına nasıl bu denli yaklaşabildiğini anlamaya çalışıyordum.

"Sakin ol Ahmed..." diye başını okşamaya başladım. Bacaklarıma yapışmış onu terk etmememi söylüyordu; eğer gidersem beni buldurup öldürteceğine yemin ediyordu. "Hem de kendi ellerimle!" diye hıçkırmaya başladı.

Gedikli kız apar topar odadan çıkarken dışarıdakilere asla ve asla odaya girmemelerini öğütleyecekti; padişahın bu zayıf anlarına şahit olduğu için zaten birkaç gün sonra haremden azat edilecekti. Ahmed, doğrulmaya çalışıyordu; kolumu uzattım tutunabilmesi için.

"Ben, ben özür dilerim Kösem. Bana ne oldu bilmiyorum; sanki..." Afallamıştı; pencere kenarına giderek derin bir nefes aldıktan sonra başını yıldızlara çevirdi. Düşüncelerini tüm bu karmaşadan uzaklaştırmanın daha iyi olacağına karar verdim. Üzerimde Venedikliler'in gelişinden kalma güzel tuvalet vardı; eteğini avuçlarımın içerisine alarak elbiseyi iyice kısalttım, Ahmed'e yaklaşarak bacaklarımı iki yanına doladım; elimle gökyüzündeki yıldızları işaret ederken fısıldadım.

"Padişahım, bana yıldızları öğretebilir misiniz?" Tanıdık gülümsemesi yüzünde belirirken bedeninin iki yanında hissettiği bedenime dokunmaktan kaçındı; hafifçe titreyerek konuşmaya çalıştı.

"Ben... Şu parlak olanına Kutup Yıldızı dediklerini biliyorum..." diye mırıldandı. Sonra hızla dönerek bacaklarımı tuttu. Gözlerime bakmaya kaçınarak fısıldadı.

"Gerçekten özür dilerim Kösem, bana ne oldu bilmiyorum." Yanağını yanağıma dayayarak ıslaklığı hissetmemi sağladı; hıçkırıkları ikimizin de bedenini sarsarken bacaklarımı kavrayan kumaşlardan kurtulmaya çalışıyordu. Elini tutarak onu sakinleştirmeye çalıştım.

"Ne şimdi, benimle sevişmek istemiyor musun?" diye haykırdı. Ben de kulağına fısıldadım.

"Seni heyecanlandırmaya çalışıyordum; biraz da bekleterek..." Kirpiklerimi kırpıştırarak dudaklarımı yanağına dayadım. Elimi saçlarının arasında gezdirirken kulağına anlaşılmaz kelimeler fısıldıyordum. Ahmed'in nefes alış verişi düzenli bir hale geldikten sonra elinden tutarak onu yastıkların üzerine doğru götürdüm. Hâlâ ağlıyordu; yüzü bembeyazdı. Dudakları morarmıştı; bir ara "Üşüyorum." der gibi oldu... Uzun sürmedi, tekrar neşeli haline döndü.

Ahmed'in bana ne kadar benzemeye başladığını fark ettikçe korkuyor; kendimi bir adım geri atmaya zorlamaya çalışıyordum. Ancak yaradılışımın buna el vermeyeceğini anladığım zamanlarda içine düştüğüm umutsuzluk, doğuştan kadın ruhuma yüklenmiş olan öfkenin dışarı çıkmasına engel olamıyordu.

Yastıkların üzerine sırt üstü uzanırken düşündüklerimi okumuşçasına konuşmaya başladı. "Neden böyle olduğumu bilmiyorum Kösem, sana zarar verip vermediğimi de anlayamıyorum. Tek istediğim sadece kendime zarar verebilmek; çünkü bu yaşamdan, bu kıyafetlerden bıktım. Ben bunu hak ediyor muyum? Senin istediğin bu erkek bedenini, bu gücü?" En karanlık arzularıma dokunabilmiş olmanın verdiği memnuniyetle gülümsedi; cebinden çıkardığı sarı renkli bir şekeri ağzına attı.

"O da neydi?" diye alıngan bir sesle konuştum. Cevabını tahmin edebilecek kadar deneyimli olduğumu umuyordum; koluna dokunarak sorumu tekrarladım. Yastıkların üzerinde soyunmaya başlamıştım; çırılçıplak kalana kadar üstümdekileri teker teker üzerimden attım. Boynumdaki kolyenin kendisinin hediyesi olduğunu anımsayıp güldü.

"Ne kadar da saçma... Sende bunlardan kaç yüz tane var?" Yüzündeki ifadenin değişmeye başladığını fark ettiğim anda yerimden kalkıp emekleyerek odanın diğer ucuna gittim. Arkamdan güldüğünü duyabiliyordum; korkularımla yüzleşme endişesiyle ellerimi göğsümde kavuşturdum.

"Bunu bana niye yapıyorsun?" diye bağırdım. Sırtımı duvara dayamıştım. Arkamda duran kalın perdeye tutunmaya çalışıyordum; desteğe ihtiyacım olduğunu hissetmiştim.

"Bunu bana sen yapıyorsun Kösem! Anlamıyor musun? Artık karşı koyamıyorum." Çenesi öfkeden kasılmıştı; minderlerden yavaş yavaş kalkarken cebinden çıkardığı bir diğer şekeri de ağzına attı. "Artık bu dünyaya aydınlık bir gözle bakamıyorum senin yüzünden. Canım yanıyor anlamıyor musun; aslında ne kadar güçsüz olduğumu fark ettirdikçe bana..." Başını öne eğmişti. "Çok güçsüzüm; senin de dediğin gibi bağımsız da değilim. Peki, neyim o zaman; işte bu soruları bana sordurttuğun için bunları yapıyorum Kösem. Çünkü hayatımda belki de ilk defa bunları niye yaptığımı bilmeden yaşamak istiyorum." Sözlerini bitirdikten sonra yanıma koştu; yere çökerek gülmeye başladı.

"Peki, sen neden böyle yapıyorsun? Bunların tüm sebebi senken, tüm bu soruları niye soruyorsun ki? Sen sadece bir kadınsın."

Gülerek cevapladım.

"Sadece bir kadın olduğum için yapıyorum bunları Ahmed." Bir eliyle bedenimi duvara yaslarken tıslayarak konuştu.

"Sen bir kadın mısın? Hiç sanmıyorum..."

"Ama sen öyle demiştin değil mi Ahmed? Peki, kadın olup olmadığımı öğrenebilecek miyiz?" Güldü. Kaftanını yere attı; beni yeniden duvara itti. Sırtımın acıdığını hissederek doğrulmaya çalıştıysam da yapamadım. "Bunu öğrenebiliriz Kösem; ama hiçbir zaman anlayamayız. Cevabı da burada işte, öğrenmekle anlamak arasındaki çizgide. O boşluğa düşerken sorguladıklarından ibaret hayat, bir kadın olduğunu bilsen dahi bunu anlayamadığın için..." Kafamı duvara çarptı. Artık bağırıyordu.

"Benim ne olduğumu anlayabiliyor musun? Öğreniyorsun ama anlayamadığın için böyle davranıyorum. Ama ne yazık ki bunu da anlayamıyorsun." Bedenime yüklendi; fısıltılarımı duyabildiğinden emindim.

"Belki de ortak anladığımız tek şey öfkedir Ahmed; öfke..."

Josephine diye başımı öbür tarafa döndürdüm; bir an için yanımda Rüveyda'nın uyuduğunu hayal etmiştim. Üsküdar'daki saraya taşınmamız pek uzun sürmemişti. Buradan hoşlanmaya başlamıştım; ancak Ahmed oldukça keyifsizdi. Divan görüşmelerini izlemeye gitmez olmuştu; zaten pek umursadığı da yoktu. Yeni sadrazam Derviş Paşa'yla mümkün olduğunca az görüşmeye gayret ediyordu. Lala Mehmet Paşa'nın aslında cellatlar tarafından öldürülmediğini, kendini hançerleyerek öldürdüğünü öğrendikten sonra bir kere bile ziyaretime gelmemişti. Haremdeki cariyelerin bu durumdan hoşnut olduğu açıkça belliydi.

"Kösem'in kısır olduğunu anladıktan sonra onu bir daha görmemeye karar vermiş." diyordu Latife, yanındaki ufak tefek esmer kıza. Kızın adını biliyordu sadece: Emine. "Elbette bir daha onu görmeyecek." diyerek sözünü tamamladı Gülbahar'a dönerek. Gülbahar alımlı bir Venedik soylusuydu; hareme geleli birkaç ay olmuştu ve Latife'yle anında birbirlerini bulmuşlardı. Venedikli olmanın verdiği gururla tüm cariyeleri himayeleri altına almayı deniyorlardı.

"Kösem'i gördüm; pek de abartılacak bir güzelliği yokmuş." diye kestirip attı Gülbahar, Latife'ninkine benzer saçlarını tararken. Esmer güzeline de emir üstüne emir yağdırıyorlardı.

"Emine bize birer buzlu şerbet getiriver."

"Emine gediklilere söylesene, soframıza yiyecek bir şeyler koyuversinler; açlıktan öleceğim vallahi."

"Emine, şu yanındaki merhemi uzatır mısın kuzum?"

Emine boynunu eğmiş odanın içinde koşturup duruyordu. Üsküdar'daki cariye odası pek büyük sayılmazdı. Topkapı'dan taşınan eşyalar sığdırılabildiği kadarıyla, benim kontrolümde odalara yerleştirilmişti.

"Bunca şeyi nasıl kontrol edebildiğinizi anlayamıyorum Sultanım." diye ağzını şapırdatarak konuşmaya çalıştı Firuze. Kızıl saçları yanındaki gümüş meyve tabağını içindeki üzüm tanelerine dokunuyordu. "Gerçekten de anlaması güç; değil mi Cemal?" Dönüp Cemal'e gülümsemişti. Cemal ise bana haftalar önce Pera'dan satın almayı zar zor başarabildiği eserlerden birini inceliyordu. Kaşlarını kaldırarak konuştu.

"İngilizce kadar tuhaf bir lisan görmedim efendim; şu acayip harflere bir bakar mısınız? Ne kadar da karmaşık?" Gülerek kitabı ellerime bırakmıştı. "Neyi o kadar karışıkmış?" diye atıldı Firuze. Dudaklarını büzerek arada bir Cemal'e bakmayı da ihmal etmiyordu.

* * *

"Hatice Sultan niye bizi görmeye gelmiyor hiç Gülbahar? Anlayabilmiş değilim doğrusu. Eskiden olsa tüm gününü bizimle geçirirdi." Ağzına attığı lokmayı çiğnemeye çalışıyordu Latife. Gülbahar aynı umursamaz tavrıyla Emine'ye seslenmişti.

"Emine! Emine, buraya gelsene... Bu şerbete biraz daha buz ekletsene, ay pişiyorum burada. Bir hamama mı insek Latife? Hatice mi dedin?" Bacak bacak üstüne atarak tırnaklarını kemirmeye başlamıştı; Latife etrafını kontrol ederek fısıldadı.

"Sultan!"

"Her neyse canım, işi vardır Sultanımızın. Meşgul bir kadın ne de olsa, Ahmed'e sunulacak kızları ayarlamakla meşgul." Usulca kıkırdadıktan sonra Emine'nin eline tutuşturduğu şerbetten bir yudum aldı Gülbahar. "Hem kendisi de demiyor mu sıranın bize bile gelebileceğini? Bunun ne kadar önemli bir olay olduğunun farkında değil misin kalın kafalı kız?"

"Biliyorum! Kösem'in köleliğinden kurtulan Ahmed sonunda dünyanın nimetlerini tatma fırsatını yakalayacak. Bir yıl boyunca sadece tek bir kadınla beraber olmuş." Başını sallayarak devam etti Latife. "Sıra bize bile gelebilir; yeter ki Allah Kösem'in kısırlığını başımızdan eksik etmesin. Gerçekten de kısırmış ha?"

Emine iki kadının konuşmalarını dinliyordu. Kulağında bir ay önce Billur'un ona verdiği altın küpe vardı. Düşünmeden edemiyordu; bir gün bu kadınlar kadar güzelleşebilse o da bu denli umursamaz olabilecek miydi, haremin başındaki kadına karşı. Omuz silkerek koğuştaki diğer kızları seyretmeye koyuldu; hepsi birbirinden güzel ve değerliydi onun gözünde.

* * *

Ahmed, kadehinden bir yudum daha alarak dışarıyı seyretmeye koyuldu. Birileri derdimi anlayabilse, diye aklından geçiriyordu. Kösem dışında, diye mırıldanıverdi. Sakalını sıvazlayarak tekrar sadrazama döndü.

"Şimdilik divanda her şey yolunda Padişah Hazretleri; fakat siz nasılsınız?" Derviş Paşa, derli toplu, minyon bir adamdı; sakalının seyrekliği bir yeniyetme gibi görünmesine yol açıyordu. Konuşurken ellerini kullanıyordu; bu da Ahmed'in sinirine dokunmaya başlamıştı. Zaten bu adamdan nefret etmek için her türlü bahaneyi değerlendiriyordu; onun varlığını kabullenmeyi Lala Mehmet'in anılarına karşı bir ihanet olarak görüyordu.

Bu düşüncelerle gözünü yumarak şarabından bir yudum daha aldı, başını duvara yasladı."Peki, peki... Ne fark eder?" diye mırıldandıktan sonra sadrazama odadan çıkmasını işaret etti. Derviş Paşa saygılarını sunarak gerisin geri yürürken ne hata yaptığını düşünüyordu; bu adama niye bir türlü yaranamadığını merak ediyordu.

Ahmed'in düşünceleri belirsiz ve karmaşıktı; duygularını her beş dakikada bir aldığı afyonlu şekerlerle bastırabiliyordu. Ancak kâbuslarını tümüyle bastıracak bir ilaç yoktu; bu yüzden kadınını görmekten kaçınıyordu.

Uykuyla bilinç, ölümle yaşam arasındaki ince çizgide ayakta, dengede kalabilmek için bedenini uyuşturan meretlere ve içkiye başvuruyordu. Yatağına alacağı kızları, tensel zevkleri hayal etmiyor değildi elbette. Benimle geçirdiği şiddetli akşamlardan sonra şefkatli bir kadının dokunuşuna ihtiyacı olduğunu hissediyordu; karşısında ona boynunu eğecek bir kadına ihtiyacı vardı artık Ahmed'in.

* * *

"Asıl bunu biliyor muydun, Gülbahar?" diye eğildi Latife. "Lala Mehmet Paşa'yla Derviş Paşa'yı bizzat Kösem'in öldürdüğünü... Her fırsatta bunu inkâr ediyor olsa da doğruymuş! Sevgili arkadaşı Billur için, dostları yardımıyla intikam aldığını konuşuyor herkes; ama ben bundan adım gibi eminim." Gözünü kırparak sesini iyice alçalttı. "Onları öldürebilmek için her ikisinin de yatağına girmesi gerekmiş; arka arkaya hem de... Artık bu kadın da hamile kalamıyorsa kim kalsın canım?"

Usulca gülerek Emine'den badem şekeriyle dolu şekerliği uzatmasını istedi. Nargileyi kucağına çekerek bir nefes aldı.

"Bu şeyi nasıl içebiliyorsun anlamıyorum; iğrenç bir şey" diye çığlık attı Gülbahar. Latife'yse gülüyordu.

"Alışırsın; alışırsın..."Ağzına attığı badem şekerini çiğnerken Emine'yi çağırdı. "Git Mercan Kalfa'ya söyle! Bana şu meşhur badem yağlı merheminden getirecekti bugün, unuttu herhalde." Yüksek sesle gülerek devam etti. "Ay canım, badem şekeri yerken aklıma geliverdi bir anda." Saçlarını karıştırarak tekrar Gülbahar'a döndü.

Emine koğuştan çıkıp yürümeye alıştığı o karanlık koridorlardan birine sapmıştı bile. Gözleri kapalı yürüyordu artık Üsküdar'daki haremin içinde. Dışarıdan gelen incir kokusunun genzini yaktığını hissederek mırıldandı. "Badem yağlı merhemmiş." Gülerek başını salladı; gözü kapalı yürümeye devam etti. Kendini Mercan Kalfa'nın odasının önünde buldu. "Mercan Kalfa, Mercan Kalfa!" diye seslendi bir süre; cevap gelmeyince kapıyı çalarak içeri girdi.

Oda diğer kalfa odalarına göre oldukça şıktı; yerde bir halı, duvarlarda yepyeni kandiller vardı. Dört bir yanı yarı değerli taşlarla işlemeli yastıklarla doluydu; küçük olmasına rağmen odanın ortasında devasa bir divan vardı. Emine, bir kalfanın bu denli büyük bir divana niye ihtiyacı olabileceğini düşündü.

"Mercan Kalfa..." diye bir kez daha seslendi. Cevap alamayınca divanın üstüne çökerek başını yastığa yasladı. Gözleri yavaş yavaş kapanmaya başlamıştı. Gün boyunca süren koşuşturma onu yoruyordu. Hayatı boyunca üzerinde yatabileceği en rahat yatağın tadını çıkarmaya çalıştı; yastıktaki amber kokusunun ciğerlerine dolduğunu hissetti. Koyu kahve saçları divanın kenarından sarkıyor; biçimli suratı yastığa gömülü titriyordu. Göğsü incecik ipek gömleğinin altında inip kalkıyordu.

* * *

"Firuze, Firuze! Tam olarak ne istediğimi anladın mı; değişik bir mücevher istiyorum, kimsede olmayan... Kimsede! İkiniz de anladınız mı; yeni Kira'ya söyleyin, muazzam bir şey arıyorum! Galiba Ahmed beni görmeye gelecek..." Heyecanla ellerimi ovuştururken odada koşturuyordum; Firuze'yle Cemal, Hasköy'de oturan Kira'yı ziyarete gideceklerdi. Firuze çarşafına bürünmüştü; dışarıya çıkmış kızıl lüleyi çarşafın içine sıkıştıran Cemal'in üzerinde her zamanki tavşan kürklü yeleği ve uzun yeşil şalvarı vardı. Sarığı çok muntazam görünüyordu; Firuze'nin gözlerindeki ışıltıyı fark etmemek imkânsızdı.

"Ah Sultan'ım, size temin ederim ki hiçbir imparatorluğun görmediği bir mücevher getireceğim size. Benimle gurur duyacaksınız. Padişahımız öylesine etkilenecek ki, bir daha sizi..." Cemal Firuze'ye hafifçe dirsek atarak onu susturdu; oysaki Firuze'nin, hatta tüm haremin düşündüklerinden haberdardım.

"Önemli değil Cemal, Ahmed'in beni biraz boşladığının farkındayım; ama geçen gün sana dememiş mi 'Güzel hasekim nasıl?' diye?" Gülümsüyordum; ufak bir umudun, en karanlık anlarında bile bir insanı nasıl ısıtabildiğimin farkına vararak...

Firuze'yle Cemal kol kola girmiş bana acıyarak bakıyorlardı; son zamanlarda padişahın ve benim edindiğimiz kötü alışkanlıklardan ikisi de huzursuzdu. Cemal kızararak cevapladı. "Elbette Sultan'ım, eminim ki sizi görmek için sabırsızlanıyordur. Neyse, arabamız beklemesin, yolumuz uzun..." Hafifçe eğilerek beni selamladıktan sonra kıkırdayan Firuze'yi kolundan çekiştirerek odadan çıkardı.

"Nereye gidiyoruz böyle? Hem Hasköy de neresi?" Firuze huzursuzca nazlanıyordu.

"Seferad Yahudileri'nin yaşadığı yermiş Firuze'm; ben de yeni öğrendim. İnanılmaz mücevherleri varmış!" Gülüyordu. "Bana ne mücevherlerden; yeter ki Sultanımız memnun olsun, şu son bir ay boyunca düştüğü duruma baksana, kendini mahvediyor..." Firuze, kaşlarını kaldırmış Cemal'e bakıyordu; kolundan çekerek durdurdu. "Ne demek istiyorsun; düştüğü kötü durum derken. Sen ne durumda olurdun eğer bütün haremin sultanıyken bir anda herkesin acıdığı kadın haline gelseydin? Hatice'nin şu anda düşündüklerini bir bilsen..."

"Ne düşünüyormuş; hem sen nereden biliyorsun ki?" diye sordu Cemal, kolunu şehvetle Firuze'nin beline sararken. Firuze sinirle silkindi.

"Biliyorum; kendini Kösem Sultan'ın yerine koysana... Bir anda yenik düştü; hem de hiç akla gelmeyecek bir sebepten dolayı..."

"Neymiş o sebep?"

"Belli değil mi? Padişah bir başkasına aşık!"

Cemal ona yaklaşarak güldü.

"Kime aşık olacakmış padişah, o sadece kendisine aşıktır olsa olsa..." Firuze Cemal'i susturmaya çalışıyordu; Cemal'se aynı bilmiş tavrıyla kızı etkilemek istiyordu. "Elbet kendine aşık, yaptıklarına bir baksana; ani duygu değişimleri, sevdiğine acı çektirme isteği. Hepsi kendini üstün duruma getirmek için."

"Hepimiz böyle değil miyiz peki Cemal?" Firuze kolunu kaldırmış Cemal'i yanına çağırıyordu; Cemal meydan okuyan bir gülüşle bir adım geri attı.

"Hadi, Kira bizi bekliyordur!" Firuze'nin uzattığı kolu tutarak yürümeye başladı; Firuze hâlâ gülüyordu.

"Peki; ama bu konuya kaldığımız yerden devam edeceğiz..."

* * *

"Sen ne yapıyorsun burada!"

Emine rüyasında pembe kandillerle donatılı bembeyaz bir koridorda yürüdüğünü görüyordu. Koridorun her iki tarafında muazzam büyüklükte onlarca bembeyaz maun kapı vardı. Altın tokmakları ışıldamaktaydı; üzerindeki bembeyaz elbisenin eteklerine basmaktan korkarak koşmaya başlamıştı. Kapılar teker teker açılıyordu; koridora açılan karanlıklardan kaçmak için daha hızlı koşuyordu.

"Sen ne yaptığını sanıyorsun burada!" diye yineledi karanlık ses. Emine kendini uyanmaya zorladı. Yanı başında duran Mercan Kalfa'yı fark edince elini göğsüne koyarak derin nefes almaya çalıştı; zihni uykuyla uyuşmuştu. Gözlerini kırpıştırarak heyecanlı bir sesle konuşmaya başladı.

"Ben Mercan Kalfa, ben... Beni buraya Latife yolladı; sizin ona hazırlamanız gereken..." Emine büyülenmiş gibi, bir kalfaya göre olağanüstü güzellikteki genç kadına bakıyordu; kıvırcık siyah saçları, yeşil gözleri ve pürüzsüz bembeyaz bir teni vardı.

"Sana bunu sormadım; odamda ne yapıyorsun?" Emine derin nefes almaya çalışarak cevap verdi.

"Şey ben, sizi bulamayınca içeri girdim, zannettim ki siz..."

"İçeride değildim işte; niye dışarı çıkmadın?" Mercan odanın dört bir yanında duran raflardan birine doğru ilerleyerek porselen bir kavanozu aldı; Emine'ye uzattı. "Latife'ye söyle bu onun için, kuru bir cildi var; bu onu dengeler. Her gece yatmadan önce tüm suratına, boynuna sürsün; sabah uyanır uyanmaz durulamasın sakın. Hiçbir işe yaramaz o zaman..." Sonra kendisinden beklenmeyen bir incelikle kızın yanağını okşadı; yüzünü inceledi.

"Senin hafif yağlı bir cildin var; genelde senin gibi esmerlerde böyledir. Dur bekle..." Rafta dizili onlarca cam kavanoza göz attı. "Ama sana merhem vermek istemiyorum; buna ihtiyacın yok, bence cildin mükemmel, yalnız..." Kıza küçük bir şişe uzatırken alnını kırıştırmıştı. "Yasemin, tam da senin için... Hanımefendi kokusudur yasemin; ilerleyen aylarda beni ziyaret edersen biraz sandal ağacıyla karıştırabiliriz. Ama daha hazır değilsin," derken gözünü kırptı. Emine ne diyeceğini bilemiyordu. Latife'nin ne düşüneceği de vardı işin içinde.

Mercan tereddütünün nedenini anlayıp "Latife'ye bir şey söylemek zorunda değilsin," dedi. "şalvarının cebine koy şişeyi".

"Ben gideyim." dedi telaşla Emine. Mercan'ın suratına bakmaktan korkuyordu; kadının üzerinde yarattığı etkiyi hissedebiliyordu. Korkuyla kapıya yönelirken eli titredi; kavanozu düşürme korkusuyla duvara yaslandı. O odadan çıkarken Mercan hâlâ arkasından bakıyordu.

* * *

Firuze hafifçe Cemal'in koluna dokundu. "Gittiğimiz yer neresi; biliyorsun değil mi?"

Cemal hafifçe güldü. Firuze'nin her adımında upuzun boynundaki yeşim kolye bir çıngırağı andıran sesiyle bir omzundan diğerine sallanıyordu. "Yoo, ama kimin umurunda. Sorarız, Kira Cevher'in yerini. Herhalde bu adda saray için çalışan başka bir kira daha yoktur."

Firuze rahatlamış görünüyordu; uzun bir yol gideceklerini anlayarak peçesini çıkardı. Sırayla geçtikleri ahşap bakımsız evlere bakıyordu. Araba, eski konakların, padişaha yol açmak için yıkıldığı sokaklardan geçerken zorlanıyordu.

"Hani Yahudi'ydi Kira, adı neden Cevher?"

"Bilemiyorum, dediklerine göre saraylıymış; yani haremden. Cevher yeni adı olmalı, gerçek adını tanışınca sorarsın." Arabanın sallanmasıyla Firuze Cemal'e daha da yaklaştı; onunla kapalı bir yerde tek başına olma düşüncesi tüm bedenini ısıtıyordu. Kızıl saçlarıyla oynayarak pencerenin perdesini araladı, Cemal'in koluna dokunan eliyle irkildi.

"Rahatsız mı oldun?" Genç adamın sesi o kadar yumuşaktı ki Firuze gülmeden edemedi; huzura kavuştuğunu sanarak arkasına iyice yaslandı.

"Kimden rahatsız olacakmışım? Saraylı Cevher Kira'dan mı?" Başını sallayarak Cemal'in elini sıktı. "Beni rahatsız edemeyeceğini sen de biliyorsun." Araba bir kez daha sallanınca Cemal'in bacağı Firuze'ninkine deyiverdi.

Saraydan uzaklaştıkça kulağına gelen, konaklardan, meyhanelerden, dükkânlardan yükselen sesler Firuze'ye yabancıydı. İstanbul'a geldiğinden beri ya ikinci veya üçüncü kez dışarı çıkıyordu. Ama onu heyecanlandıran ne İstanbul'un günlük yaşantısıydı ne de Boğaz'a eliyle dokunabilecek kadar yakınlaşmak.

"Seni rahatsız etmiyor muyum?" Sesi boğuk boğuk çıkıyordu genç adamın, yakışıklı suratında beliren ifade Firuze'yi hoşnut ediyordu. Tekrar gözlerini yumarak yaşadığı anın farkına varmaya çalıştı; aylardır işte bu yakınlaşmayı hayal ediyordu. Cemal'in daha da yakınlaştığını görünce tedirginlikle kıpırdandı.

Cemal'in suratı allak bullaktı. "Hani rahatsız olmuyordun Firuze?" Firuze'nin yanaklarının allaşmasına dayanamıyordu; işte o anda bu kızı masumiyetiyle, acısıyla, uçarılığıyla sevdiğini fark etti.

"Ben, ben, rahatsız olmadım; sadece bilemiyorum. Kösem Sultan ne der ki?" Endişesine rağmen başını Cemal'in kucağına koyarak saçlarının yeşil şalvarda yarattığı zıtlığı izlemeye koyuldu. Cemal'in cevap vermesine izin vermeden tekrar konuşmaya başladı.

"Bizim de bu kadar zıt olmadığımızdan emin misin Cemal, şu kırmızıyla yeşil gibi... Erkekle kadının olabileceği kadar zıt?"

Cemal elini Firuze'nin yanağına koydu; hafifçe okşarken kızın çıplak bedenini hayal ediyor olmaktan utanıyordu. Gözlerini kırpıştırdı. "Ben eminim, yoksa Kösem Sultan beni haremine almazdı." Açıklayacağı gerçeklerden çekinerek elini kızın yanağından çekti.

Firuze kalkıp oturdu, kaşlarını çatarak sordu.

"Nasıl yani, bizim yakınlaşacağımızı biliyor muydu? Bir hadımla bir cariyenin... Komik olma lütfen." Evet, hayallerinin gerçekleşmesi uzak bir ihtimaldi; ama onlara ancak bu adamın açıklayacağı gerçeklerle çatışarak kavuşabilirdi.

"Sen... Sen haklısın. Ben saçmalıyorum galiba. Sadece Kösem Sultan yaşadığı büyük hayal kırıklığından sonra istedi ki bir sevdiği mutlu olabilsin." Cemal gözlerini yumarak arkasına yaslandı.

Firuze iyice şaşırmıştı; yaşadığı heyecandan hissettiklerinin farkına varamıyordu. Belki de en iyisi kendini bu belirsizliğe bırakmaktı. Yüzünde gülümsemesi, dışarıdan yükselen karmaşık senfoniyi dinlemeye koyuldu.

Cemal cebinden çıkardığı ufak kitabı inceliyordu; ikisi de bir süre hiç konuşmadı. Firuze aklını adadığı en büyük kahramanı düşündü. "Kösem Sultan olsa ne yapardı" diye aklından geçirdi. Cemal ise karıştırdığı kitap dışında her şeyi düşünüyordu. Sonunda dayanamadı ve kızın belinden tutarak, saçlarını okşamaya başladı. Kızıl saçlarının ipeksi dokusu o kadar hoşuna gidiyordu ki bir an için kendini kaybedip tüm kıyafetlerinden kurtulmayı düşündü; sonra kendi düşüncelerine gülerek kızı çenesinden tutarak öptü.

Firuze'nin nefesi sıcak ve tatlıydı; Cemal'in çenesini, dudaklarını, dilini, damağını titretiyordu. Dudakları yumuşak ve pürüzsüzdü; Cemal bir an için cennetin varlığını tanımlayabileceğini düşündü. "Gerçekten seviyor olabilirim." diye aklından geçirdi Firuze Cemal'i öperken. "Kendimi ona adayacak kadar seviyor olabilirim, ne de olsa Kösem haremindeyken Ahmed'in gönlünde bana yer yok."

Cemal genç kızın dudaklarının tadına bakarken araba durdu. Heyecanla sarığını toparlamaya çalıştı, Firuze de çarşafını düzeltiyordu. Cemal kıza son bir kez bakarak fısıldadı. "Gerçekten de çok güzelsin. Gerçekleri senden saklayamıyorum."

Firuze gözlerini kırpıştırarak sıcak nefesiyle konuştu. "Hangi gerçekleri?" Gülüyordu; arabanın açılan kapısı bile hayallerinin sesini susturmaya yetmedi. Sevinci yüzüne yapışıp kalmıştı.

* * *

Emine arada bir şalvarının cebindeki ince, uzun şişeye dokunuyordu; Mercan'la karşılaşmasının ardından geçen saatler heyecanını yatıştıramamıştı. Latife'ye kavanozunu verdikten sonra büyük bir cesaretle izin isteyerek inzivaya çekilmişti; yattığı yerde tek düşünebildiği Mercan Kalfa'nın kim olduğuydu.

Kadının ışıltılı kıvırcık siyah saçlarını, muhteşem bilgeliğini, sert surat ifadesini ve ona gösterdiği şefkati düşündükçe gözlerinin ışıldadığını hissediyordu; tekrar cebindeki şişeye dokunarak mantar tıpasını çıkardı. Koğuşta yalnızdı; tüm koğuşu kaplayan büyülü kokuyla Mercan'ın hatıralarının canlandığını hissetti. Kalfa'nın kocaman divanının hayaliyle derin bir uykuya daldı; rüyalarında yine aynı pembe ışıltılı koridoru gördü. Açılan kapılardan yükselen ses tanıdıktı.

'Burada ne yapıyorsun?'

O da bilmiyordu; nereye gittiğini dahi bilemiyordu. Hareme geldiğinden beri ilk defa yaşadıklarının tadını çıkarmaya başlamıştı; pes edip etmediğini anlayamıyordu.

* * *

Firuze'nin ellerinde sıra sıra dizilmiş mercanlardan oluşan bir kolye vardı; mercan tanelerin arasına sıralanmış pırlantalar ölümcül bir kızıllıkla parıldıyordu. Firuze'nin kızıl saçlarıyla muhteşem bir uyum sağlayan kolye, benim boynumda ölümcül bir hal alıyordu. Kolyeyi nasıl bulduklarını sorunca ikisinin de gözünde beliren muzip parıltıyı görmezden geldim.

"Ben, ben bilmiyorum; doğrusunu söylemek gerekirse Sultanım" diye geveledi Firuze " Kolyeyi Cemal seçti." Hâlâ gülüyordu; Cemal kızın koluna dokunarak onu sakinleştirmeyi denedi.

"Evet, Sultanım ben seçtim; Kira'nın dediğine göre çok değerli bir parçaymış." Aynaya baktım, görüntümden hoşnut, tiz bir kahkaha attım. Cemal'le Firuze aralarında kıkırdıyorlardı; yüzümde beliren kuşkulu ifadeyi fark edince sustular. Evet, bunun olmasını amaçlamıştım belki de; Firuze'nin olgunlaşabilmek, hayatta dayanıklı olabilmek için aşkı tatmasını istemiştim, aynı benim gibi. Ama ters giden bir şeyler vardı.

Zihnimde Hamit'in anısı canlanırken kalbimin daha da hızla atmaya başladığını hissediyordum; sorunun ne olduğunu anlamam uzun sürmedi. Bu ikilinin huzuru bulabilmiş olması, benim Hamit'le yaşadığım aşkın temelinde varolan huzursuzluğu bir kez daha yüzüme vuruyordu; onları kıskanıyordum. Huzuru ve mutluluğu bulamamış olmamın sebebini sorgulamanın verdiği acıya göz yummakta zorlanıyordum artık. Büyümüştüm, deneyimlerim "Neden ben?" diye sormaya el vermiyordu; düşüncelerimi susturdum.

"Birkaç parça da yüzük vardı Sultanım; ama aynı sizdekilerden. Boşu boşuna masraf..." Öfkeyle Firuze'yi susturdum.

"Tamam, Firuze anladım; çıkabilirsiniz." Boynu bükük odadan çıkarken birbirlerinden uzak durmaya çalışıyorlardı. Kavuşamadığım huzurun tadına kimsenin bakmasını istemediğimi anlamıştım; ama yapabileceğim bir şey yoktu. Boynumdaki kolyeye dokunurken Cevher'in dediklerini zihnimde canlandırmaya çalıştım.

"Yok efendim, siz yanlış anladınız herhalde. Bunu hiç beklenmedik bir anda, bazı ganimetlerin arasında buldum. Evet, sen anlayabilmişsin güzel kızım, büyük bir tesadüf. Siz ikinizin birbirinizi bulması gibi; adınız neydi? Firuze'yle Cemal? Ah, benim zamanımda Firuze diye güzeller güzeli bir kız vardı haremde; ama şekerim hiç sana benzemezdi. İnşallah kaderiniz de benzemez güzel kızım. Yok, ona ne olduğunu anlatmak istemem..."

Gözlerimi kapadığımda yine o sesi duydum. "Evet, tamamen tesadüf; ama çok değerli kuzum. Fazlasıyla değerli... Sahipsiz bırakılamayacak kadar. Eh, ne de olsa herkes bu kadar şanslı olamaz."

Şansın ne olduğunu sorgularken boynumdaki kolyeyi avucumda buldum; o kadar sıkmıştım ki boynumda bir yara açılmış, kanıyordu. Şansın kaderdeki payı ne olabilirdi; kadere inanmamakla şansımızdan da vazgeçmiş mi oluyorduk?

"Tamamen şans güzel kızım," diye devam edecekti Kira Cevher. "Şanstan başka ne olabilir ki?"

* * *

"Emine, o cebindeki nedir?" diye ileri uzandı Latife. Peştamalı üzerinden düşmek üzereydi. Gülbahar'ın sırtını ovan natır, Latife'nin ani hareketi üzerine durdu. Emine korkuyla elini cebinden çekerek başını salladı. Elden ele dolaşan bakır taslar sıçanotu ve şeker macunuyla doluydu; Latife bakır tastan genişçe bir midye kabuğunu bu iki karışımla doldurarak bacağının üst kısmına yaymaya koyuldu.

"Hiçbir şey efendim, sadece..." Emine gülümsedi; daha da sinirlenen Latife kızın kolunu kavradı. Hızlıca çektiği merhem bacağının üzerindeki kılları kökünden koparmıştı; öfkeyle kıllı parçayı Emine'nin koluna yapıştırdı.

"O ne dedim sana? Ne olduğunu bilmiyorsan niye cebinde taşıyorsun?" Emine'nin canı yanmıştı. Latife Gülbahar'a dönerek güldü. "Biraz salak galiba bu!"

Gülbahar gözlerini kapamış, kendini natırlara bırakmıştı. "Of neyse ne Latife, niye bu kadar uğraşıyorsun? Cebinde zehir taşıyacak hali yok ya!" Keyfi yerine gelmişti; sırtına dökülen sıcak yağların kokusu Emine'nin genzini yakmaya başlamıştı. Hafifçe aksırdı. "İzin verirseniz efendim." diye ağzında geveledi; bir an önce koğuşa giderek kendini yatağına atmak, mendiline bir damla parfüm damlatarak o anın tadını çıkarmak istiyordu.

Hamamı dolduran kızılımsı ışıklar güneşin batmak üzere olduğunun işaretiydi; günlerin kısalmaya başlamış olması bunaltıcı sıcakların da geçeceğinin habercisiydi.

Emine alnındaki teri silerek Latife'nin cevabını bekledi; Latife yanındaki buzlu limon şerbetinden bir yudum alarak üst dudağını yaladı; Gülbahar'a uzattı. Gülbahar şerbeti koklayarak geri verirken bunaltıcı sesiyle konuşmaya başladı.

"İzin istedi kız Latife, bir cevap versene..."

"İyi, iyi. Toz ol! Git zıbar..." Latife asabi bir tavırla başını çevirdi; mermerden yükselen sıcak buharların teninde yarattığı pembelik onu her zamankinden daha güzel kılıyordu. Gözlerini kırpıştırarak az önce söylediklerini tekrarladı. "Hadi git diyorum sana, Gülbahar'la konuşmamız gereken şeyler var." Gülümseyerek Gülbahar'ın koluna dokundu.

Emine hâlâ olduğu yerde duruyordu; bazen Latife'nin dediklerine anlam veremediği oluyordu. Latife genellikle kasdetmediği sözleri kullanır; üstü kapalı öneriler, tehditler, açıklamalar sunardı. Emine'nin başlıca görevi bu gizemli sözcüklerin sırrını çözmekti. "Efendim..." diye mırıldanır olduysa da Latife onu "Şimdi değil Emine, gitsene artık." diye geçiştirdi.

"Gülbahar, güven bana; geçen gün Hatice Sultan beni görmeye geldiğinde çok heyecanlıydı. Ah bir de küçük Osman'ı görsen, küçük dediğime bakma, kocaman olmuş neredeyse üç yaşında, yakında selamlığa da geçirirler, inanılmaz tatlı bir çocuk. Hatice pek ilgilenmiyor oğluyla, yanlarında ebeleri vardı."

"Sadede gel Latife ya!" diye homurdandı Gülbahar, sırtındaki baskıdan dolayı sesi kesik kesik çıkıyordu.

"Kendine gel Gülbahar, anlatacağız herhalde." Kaşlarını çattı. "Demek istediğim çok heyecanlıydı Hatice Sultan, çünkü yarın gece Sultanımızı görecekmiş. Geçen gün sohbet etmişler; yarın gece de gelecek, diyor. Buna ne dersin?" Derin bir nefes alarak; hamamın tavanına dikti gözlerini.

Sadece "İyi haber." diyebildi Gülbahar. Söyledikleri zar zor anlaşılıyordu; az sonra uykuya dalması kaçınılmazdı. Latife de suratına sürdüğü merheme dokunuyor, kokluyordu. Hoşnut kalmamış olacak ki söylenmeye başladı.

Kokusu haremin hamamına süzülen incir ağaçları huzursuzca kıpırdanırken, güneş olgunlaşmış meyvelerin üzerine batıyordu. Haremde başlayacak yeni savaşın farkında olmayanlar bunu "doğa" olarak tanımlıyorlardı.

'Benim nargilem nerede?' diye bağırıyordu Hatice, zevksiz döşenmiş, abartılı mobilyalarla donatılmış odasında. Divanın üzerinde dantel örtüler vardı; yanına neredeyse tavana değecek uzunlukta bir çini vazo, içinde de vazonun büyüklüğüne boyun eğmiş, savunmasız kırmızı laleler. Görüntü öylesine gülünçtü ki, ne zaman Hatice Sultan'ın odası dense, gözümde sadece bu canlanır olmuştu. Odadaki renk cümbüşü iç açıcı değil, aksine ruh karartıcıydı.

Hatice divana yüzüstü uzanmış iki dirseğinin üzerinde doğrulmuştu; üzerinde benim kıyafetimden özenilerek dikilmiş pembe bir kaftan, başında da hiç eksik etmediği bir örnek fes vardı. Pembe saten kumaşla kaplı fesin kenarlarından sarkan koca koca altın dökmeler şakaklarına düşüyordu, her sinirlendiğinde geriliyordu bu kadının şakakları. Kara gözleri odayı dehşetle tararken elleri sallanıyordu; tekrar bağırdı. Osman korkarak divandan kalktı, ebesine koştu.

Güzel sarışın bir çocuktu; ikiyle üç yaş arası bir dönemdeydi. Yeni yeni konuşmaya başlamıştı. Ebesi gözündeki yorgunluğu öz oğlu gibi sevdiği bu çocukla gideriyordu. Ebenin lakabı 'Lokum'du; iyi yürekli bir kadın olduğu için ona bu adı takmışlardı. Aslen Rum'du; fakat haremde geçirdiği onlarca yıldan sonra ne Rumca'sı kalmıştı, ne de geçmişi.

Kimse kadının gerçek adını bilmez; ama ondaki büyüyü çözmeye çabalardı. Mavi gözleri hep yaşlı ve şimdiye dek büyüttüğü onlarca çocuğun adını kazımışçasına kocamandı. Kirpikleri kaşlarına kadar uzanıyordu Lokum Ebe'nin. Yanakları al aldı.

"Sultanım, şimdi geliyor; hemen söylüyorum. Hadi Osmancığım gel!"

Bacaklarına sarılan çocuğu kucağına almak için hamle ettiyse de Hatice onu durdurdu; kendinde olmadığı belliydi. Konuşurken ağzından tükürükler çıkıyor; gözleri fıldır fıldır dönüyordu. Öfkesinden kudurmuş gibiydi.

"Çek ellerini çocuğumun üzerinden, Osman! Gel buraya!" Altın oğlan korkuyla daha da sıkı sarıldı Lokum Ebe'nin tombul bacaklarına, lale desenli kahverengi şalvarını aşağıya çektikçe kadın sıkıntıyla gülüyordu.

"Yok, Sultanım etmeyin; yormayın kendinizi, bu veletle ben..." Çocuğu tekrar kucaklamaya kalkıştığında Hatice yerinden kalkarak bağırmaya başladı.

"Sen ne hakla bana emirler veriyorsun; çocuğumu ister alırım ister atarım. Bu seni ilgilendirmez Ebe!" Zavallı Lokum korkusundan ne diyeceğini bilemez bir vaziyette başını sallıyordu; Osman daha sıkı sarılmıştı bacaklarına. Hatice oğluna doğru eğildi; oğlan kuvvetli bir çığlık atınca da onu ebeye doğru itti. Ebenin ayaklarının dibine düşen çocuğun çenesinden akan kan halıya sızıyordu; tiz çığlıkları odayı doldurduğunda Hatice sakinleşmişti. Emrini tekrarladı; "Nargilem!"

Ben Hatice'nin odasına girerken Lokum Ebe, kucağında Osman, şifaevine doğru koşuyordu. Hatice divandan beni izliyordu. Kucağındaki nargileye bakarak derin bir nefes aldı ve güldü. "Geleceğini biliyordum; benimle tanışmak isteyeceğini..." Tekrar güldü; terliklerini ayağından çıkararak odanın diğer ucuna fırlattı. Duvara tok bir sesle çarpan terlikler oldukları yerde kaldı.

"Biliyordun ha? Yine de oğlunu hırpaladın; gözümden düşmeyi göze aldın yani?" Ben de gülmeye başlamıştım; sesimin bu kadar kuvvetli çıktığına inanamıyordum. Halbuki günlerdir kuvvetsiz ve hastalıklıydım. Yüzüm solmuş; gözlerim sararmıştı.

Hatice huzursuzca kıpırdanarak divanda bana yer açmaya çalıştı; sırtındaki süslü yastıkla rahat edemeyince benim oturacağım yere koyup vereceği cevabı düşünmeye koyuldu.

"İlk defa doğru düzgün tanıştığımızı, konuştuğumuzu biliyorsun değil mi Kösem?" Başımı salladım gülerek, bir süre cevap alamayınca yanındaki yastığa işaret etti.

Kuvvetsiz bünyem hemen itaat etmeyi seçecek olsa da, savaşçı zihnim ayakta durmamı söylüyordu. Nargilenin altında kaynayan su ve odayı kaplayan tatlı koku hepimizi etkisi altına almaya başlamıştı.

"Afyon?" diye umutsuzca mırıldandım. Durumumun farkında olan Hatice gülerek cevap verdi. "Benim işim olmaz; ama rakıya hayır diyemem doğrusu." Yüzündeki saf ifadeye hayran kalmamak imkânsızdı doğrusu; hareme geldiğimden beri çekiştiğim bu kadına saygı duymuyor olsaydım kendime de inancımı kaybedebilirdim. Evet, Hatice çok güzeldi; haremdeki diğer cariyelerin çoğunda olmayan bir şey vardı onda: Asalet. Gözlerindeki pırıltı sahip olduğu zekânın bir işareti olmalıydı; ilk defa ondan çekinmeye başladım ve düşünmeden edemedim: Ya benden daha üstünse?

"Ama senin hikâyelerine kulak da tıkayamıyorum doğrusu; tüm gün boyunca çekilen afyon, haşhaş, şarap? Doğru mu bunlar?" Kaşlarını kaldırmış meraklı gözlerle bana bakıyordu; başımı iki yana sallamaya çalıştım.

"Ne kadarına inanmak istiyorsun beni hor görebilmek için?" Korkuyla dizlerimin üstüne çöküp halının üzerindeki yastıklardan birinin üzerine kuruldum; Hatice nargilesinden derin bir nefes çekti. Dumanı suratıma doğru üflerken somurtuyordu; gözlerindeki ışıltıyı, yüzündeki duruluğu çabuk kaybetmişti.

"Hiç birine, ben rakibimi hor göremem. Sadece başımı eğerim; ama ben şimdi onu da yapamadığıma göre..." Nargileden bir nefes daha çekerek bana uzattı; başımı, istemediğimi belirtircesine salladıktan sonra ellerimi ovuşturmaya başladım. Gözlerimin duyduğum hüzün ve acıyla yanmaya başladığını hissediyordum; evet, belki de kaybetmeyi kabullenerek öfkelenmemek en doğrusuydu. Ben Ahmed'i, savaşımı, yalancı bir galibiyetten sonra kaybetmiştim; yaralarımı sarmak uzun süreceğe benziyordu. Ama bundan önce içimdeki savaşı tamamlamaya koyulmalıydım; Kösem'le olan savaşımı.

"Ben sadece sana sormaya geldim. Yarın Ahmed sana geliyor mu? Çünkü geliyorsa pek umurumda olmaz, tek eşliliğe inanmam ve..."

Hatice gülüyordu, eğilerek bir sır verircesine konuşmaya başladı. "Sen, acımasız Kösem Sultan erkeğini biriyle paylaşabileceksin ha? Buna inanmıyorum işte; paylaşamayacağını bildiğim için de Topkapı'ya döner dönmez seni haremden attıracağım." Yüzümdeki ifadeden etkilenmiş olacak ki az önceki pozisyonuna döndü; nargilesindeki su kaynamaya başlamıştı.

Tekrar güldükten sonra "Senin bana yapacağını, yapmayı planladığını yapıyorum işte." dedi. "Benden merhamet dileme. Ben sen olmaya çalışıyorum."

Öfkelenerek öne doğru atıldım; Hatice'nin burnunun dibinde durarak kükredim. "Kendin olmaya dayanamıyorsun, değil mi?' Başımı ellerimin arasına alarak tekrar eski yerime döndüm; Hatice'nin cevabını aldığımda artık çok geçti.

"Hayır; ama ben olmak yeterince iyi değil; en azından ufak Ahmed'in için." Gülmeye başlamıştı, üstüne atıldığımda bağırıyordum.

"Daha kazanmış değilsin; daha bitmedi... Daha yenilmedim!" Kollarımdan çekiştirilerek kapının önüne atıldığımı hatırlıyorum; geçen ayın Sultan'ıyken bugün unutulmuş, Hatice'nin durumuna düşmüştüm. Arkamdan bağırdığını anımsıyordum.

"Senin için bitti Kösem, senin için..."

Kimin için bittiğini, kimin için yolun devam ettiğini bildiren de şans mıydı? Başımı sallayarak odama giderken beni neyin sakinleştireceğini biliyordum; alışkanlıklarıma sarılarak bir ömür boyu sürecek acıları sindirebileceğimi sanıyordum...

* * *

Nargilemin çıkardığı dumanı izlerken dalıp gitmişim; koluma hafifçe dokunan Firuze'nin yumuşak sesiyle kendime geldim. Haftalardır kendimde sayılmazdım ve Ahmed'le son görüşmemizin üzerinden neredeyse bir ay geçmişti. Evet, Hatice'yle bir aşk yaşadığı doğrulanabilirdi; hatta Hatice'nin yatağına soktuğu onlarca kızla da...

Hatice bu duruma boyun eğebiliyorsa; ben de yapabilirim diye sakinleşmeye çalıştıysam da olmadı. Yenilginin darbeleri tüm bedenime dağılırken, gönlüm zihnimi aydınlığa sürüklememe izin vermiyordu.

Firuze bedeninden yayılan sandal ağacı kokusuyla odada dolaşırken arada bir nargileye göz atıyordu. Afyona ve içkiye bağımlı olduğumu söylemek onun için kolaydı; ben acılarımı uyuşturmanın bir yolunu arıyordum sadece. Yanıma yaklaşarak konuşmaya başladı:

"Biliyorsunuz efendim, sızmakla uyumak aynı şey değildir. Evet, uyuyamadığınızı söylüyorsunuz; ama kendinizi uyuşturmak tam olarak uyumak sayılmaz." Büyük bir cesaretle sarf ettiği sözcüklerin öneminin o da farkındaydı; benim sonumun gelmesi onun da haremdeki varlığının yok olması demekti. Korku ve uykusuzlukla katılaşmış gözleri ona ayrı bir güzellik katıyordu; üzerindeki kıyafetler ise gün geçtikçe daha da sıradanlaşmaya başlamıştı.

Ahmed günlük îaşe kestiği için bazı eski kıyafetlerimizi satmamız gerekmişti; pek umursamadan karnımızı doyurup, haremde varolabilmeye bakıyorduk. Hatice'nin tehditleri çok uzak sayılmazdı; eğer Ahmed ona biraz daha bağlanırsa yaşama hakkımızın da elimizden alınacağı belliydi.

Karışmış dalgalı saçlarımın arasından gümüş tokamı çıkararak üzerindeki elmasları gösterdim Firuze'ye. "Gidin Cemal'le bunu satın; kendine çeyizlik birkaç eşya da al." Firuze'nin yüzündeki ifadenin değiştiğini görünce nargileden bir nefes daha çektim; genzimi yakan dumanla başımın döndüğünü hissettim. Yastığa kendimi bırakarak kızı izlemeye başladım.

Firuze ellerinin titremesini kontrol edemiyordu. Üstündeki şalvarıyla, büyük gelmeye başlayan kemeri onda Rüveyda'nınkine benzer bir hava yaratıyordu; kızıl bukleleri karmakarışıktı. Çenesinde geçen geceden kurumuş şarabın kalıntıları vardı; günlerdir doğru düzgün hamama giremediği için gözlerindeki rastık ve sürme dağılmıştı.

Yanakları pembeleşti; hafifçe öksürerek cevapladı. "Çeyizlik?" Başını iki yana sallayarak devam etti. "Ama efendim, o bir hadım; bense..." Elimi havaya kaldırarak onu susturdum. "O bir hadım değil Firuze; Hamit'in hikâyesini hatırlar mısın?" Gözlerimin buğulandığını, boğazımın düğümlendiğini hissediyordum; yastıkların üzerinde duran karafın ağzını dudaklarıma değdirerek biraz şarap içtim. "O da Hamit gibi işte; herhalde bu kadar açıklama sana yeter. Hem istediğin bu değil miydi? Sağlıklı bir erkek, bir koca, bir aşık. Hepsini Cemal'de bulacağına inanıyorum; belki benim bulamadığım mutluluğu bile bulabilirsin onda, huzuru..." Başımı yastıklara yaslayarak konuşmaya devam ettim. Sesimin ne kadar tiz çıktığının farkındaydım. "Belki de bir çocuk, onlarca çocuk... Hem benim gibi kısır da değilsindir sen; yok değilsindir. Ama ben oramı..." Elimi bacaklarımın arasına götürdüm. "Fatma'ya yaptırdığım merhemlerle, içtiğim karışımlarla... Evet, buramı yaktım; nasıl olduysa kuruttum soyumu. Ne için; güzel kalabilmek? Ah evet, hazır değildim hemen bir çocuk sahibi olmaya; karnım büyürse çirkinleşeceğimi, Ahmed'in gözünden düşeceğimi düşündüm. Ama şimdi görüyorsun! Ahmed Hatice'yle... Osmanlı'nın gelecekteki varisi Hatice'nin, tüm akçeler Hatice'nin... Her şey onun artık. Peki, ben neyim? Güzelliğini korumaya çabalayan bir budala."

Artık gözyaşı dökecek dahi gücüm yoktu; bedenimin hafif hafif titrediğini hissediyordum. Üşümüyordum ama... Boğulduğumu hissediyordum; belki de beni boğan Hatice'nin dilsizleriydi. Artık hislerimle dünya arasına bir kopukluk girmişti; korkuyla başımı diğer yana çevirerek üzerimdeki titremeyi atmaya çabaladım.

"Sultanım, ne olur bakın, bırakın bu uyuşturucuları; sağlıklı, zinde bir zihin her şeye yeniden başlamak için yeterli olacaktır." Firuze'nin sakin sesi beni kendime getirirken; ince narin elleri bileklerimi kavramıştı. Gül suyu kokan ellerini burnuma yaklaştırarak fısıldadım.

"Seni bu haremden göndereceğim Firuze, ki Cemal'le istediğin yaşama kavuşabil; sen buralarda çürümeye layık değilsin." Firuze'nin gözlerinde birikmeye başlayan yaşlara dokunmak istiyormuşçasına ileri doğru atıldım.

"Gerçekten gitmelisin; şu anda beni yalnız bırakmazsan kötü şeyler olacak inan bana. Kapalıçarşı'ya gidip eviniz için, senin için, Cemal için gerekli olan her şeyi alın; ev işini bana bırakın, size güzel bir konak tutacağım. Her şeyden kurtulacaksınız." Dişlerimin birbirine çaptığını duyuyordum; çenem kasılmıştı. Firuze'nin gözlerinden boşalan yaşlar yüzüme damlıyordu; kızarmış dudaklarıma elini bastırarak beni zaptetmeye çalıştı.

"Sultanım, siz bilmiyor musunuz; Cemal Padişah'ımızla konuşmuş, Manisa'ya gidiyorsunuz." Nefesimin kesildiğini hatırlıyorum; gerisi uçsuz bucaksız bir karanlıktı.

Firuze'ye söylediklerime gelecek olursak... Ayık halimle bu kadar şefkatli olmayacağımdan adım gibi eminim. Konuşan ya afyondu veya şarap.

* * *

"Padişahımızın güçlü kolları vardı; yanına ilk çağırıldığımda güçsüz bedenimi üzerine çekerek kıyafetlerimi parçalamaya başladı. Daha sonra avucumdaki mendili kavrayarak havada salladı; onu yakalamamı istercesine koşmaya başladı odanın içinde. Ah, o kadar yakışıklı ki." Latife'nin yüzündeki duruluk gözlerindeki şeytani ifadeyle kaynaşırken elleri istemsizce hareket ediyordu; padişahın yatağına sunulan kızlardan biri de oydu. Şu ana kadar en az dört kez buluşmuşlardı.

"Saçlarımı okşarken mırıldanıyordu Ahmed, 'Beni öp Gülbahar; beni kucakla.' Ne kadar içten bir adammış, insan onunla birlikte olduğunda koskoca bir Sultan olduğunu unutuyor valla." Kızlar anlattıkça Hatice'nin yüzünde oluşan tamamlanmışlık ifadesiydi. Kızlardan üstün tutuyordu kendini; haklıydı da.

Ahmed onlarca kez ona "Sen benim hayatımsın." demişti; maaşını neredeyse on katına çıkarmış, ona yepyeni hediyeler almıştı. Biri de bileğindeki Trabzon yapımı altın bilezik setiydi. Kucağında duran gümüş aynayı eline alarak saçlarını düzeltti.

"Küçük Emine ne yapmış padişahın yatağında? Padişahımızın özellikle küçük kızlara bu denli aç olduğunu kim bilebilirdi ki?" Hatice gülümsüyordu; aynadaki görüntüsünü beğenmiş olacak ki yüzündeki memnuniyet arttı.

"Emine mi; Sultan'ımız biz pek bilmiyoruz..." Latife öfkeyle kekelemeye başlamıştı."Emine bir süredir ortalarda yok."

"Neredeyse bir haftadır Sultan'ımız." diyerek Latife'nin cümlesini tamamladı Gülbahar. Kıyaslanacak olsalar Gülbahar Latife'den on kat daha güzeldi.

"Nerede olduğunu bilmiyoruz; ağalara sorduk onlar da, diğer ufaklıklar da bilmiyor. Ama geçenlerde kalfaların arasında bir söylenti duyduk efendimiz..." Latife'nin neşesi yerine gelmiş gibiydi, gülüyordu. Gülbahar'a dirsek atarak ona destek olmasını istedi. Gülbahar silkinerek konuşmaya başladı; baygın ama duru bir sesi vardı. Victoria Benetti'ye o kadar benziyordu ki...

"Ah evet. Şimdi hatırladım. Neydi o acayip kalfanın adı, hani onlarca çeşit parfümü olan?"

Hatice öne atıldı; parlak siyah saçları yüzüne çarpıyordu. "Mercan!" Üzerinden yükselen portakal yağı ve vanilya özlü karışımın rayihası, ona daha da genç bir hava katıyordu; parfümünü Mercan Kalfa'nın yaptığı belliydi. Zaten onu hareme getiren de Hatice'ydi. "Yine mi o ucubeyle işimiz olacak?" diye sızlandı.

Latife başını yere doğru eğerek, "Zaten padişahımız daha haremdeki tüm kızların tadına bakmadı," dedi "Emine'nin onu bu kadar etkileyebileceğine inanmıyorum doğrusu."

"Neler yapmıştır o küçük budala kim bilir?" diye manalı manalı kıkırdadı Gülbahar.

"Ne yaptıysa yaptı işte; Ahmed onu sayıklayıp duruyor. Ben ne yapabilirim ki?" Hatice'nin sesindeki yoğun endişe fark edilmeyecek gibi değildi; o da bu küçük kızın Ahmed'i nasıl etkilediğini anlayamamıştı. Daha sonra, "Kösem'e olan düşkünlüğünden belliydi bu" diye aklından geçirecekti.

"Bir şey daha söylemeliyiz Sultan'ım, küçük Emine'yle ilgili..." Gülbahar'ın gözleri heyecanla parıldıyordu; elleri daha hızlı hareket eder olmuştu.

"Çok önemli," diye devam etti Latife ellerinin arasına aldığı saçını düzleştirmeye çalışırken. Sonra kıkırdayarak sözü Gülbahar'a devretti. Hatice sinirlenmeye başlıyordu; yanakları kızarmıştı.

"Çıkarın şu baklayı ağzınızdan." İki kız korkuyla birbirlerine baktı. Latife telaşla kontrolü eline alarak hızlıca konuşmaya başladı.

"Aslında biz o kızın hareme nasıl geldiğini bilmiyorduk; siz köle pazarından satın almışsınızdır diye umuyorduk. Öyle sanıyorduk daha doğrusu..." Gülmemek için burnunu kırıştırdı; boğulduğunu hissediyordu. Sıkılı yumrukları dizlerinin üzerindeydi; bunu fark eden Hatice daha da öfkelendi. "Ee?"

Gözlerini telaşla kırpıştıran Latife sözüne devam etti. "Evet, Sultanım, sadede geleyim. Emine'nin adını biz verdik; biz sahiplendik onu, daha doğrusu ben; çünkü o zamanlar daha biricik dostum Gülbahar'ı getirmemiştiniz hareme." Gülbahar'a göz kırptıktan sonra devam etti. "Ama merak ediyorduk hep, bu kız kimin nesi? Ağzını açmadı uzunca bir süre; hep de şu acayip tek küpe vardır kulağında. Ona da dokunmadık; ama sonra öğrendik ki..." Derin bir soluk alarak başını salladı; Gülbahar destek olmak isteyerek elini omzuna koydu, kahverengi saçlarını okşadı. Latife bu faciaya gülmek üzereydi.

"Emine bakire değilmiş efendimiz." Bir çırpıda söyleyivermişti Gülbahar.

Hatice aldırmaksızın elini salladı. "Nasıl olur anlamıyorum; ebeler kontrol etmiş, bozulmamış demişlerdi ama öyle de olsa umurumda bile değil. Ahmed 'Ah şu bakire güzeli!' deyip duruyor Emine hakkında. Bu sözlerin yanında bu rivayetin ne önemi var?"

Latife gözlerine yaşların dolduğunu hissediyordu; devam edemeyeceğini anlayarak arkasındaki kocaman yastığa yaslandı. Rakısından bir yudum aldı.

"Efendimiz, bu kadarla da kalmıyor; Kösem Sultan gitmeden önce size son bir sürpriz yapmak istemiş galiba..." Hatice duyduğu adla irkilerek "Sultan deme!" diye tısladı. Korkuyla geriye doğru sıçrayan Gülbahar, şimdi tane tane ve anlaşılır bir sesle konuşuyordu. "Sizin ebeleriniz bir hata yapmamış olabilir Sultanımız. Haklısınız da; sadece bu işte bir üçkâğıt olmalı diye düşündük Latife'yle."

"Kız ne konuşuyor ne de doğru düzgün birileriyle arkadaşlık ediyordu." Latife ağzındaki rakıyı yutmaya çalışırken buğulu gözlerle Hatice'ye bakıyordu; Hatice boğazında oluşan düğümün farkına vardı. Yine mi alt edilecekti?

"Kösem'in pazardan yüz altına aldığı bu güzel bakirenin izini sürdük. Bize nereden geldiğini söylemediler; ama Kösem'in şu eski üç nedimesinden Billur'la çok yakın arkadaş olduğunu öğrendik. En azından bu lanetli küpe o masum bakireninmiş." Latife kıkırdadı. "Demek istediğimiz, eğer bu kız hareme girerken bakireyse, haremde onu bozabilecek kim olabilir diye düşünmeye başladık."

Gülbahar'ın gözlerinde oluşmaya başlayan ifade hayra alamet değildi; Hatice ise öfke ve endişeyle yerinde huzursuzca kıpırdanmaya başlamıştı.

"Onu bozabilecek tek kişi hadım, Kösem'in mahremi Cemal olmalı diye düşündük," dedi bir çırpıda Gülbahar.

"Merhum Muhammed olamayacağına göre..." diye gülümsedi Hatice, huzursuzluğu sürüyordu. Muhammed'in hikâyesinin anlatılmasına daha çok vardı. Gülbahar'la Latife birbirlerine sokulmuş gülüşüyorlardı.

Sonumun geldiğini düşünüyorlardı; belki de Emine'nin hikâyesini zihinlerinde canlandırabilmiş olmanın mutluluğunu zafer olarak algılıyorlardı. Belki de pes etmemi bekleyip Ahmed'in yatağına onlarca yalancı bakire daha alacaklardı. Evet, onlarca... Cemal'in de şahsına münhasır sırları vardı.

Topkapı'daki hareme son zamanlarda soktuğum kızların bir kısmı benim denetimimden geçmişti; bakire olmayanları sırasıyla Ahmed'in yatağına koymalarını bekliyordum.

Bakire melekler mi? Onlar Cemal'le gönül eğlendirirken, ben onun en sevdiğim bakireme aşık olmasını hayal etmiştim; ama insanları sadece bir günah keçisi olarak kullanmaktan asla bıkmayacaktım. Cemal'i yatağındaki gencecik Emine'yle canlandırdım zihnimde. Emine'nin saraya girdiği zaman Hatice'nin ebeleri tarafından kontrol edildiğini bile bile sokmuştum onu, aslında bir hadım olmadığını bildiğim Cemal'in yatağına. Belki de bir hadım olmayı dilerdi Cemal o gencecik kızın körpe inleyişleri altında; bilemiyorum. Ama tek bildiğim Ahmed'in yalancı bile olsa masumiyete karşı en ufak direncinin olmadığıydı.

Padişahın gönlüne giden yol hilelerle gerçeğin kesiştiği çizgiden başlıyordu. İstanbul'u terk etmeden önce Hatice'ye vereceğim bu ufak hediyenin planlarını yapmıştım. Gidiyordum; ama özlenecek ve dönecektim. Arkamda ufalan yedi tepeyi izlerken, arabada yanımda oturan Emine'nin Mercan'ın omzuna yaslanmış olduğunu gördüm; genç kızdan yükselen yasemin kokusu tüm arabayı, tüm hikâyemizi sarıyordu.

Cemal'in kollarında uyuyan Firuze'nin kızıl saçlarını okşadım. Cemal beni engellemek istedi; ama dinlemedim. Elindeki ufak kitaba bir göz attım; başlığını okuyamayınca Cemal'in fısıldadığını duydum. "Dev baba-oğulun hikâyesi." Gülümsüyordu, yüzü ne kadar yaşlı görünüyordu gözüme.

Arada bir güzel Emine'ye kaçamak bakışlar attığını fark ettiysem de şüphemi ortaya dökemedim; devler ne zaman dost olabilmişti, anlayamamıştım.

"Devler anlaşamaz Cemal, tüm o cüsseyi taşıyacak bir dünya yok elimizde." Gittikçe ufalan geçmişimi seyrederken en içten düşüncelerimi ortaya dökmekten çekinmiyordum; gözlerime dolan yaşları saklayabilmek için öne doğru eğilip özenle hazırlanmış sandıktan bir avuç badem aldım.

"Belki bu dünyada değil Sultanım; ama başka bir yerde, başka bir zaman..." diye fısıldadı Cemal Firuze'yi uyandırmamaya çabalayarak. Kızın muhteşem yüzünü seyretmeye doyamıyorduk; bademlerimi onunla paylaşarak derdine ortak olabilmeyi diledim.

"Belki de Cemal, belki de..." Etrafımızı gür, yemyeşil ormanlar kaplayana dek sustu Cemal, arabada uyanık olan sadece o ve ben vardık. Firuze'nin başı arabacıların acemi hareketleriyle Cemal'in kucağından kayıyordu; Cemal kızı sıkıca kavradı.

"Vazgeçmeyeceksin değil mi?" Soruma kesin bir cevap vermeyi çok istediğini biliyordum; ama ihanet edemeyeceği kaderi ona engel oldu.

"Deneyeceğim..." Sesi titreyince elimi omzuna koyarak en sakin sesimle fısıldadım.

"Özür dilerim; ama emin olabilirsin, geri döneceğim." Cemal içtenlikle gülümsedi; Emine'ye tekrar göz attıktan sonra ciddiyetle konuştu.

"Elbette döneceksin Kösem Sultan, hepimiz döneceğiz. Bir gün..."

* * *

Padişahın elinde buruşmuş kâğıt parçasına bakakaldı Derviş Paşa, elinde olsa hükümdarına 'Sarhoş' derdi; çünkü hayatında Ahmed kadar içen bir adam görmemişti. "Kimdenmiş efendimiz?" diye sahtekâr bir gülüşle şakıdı; Ahmed onu susturduktan sonra odadan çıkmasını emretti.

"Divanı sormayacak..." Ahmed öfkeyle gürleyince Derviş Paşa kuyruğunu bacaklarının arasına sıkıştırarak gözden kayboldu; Ahmed'in yanaklarını ıslatan gözyaşlarını fark etmemişti.

Ahmed alnında birikmiş teri silerek bir zamanlar ona yaptığım şekilde geriye doğru attı sarığını; çözülen sarık yerde yorgun yatan bir yılan şeklini aldı. Yazdığı dizeleri şimdi biricik aşığının mektubunda tekrar tekrar okumaya doyamıyordu. Verdiği mesajı çözmek istercesine yumdu gözlerini; yüreğini dağlayan öfkeyle yumruklarını sıktı. Dizelerin sonundaki Bahti imzasını çizmiş elleri yüreğinde hissedince içi hopladı; tekrar eskisi gibi hissedebiliyor olmanın verdiği neşeyle kendini kaybederek haykırdı.

"Elbette döneceksin Kösem; benim için döneceksin... Yatağıma soktuğun ve sokacağın onlarca yalancı için döneceksin; daha da önemlisi, seni istediğim, sevdiğim, özlediğim için döneceksin. Çünkü sevdiğim sensin." Can çekişen bir hayvan gibi inledi.

Evet, o beni düşünüyordu; arkamda kaybolan ağaçların kıpırdanışından, yüreğimin hoplayışından anlamıştım bunu. Cemal'in gülümsemesinde, Firuze'nin ani soluk alıp verişlerinde duyabiliyordum bana seslendiğini.

Anladım; hep önde olacaktım.

* * *

Manisa'da sabahlar İstanbul'dakilerden daha taze oluyordu. Ege Denizi'nin pırıltılarını üzerinde taşıya taşıya Manisa'ya vuran taze gün ışığı gibisi yoktu, içmek için bahaneler yaratmak adına.

Manisa'ya vardığımızda haremde bizi bekleyen on beş kadar hizmetli vardı; buna hadımlar, kalfalar, gedikliler de dahildi. Biz, beş sürgün, gerçeklerden sürgün edilmiş beş kader kaçağı, kendi yollarını çizmeye çalışırken kaybolmuş beş hayat arkadaşı olarak onlara eklenmiştik.

"Burada bunları yapabileceğin bağlar var mıdır?" diye güldü Emine, koyu çıplak tenine yaklaştırdığı karafın soğukluğunu içine çekerken. Şaraptan kana kana içtikten sonra yere yığılarak gülmeye devam etti.

Güneş doğalı birkaç saat oluyordu ve biz her zamanki gibi içmeye başlamıştık; artık birer karaf dahi bizi sarhoş etmeye yetmiyordu. Emine ilk pes eden oluyordu; şarabın yanaklarına kattığı pembelikle sızarken varolmayan dertlerini unutmaya çabalıyordu.

"Ben derim ki, derim ki..." diye tekrarladı Firuze belindeki peştamalı sıkıca sarmaya çalışırken. Gözleri parıldıyordu; hamamın tavanındaki boşluklardan içeriye sızmayı başaran ışık saçlarında dolaşıyordu. "Ben derim ki saltanat kayığını alıp çıkalım Manisa'dan..." Karaftaki şarabın tümünü ağzına boşalttıktan sonra çenesinden akanları peştamalına sildi. "Ta Kıbrıs'a gidelim; kendi şarabımızı yapalım." Gülüyordu; Emine'nin üstüne yığılarak kızı mıncıklamaya koyuldu.

Cemal genelde bu saatlerde mutfakta yapılacak yemekleri aşçılara bildirmekle uğraşırdı; mutfakta da sadece iki aşçı vardı. Aslında bu kalabalığa yeter de artardı bile. Mutfak bacalarından yükselen taze ekmek kokusu genizlerimize doluyordu.

Mercan'ın cam karafının beyaz mermerin üzerinde tuzla buz oluşunu seyrettik. Mercan yerdeki şarabı diliyle içmek istediyse de gediklilerden biri onu durdurdu. "Yapmayınız Mercan Efendi, yerler ilaçlı." Mercan gülerek başını salladı; kollarındaki kalın bileziklerle oynamaya başladı. "Burada daha ne kadar kalacağız?" diye inledi acıyla.

"Hamamda mı yoksa Manisa'da mı? Hamamda kalacağımız süre Cemal'in kahvaltılarımızı ne kadar sürede hazırlatacağına bağlı. Ah şöyle güzel bir lokma olsa da yesek..." diye inledi Firuze, sonra tekrar Emine'nin üstüne verdi ağırlığını. İkisi de çıplaktı; bedenleri birbirlerine karşı en ufak bir düşmanlık sergilemezken zihinleri, yürekleri aynı adam için çatışıyordu.

"Yok, hamamdan asla bıkmam ben; Manisa'yı kast ediyordum." Mercan gözlerini yummuştu; hamamdaki tek natır onun bedenini değişik yağlarla ovarken mırıldanıyordu. "Burada daha fazla kalırsam adım Sarı Mercan'a çıkacak."

Kahkahalarımız odayı doldurdu. Emine neye güldüğünün farkında bile değildi. Sonunda istekleri yerine gelmiş; vaat edilen hayata kavuşabilmişti.

"Peki, bana ne diyecekler o zaman?" diye kahkaha attım karafa doğru uzanmaya çalışırken. Mercan'a sarhoşluğumla, yanlışlarımla meydan okurken, onun anlatılmamış hikâyesini dinleyebilmek için sabırsızlanıyordum.

"Sana Sarı Kösem demezler senin için fazla gösterişsiz, olsa olsa Ayyaş Kösem derler. Ah ama şekerim bir de yalan söyleseler." Göz kırparak gülmeye başladı Mercan. Firuze'yle Emine bir süre tereddüt etseler de benim ulurcasına gülmem üzerine kahkahalarını patlattılar.

"Ah Mercan, ne hikâyesin sen..."

"Biliyorum Kösem, hikâyelerimi duymak için nelerini vermezdin." Hâlâ gülüyordu.

"Evet, nelerimi..." diye göz kırptıktan sonra derin bir nefes aldım; yerimden doğrulmaya çalışırken yanlışlıkla Emine'nin eline bastım. Acıyla inleyen kızı Firuze susturdu. Kızın üzerinde Emine'nin daha tam büyümemiş göğüsleriyle oynuyor; bir yandan da yeni doldurulmuş karafı boşaltmaya çabalıyordu.

"Ah Emine..." diye güldükten sonra o da ayağa kalktı. Firuze'nin ıslak saçları alnına yapışmıştı; vücudundan yükselen sandal ağacıyla Emine'nin yasemini birleştiğinde ortaya tazeliğin senfonisi çıkıyordu. Cemal'le paylaşmasına izin vermediğim bakireliğinden utanıyor gibiydi; kendinden küçük Emine'nin yaşadıklarına dayanamaz gibi bir hali vardı. Bu eksikliğini içerek ve kendini uyuşturarak gidermeye çabalıyordu.

Mercan'ın hikâyesi fazla basit sayılmazdı; aslen Fransız olduğu, orada parfüm işi yaptığı tek bildiğimizdi. Ama Fransa'dan Osmanlı topraklarına getirilmesinin tek sebebi Hatice olamazdı. Dünya üzerindeki tüm kokulara olan eşi benzeri olmayan hassas burnu onu diğer insanlardan ayırmıştı. Ahmed'in yatağına sunulmak istendiğinde bu davete burun kıvırınca, kalfalığa atanmış ve haremin unutulmuş köşelerinde aktarlardan aldığı malzemelerle parfümlerini, dostlarını yaratmaya koyulmuştu. Bu kadar iyi koku alabiliyor olması onu insanların özündekileri görme konusunda beceriksiz kılıyordu. Kıvırcık siyah saçları aynı Rüveyda'nınkiler gibi kısa ve ışıltılıydı. Gözlerindeki derinlik ona bilgelik bahşediyordu; oldukça alımlı bir vücudu vardı ve gerçekten de çok güzeldi. Gözlerini yumarak konuşmaya başladı.

"Evet, beni Ahmed'in yatağına koymalarına izin vermedim; Handan'la Hatice ilk başta öfkeden delirdiler. Sonra kabullenip kalfa olmamın daha uygun olacağına karar verdiler. Handan çok sessiz, iyi kalpli bir kadıncağızdı. Onu öldüren Hatice'nin yersiz ihtiras kavgalarıydı; sen gelince iyice..." Durdu ve derin bir nefes aldı. O da göbek taşına oturmuştu; ayakları az önce dökülen şarabın içinde oynuyordu. "Belki de söylemesem daha iyi..." diyerek göz kırptı.

Firuze onun sözünü tamamlayabilmek için öne atıldı. Emine'nin Firuze'nin güzelliğinden büyülenmiş gibi bir hali vardı; gözleri kocaman açılmış, yüz ifadelerini, el hareketlerini ve kusursuz çizgilerini seyrediyordu.

"Bence de, çünkü hepimiz Hatice'nin Kösem'i ne kadar sevdiğini biliyoruz." Firuze bunları söyledikten sonra tiz bir çığlık atarak şarap birikintisinin içine düştü.

Islak saçlarımın arasında gezdirdiğim ellerime bir göz attım; hâlâ genceciktiler. Pes etmeyeceğimi biliyordum. Ahmed'in biz daha buraya gelmeden önce yolladığı mektup da sonsuz özürlerinden ibaretti. Ben gelene kadar kendini tüm yalancı bakirelerden, dilberlerden koruyacağına yemin ediyordu; mektubun sonuna onlarca Kösem yazmıştı, varlığımı dizelerinde hissedebilmek için.

"Bence kahvaltıya otursak iyi olacak, açlıktan ölüyorum!"

"Ben de, ah dünkü badem ezmelerinden olsa..."

"Salatalık, domates, biber... Biraz da o güzel peynirlerden. Ay bayılıyorum!" diye gülmeye başladı Firuze; hamur işlerinden pek hazzetmezdi. Meyve, sebze ve biraz çayla yetinirdi.

Emine tam tersine şekerlemelerin, lokumların, şerbetli tatlıların müdavimiydi; kızın dolgunlaşmaya başlayan kıvrımları da bu alışkanlığını ele veriyordu.

Mercan kahvaltılarda pek bir şey yemezdi; ama öğlen yemeklerinde masasında mutlaka balık olurdu. Rakıyı hafif karla karıştırarak içmeyi bize o öğretmişti. Rakısını içerken her seferinde "İşte şimdi yaşıyorum!" derdi. İlk yudumunun ardından damağını şaklatır, daha sonra sürekli giydiği kırmızı altın işlemeli kaftanını okşardı.

"Mercan, Mercan." diye onu susturdum. Haftalardır aklımı kurcalayan bir soru vardı; ehlikeyfin içinden aldığım bardağı havaya kaldırırken ona doğru eğilerek fısıldadım. "Benim kokum hangisi olmalı?" Mercan endişeyle kafasını sallamaya başladı; yüzü allak bullak olmuştu. Yanakları kasılmış; yüzü solgunlaşmıştı.

Firuze yüksek sesle şakıdı. "Ne dedin, ne dedin?" Cemal yanına gelmişti; ortadaki gümüş tepsiden balığını yemeye çalışırken bir yandan da rakısını yudumluyordu.

"Sence benim kokum ne olmalı dedi, Firuze!" diye güldü Cemal, eli Firuze'nin saçlarındaydı. Firuze yalvaran bakışlarla beni süzdükten sonra Cemal'in dudaklarına nazik bir öpücük kondurdu. Başımı salladım.

"Buna şimdi karar veremem Kösem, İstanbul'a dönmeden önce söylesem olur mu? İyice düşündükten sonra." diye mırıldandı Mercan. Sonra rakı bardağını havaya kaldırarak bağırdı. "İşte şimdi yaşıyorum! Şerefe!"

Hep bir ağızdan onu yanıtladık: "Şerefe." Evet, yaşıyorduk. Hepimiz yaşamasını biliyorduk. Emine hâlâ hayran gözlerle Firuze'yi izliyordu. Firuze'yi güçlü kollarıyla sarmaya çalışan Cemal dönüp Emine'ye sessizce bir şeyler fısıldadı; kızın yüzü daha da kızarır gibi oldu. Mercan, rakı bardağını havaya kaldırarak tekrar bağırdı; galibiyetini kutluyordu.

"Şerefinize!"

* * *

Akşam yemeklerinin keyfi başkaydı; öğlenki rakının yerini Kıbrıs şarabı alıyordu. Sonra yine hamama giriliyordu. Arada bir Cemal de hamam sohbetlerine katılıyor; hepimiz örtünerek Cemal'in bir erkek olduğu gerçeğini anımsıyorduk.

"Melek otuyla ovulmak istiyorum." diyordu Mercan natıra. Eşsiz kokular kadar şifalı otlardan da haberdardı. Bunu nasıl yapabildiğini sorduğumda eşi benzeri olmayan gülümsemesiyle cevap veriyordu sadece. Bazı sırları kendine dahi açık değildi daha.

Natır sırtını ovarken gözlerini kapamış Fransızca bir şarkı mırıldanıyordu; hepimiz susup onu dinliyorduk. Şarkısı bittiğinde kadehler dolduruluyor; edepsiz sohbetler başlıyordu. Zaman genellikle gece yarısını geçmiş oluyordu; günde en fazla beş saatlik uykuyla yaşar olmuştuk. Gece sohbetleri sabaha karşı bitiyor; yeni gün saat on civarında hamamın soğukluğunda başlıyordu. Herkes en kirli sırlarını ortaya döküyordu.

"Ben hareme geldiğimde bakire değildim." diye atılıvermişti Mercan.

"Ben de..." Cemal'in tok sesi tüm odayı kapladığında Emine dışında hepimiz güldük. Emine böyle konuşmalara pek katılmazdı; işin aslına bakarsanız konuşmayı pek sevmezdi. Gözleri buğulanmıştı; zar zor konuşabildi.

"Benim hareme geliş sebebim bir öksüz olmam; halam beni İstanbul'daki köle pazarlarından birine sattı. Orada da efendimiz buldu." Gözlerini yere indirerek derin nefes almaya başladı; kadehini bir dikişte bitirdikten sonra titreyen eli karafa gitti.

Cemal Emine'nin elini alıp öptüğünde Firuze kıpkırmızı olmuştu. "Ben bir bakireyim!" deyip odadan fırladığında yerinden kalkmaya çalışan Cemal'i Emine'nin nazik kolları durdurdu. Emine'nin içten dokunuşlarıyla hayat bulan Cemal, kızı kollarına alarak uzun uzun öptü; Mercan'la ben hamamdan çıkıp Firuze'yi aramaya koyulduk.

* * *

"Yemekler yine şahane Cemal, bunu ayarlayacak zamanı nasıl buluyorsun?" diye dudak büktü Firuze.

Aşk maceralarını yeni keşfetmiş bir kadının küskünlüğü, alınganlığı ve pişmanlığı vardı üzerinde. Gözleri daha bir olgun, daha bir hüzünle bakıyordu artık. Kıyafetlerinde daha koyu renkleri tercih ediyordu. Yemeklerini büyük bir sessizlik içerisinde yiyor, bizden daha fazla içiyordu. Yüzü beyazlamaya başlamıştı. Cemal'le baş başa kalmamaya çalışıyor, karşılaştıklarında da yüzü kızarıyordu. Aşık olduğunu zannetmişti ve bundan utanıyordu. Artık Emine ve Mercan'la zaman geçirmek istemez olmuştu; gününü ya yalnız başına hamamda geçiriyor veya sarayın güzel meyve bahçelerinde yürüyüş yapıyordu.

"Niye böyle olduğunu anlamıyorum Kösem Sultan," diye öfkesini kusmuştu Cemal baş başayken. "Siz Osmanlılar erkeklerinizin dört tane karısı olmasına izin verirken Firuze neden Emine'yi çekemiyor?"

Hadım kıyafetlerini giymiyordu artık, üstünde uzun bir şalvar ve beyaz, keten bir gömlek vardı. Haremdeki kişi sayısı on beşten ona indirilmişti. Beşinin biz olduğu düşünüldüğünde kocaman haremin oyun alanımız haline geldiği söylenebilirdi; keşke eski günlerimize de dönebilseydik.

Kesik kesik güldükten sonra yanımdaki ehlikeyife uzandım. Cemal çenesini, başını kaşıyordu. Uzattığı sakallarıyla daha da bir yakışıklı görünüyordu. "Şerefe!" diye bağırdıktan sonra dördüncü bardak rakımı da yarılayıverdim; dudaklarımı yavaşça yalayarak anason tadıyla canlandım.

Üzerimde Firuze'nin çok beğendiği kırmızı beyaz kaftanım vardı; boynumdaki safir kolyeyle küpeleri de büyük bir zarafetle parıldıyordu.

"Sen kadınları anlamıyorsun Cemal." Yüzündeki düşmanca ifadeye aldırmaksızın elimi omzuna koydum; o da şarabından bir yudum alarak sakin sesiyle sordu.

"Nasıl anlamıyormuşum?" İnce kaşları havadaydı. Bağdaş kurmuş oturuyor, arada bir ellerini kahverengi saçlarında gezdiriyordu. Bu erkeğin yakışıklılığına aldanmamak mümkün değildi; mükemmel yüz hatlarıyla Firuze'yle çok uyumlu bir çift olabilirlerdi.

"Nasıl anlamıyorsun, söyleyeyim." diyerek arkama yaslandım. "Anlamıyorsun, çünkü biz kadınlar hepsini isteriz. Özellikle de Firuze'yle ben gibi kadınlar... Biz haremdeki diğer cariyelere, ikballere benzemeyiz; erkeğimizi beklerken saçlarımızı yolarak kendimizi perişan etmek de istemeyiz. Başka kadınlarla geçirdikleri gecelerin dedikodularını ertesi sabah dinlemek istemeyiz biz; tek istediğimiz..." derken yutkundum. Gerçekleri açıklamak ne kadar acı veriyorsa; saklamak da beni doğrularımdan o kadar uzaklaştırıyordu.

Gerçekler açıklandığında; yaşadığımızın, yaşayacağımızın, varolduğumuzun farkına varıyorduk. Gerçekleri açıklayabilmek, yaşayabilmek, varolabilmek için hayatla bağlarımızı biraz koparmaya, uyuşmaya ve içmeye ihtiyacımız vardı. Biraz da unutmaya... Sözcükler ağzımdan döküldü:

"Sahip olamadığımız özgürlüğü, erkeğimizinkini kısıtlayarak elde etmektir. Bunu elde edememişsek, haremde bir gecelik becerdiğin o kişiliksiz cariyelerden bir farkımız olmaz; erkeğimizi kendimize bağlayabilmek için bir erkek çocuk vermemiz gerekir. Onun yüreğini tutsak edemiyorsak en azından soyunu yaşatmak elimizdedir. Bacaklarını açarak seni içime aldığımda..." Cemal tok öksürüğüyle beni susturdu.

"Peki Kösem Sultan, sen kendi gerçeklerini mi açıklıyorsun yoksa Firuze'ninkileri mi? Biraz karıştırmaya başladım da..." Hafifçe güldükten sonra başını eğerek arka cebindeki hançerini gümüş tepsinin üzerine attı. Hançeri kabzasından yakalayarak havaya kaldırdım. Tehditkâr bir sesle fısıldadım. "Ne fark eder, zaten hayatta birbirimizin gerçekleriyle yetinmeyi öğrenmiyor muyuz? Hayat paylaşmak değil mi?" Gülerek üzerine eğildim; bardağıma biraz rakı doldurduktan sonra "Bu kadarı yeterli mi?" diye sordum "Hah, bu arada tandırla iç pilav güzel olmuş. Firuze beğenecektir."

Gerçekleri açıklamak geçmişinizi, kendinizi affetmenin bir yoluydu; kendimizle dahi paylaşamadığımız gerçekleri başkalarının önüne sunduğumuzda ortada kendimizi affetmekten başka bir seçenek kalmıyordu. Bu dünyada her insanın hak ettiği tek şey, affedilmekti.

* * *

Firuze'nin üzerine eğilmişti Cemal. Alnına kondurduğu öpücük kızın tüm bedenini yakıyordu. "Biraz daha şarap?"

Yüzünde yine o tanıdık muzip ifade vardı; güldüğünde yanaklarındaki, çenesindeki gamzeleri ortaya çıkıyor, yanakları kızarıyordu. Firuze başını sallayınca simsiyah kaftanının üzerine dökülen kızıl saçları onu öyle bir havaya soktu ki Cemal kıza sıkıca sarılmadan edemedi. Bu kızı her şeyiyle sevdiğine yemin edebilirdi, Emine'yi görmediği sürece.

"Aynı anda iki insanı sevebilmek mümkün mü?" diye yutkundu Cemal düşüncelerinde. Firuze gözlerindeki yaşları Cemal'den saklamak istedi. Cemal'in aklına yan odada onu bekleyen Emine geldi; eğer bu gece Firuze'yi seçecek olursa, bir daha Emine'yi görmemeye, bedenindeki hazzı yaşamamaya yemin edecekti. Dindar biri olduğundan değildi ettiği yeminler; kendi doğrularına bağlı kalabilmek için yemin ediyordu. Dine inandığı yoktu; ama ruhun bulabileceği huzura inanıyordu. Hepimiz gibi o da sınana sınana huzura kavuşabilmeyi umuyordu.

Firuze dalgın dalgın onu izleyen Cemal'in koluna dokundu. "Bir sorun mu var; beni burada istemiyor musun yoksa?" Kızın dokunaklı sözcükleri yüreğine işledi Cemal'in. Emine'nin körpe bedeni, taze kokusu yine hatıralarından silindi. Onun için sadece Firuze vardı. Tepsinin öbür ucundaki karafa doğru uzanırken elinin titrediğini fark etti, ilk defa. Evet, Emine ona bunu yapamazdı. Gönlünü dağlamıyordu ona karşı duyduğu arzu; sadece bacaklarının arasındaki kesikler sızlıyordu arzuyla.

* * *

"Beni sevmene gerek yok!"diyordu Emine, Cemal'in zeytin rengi bedeni altında büyük bir huzurla kıvranırken. Hatta ona sarılmasını bile istemiyordu; o kadar acınası buluyordu kendini. Her sevişmelerinden sonra oturup ağlıyordu; yanında yatmaya dayanamıyordu. Bedeninden utandığı için ortalıkta çıplak dolaşmaktan kaçınıyordu.

Parmaklarının ucunda terk ediyordu hep Cemal'in odasını. Kandillerin ışığının altında durmaktan pek hazzetmiyordu. Dahası her sevişmelerinde kendini erkeğine bırakıyordu. O bir köleydi.

* * *

Firuze tekrar Cemal'in koluna nazikçe dokundu; Cemal o sırada kızla sevişmenin nasıl olacağını hayal ediyordu. O Kösem'in bir hayaleti, diye düşündü; Kösem ne kadar çılgın, vurdumduymaz ve dizginlenemezse, Firuze de öyle olmalıydı yatakta. "Sen iyi misin?" diye fısıldadı Firuze; kıpkırmızı dudakları özenle boyanmıştı. Kirpiklerinde kalın bir rastık, gözlerinin içi ve dışında koyu bir sürme tabakası vardı; bir kedi gibi bakıyordu. Cemal'se sadece seyrediyordu. Vereceği yeminleri ezberliyor, gerçekleriyle karşılaşmanın tadını çıkarıyordu.

Onun gerçeğinin Firuze olduğundan emindi artık. İnce, narin ellerini avuçlarının içine aldığında, ne kadar soğuk olduğunu hissederek kıza zarar vermekten korktu.

"Zaten yeterince zarar vermedin mi?" diye fısıldadı hayallerindeki Firuze zevkten inlerken.

"Ben seni seviyorum Firuze ve bunu sana söylemek istiyorum. Senin de bunu duymak istediğinden eminim; çünkü sen de gerçekleri arıyorsun. Özgürlüğümü istiyorsun; yüreğimi, aciz bedenimi yaşatabilmek için sana ihtiyacım olmasını istiyorsun. Beni paylaşmaya dayanamıyorsun; çünkü sen bir köle değilsin. Sen bir kadınsın!" Cemal kızın aralanmış dudaklarında, taze şarabın ve deneyimsizliğin tadına vardı. Emine'nin kokusunu, tadını temelli unutmuştu artık; bir kişinin talihsizliğinin bir diğerinin kaderi olabilmesi şaşırtıcıydı.

Firuze kendini çekerek bembeyaz inci gibi dişleriyle gülümsedi. "Bir şeyi unutuyorsun." Cemal afallamıştı; belki de Firuze onu istemeyecekti, hep bu gerçeği unutarak onun tadına bakmıştı. Buğulu bir sesle neyi unuttuğunu sordu.

"Ben de seni seviyorum ve kadının olmak istiyorum."

Cemal mutluluktan uçtuğunu hissetti; sanki bundan önce yaşadığı her şey kocaman bir yalan gibiydi. Kızın ellerini tekrar avuçlarının içine alarak öpmeye devam etti. Gümüş tepsi usulca sallanıyordu; Cemal'in dudakları kızın boynuna indi. Firuze gözleri kapalı dudaklarını oynatıyordu; Cemal'i öpmeye çalıştığından değil, inanmadığı Tanrı'ya şükranlarını sunuyordu.

Cemal'in hareketleri duyduğu derin şehvetten dolayı hoyrattı; bacağı gümüş tepsiye çarpınca tepsi ve yemekler halıya saçıldı. Ama ikisinin de umurunda değildi; kapıda durmuş onları izleyen Emine'yi bile göremediler. Firuze'nin gömleğini yırttı Cemal; boynunda hissettiği nefesle hayat buluyordu. Onlarca kez "Seni seviyorum" diye haykırdılar, her birini yaşayarak söylediler; Firuze bekâretine veda ederken Cemal'in kesik nefesi terden alnına yapışmış saçlarını okşuyordu. Cemal sevişmelerinin ardından üstüne yığıldığında boynunu öpmeye başladı; erkeğinin suratındaki gülümsemeyle tekrar canlandı Firuze. Bu kez ürkek bir ceylandan çok dişi bir aslana benziyordu. Cemal "Kadınım..." diye fısıldadı.

Emine kaderine boyun eğmiş bu büyük aşka tanık olmanın heyecanını yaşıyor, yüreğinin hopladığını hissediyordu. Firuze'nin düşünceleri ise bulanıktı; o da benim gibi, bizler gibi anın tadını sona erdikten sonra çıkaranlardandı. Yaşamayı öğrenememişlerdendi; daha çok zamanı vardı...

* * *

Mercan'la kafa kafaya vermiş İstanbul'a döneceğimiz vakti kararlaştırmaya çalışıyorduk; Firuze'yle Cemal'in birlikteliği bir haftayı doldurmuş, Ağustos ayı yarılanmıştı. Ahmed mektuplarında "Eylül'ün kızıllığında, yapraklar dökülürken senin kara gözlerini görmek istiyorum sevgili Kösem'im." diyordu. Manisa her zamankinden de sıcaktı, geldiğimizde edindiğimiz alışkanlıklarımız sürüyordu. Firuze'yle Cemal günlerini birlikte geçirdiklerinden sadece üçümüz kalmıştık; Emine Firuze'yle Cemal'in evlilik hayallerini dinlerken kendinden geçiyordu.

Firuze'nin kıza karşı düşmanlığı eskimiş değildi; arada sırada öfkesi alevlendiğinde Emine'yi azarlamaya başlıyordu. Ama o da kızın acınası yönlerinin farkına varmaya başlamıştı; artık Emine'yi büyütme, yetiştirme görevini üstlenmiş bir anne gibi davranıyordu. Kıza bakışları, yazın sona ermeye başladığı günlerde bir anda değişiverdi; bir gece beni hamama çağırıp günlerdir kafasını kurcalayan fikirlerini benimle paylaşmaya başladı.

"Emine," dedi. "Zavallı bir kız. Eğer onu İstanbul'a götürürsen unutulur. Çok acı çeker orada, çünkü Hatice her şeyi biliyor". Cemal'le Emine'nin birlikteliğinden bahsederken yüz ifadesi değişmiyordu artık. "Senden istediğim, biz Cemal'le haremden çıktığımızda bu kızı evlatlık olarak bana vermen. Tek isteğim budur senden, kıyafetleri, mücevheratımı satarak kendimize bir ev buluruz. Cemal'in de köşede bir miktar parası varmış." Cemal derken gözleri parıldıyordu.

Firuze'nin değişimi beni mutlu ediyordu; ama içimdeki burukluğun zihnime yayılmasına engel olamıyordum. Kendimi, kontrolümü kaybettiğim anlar bu gibi en savunmasız olduğum zamanlardı. Gözlerimi sinirle kırpıştırdım.

"Peki Firuze. Siz gideceksiniz... Hadi izin verdim diyelim. Hatta Emine de sizinle geldi diye düşünelim." Sesim inanılmaz kuvvetli çıkıyordu. Yalnızlık şimdiden bastırmış gibiydi. "Ben kiminle kalacağım; sen olmadan haremdeki o insanlara..." Sözlerimle kendimi ne kadar kuvvetsizleştirdiğimin farkına vardım. Başımı iki yana sallayarak daha fazla konuşmayacağımı belirttim. Kapının eşiğinde Cemal'in yakışıklı suratını görür gibi olmuştum.

"Peki Sultanım o zaman biz de gitmeyiz." dedi Firuze; fakat yalvaran gözlerle bakıyordu. İnanıyordu ki kaderinde sadece Cemal vardı; İstanbul'a dönünce Manisa'da yaşadığı bu rüya sonlanacakmış gibi hissediyordu belki de. Elimi havaya kaldırarak onu susturdum. Firuze kendimi sokmak istediğim biçime girmişti; bunu başkalarına yapabiliyorsam niye kendimde işe yaramıyor, diye düşünmeden edemedim. Mutluluğu başkalarına verebilirken niye kendimde bulamıyordum?

"Git; gitmeni istiyorum..." Ayağa kalkarak peştamalımı düzelttim; ertesi gün yola çıkmamız gerektiğini belirtecektim Manisa'daki tek harem ağasına. Onun da adı Muhammed'di; ama eski kızlar ağası Muhammed'le uzaktan yakından bir alakası yoktu. Sarışındı; biraz Hamit'i andırıyordu. Firuze arkamdan yalvarır gözlerle bakıyordu; rüyadan uyanmadan önceki çırpınışlarıydı bunlar. Sahibini kaybeden bir köpek yavrusunu andırıyordu; zamanla dışarıdaki dünyaya uyum sağlayacak, nereden geldiğini unutacaktı. Hepimize öyle olmuyor muydu? Manisa'daki son gün batışı kızıllığını terk ederken; Firuze'yi, bir süreliğine kendi kendime, yoktan var ettiğim bir hakikati terk ettiğimi hissediyordum.

* * *

Muhammed heyecanlı bir adamdı. On iki yaşından beri Manisa'daydı; şimdi yirmilerine gelmişti. Sarı saçları sağlıkla ışıldıyor; kısık ela gözleri keskin bir zekâyla bakıyordu. Usulca adını fısıldadım; "Muhammed!" İstanbul'a ilk geldiğim zamanı hatırladım; her şeyi kaderle bağdaştırırdım. Artık şansın ve tesadüflerin varlığına inanmak zorunda olduğumu hissediyordum.

"Muhammed," diye tane tane konuşmaya başladım. Muhammed hayranlıkla beni izliyor; arada bir yarım ağız gülüyordu. Hamit'le Muhammed'in hayaletlerinin kucaklaştığını hissettiğim zamanlardı, onun yarım ağız güldüğü anlar.

"Evet?" diye sordu.

"Benimle İstanbul'a gelmek ister misin?"

"Siz Kösem misiniz?" Küçük cariye tıpatıp Firuze'ye benziyordu; kocaman mavi gözleri hareketli kalabalığın içinde büyük bir merakla parıldıyordu. "Siz gerçekten de Kösem Sultan mısınız?" diye yineledi ürkerek. Kirpikleri kaşlarına değecek kadar uzundu; şeffaf teni pürüzsüz gözüküyordu. Hünkâr Sofası tıklım tıklımdı; Manisa'dan yola çıkalı bir haftayı bulmuştu neredeyse. Yol oldukça eğlenceli geçmişti; her öğünde yapılan piknikler bizi neşelendiriyor, genç Muhammed'in fıkraları ve hüzünlü hikâyeleri bizi oyalıyordu.

Kızın yanındaki Latife soğuk sesiyle konuştu. "Sen çekiliver Meryem." Arkasında beliren Hatice'nin gözlerindeki düşmanca ifade insanın yüreğini dağlıyordu. Gereğinden heyecanlı çıkan sesi, en mühim konuların konuşulacağı zamanlarda ayrı bir tınıyla yankılanıyordu.

"Döndüğün iyi oldu, tam da haremde işler karışmaya başlamıştı. Yalancı bakirelikler, hadımlar derken haremin namusu gitti diyebiliriz. Tabii Ahmed de bu işlere çok bozuldu."

Öfkeyle öne atıldım; Hatice sinirli olduğu zamanlarda güzelliğini büyük ölçüde kaybediyor, yüzündeki kalın çizgiler ortaya çıkıyordu. "Ya ne demezsin; Ahmed aşk mektuplarında haremdeki karışıklıktan bahsetmeyi unuttu herhalde." Gülüverdim.

Gözlerim Latife'nin kolunun altında duran genç Meryem'in masmavi gözlerini arıyordu. Kız hafifçe kıkırdadı; kızıl, kahverengi saçları beline kadar uzanıyordu. İncecik dudakları vardı.

Hatice kolumdan tutmaya çalışıyordu; Hünkâr Sofası'ndaki karışıklık tüm kalabalığın dikkatini dağıtmıştı. Gencecik cariyeler neşeyle kutladıkları olayın ne olduğunun farkına bile varamamışlardı; bazıları adımı ağızlarına almaktan bile çekinir hale gelmişti. Yaz boyu süren yokluğumda Hatice'nin otoritesi tüm haremi kuşatmış gözüküyordu. Omuz silkerek çirkinleşmiş suratına baktım. Üzerindeki kıyafetler Ahmed'in hediyesi olmalıydı; bana karşı üstünlüğünü kanıtlayabilmek amacıyla bu kadar süslenmiş olmalı, diye düşündüm.

"Bence burada birkaç yıl daha kalırsın ancak; ondan sonra da Ahmed senden bıkar. Benden söylemesi..." Hatice'yle birlikte Latife de kıkırdıyordu.

Arkalarında beliren Gülbahar'ın kolunda Meryem yaşlarında, kahverengi saçları kıvırcık, burnu kalkık bir cariye vardı. "Leyla bak, burası Hünkâr Sofası, burada miadı dolmuş Sultanların dönüşünü kutlarız." diyerek kızın kolundan çekiştirdi Gülbahar. Oldukça güzelleşmiş gözüküyordu; teni biraz koyulaşmış olsa da, saçları daha da açık bir renk almıştı. Haremin belki de en güzel cariyesi Gülbahar'dı.

Yazdan önce hiçbir cariye benimle yüz yüze gelmeye cesaret edemezken; şimdi tüm harem halkı birlik olmuş üstüme yürüyordu. Meşhur pembe elbisemi düzelterek elimi siyah saçlarımda gezdirdim; boynumdaki mercan kolye Hatice'yi insafsızca tehdit ediyordu. "Evet, Leyla. Sen şimdiden haremde bulabileceğin en meymenetsiz insanlarla arkadaşlık etmeye başlamışsın bile; bir gün beni ziyarete gel de sana harem hakkında bir şeyler öğretivereyim. Yoksa bu dostların gibi..." Hepsini teker teker işaret ettim; elim Hatice'nin üstünde biraz daha uzun kaldı. Hatice gergince gülümsüyordu. "Unutulup gidersin Topkapı'nın hareminde."

Kızın büyüleyici bir güzelliği yoktu; Gülbahar'ın gölgesi altında kalıyor, huzursuzca kıpırdanıyordu. Arkamı dönerek odanın diğer ucundaki Mercan'a doğru yürümeye başladım. Cemal hadım kıyafetleriyle diğer harem ağalarının arasında yerini almıştı. Firuze ona kaçamak bakışlar atarken, lacivert kaftanını çekiştiriyordu. Emine'nin gözleri ise Mercan'ı arıyordu. Kızın gözlerindeki hüzün tüm odayı kaplayabilirdi; ama o anda kimsenin hüzne ayıracak vakti yoktu.

"Ben..." diye kekeliyordu ardımdan Leyla. Gülbahar sonsuz çabalarıyla kızı susturmayı başardı; Hatice teker teker herkesi azarlamaya başlamıştı.

"Nasıl," diye fısıldadım Mercan'ın kulağına. "Adıma verilen şölenin tadına varabiliyor musun?"

"Pek sayılmaz Kösem Sultan." derken cümlesinin sonuna hatırı sayılır bir vurgu yaptı Mercan.

"Niye?"

"Buralarda hiç şarap görüyor musun; nerede benim lüferimle ehli keyfim?" Kıkırdıyordu, ne zaman gülse kıvırcık siyah saçları havada dalgalanırdı; yine öyle oldu. Kendine özgü paçuli kokusu havada uçuşurken o hâlâ hikâyesini anlatmayı bekliyordu. Yanımıza yaklaşan gediklinin taşıdığı gümüş tepsi tepeleme yaprak sarmasıyla doluydu; Mercan kızı tersleyerek bana döndü:

"Ayrıca daha senin kokunu bulabilmiş değilim; hayattan pek keyif aldığım söylenemez."

"Manisa'da öyle demiyordun ama..." Kıvırcık saçlarını daha da karıştırarak tekrar bana döndü: "Manisa mazide kaldı Sultanım." Güldüğünde düzgün dişleri ortaya çıkıyordu. Neredeyse hiç makyaj yapmazdı Mercan; yüzü o kadar güzeldi ki düzeltmeye hiç ihtiyaç duymazdı. Yanına iyice sokulan Emine'yi kollarıyla sararak tekrar fısıldadı. "Şu çete, Hatice'nin köpekleri..." diyerek ilerideki kalabalığı işaret etti. Latife, Gülbahar, Meryem, Leyla ve Hatice'den oluşan kalabalık geniş odanın tam ortasında duruyordu. Diğer cariyelerse birbirleriyle sohbet ederek benim kim olduğum hakkında bilgi sahibi olmaya çalışıyorlardı.

"Sana pek rahat vermeyecek gibi gözüküyorlar bu sene, ne dersin?" Yanına yaklaşan başka bir gedikliyi de kovalayıverdi; Emine Mercan'a sıkıca sarılmıştı.

"Emine, bu gece de bende kalıyorsun değil mi?"

"Yatacak başka bir yerim yok ki." Demek ki Hatice onu koğuştan attırmıştı.

"Herhalde benimle kalacaksın; ne diyorum ben de! Acaba biz gitsek Kösem, sana ayıp olur mu?" Böyle bir soru sormasına gerek olmadığını anlayarak beni zarif bir hareketle selamladı. Kolunda Emine'yle uzaklaşırken bir kadeh şarap için neler yapabileceğimi düşünüyordum.

"Sen, ben, hamam?" diye yanıma yaklaştı Firuze; elindeki kavun likörüyle. Bir kadeh şaraba ne kadar muhtaç olduğumu fark etmişti.

Hatice'nin beni izlediğinin farkındaydım; bakışlarına geçmiştekine benzer o mağlup ifade yüklenmişti. Her şeyi, bir süreliğine sahip olduğu galibiyeti dahi kaybetmesine ramak kaldığını anlayarak gözlerini devirdi. Osman Lokum Ebe'nin yanındaydı. Kucakta duramaz hale gelmişti; odanın içinde koşturuyor, güzel cariyelerin yoğun ilgisine mazhar oluyordu. Cariyelerin çoğu Kösem Sultan'ın kim olduğunu bilmiyor olsa da, Genç Osman'ın doğum tarihini ezberlemişlerdi; bazen erkek olmayı ummaktan başka çözüm yoktu Osmanlı'da.

Osmanlı'nın varisi koşarken yanlışlıkla gediklilerden birine çarpınca elindeki tepsi düştü. Yere saçılan lokumları yerden toplamaya çalışan Osman'ı Lokum Ebe durdurdu.

"Tosunum, hadi odamıza gidelim; sana o annenin getirdiği Medine hurmalarından vereceğim."

"Hurma..." diye fısıldadım Firuze'ye; o ise Cemal'in yakışıklı yüzünü seyrediyordu, öpmeye doyamadığı o yüzü.

"Gidelim; ama tek bir şartla..." diye Firuze'nin koluna dokundum. Güzel suratı bana döndüğünde biraz afallamış gibiydi. "Bir gün buradan kurtulacak olursak saltanat kayığıyla Kıbrıs'a kendimiz gideceğiz, şaraplarımız için..." Firuze iyice afallamıştı; sarhoş olup olmadığımı kontrol etmek için bileklerime dokundu. Tekrar kendi kendime "Hurma..." diye fısıldadım. İşte orada, Lokum Ebe'nin kucağında Genç Osman vardı; büyümeye vakit bulamayacak bir Genç Osman.

İşte o anda, en içten dileklerimle bir oğlum olmasını diledim; erkeğimde, padişahımda bulduğum özgürlüğü kendi cüssesinde yaşatabilecek bir 'oğlan'.

"Kucağımda oğlum, buradan kurtulmak istiyorum Firuze." diye usulca hıçkırarak Hünkâr Sofası'ndan çıktım. Arkamda çoğalan fısıltıları duyabiliyordum.

"İşte Kösem Sultan döndü..."

"Gerçekten de söylendiği kadar güzel değilmiş."

"Kısır mı; hadi oradan, sen de!"

"Vallahi kısır, bazıları cadı olduğunu söylüyor."

Dönmüş olabilirdim; ama ne geride bıraktıklarımdan haberdarlardı ne de yanımda getirdiklerimden; benim yeni Muhammed'imden.

Hatice oda hapislerine devam ederken Ahmed Avusturya'yla imzalanacak antlaşmanın şartlarını görüşüyordu Derviş Paşa'yla. Ama asıl düşündüğü haremdeki kadınlarının durumuydu. Ahmed'le ilk görüşmemizde yakınlaşmadan gün doğana kadar sohbet etmiştik; o bana yatağına giren kızlarla ilgili maceralarını anlatırken ürkerek onu susturmuştum.

"Emine'yi çok beğendiğini duydum."

"Emine?" diye alnını kırıştırdı.

"Şu yalancı bakire."

"Ha, sen o esmer kızdan bahsediyorsun; eh, fena değildi hani."

Heyecanla yakında imzalanacak anlaşmanın koşullarını sıralamaya başladı. Benim de heyecanlandığımı gördükçe tatmin oluyordu. Hüzünlendiğinde gözlerinin önüne kalın bir sis tabakası düşer, neşelendiğinde hayali bir güneş gözlerinde ışık oyunları oynardı.

"Peki, savaşın sonucu ne oldu; kârlı mıyız, bu durumda? Dışarıda konuşulanları bir duysan, herkes imparatorluğun ekonomisinin çöktüğünü söylüyor. Ah bir de, Venedikli, Cenevizli kalpazanların basıp basıp getirdiği sahte sikkeler var." Bakışlarımı yere indirdim. "Bütün bu söylenenlerde haklılık payı var mı Sultanım?" Gülerek şarabımı yudumladım; Ahmed'in tasvip etmediğini biliyor, onu kızdırmak için yanında içiyordum.

Ahmed ciddiyetle ekonomiyi nasıl düzelteceğini anlatmaya başlamıştı. Bir de cami yaptırmak istiyordu. "Devasa olacak!" derken heyecanlıydı, yanakları kızarmıştı. Sakalı gözlerimin önünde uzuyordu, gece daha da koyulaşmıştı. Başındaki saltanat sarığını çıkarmaya teşebbüs etti; bana kaçamak bir bakış atarak bu kadar erken pes etmenin doğru olmayacağına karar verdi.

"Altı minare yükselecek bu ihtişamın üzerinden, müezzinlerin acı ezan okuyuşları yedi tepe boyunca yankılanarak tekrar camiye dönecek." Gözlerinin parıltısına dalıp gitmemek imkânsızdı.

Ahmed yaz boyunca çok kilo almış, neredeyse tanınamayacak hale gelmişti. Genç padişahı yaşlandıran içki ve uyuşturucuydu; o da aynısını benim için söylüyordu. Elime aldığım kadehi üzgün bakışlarla süzerken kafasını kaldırarak konuşmaya başladı. "Afyon ve şarap... Çok değişmişsin Kösem."

"Sen de." Güldüm; ne bir meydan okuyuş vardı sesimde ne de şefkat. Odamı ne kadar özlediğimi fark etmiştim. Her şey yerli yerinde sayılırdı. Hatice'nin birkaç mücevherimi, yastığımı ve uzun akik nargile ağızlığımı götürdüğü söyleniyordu.

"Evet, biraz kilo aldım. Sen gitmeden önce yaptıklarım yüzünden hâlâ kızgın mısın bana?" Gözleri buğulanmıştı.

"Niye kızgın olayım ki; hayatımda bir tek sen yoksun." İşte, meydan okumaya başlamıştım. Şarabımı bir yudumda bitirdim; alkolün verdiği cesaret muhteşemdi. Başımı salladım. "Gerçekten kızılacak bir durum yok ortada; sen bu haremin sahibisin, istediğin zaman istediğin kızı koynuna alabilirsin." Hâlâ gülüyordum; bacağımı uzatarak karnından aşağı doğru indim. Yüzü kasılmıştı; ani bir hareketle sarığını geriye düşürdüm.

"Ama sen kızgınsın..."

"Ben, ben niye kızacakmışım ki? İstediğim zaman seni yatağıma getirtebilirim." Yüzü iyice kasılmıştı; bacaklarının titrediğini hissedebiliyordum. Ayağımla kasıklarının arasına biraz daha bastırdıktan sonra geri çekildim. "Yaa?"

Gülerek odadan çıkarken derin nefes aldığını duyabiliyordum; odamdan başka nereye gidebileceğimi bilemeden yürümeye devam ettim. Kendimi Muhammed'in odasının önünde buldum; güler yüzüyle karşılaşınca başımı öne eğerek içeri girdim. Odaya daha yeni yerleşmeye başlamıştı; zaten iki sandığı dolduracak kadar eşyası vardı delikanlının ama daha fazlasını beklediği suratındaki ifadeden belliydi. "Buyurun Sultanım..." diyerek yana çekildi.

Elinden tuttum. "Bu denli resmiyete ihtiyacımız yok bence." Halının üzerine otururken tedirgindim; Ahmed'i ne durumda bıraktığımdan değil, bu çocuğun gözlerindeki manayı okuyamamaktan dolayı.

"Kahve?" diye gürledi sesi odada. Duvarlara tek tük yerleştirilmiş kandillerin yağının bitmek üzere olduğu çıkardıkları çıtırtılardan belliydi; gözlerini kısarak vereceğim cevabı bekledi.

"Olur". Odaya bitişik minik mutfağa girdi; arkasından gittim. Tinos'taki anılarımın canlandığını hissettim. Uzun bir süredir hiç mutfak görmemiştim. Dar bir erzak dolabı ve bir ocak vardı sadece. Muhammed'e yemeklerin ana mutfaktan geldiği belliydi.

"Yemek yapmayı severim." dedi mutfağını incelediğimi fark ederek "Bir gün size meşhur muhallebimden pişiririm, arzu ederseniz. Sakızlı muhallebi kahveyle güzel gider." Delikanlının altın saçları loş ışığın altında parlıyordu; ocağa yaklaşarak kaynayan bakır cezvenin sesini dinledim. Kahvenin aroması beni sakinleştiriyordu; bundan böyle buraya hep geleceğime dair kendime söz verdim.

"Çikolatayı sevdiğinizi duydum," dedi Muhammed. Elinin altında duran bakır şekerliğin kapağını kaldırdığında içinde o ana kadar hiç tadına bakmadığım çikolata çeşitleri olduğunu gördüm. Kaşlarımı kaldırmış bir açıklama yapmasını beklerken o gülümsüyordu. "Uzun hikâye Sultanım, sadece şu kadarını söyleyeyim. İyi malzeme bulmasını, tarif çıkartmasını ve yemek yapmasını bilirim." Küçük bir çocuk gibi gülümsüyordu; şekerliğin içindeki beyaz çikolatanın üzerindeki badem de gülümsüyordu sanki. "Kahveleri unutmuşuz." diye çığlık attı; kahvenin taştığını fark edince. Mutfaktan çıkıp sofranın etrafındaki yastıklardan birine kuruldum; kendimi bu hadımın gizemini çözebilmek için zorluyordum.

"Belli ki fazlasıyla yeteneklisin." diye mırıldandım elinde tepsiyle sofranın başında belirdiğinde. Nazik bir hareketle suları ve kahveleri dağıttıktan sonra yerine oturdu; gözlerini kandillerden birine dikerek çenesini kaşıdı.

"Gazları bitiyor olmalı; yarın doldurayım." Bademli çikolatanın ardından fincanı ağzıma götürdüğümde durdurdu. "Hemen değil; ağzınızdaki badem tadının yok olmasını bekleyin. Yoksa diğer yudumdaki tadın farkına varamazsınız." Ela gözleri ışıkta yeşil görünüyordu. Şekerliğin kapağını kaldırıp beyaz olanı işaret etti. "En büyük şaheserim odur; onu en sona saklamanızı tavsiye ederim." Sesindeki bilgelik insanı derinden etkiliyordu; başımı eğerek on kadar çikolatanın içinden açık kahverengi olanını seçtim. Acı çikolatanın aksine ağzımda bıraktığı tatlı, şekerimsi tat o kadar hoşuma gitmişti ki tekrar elimi şekerliğe uzattım. Muhammed güldü.

"Bu sefer de kahveden bir yudum..." Odadaki kokuyu yeni yeni fark ediyordum. İçeride adeta sarayın etrafını saran çamların rüzgârı esiyordu. Kokunun nereden geldiğini bulabilmek için gözlerimle odayı taradım, bulamadım.

"Saraya gelmeden topladığım kozalaklar bunlar; tohumlarını çıkarttım. Nasıl kokuyor?" Muzaffer bir edayla gülümsüyordu Muhammed. Uzun zamandır beni büyüleyen ilk ve tek insan olmanın tadını çıkarıyordu.

Cevap vermedim. Bir kahve, bir çikolata diye yineleyerek devam ettim. Muhammed beni izliyordu. Müthiş bir zevk duyuyordu yaşadığım bu büyülü andan; arada bir çenesini sıvazlıyor, yeleğinin düğmelerini düzeltiyordu. Sıra o son çikolataya gelmiş ama kahvem bitmişti. "Kahve?" diye mırıldandım.

Muhammed güldü. "Kahvenizin olmaması daha iyi; her güzel şeyin tadı, tek başına yaşandığında daha iyi çıkar." Çikolatayı ağzıma attığımda dudaklarımın, zevkle nasıl kıvrandığını bugün bile anımsarım.

"Eee, Ahmed'le görüşmeniz nasıl geçti Sultanım?"

"Gereksiz" diye cevapladım dudaklarımı yalarken. "Bir cami yaptırmak istediğinden söz etti. Söyle Muhammed, camiye gider misin?"

"Elbette," diye başını salladı. Gözleri kocaman açılmıştı. "Hayatta iki şeye inanırım; inanç ve zevk."

Gülerek kolunu tuttum. "İkisi bir arada olabiliyor mu?"

"Oluyor olmasına da," diyerek eğildi. "Her ikisinin de tadı yalnız yaşandığında çıkıyor doğrusu." Boynunu ovarak ayağa kalktı. "Biraz daha kahve?" Zevklerimin oyununa gelmiş olsaydım hemen evet derdim; ama büyük inancımla ben de ayağa kalktım.

"Geç oluyor, en iyisi ben gideyim." Gülümsüyordum. "Ama mutfağını ziyarete geleceğim; çikolatayı ne kadar sevdiğimi biliyorsun."

Kulağıma eğilerek fısıldadı. "Ben de... Müthiş bir zevk!" Elleri saçlarında "İyi geceler." derken gözleri gülüyordu.

* * *

"Uyan Kösem, uyan!" diye bağırıyordu Firuze koridorlarda. Korkuyla başımı kaldırdığımda bunun bir kâbus olmadığının farkına vardım; başucumdaki gediklilerden biri de telaşla ayaklanmıştı. Üzerime geçirmek üzere yeleğimi uzatırken gözlerini kaşıyordu. "Kösem!" diye ağlıyordu Firuze, sesi tüm harem halkını ayağa kaldıracak kadar kuvvetliydi. Kandiller yakıldığında gördüm ki gözlerinden akan sürmeler yanaklarına yapışmış; gözleri kan çanağı gibi olmuştu. Elleriyse kan içindeydi.

"Cemal, Cemal..." diye kekeledi "Onu öldürdüm galiba; ben ona..." Durdu ve nefes almaya çalıştı. Gömleğinin ince kumaşı tüm hatlarını belli ediyordu. "Firuze sakin ol!" diyebildim, halbuki kalbim gümbür gümbür çarpıyordu. Ne olduğunu anlar gibiydim; Firuze'nin bir açıklama yapmasına izin vermeden onu odasına doğru sürükledim. Mutluluğu kaybetmenin ne anlama geldiğini biliyordum; bunu Firuze'nin de yaşamasına izin vermeyecektim.

Cemal'in varlığıyla tüm kaderimi en baştan yazıyormuş gibi hissediyordum; yok olmaya başlamış tüm hayaletlerimin kaderini. Tek başlarına ölen Billur, Fatma, Hamit, Rüveyda ve Muhammed'i düşündüm. Zarif'i zehirleyişimi. Kendi adımlarıma takılırken düştüğüm duruma şükrediyordum; bu Tanrı'nın beni kendimden kurtarabileceğinin bir işareti olmalıydı. Adımlarımı hızlandırdım...

Odaya girdiğimde Cemal'i gümüş tepsinin üzerine yüzükoyun yuvarlanmış, kıvranırken buldum. Arkamdan odaya giren Firuze bayılacakmış gibi görünüyordu; göz kapakları titriyordu. Aşkının onu bir kez daha terk edişini izlerken; Cemal'e kızıyordu.

"Cemal, Cemal!" diye inledim yüzünü kendime çevirmeye çabalarken. Ellerime bulanan kanı görünce bir mide bulantısı bedenimi titretti; gözlerimi kapayarak kanı şalvarıma sildim. Cemal'in yüzü kandan görünmüyordu; kirpikleri birbirine yapışmış, gözlerinin akı çıkmıştı. Birkaç kelime edebilmek için zorladı kendini. "Tandırda." Ağzında patlayan kan baloncukları çenesinden usulca akıyor; sakalını kırmızıya boyuyordu. "Zehir, onda."

İnleyerek kendini bıraktı; altında ezilen tandırın çıkardığı ses Hatice'nin gülüşünü anımsatıyordu. Firuze'nin elini tuttuğumda tüm korkumu yenmiş gözüküyordum; kaybedilecek bir hayattan ne kadar etkileneceğimi yaşayarak kendime olan inancımı tazelemiştim. Tüm yaptıklarıma rağmen ben de diğerleri gibi olabilirdim belki de. Cemal'in inlemeleri fısıltıya dönüşmüştü; tekrar korkmaya başladım. Bu sefer ölümü, hayatı sorguluyordum; insan doğasında ölmenin de olduğunu tekrar tekrar anımsıyordum.

"Git Firuze" dedim. "Durma öyle yerinde, git, Mercan'a haber ver; o bir doktor bulur bize." Koridordan yükselen sesler haremdekilerin odanın kapısına toplanmaya başladığını gösteriyordu; Cemal'in yüzü tanınmayacak haldeydi. Burnu da kanamaya başlamıştı.

Elime uzanmaya çalışırken yuttuğu kan boğazından hırıltılar çıkmasına sebep oluyordu, "Kurtulacağımı biliyorum; sadece bunu yaşamam gerekiyordu; hem şimdi anlamış oldun." Zorlukla gülümsedi "İki devin nasıl bir arada olabildiğini, ölümle yaşamın..." Evet, iki dev birarada olabilirdi, fakat baskın olabilen sadece biriydi: zevk veya inanç, ölüm veya kalım. Gözlerini yumarak elimi sıktı; anlamsız bir ifadeyle elimi suratına götürdüm:

"Çok acıyor mu?" Gülmeye çalıştı, sanki yaşadıklarının anlamsızlığına gülüyordu. "Biraz..." dedikten sonra kapıda beliren kızların güzelliğini seyretmeye koyuldu. Sarışından kızılına, esmerinden buğday tenlisine hepsinin tadına baktı gözleriyle. Kendine ettiği yemini bozmadığına şükrediyordu; o kızların içinde Firuze'yi görebilse ne kadar mutlu olabileceğini düşündü. Onun yerine ön sıralarda durmuş onu acımasız gözlerle seyreden Emine'yi fark etti. Kızın gözlerindeki donukluktan ürktü; dudakları kıvrılarak öbür yana döndü.

* * *

Emine içinden şükrediyordu. "Allah'ım, bu günahkârları cezalandırmama yardım ettiğin için ulu kuvvetine minnettarım." Hızla kıpırdayan dudakları, aşığını huzura kavuşturabilmek için ezbere bildiği tüm duaları okuyordu. Bir yandan da onu aldatan erkeğinin çektiği cezayı zevkle izliyor; benliğinde çarpışan bu iki devi alçakgönüllülükle kabul ediyordu: Aşk ve öfke. Öfkesinin ağır bastığını hissederek adamın kan içindeki suratına baktı, onun kendisine bakan yalvaran gözlerine. Dudaklarının hareket ettiğini görür gibi oldu; ama sadece hayal ediyordu. "Seni seviyorum."

Avucundaki şişe bomboştu; az önce hepsini Cemal'in yiyeceği yemeğe boşaltmıştı. Yumruğunu sıktı, kırılan cam eline batınca acıyla yüzünü buruşturdu. Kara teninde açılan yara, bir gönül yarasından fazlası değildi; ihanet etmenin tadına varırken aşkın acısını çekiyordu. Erkeğine onu sevdiğini asla belli etmemesini söylemiş olsa da; işte o, ölüm döşeğinde haykırıyordu. Kenetlenmiş parmaklarının arasından damlayan kan, arkasında beliren Firuze'nin gömleğine bulaştı.

Firuze, yanında Mercan'la odaya koşuyordu; sevgilisini son bıraktığı yere. Bir daha onun nefes alamayacağını görme korkusuyla yaklaştı yanına; ama titrek hareketlerle inip kalkan göğsüne elini koyduğunda yüreğinin atışının hızlandığını hissetti. Bunu kimin yaptığını biliyordu; Emine'nin ayaklarına dağılmış cam kırıklarının farkına varmıştı. Kızın Cemal'e nasıl baktığını da görebiliyordu; ama umurunda değildi artık. Bu cehennemden kurtulduklarında Cemal'le taşınacakları evin hayalini kuruyordu.

"Aynı Üsküdar'dakine benzer bir konak yaptıracak bana Kösem", diye mırıldandı Mercan'ın becerikli elleri Cemal'in göğsünde dolaşırken. Yavaşça Cemal'in gömleği çıkartıldı; telaşla odaya giren Lokum Ebe de kollarını sıvamış Cemal'e doğru eğilmişti.

* * *

Kapının eşiğindeki kalabalık çoğalmış, aralarına harem ağaları da eklenmişti. En ön sıradaki Latife, Gülbahar ve Hatice huzursuzca kıpırdanıyor, arada bir Emine'ye kaçamak bakışlar atıyorlardı. Hatice Latife'ye doğru eğildi. "Emine'nin ağzını açmayacağından emin misin?"

"Eminim Sultanım; eğer ağzını açarsa, Cemal de kurtulursa, önce Cemal'i, sonra seni bizzat kendim öldürtürüm dedim."

"Öldürtürüm?" Hatice Latife'nin oynadığı kelime oyunundan hoşnut kalmamış gözüküyordu; Latife umarsızca gülümsedi.

"Onun pis, bozuk kanının ellerime bulaşmasını istemem de..."

Gülbahar altın sarısı saçlarının buklelerini düzeltiyordu. "Kurtulamaz. Haline baksanıza, kaç saattir kan kusuyor."

Hatice, Lokum Ebe'yi Cemal'in yanında görünce öfkeyle bağırdı. "Lokum, çekil oradan. Bu namussuzların yaşadıkları bizi ilgilendirmez." Lokum'un gözleri yalvarırcasına Hatice'yi aradı kalabalığın içinde. Sarsıp öfkeyle bağırdım. "Sana ne yaşlı orospu, Lokum Ebe kime yardım etmek isterse eder."

Ne dediğimin farkında değildim; Hatice güldü. "Ya, öyle mi?" Latife'ye dayanarak birlikte gülmeye başladılar; odadakiler, Cemal dahi sessizleşmişti.

Herkes Hatice'nin ağzından dökülecek sözleri bekliyordu. Öfke ve korku dolu tiz sesiyle sessizlik bozuldu. "Lokum, eğer bunlara yardım edersen hepinizi yarına kalmaz sürdürürüm bu saraydan. Çırılçıplak terk edersiniz Topkapı'yı." Gülüyordu; tok bir sesle cevap vererek Lokum'a destek oldum.

"Sen mi bizi göndereceksin saraydan?"

"Tabii ki ben, Osman'ın anası kim?" Yüzü taştan yontulmuşçasına kaskatı kesilmişti.

Kaşlarımı kaldırarak kadına baktım; en ufak bir merhamet duymadığımı, elime bırakılacak bir hançeri bu kadının göğsüne saplayabileceğimi acıyla anladım. "Her şey değişebilir; bir de bakmışsın bir Osmanlı varisi eksilivermiş, taht sahipsiz kalmış. İşler değişebilir Hatice."

Harem ağalarının dahi tüyleri diken diken olmuştu. Hatice suratı şekilden şekle girerken etrafındakilere bağırmaya başladı; "Duydunuz mu; duydunuz mu? Hepinizin içinde oğlumu öldürmekle tehdit etti beni. Evet, duydunuz... Haklıyım değil mi?" Suratı öfkeden kıpkırmızı olmuştu. Lokum ise harem ağalarına emirler yağdırmaya başlamıştı bile. Cemal'in kusması durmuş; yarı baygın yatıyordu. Hıçkırıkları kesilmeyen Firuze'nin elini yakalamaya çalıştıysa da başaramadı. Göz kapakları ağırlaştı.

Hatice'den çıkan homurtular bir süre sonra sessizliğe dönüştü. Cemal'in de şifahaneye taşınmasıyla kalabalık dağıldı. Firuze Cemal'in yanında, Mercan ve Lokum'un ardından şifahaneye gitmişti; Emine'nin eli hâlâ kanıyor, gözlerinden yaşlar boşanıyordu. Aşığının yaşamasına sevinirken, yüreği müthiş bir kıskançlıkla yanıyordu; şimdi tek istediği kendi canını acıtabilmekti. Gözlerini yumarak hareme ilk geldiği zamanları ve terk ettiği yuvasını düşündü; midesi şiddetle çalkalanırken yanaklarının ıslaklığı yok oluverdi. Emine yere yığılmıştı; harem ağalarından biri onu şifahaneye taşırken gülüyordu.

"Bu Ahmed'in yatağına giren yalancı bakire mi? Ah, evet o olmalı. Baksana ne kadar güzel; hamile falan olmasın şimdi bu?"

Hatice yavaş adımlarla yanıma yaklaşırken ne kadar savunmasız olduğunun farkındaydı; yanakları ve çenesi öfkeden kasılmıştı. "Pes ediyorum; daha fazla yapamayacağım. Bunlar gibi..." Arkasındaki Gülbahar ve Latife'yi işaret ediyordu. "Bu dangalakları daha fazla idare edemeyeceğim; sen nasıl yapıyorsun bilmiyorum ama... Ne de olsa sen benim yapamadığım her şeyi yapıyorsun değil mi?" İnci küpeleri sallanıyordu; gözleriyle işaret verdikten sonra Latife'yle Gülbahar'ın odadan çıkmasını bekledi. Avucunu açarak kalbine götürdü. Başını tekrar eğerek fısıldadı.

"Ben pes ediyorum; seninle yarışamayacağım. Senin gibi olmaya çalışırken kendimi kaybediyorum; ama emin olabilirsin ki..." Sesi tekrar canlanmıştı. Boyanmış yanakları loş ışığın altında al aldı. Oda bir savaş alanı gibi gözüküyordu; ben de gazi bir yeniçeri. Dirseklerime kadar batmış olduğum kan, zafer ve umut kokuyordu. Elimi yanağıma dayayarak güldüm:

"Osman tahta geçtiğinde bana acımayacaksın; biliyorum." Derin bir nefes aldım. Odada yalnızdık; korkuyla birbirimizi süzerken güç uğruna verilmiş savaşların bir sonunun gelmeyeceğini anlamıştık. Hepimiz kendi yolumuzu, kaderimizi, savaşımızı, 'devlerimizi' yaratırken, karşımızda duranı pek umursamıyorduk. Ayağımızın altında ezilenler çok olmuştu; biz de onlardan biri haline gelmemek için birbirimizi boş umutlarla, vaatlerle zehirliyorduk. Hatice sahip olduğu tek gerçeği Osman'ı yaşarken, ben kendi hakikatimin farkına bu kadar geç varmanın acısını yaşıyordum.

Kapıda beliren Muhammed'in gülümsemesiyle ışıldadığımı fark ettim; hakikatlerim beni en ummadığım zamanlarda bulan yoldaşlarımdı. Başımı sallayarak Hatice'ye, bir piyonun kanına bulanmış elimi uzattım bir zeytin dalı uzatırcasına; iri kıyım elini kavradım. İkimiz de devrilen kraliçenin o olduğunun farkındaydık; ben de onun yerini almaya hazırlanan yeni liderdim. Başa geçmeden önce sormam gereken tek bir soru vardı; Hatice'nin güzel yüzüne belki de ilk defa bu kadar yakındım:

"Kaderinden memnun musun?" diye fısıldadım Muhammed'den bir sır saklarcasına. Başını 'evet' dercesine salladığında yüzünde ilk defa beliren candan gülümsemenin tadını çıkarıyordu. Muhammed yanıma yaklaşarak soracağım soruyu bekledi; bu soruyla karşılaşacağını bilen, geleceği görebilen bir kâhin gibi davranıyordu.

Diğerlerininkinden farklı bir hadım kıyafeti giymişti üzerine, hayretle baktığımı görünce "Ben yaptım." dedi. Lacivert kaftanının yakalarında altın yıldızlar parlıyordu; gözleri yerdeki savaş alanına kayar gibi olduysa da yüzündeki tebessüm silinmedi.

"Niye hepsinin kaderde saklı olduğunu anlamam bu kadar uzun sürdü ve en sonuna gelinceye kadar bekledim?" diye inledim başımı göğsüne gömerek. Ağlayabilmenin tadına varırken genç hadımın kaftanına sinmiş tarçın kokusunu içime çekiyordum. Yüzümü okşarken fısıldadı. "Şekerliğin sonunda bıraktığın o beyaz çikolatayı beklerken duyduğun o müthiş heves," diye bilgece konuştu. "Hakikatini bulmaya adadığın o müthiş açlıktı. Aslında sen gerçekleri değil kendini arıyordun; sona bıraktığın o çikolatayla her şeyi çözümlemiş oldun beklemeyi ve tatları karıştırmamayı öğrendin." Tüm yüzünü aydınlatan gülümsemesiyle saçlarımı okşarken; ömrüm boyunca tatmadığım anne sevgisine benzer bir duyguyla canlandım. Cebimde ilk Muhammed'imin bana verdiği menekşe rengi mendil duruyordu hâlâ.

Başımı kaldırarak büyük bir cesaretle sordum. "O son çikolata hakikatimse kader nedir Muhammed?" Cemal'in hayatta olup olmadığını, Ahmed'in beni merak edip etmediğini umursamıyor; Muhammed'in kelimeleriyle kaderi keşfediyordum.

"Bizi hayata bağlayan yol gerçeğe gider" diye fısıldadı usulca. "Ne yaparsan yap o yol kendine çıkar; kiminle karşılaşırsan karşılaş varacağın yer belli."

"Ya seninki?" diye mırıldandım. Kendimle yüzleşmektense başkalarının mutluluklarıyla, kaderleriyle beslenmeye razıydım. O sırada cebinden bir şey çıkarmaya çalıştığının farkına varmamıştım; şekli bozulmuş çikolata, Muhammed'in avucunda duruyordu. Ağzıma attığımda durdurmadı." Kendin olmanın tadını çıkarmaya bak ..." diye fısıldadı.

Kesik bir kahkaha attıktan sonra emin adımlarla odadan çıktı; onu takip etmemi istediğini biliyordum. Nereye gittiğimizi de biliyordum: onun mutfağına. Her şeyin, her hayaletin, her kaderin, Kösem'in yeni baştan yaratılacağı tek yer orasıydı. Muhammed'in mutfağı kaderin başladığı yerdi.

Genç adam yattığı yerden doğrulmaya çalışıyordu; zayıf kolları onu yarı yolda bıraktı. Kesik nefesleri göğsündeki acıyı belli ediyordu. Cildi yanıyor; odanın ışığı gözlerini kamaştırıyordu. Işık o kadar beyaz ve parlaktı ki genç adam bir süreliğine de olsa cennette olduğunu zannetti. Yatak bile bembeyazdı; yatağın direklerine asılmış tüller odayı bulanık görmesine yol açıyordu. Genç kadın şefkatle ona doğru eğildi.

"Cemal, uyandın demek!" Kısık sesli, tanımadığı kızın kendisine nasıl hitap ettiğini, fark edince iyice yadırgadı içinde bulunduğu durumu. Dudakları kurumuştu; inledi. "Su!"

Firuze elinde suyla geri döndü; yatağın etrafındaki tülleri kaldırdı. Böylelikle Cemal kızın suratını rahatlıkla görebildi.

"Fazlasıyla güzel," diye düşündü. Büyüleyiciydi; ama hatıralarından en ufak bir çağrışım yapmıyordu. Dudaklarına kadar getirdiği bardağı eliyle sıkıca kavradıktan sonra kızı ittirdi.

"Kimsin, adımı nereden biliyorsun?" Firuze'nin dudakları titrer gibi oldu. "Şakanın sırası değil Cemal, Kösem dairemizi ziyarete geliyor. Cevher Kira'nın evinde kaldığımızı unuttun mu?" Gözleri sevinçle parlıyordu Firuze'nin, dantelli beyaz elbisesine bukle bukle dökülen kızıl saçlarıyla bir meleğe benziyordu. Cemal'in kendine boş boş baktığını görerek elindeki cam bardağı kaptı.

"Gerçekten de şakanın sırası değil!" dedi öfkeyle odadan çıkarken. Yoğun vanilya rayihası Cemal'e bulanık görüntüler, sesler sunuyordu. Tüyleri diken diken oldu. Başını yukarı kaldırıp kristal avizeye baktı. Nerede olduğunu, neler yaşadığını anımsayamıyordu; her nefes alıp verişinde bir tereddüt yaşıyor, doğru yapıp yapmadığından emin olmak istercesine etrafı kolaçan ediyordu. Kızıl saçlı kızın tekrar odaya girmesini bekledi; yanında ak saçlı bir ihtiyarla dönünce büyük bir hayal kırıklığına uğradı.

Kadının suratı bembeyazdı; yerleri süpüren mor, sarı minik çiçeklerle süslü bir etek vardı üzerinde. Kafasına perçemlerini açık bırakan beyaz bir başörtüsü bağlanmıştı; kulaklarındaki dev inci küpeler odanın beyazlığına uyum sağlıyordu. Kadının suratı da bembeyazdı; konuştuğunda kıpkırmızı dudakları aralanıyor, kahverengi dişleri ve pembe dili ortaya çıkıyordu. Kadının bir zamanlar güzel olduğu söylenebilirdi; gözleri açık maviydi, kenarları sürme çekilmekten simsiyah olmuştu.

"Hatırlamıyor mu?" diye fısıldadı Firuze'ye Cevher Kira, Cemal'i incelerken; genç adamın suratındaki ifadeyi görünce suratı allak bullak oldu. "Belki de sadece bizimle ufak bir oyun oynuyordur." Perdeyi aralayarak Cemal'in yanına, yatağa oturdu.

Firuze kapının eşiğinde durmuş Cemal'den başka bir şeyler düşünmeye zorluyordu zihnini. Dışarıdan gelen gürültü,

Sultan'ın ziyareti için hazırlanmaya başlamış hizmetlilerin olmalıydı.

Haremde yaşanan zehirlenme olayından sonra Firuze'yle Cemal, benim tarafımdan Cevher Kira'nın konağına yerleştirilmişlerdi. Cemal haftalardır arada bir uyanıyor ama tek bir kelime bile etmiyordu. Yemeğini yiyip suyunu içtikten sonra eğer doktor oradaysa kontrol ediyordu; eğer yoksa Cemal hemen derin uykusuna yatıyordu. "Cemal," diye fısıldadı Cevher Kira Firuze'yi işaret ederek "Bu kız kim biliyor musun?" Cemal başını iki yana sallayınca Firuze odadan çıkıp gitti; hâlâ bunları hak etmek için ne yaptığını düşünüyordu.

O sırada haremde Emine acıyla kıvranıyordu; bu oda ne kadar aydınlıksa, Emine'nin ruhu bir o kadar karanlıktı. Ağlıyordu... Şifahanenin bembeyaz, yeni sıva yapılmış gibi gözüken duvarları, sakinlerinin kendilerini birer ucube gibi hissetmelerine yol açıyordu. Zührevi hastalıklarla veya bulaşıcı illetlerle boğuşanların yaydığı tehlike tentürdiyot, gazlı bez, kireçli su kokularıyla bastırılmaya çalışılıyor; ebeler dört bir yana koşturuyordu. Emine yatıralı neredeyse iki hafta oluyordu; başta haremin minik şifa alanına alınmış, daha sonra bedenini tüketen hastalık onu Galata yakınlarındaki bu hastaneye taşımıştı. Sadece en ayrıcalıklı olanların tedavi görebildiği bu hastaneye, özel bir veba vakası olarak getirilmişti, Mercan'ın başvurusu üzerine.

"Pek ömrü kalmamış; en fazla bir ay veririm. Bezeler yeni yeni oluşmaya başlıyor, uykusuzluk da cabası." Emine gözlerini kapamış dinliyordu; üzerinde beyaz bir önlük vardı. Kurşuni suratının tüm bu beyazlığa ne kadar zıt düştüğünün farkındaydı; derin bir nefes alarak tüm bunların niye onun başına geldiğini anlamlandırmaya çalıştı. Göğsü sıkışıyordu; sanki bedeninde onun izninin dışında büyüyen bir şeyler vardı. Kolunu kaşıdı, divanın önünde duran beyaz perdenin püskülleri ahşap zemini tırmalıyordu. Mercan'ın sakin sesi duyuldu.

"Ben hiç beze göremiyorum."

"Sırtında. Özenle kapattık o bölgeyi, daha tam oluşmadı. İçinde birikmeye başlayan irini birkaç kez boşalttık bezeler çoğalmasın diye. Ama tam yanında" diye yineledi tecrübeli şifacı. Mercan'ın hıçkırıkları arttı. "Şimdi siz perdeyi kaldırmayacağınızı mı söylüyorsunuz; yanına giremez miyim yani?"

"Hanımefendi, etrafınıza bir bakın." İnlemeler hastanenin duvarlarında umutsuzca yankılanıyordu. "Buranın bir vebalıyı daha kaldırabileceğini düşünebiliyor musunuz; durup bu sağlıklı bedeninize şükredin. Dışarıdaki pisliği görüp iğrenmiyor musunuz? Siz de o hale mi düşmek istiyorsunuz? Hayır, bu perdeyi kaldırmayacağım, çekilin lütfen." Mercan'ın sesi peçesinin altından boğuk boğuk duyuluyor; perdeyi yana çekme çabaları başarısız oluyordu.

"Mercan!" diye seslendi Emine. Sesinin ne kadar güçsüz çıktığına şaşırmıştı. Onunla altmış yaşlarında, hastanenin en iyisi olduğu söylenen bir ebe ilgileniyordu. Emine, kadınla yaptıkları sohbetlere doyamıyor; hep daha fazlasını istiyordu. Yaşlı ebe yanına yaklaşarak kızı gerisingeri yastığına itti.

"Dinlenmeye ihtiyacın var..."

"Niyeymiş, nasılsa bunun tedavisi yok; birkaç gün fazla yaşamışım ne fark eder?"

Mercan'ın boğuk sesi perdenin arkasından duyuldu: "Emine!" Ağladığı belliydi; hıçkırıkları bir yükselip bir alçalıyor, burnunu çekiyordu. "Sana söylenen her şeyi yapacaksın, duydun mu beni? Ayrıca Kösem'in tanıdığı bir doktor varmış; Fransız, o gelene kadar dayanmanı istiyorum."

"Ne o, Kösem Firuzesi'ne karşı çıkarak bana özel doktorunu mu getirtecekmiş; hadi ya!" Ölümle burun buruna olmanın insana verdiği o müthiş sükûnet ve cesaret vardı Emine'nin sesinde, omzunu silkerek istediği gibi hakaret edebileceğini hissediyordu. Yine de geceleri uykusunda Cemal'i tekrar tekrar zehirlediğini görüyor ve sayıklayarak uyanıyordu.

Onun ter içinde uyandığını fark eden ebesiyse kızın alnına koyuyordu elini.

"Yine aynı kâbus mu?" Gözleri korkuyla açılmış oluyordu Emine'nin, gittikçe daha da kurşuni bir renk alan teninin üzerinde tüm o beyazlar ölümcül hale geliyordu; zar zor soluk alarak hep aynı cevabı veriyordu. "Evet." Kâbuslarından sıyrılıp uyuyabildiğinde ise bir ışığın peşinde sarayın koridorlarında dolaşıyor, yolunu kaybediyordu. Sonunda ulaşabilirse ışık onu yutarak sonsuz huzura kavuşturuyordu; işte o zamanda yüzünde bir gülümsemeyle uyanıyordu Emine.

"Ölüm nasıl bir şey?" diye soruyordu ebesine. Ebenin adı Bahar'dı; ama ona hiç adıyla hitap etmemişti. "Daldığım şu uzun uykulara mı benziyor; hani bana kısa bir anmış gibi gelen. Yoksa soğuk toprağın altında yüreğinin sonsuza kadar ezilmesi mi? Eğer öyleyse ölüm de hayattan farksızmış." Kahkahalara boğulan Bahar, Billur'unkine benzer, hoş tınılı sesiyle Emine'ye cevap veriyordu.

"Allah'ın verdiği canı alması doğaldır Emine; korkman gereken tek şey ahirette vereceğin hesaptır. Senin de korkun bu..." İnançlı sesi tüm odayı doldurduğunda rahatlıyordu Emine. "Ama korkmana gerek yok; Allah senin gibilere karşı anlayışlıdır, bağışlayıcıdır yavrum."

* * *

"Emine" diye fısıldadı Mercan perdenin arkasından. "Ebeni bu tarafa gönderebilir misin? Sultan'ın sana ufak bir hediyesi var." Geçmişiyle tüm bağını koparmak isteyen Emine yine de hediyeyi merak etti.

Perdenin öbür tarafına geçen Bahar, Mercan'ı dikkatle süzdü; kadının elinde lacivert, yaldızlı bir kitap vardı. Kapağındaki kocaman kelebek de yaldızlarla süslenmişti. Bir başlığı yoktu. Bahar sayfalarını karıştırdığında hepsinin boş olduğunu görünce şaşırdı; Mercan öfkelenmeye başlamıştı. "Hediyeyi Emine'ye verin; sizin incelemenize mahsus değil!" Öfkesi Bahar'a geçti.

"Küçücük bir kızın bünyesini uyuşturucuyla, içkiyle zayıf düşürürken siz onu kendinize mahsus bir oyuncak gibi görmediniz mi?" Mercan başını öne eğerek odadan çıktı. Kendi hediyesini vermeyi unuttuğunu fark edip geri döndü. İnce uzun mantarının üzerine minik altın yıldızlar çizilmiş şişeyi Bahar'a uzattı. "Bunu Emine'ye verin; mendili onda olmalı." Kadının elinden kaptığı şişeyi kitabın arasına sıkıştırarak perdeyi araladı Bahar. Bu arada Mercan Emine'nin huzurlu suratını görme imkânını buldu; "uyuyor olmalı," diye düşündü. Rengi biraz kaçmıştı o kadar, daha bir büyümüş görünüyordu. Utanmasa hastalık yaramış diyecekti. Bir daha görüşemeyecek olmaları ihtimali yüreğini yaktı; boğulduğunu hissetti.

Benim sayemde Cemal'in geçmişinden Emine dışında kimseyi hatırlamadığını öğrenmişti Mercan. Bu haberi kıza verecek olsa nasıl sevineceğini hayal etti; oysa artık aralarına bu ölümcül perde girmişti. Gözleri acıyordu Mercan'ın, doktorun kıza biçtiği ömrü hatırladı. Bir aya, bir ömür sığdırılabilir miydi?

* * *

"Sultanım" diyerek yerlere kadar eğildi Firuze. Yanında Cevher duruyordu; ama eğilmeye yanaşmadı yaşlı Kira. Anlaşılan evindeki antikaları, sanat eserlerini sergilemeye pek meraklıydı. Gözlerimi evin ihtişamından alamazken bir Kira'nın bu denli zevk sahibi olmasına şaşırıyordum. Evin haremlik-selamlık bölümleri yoktu; çünkü evde hizmetliler de dahil, geçici konuk Cemal'i saymazsak hiç erkek blunmuyordu. Konak başlıbaşına bir haremdi. Tüm detaylar kadınlara göre işlenmişti; her tarafta kocaman altın varaklı aynalar vardı. Murano camından vazolar ve içlerindeki mor leylaklar kadın ruhuna hitap ederken, alt kattaki antika kılıç koleksiyonu da Cevher'in merakını su üstüne çıkarıyordu.

Büyük, sedef bir dolabın içinde, birbirinden değerli gerdanlıklar, yüzükler, bilezikler, küpeler, broşlar sıra sıra dizilmişti; Cevher bu dolabın anahtarını hep arka cebinde, diğer anahtarlardan ayrı bir yerde tutuyordu.

"Hepsi fazlasıyla değerli." diye konuştu Cevher elindeki elmas kolyeyi gösterirken. Damla şeklinde kesilmiş elmas gümüş zincirinde oldukça sade ve zarif duruyordu; başımı salladım. Buraya gelme sebebim alışveriş yapmak değildi. Öyle olsa bile bu işlerle ilgilenmenin tadı ancak Muhammed'le çıkıyordu artık; onun ilginç zevkiyle bedestenleri, çarşıları, Kira'ları gezerken çok eğleniyorduk.

"Genellikle Venedikli, Cenevizli tacirlerden elde ediyorum bu değerli parçaları; ama Sultanım bir bilseniz..." Kulağıma eğilmişti. "Nasıl da sahte paralar var ellerinde, paramın üstünü alırken çok dikkatli olmak zorunda kalıyorum. Tabii saf altınla, kalayın arasındaki farkı anlayacak kadar tacirlik yapmışlığımız da var..." Kadın gülüyordu.

Firuze'nin tavırlarında bir değişiklik, laubalilik vardı; ortalıkta evin sahibesiymiş gibi dolaşıyor, hizmetlilere küstah emirler yağdırıyordu. Cevher bu durumdan hoşnuttu hiç çocuğu yoktu ve bir an önce bu iki aşığı evlatlık edinmek istiyordu. Firuze'nin buna bir itirazı yoktu; Cevher'in evindeyken Venedik'teki hayatını anımsıyor, o zamanki elbiselerini tekrar giyme imkânını buluyordu. Cevher'in elinde yüzlerce elbise, kaftan, eteklik, korse, hatta bir Leydi'nin, Kraliçe Elizabeth'in taç giyme töreninde giydiği söylenilen açık mavi bir tuvalet vardı. Onun adını bilmeyen soylu, saraylı yoktu; İstanbul'da vakti yerindekiler için alışverişin ilk adresi Cevher Kira'ydı.

Yanından geçen hizmetlinin koluna dokundu Firuze: "Dünkü şaraptan bana bir kadeh getirir misin canım? Ah, bir de sor bakalım Sultana o ne rica eder?" Bana göz kırpmıştı; Firuze'deki değişimi hayretle izlerken genç kızdan şekerli kahve istedim.

"Sultanım, şu küpelere bir bakar mısınız?" diye heyecanla sordu Cevher. Kulağındaki muazzam inci küpeleri gösteriyordu; Firuze de memnuniyetle kafasını sallarken "Ah, evet." diye mırıldanıyordu.

Firuze'nin üzerindeki sade dantelli beyaz elbise onun çocuksuluğunu öne çıkarırken, davranışlarıyla Cevher'e benzemeye çalışıyordu. Saraydaki hayatı unutmuş gibiydi veya unutmaya çalışıyordu. "Yok, teşekkür ederim" diyerek Cevher'in koluna dokundum. Üzerimde beyaz bir kaftan ve safir küpelerim vardı. Saçlarımı haremdeki yetenekli gediklilerden birine topuz olarak toplatmıştım; daha önce Avusturya'daki derebeyliklerin birinde bir leydinin nedimesi görevi gördüğü söyleniyordu. Pek güzel olmadığından-alnında kocaman bir doğum lekesi vardı ve gözleri hafif şaşıydı- haremde gedikli olarak çalışıyordu.

Cevher merakla beni izliyordu. Kadının bembeyaz suratı sevimli görünse de açık mavi gözlerindeki şeytani parıltı insanı ürkütüyordu. Bir adım geri atarak bekledim. "Üst katta bana gösterdiğin şu antika topaz yüzük vardı ya; nasıl bir el işçiliği ama... Onu getirebilir misin? Mahzendeki bu ışığı sevdim; evin geri kalanına göre daha bir loş..." Eviyle ilgili eleştiriye biraz bozulan Cevher söylene söylene ahşap basamakları çıkmaya başladı.

"Keyfin yerinde galiba?" diye sordum Firuze'ye. Öfkeyle kaftanımın yakasını ve küpelerimi çekiştiriyordu, alnıma düşen perçemler rahatsız ediciydi. Firuze'nin omzuna dokundum; geri çekildi. Göz pınarlarında biriken yaşları saklamaya çalışıyordu; yanakları kızarmıştı.

"Galiba yerinde..." diye belli belirsiz mırıldandı; Cevher'in üstünde bıraktığı anahtarla dolabı kilitledi. "Sadece kadınlara mahsus bir yerde olmaya alıştığından böyle geliyor olmalı," diye başımı salladım. Öfkem içime sığmıyordu; başkalarına verdiğim şansın tüketilmesini izlemek kadar acısı olamazdı. Yumruğumu sıktım. Mahzenin duvarlarını, az ilerideki şaraplığı, mantarları sıkı sıkıya kapalı şişe şişe şarapları işaret ettim elimle: "Bu hiç doğal değil; hiç erkek, hiç umut yok bir kadın için. Burada duramazsınız daha fazla."

"Bizi buraya sokan sen değil miydin?' diye bağırdı Firuze, yüzü kıpkırmızı olmuştu. "Ne oldu birdenbire, bu ihtişamı mı kıskandın; sen sahip olamıyorsun diye... Yoksa yokluğumuzdan dolayı mı? Haberin olsun bir daha o hareme adımımı atmam." Bağırıyordu. Üst kattan Cevher'in sesi duyuldu.

"Yüzük burada yok, yavrum. Nereye koymuş olabiliriz? Az önce Kösem'e göstermiştim..."

"Hareme bir daha almazlar sizi zaten. Baştan sona kepazelik..." Duraklayarak Firuze'nin gözlerine baktım; öfkeden kızarmış gözlerini yumarak mırıldandı.

"Senin durumun farklı sanki..."

"Ne dedin?"

"Hiçbir şey..." diye güldükten sonra kolumu kavradı. Yüzündeki ifade an be an değişiyordu. "Beni hatırlamıyor Kösem. Ben ne yapayım; yaşadıklarımızı hatırlamıyor! Benim kim olduğumu bilmiyor bile, ama o küçük şeytanı..." Ağzından tükürükler saçıyordu. Gözlerinde tekrar beliren yaşlar dudaklarına doğru süzüldü.

"O şeytan dediğinin" diye fısıldadım, "ölüm döşeğinde olduğunun farkında olmalısın."

"Biliyorum, vebaymış; eh, hastalığın bizi de bulması an meselesidir herhalde." Güldü; gözyaşlarını yaladıktan sonra başını öbür tarafa çevirdi. "Benim de hayallerim vardı. Bir evimiz olacaktı; ama burası da yeter bana. Ona bakarız Cevher'le, ben de Cevher'e yardım ederim; belki de bir gün..."

Durdu; ne diyeceğini biliyordum. Sadece canımı acıtmamak için söylemiyordu. Başımı salladım. "Bir gün belki buralardan gidersiniz..." Biliyordum Ahmed beni bırakmayacaktı ama bu unutulmuş kız için bir umut vardı.

"Hayır," diye yutkundu. "Ben giderim. Cemal'le olmaz; kader bu Kösem. Unutulmuş geçmişimizi yeni baştan yaratacak halim kalmadı. Kendi yoluma devam etmem lazım; bizimkiler sadece çakışan kaderler. Birleşen değil!" Bana doğru ilerledi, elini tutup yanağıma değdirdim.

"Cevher'e güvenemezsin."

"Niyeymiş; senden daha güvenilir olduğu kesin." Amacı beni kızdırmak değil eğlendirmekti; bunu başarıyordu. Başımı dik tutmaya, ciddi olmaya çalıştım.

"Hayır; sana da tuhaf gelmiyor mu? Bu yaşta bir kadının hiç çocuğunun olmaması, bir kocasının, bir evinin..."

"Burası ne peki?"

"Bir sığınak, değerli eşyalarla dolu bir sığınak sadece; burada hayat yok, maddiyat var, sapkınlık..."

"Harem için de aynısı denebilir; hem senin de bir çocuğun yok." Gülüyordu; öfkelenerek kolunu ittim.

"Aynı şey değil... Galiba burada kalman en iyisi; hem Cemal'i bırakıp gidebileceğine inanmıyorum. Ayrıca burada kalırsan Cevher ondan kurtulmak için elinden gelen her şeyi yapacaktır."

Firuze korkudan titrer gibi oldu, yanıma yaklaşmak istediğinde tüm gücümle ittirdim. Titreyen sesi tüm odayı sardı. "Niyeymiş ki o?" Suratı daha da beyazlamıştı. Kapıda beliren Cevher'e arkama dönerek Firuze'ye sessizce fısıldadım.

"Sen kadın aşığı ne demek bilir misin?" Güldü; Cevher'in varlığından rahatsız olmamış gibiydi. "Senden öğrendiğimi sanıyordum." Bu sözler üzerine Cevher'e, yüzüğün fiyatının üç katı kadar altınla dolu keseyi uzattıktan sonra gitmeye niyetlendim; ama Cemal'i görmek istediğimi anımsadım. Vazgeçtim. Geçmişimden silinmiş bir parçayı daha tatmanın bana faydasız olduğunu düşünerek konaktan çıktım. Arabada beni bekleyen Muhammed'in kucağına yatarak mırıldandım. Ahşap konakların yan yana dizildiği Hasköy'de, bu gösterişli evin penceresinden mahzun bakışlarla kendinden uzaklaşan geleceğini seyreden bir kız vardı; yanında da onu tanımayan yakışıklı bir erkek. İkisi de hayatın kayıp gittiğinin farkında değildi; oysa zaman çok çabuk geçiyordu.

* * *

Hıristiyanların yeni yılına kalmıştı, herkes birbirinden çok uzaklara düşüyordu; Emine'nin bedenindeki bezeler çoğalırken son bir isteği vardı: Şu son bir ayını ona yolladığım güncenin sayfalarını doldurabilecek kadar dolu dolu yaşayabilmek... Denizlere açılmak, Mercan'ın ona verdiği son parfümü son damlasına kadar kullanabilmek. Mercan, Emine yeterince büyüdüğünde parfümüne eklemeler yapacağını söylemişti;

şimdi kırmızı mendilindeki yasemin kokusunun arasından umutsuzca yükselen sandal ağacının kokusunu tadıyordu her nefesinde. Belki de ölümü tadıyorumdur, diye avutuyordu kendini, çünkü artık büyümek istemiyordu. Canını yakıyordu hayat. Geriye kalan o tek ayını istiyordu; biraz da bağışlanmak. O beyaz yastıklara gömülürken Bahar fısıldıyordu.

"Rahat uyu güzelim, Allah'ın affına sığınabilirsin."

* * *

"Yemeğimi beğendin mi?" Artık saray mutfağı bizi tatmin etmiyordu; af dilenmek için Muhammed'in mutfağına sığınmıştık.

Parmaklarıyla yoğrulup hayat bulan hamurlar açılıyor; minik tatlılar, mantılar, börekler, pastalar mutfağa yollanıp, fırında pişirildikten sonra gedikliler tarafından soframıza taşınıyordu. Yahninin üzerinde tokuşturulan kadehler bizi hayatta tutuyor; "Yeni bir yıl daha iyi kutlanamaz," diye düşünüyorduk. Muhammed'in altın saçları iyice uzamıştı. Ne saray berberlerine güvenebiliyor, ne dışarıya çıkabiliyor, böyle idare ediyordu. Yahniden bir kaşık aldım; tadı inanılmazdı. Arkasından bir yudum şarap... Muhammed tüm odayı mumlarla donatmıştı; oda bir yandan apaydınlık gözükürken, bir o kadar da loştu.

Ona yaklaşarak beni nasıl büyülediğini ifade ettim; alnıma hafif bir öpücük kondurdu. "Tatlını unutma..." Çikolatayı eriterek yapmayı başardığı bu yeni tatlıyı tatmam için sabırsızlanıyordu; gümüş bir tasa döktüğü tatlıya tahta kaşığımı batırırken kesik kesik soluk aldığımı fark ettim. Ve düşündüm de, hayatta beni çikolata kadar heyecanlandıran bir diğer şey Muhammed'di; Ahmed'in koynundayken hissettiklerimin de ayrı bir zevki vardı ama yüreğim böylesine hoplamıyordu.

* * *

Gece yarısı olmuştu. Ahmed'le buluşmak zorunda olduğumu hatırlayarak ayağa kalktım. Muhammed beni izliyordu. Düğmelerimi iliklediğimi, saçlarımı düzelttiğimi gördü. Üç örgü halinde belime kadar inen siyah saçlarımla oynamayı çok seviyordu. Ona dönerek ellerimi uzattım.

"Sen kimsin; hâlâ anlayabilmiş değilim." Bu sözlerim üzerine kesik bir kahkaha atarak ellerimi öptü; o kadar yakışıklıydı ki, eminim, haremdeki tüm kızlar hayallerini onunla süslüyordu. Benim de... Bu adamla aşk yaşadığımızı düşünmeden yattığım uyku yoktu ama biliyordum; bedenimi hoş tutamayacak bir hadımdı. Aslen Fransız, acımasız cellatların elinden çıkma gerçek bir hadım.

"Hiçbir zaman da bilemeyeceksiniz Sultanım; hadi erkeğinizi bekletmeyin."

Bazı zamanlar Muhammed'in anısıyla Ahmed'le seviştiğim de oluyordu; en yoğun yaşadığımız aşklar da o zamanlardı. Utanarak başımı bir diğer yana çeviriyor, tekrar beni kendine doğru çekmeye çalıştığındaysa başımı sallıyordum.

"Seni seviyorum." diye mırıldanıyordu Ahmed. Bunu biliyordum; ben de onu seviyordum ama sevgi yeterli miydi? Daha fazlasını istiyordum. Bu sefer elde ettiğimi de hissediyordum.

Aşkı arıyordum; bulmuştum da. Ama hep en imkânsızı aşk olmak zorundaydı...

* * *

Saten örtüleri çekerek çıplak bedenimi kapatmaya çalıştım; Ahmed hayretle beni izliyordu. "Ne o, vücudundan utanır mı oldun?" Başucundaki kadehi uzattı; şaraptan bir yudum aldım. Dönen başım çok içtiğimi söylüyordu, Ahmed'in yüzünü ellerimin arasına alıp dudaklarına yapıştım. Şaşkınlıkla sordu. "Ne oluyor sana böyle?"

"Söylesene. Bana aşık olabilir misin?"

"Aşk, aşk... Peki, şu anda hissettiğim ne Kösem?" Gözleri parlıyordu. Oda daha da karanlık ve gösterişli gözüküyordu şu anda gözüme ama duvarda yanan onlarca kandil bir türlü zihnimi aydınlatamıyordu.

"Acıma? Bana acıdığın için..." Nefesim kesilmişti; Ahmed'in gözlerini kırpıştırdığını gördüm.

"Hayır, senin bana acımanı bekliyorum Kösem; çünkü ben sana aşığım!"

"Sana inanabilir miyim?" Bu bir yalvarıştı aslında. Sarsılan bedenim yalvarıyordu; Ahmed kesik inlemeleri arasında konuşmaya çabaladı: "Her, her zaman!"

"Bana soyundan bir parça ver o zaman. Aşkını beslemek, ona layık olabilmek istiyorum." Ahmed'i üstüme çektim; çıplak göğüslerimizin aynı anda inip kalkması bacaklarımı karıncalandırıyordu. "Artık ben de bu tahtın bir parçası olmak istiyorum. Bana erkek bir çocuk ver Ahmed!"

Işıklar haykırışlarımızın altında bulanıklaştı; sonuna doğru odanın duvarları dönmeye başladı.

Muhammed aceleyle kahvaltısını ederken dışarıdaki gürültü çoğalıyor; insan sesleri artıyordu. Ağzına bir zeytin atıp güldü.

"Bu telaş niye; yeni bir yıl geldi diye mi bu kadar heyecanlanıyorlar?"

"Yok, akşama Hünkâr Sofası'nda Padişah Hazretleri'ni ağırlayacaklar." Lokma dolu tabaktan aldığım bir taneyi ağzıma attım. Muhammed izliyordu. "Bunların hepsi mutfaktan," dedi.

"Lokmanı da kendin dökecek değilsin değil ya!" Gülerek çiğnemeye devam ettim; bir yandan da semaverden bardaklarımıza doldurduğumuz çayları yudumluyor, arada bir ağzımıza şekerlikten birer çikolata atıyorduk. Şaşırtıcı bir şekilde ikimiz de bir türlü şişmanlamıyorduk.

"Harem şişkolarla dolu zaten, halimize şükredelim." diye dalga geçiyordu Muhammed, sayılabilen kaburgalarını gösterirken; göğsünün tamamı kılsız ve süt kadar beyazdı. "Hatice gibi mi olmak istiyorsun; çocuktur, Ahmed'dir derken bak ne kadar şişmanladı."

"Çocuk mu, Ahmed mi?" Korkuyla başımı salladım; Hatice'yle yollarımızı ayırdığımızdan beri onunla ilgili tek bir kelime duymuyordum. Sadece Lokum'un haremden kovulduğundan haberim vardı.

"Lokum'dan sonra çocuk ona bir türlü rahat vermiyor; bir de Ahmed derdi var. O da bizim gibi durmadan yiyor; ama bilirsin, saray mutfağındaki yemekler kadar yağlı, şekerli..." Alay ediyordu.

Gözüm kitaplığındaki, ne yazdığını sorduğumda hep "sır" diye geçiştirdiği güncelerine takıldı. Her şeyi, o gün ne pişireceğini bile yazıya döken, hâlâ Fransızca yazan bir adamın günce tutması şaşırtıcı değildi elbette; ama ne yazıyordu? Arap harflerine bir türlü alışamadığını söylüyordu. "Ben resim adamı değilim. Bir kaç ressam tanımıştım zamanında Galata'da ama..." diyerek gülümsedi ve kafasını sallayarak geçmişini aklından çıkardı. "o kıvrak çizgilerle yazıyorsunuz ya harflerinizi; hiç anlamıyorum."

"Bana söyleme, ben yazıp okumayı Rumca öğrendim; git düşünceni padişahımıza söyle. Ama o da bir gâvur hayranı değil mi, hepimiz gibi? Kaç dil bildiğini ben bile tam olarak bilmiyorum; onlarca bile olabilir."

Birden Cemal'in bana aldığı Fransızca kitapları anımsadım; o meşe sandığın nerede olduğunu biliyor, açmaya ölesiye korkuyordum. Gözümü yumarak hatıralarımdan kurtulmaya çabaladım. Mercan'ın odaya destursuz girişiyle irkildim; Emine'nin ölüm haberini alalı neredeyse bir ay olmuş, Mercan bir anda zayıflamış; gözlerine bir sarılık çökmüştü.

Odasından pek çıkmıyor; arada sırada bizim yemek sohbetlerimize dahil oluyordu.

"Geride ne bırakacağım ki?" diye hıçkırdı, kucağında Emine'ye verdiğimiz, bir tek kelime bile düşülmemiş defter duruyordu.

Bir ay bile dayanamayan, bu yüzden Mösyö Gerard'ın çağrılmasına gerek bırakmayan Emine'nin bedeni kireçli suyla yıkandıktan sonra yakılmıştı. Mercan Emine'yi en son perdenin arkasından görmüştü. Bahar'ın ona getirdiği sonuna kadar dolu parfüm şişesiyle günce canını acıtıyor; onu yaşamdan soğutuyordu.

"Hep senin adını sayıkladı, son nefesinde de Cemal dedi. Bana az anlattı; ama görünüşe bakılırsa" demişti Bahar derin bir nefes alarak "gerçekten seviyormuş o adamı."

* * *

"Gidiyor muyuz?" diye sayıklıyordu Mercan kapının eşiğinde. Muhammed içine kitabını ve birkaç kese altınını attığı çuvalını omuzlamıştı. Arabamıza binerken Mercan artık heyecanını zapt edemez olmuştu.

"Pera'daki satıcına mı?" diye sordu Muhammed'e yerine yerleşirken; bu ikili arasındaki soğukluk bazen şaşılacak derecede artıyor ve alevleniyordu. Her ikisinin de bilgeliğinden yararlanmaya çalışan ben, korkuyla ikisini de sakinleştirmeye çalışıyordum.

"Evet, en iyi malzemeler onda. Hem sizi kapı kapı dolaştırmak istemiyorum."

Mercan'la Muhammed bir hiç yüzünden tartışmaya başladılar. Muhammed öfkeyle altın sarısı saçlarıyla oynarken Mercan'ın gözlerindeki kin artıyordu.

"Baharın kapıda olduğuna inanabiliyor musunuz?" diye heyecanla ellerimi çırparak konuyu değiştirdim. Bu ikiliyi olası bir çatışmadan uzaklaştırmaya çalıştım. O gün de Muhammed'le alışverişe çıktığımız zamanlarda olduğu gibi özenle hazırlanmış, en güzel kaftanımı, üzerine de geçenlerde Firuze'leri görmeye gittiğimde aldığım aynalı kemeri takıp yeleğimi giymiştim.

* * *

Firuze Cevher'in işleriyle uğraşarak hüznünü bastırmaya çalıştıkça Cemal daha da zayıflamıştı. Bir bacağı kangren nedeniyle kesilmiş, yürüyemez olmuştu. Firuze'nin bana karşı aldığı tavır, soğuk bir intikamı andırıyordu; canımı acıtmayı denerken kendisini hırpalıyor, umutlarını zedeliyordu. Son görüşmemizde karşı karşıya geçmiş kahve içerken Cevher'in odaya girerek onu azarlaması üzerine gözyaşlarına boğulmuştu.

Güzelliği git gide kuruyor; bedenini terk ediyordu. Yanaklarındaki kırmızılık bile sönmüştü artık, bembeyaz konaktaki hüzünle oradaki tabloları süsleyen güzel karakterlerden birine dönüşmüştü adeta. Onun hikâyesi her şeyin başladığı yere götürüyordu insanı. Yatağının ucunda oturduğu adam ona boş gözlerle bakarken o sevgilisinin ince sakalını, koyu tenini okşuyordu. Cemal'in dudaklarından tek bir kelime dökülüyordu: Emine. Firuze'nin şeffaf ellerini yakalayıp onlarca kez öperken aynı adı sayıklıyor; yataktan bu ismin ona verdiği kuvvetle doğruluyordu. İkisinin de Emine'nin ölümünden haberdar olmadığı açıktı.

Firuze yine de Cemal'i terk edemiyordu. Acısını unutarak azaltmaya çalışıyordu; bazen ziyaretlerimde Cemal'in onu hatırlamadığını bildiğimi unutarak ateşli sevişmelerini anlatıyor ve gülüyordu. O da unuttuklarıyla varolmaya çalışıyordu. Hayatına başka karakterler girip çıkıyor, kendine yarattığı yeni kaderiyle ilerliyordu.

"Geçenlerde cariyelerden biri beni ziyarete geldi." Niye diye sorduğumda ellerini göğsünde kavuşturarak anlatmaya devam etti. "Ne kadar mutlu bir hayatım olduğunu ve bana nasıl da özendiğini belirtmek için gelmiş ta buralara; ben de ona dedim ki, hayatım gittikçe güzelleşiyor. Yakınlarda bir konak bulduk..."

"Bir konak mı buldunuz?"

"Evet, hem de kocaman bir bahçesi, içinde saraydaki gibi kayıkla gezemezsen de güzel bir havuzu var." Hayallerini konuştururken az önce gözyaşlarına boğulan öfkeli Firuze gitmiş; mutlu bir hayatı, sorunsuz bir geçmişi ve muntazam hatıraları olan bir kadın gelmişti. Gerçek kendini açığa vurduğundaysa günlerce ağlıyor; Emine'yi nasıl öldüreceğinden bahsediyordu Cemal'e. İkili arasındaki ateşli kavgaları anlatan Cevher'di; bazen bir hafta boyunca hiç odadan çıkmayıp bağrıştıkları oluyormuş. Unutulmuş bir acıyı, varolan en ufak duyguyu dahi yok ederek çıkarmaya çalışıyorlardı.

Cemal'in bulanık zihninde Firuze'yi gördükçe alevlenen duygulardan kimse haberdar değildi; kendisi de. Günün doğuşuyla yanında beliren kızı gördüğünde içinde kıpırdanan kıvılcımlara öfke diyor ve bağırıyordu. Firuze'yse son buluşmamızda haremi ne kadar özlediğinden bahsetmişti; halbuki haremden nefret ederdi o. "O enfes yemekleri, güzel kıyafetleri özledim." Korkuyla etrafına bakarken fısıldamıştı. "Geçenlerde Cevher öptü beni, beni seviyormuş; galiba ben de onu." Cemal'e aldırmaksızın konuşuyordu; Cevher'i sevdiğini söylerken Cemal'e baktı, oynadığı oyundan hoşnuttu. "Belki buralardan birlikte gideriz, hep beraber." Sesi yeniden hüzüne bulanmış, korkuyla bana sarılırken aynı cümleyi defalarca kurup bozmuştu.

"Hep beraber, hep beraber..."

Bahar planları yaparken arabanın hareket ettiğinin farkına varamamıştım.

"Hıdrellez yaklaşıyor; bahar zamanı, yeni, güzel kokulu çiçekler almalı." Mercan bunları söylerken heyecanla öne doğru atılmış; kolunu omzuma atmıştı. Karşısında oturan Muhammed'le göz göze gelmemeye çalışıyordu. Muhammed durumdan gayet hoşnuttu.

"Ah, evet benim de taze gül, yasemin, menekşe bulmam lazım; bir de sandal ağacı..." Çiçek adlarını sıraladıkça parfüm sanatının gizli kapıları aralanıyor; kokular arabaya yayılıyor, Muhammed'le beni büyülüyordu. Mercan anlattıkça Muhammed'in bu güzel ve bilge kadına bakışları değişir gibi oluyor; yumuşuyordu. Biraz daha kaynaşmalarını umut ederek "Tam zamanı!" diye atıldım. Muhammed de heyecanla Mercan'a doğru eğildi. Başlatacağı konuşmanın öneminin farkındaydı; Mercan ellerini göğsünde kavuşturarak dinlerken bir yandan da çıkardığı peçesiyle oynuyor, heyecanını belli etmemeye çalışıyordu.

"Maydanoz, dereotu... Bir de ne dediniz?"

"Taze biberiye, fesleğen, nane." Muhammed gülüyordu.

"Eminim bir parfüm sanatçısı olarak bunlar sizi de ilgilendiriyordur."

"Tabii ki, aslında nane ve fesleğen bana göre çok keskin ve ağır kokular; ama biberiyenin gizemli rayihasından vazgeçemem herhalde. Ah bir de lavanta var!"

"Lavanta kolonyasına bayılırım!" diye çocukça atılınca ikisi de boş bakışlarla gönlümü hoş tutmaya çalıştı. Onlar muhabbetlerine dönünce, her koşulda nasıl yalnız kalınabileceğini keşfetmiş olduğumu anladım.

Pera'nın ara sokaklarından geçerken meyhanelerden gelen sesler kulağımıza çalındı. "A, bakın bir saray arabası." Alkolle kendilerini uyuşturan genç, yaşlı, umarsız, heyecanlı sesler giderek yükseliyordu.

"Padişah mı varmış içinde?" Perdeyi aralayıp baktım, arabacıların kalabalığı uzaklaştırmaya çalıştıklarını fark edince elimi geriye çektim. Dışarıdakiler arabayı sallamaya, devirmeye çalışıyorlardı. Birinin suratı yarı aralık perdenin kenarından göründüğünde bile Mercan'la Muhammed sohbetlerini kesmedi.

"Çekilin sizi ayyaşlar! Arabadaki Sultansa hepinizin kellesini uçurtacaktır haberiniz olsun!" Sarhoş kalabalık gülmeye başlayınca arabacılar öfkeyle seslendi.

"Çekilin!" Araba iyice sallanıyor; ayak takımının sesi yükseliyordu.

"İçeride Sultan yoksa..."

"Ahmed'in sevgili Kösem'i olmalı içeride."

"Her sevişmelerinden sonra bakire kalabildiği için bir çocuğu olamıyormuş!" Bunu söyleyen tiz kahkahasıyla sokağın kaldırım taşlarını titretirken arabacılardan birinin hançerini çıkardığını bildiren çığlıklar duyuldu. Meyhane sakinleri arabanın etrafından çekilirken, haşhaş, afyon, karanfil, şarap kokuları burnumuza kadar geliyordu.

Muhammed güldü. "Yoksul eğlencesi." Korkuyla etrafıma bakınırken gözüm aralarında yarı çıplak dans eden kadına takıldı. Yanılıyor olmalıyım, diye yutkunurken Mercan da cama yapışmış ipek perdeyi aralamaya çalışıyordu. Kadının bedeni kıvrılıp açılırken izleyen adamların salyası akıyor; elindeki ziller bir kapanıp bir açıldığında değişik şıngırtılar yankılanıyordu.

"Nasıl bir Çingeneymiş bu kardeşim?" Adamın biri kadını kucağına çekmeye çalışıyordu. Çıplak göğüsleri adamın yanağına çarptıkça inliyordu adam; elindeki zilleri kapmaya çalışınca kadın tiz bir çığlık attı.

Bu kadere karşı kazanılan zaferin çığlığıydı.

Kadının gözleri arabaya üstünde takılı kaldı bir süre; dudakları titrer gibi oldu. "Emine" diye mırıldandı Mercan cama abanarak. Emine aynı kıvrak hareketlerle adamın kucağına otururken yarı çıplak bedeni zevkten uçuyordu.

Ama yaralı zihni hâlâ ondaydı; geçmişi de...

.* * *

Ahmed haykırıyordu. "Beni sevmiyor musun yoksa?" Gözyaşlarım yastıklara bulaşıp onları siyaha boyarken o haykırmaya devam ediyordu. "Beni sevmiyorsun işte, sevseydin bana bir oğlan verirdin." Öfkeden değil hüzünden bağırıyordu; en çok da korkusundan.

Osman üç yaşına yaklaşmıştı artık. "Hatice verdi ya sorun bende olmalı işte. Sen de bunu duymak istiyorsun, değil mi? Bana kısır diyorlar; sen de bunu benim itiraf etmemi istiyorsun. Ama değil. Bu böyle değil, " diye bağırırken sesim titriyordu; Ahmed saçımı okşamaya niyetlendi. Başımı diğer tarafa çevirdim.

"Öyle demek istemedim, Kösem. Lütfen bana bak." Kelimeleri işe yaramıyordu artık. Buna benzer öfke krizleri geçirdiğimi görmüş; beni sakinleştirmek için iç oğlanlarını çağırmak zorunda kalmıştı. Yatağın ortasında çıplak bedenim çarşaflarla kaplıyken onunla boğuşuyordum. Kandiller sönmüştü; gün ağarmak üzereydi.

"Ben seni sevdiğim için bunları söylüyorum. Bir çocuk istediğini söyleyen sendin. Bana bir baksana Kösem!" Sakinleşmek istemiyordum; öfkemi taşıyabilirdim, hatta bundan çok daha fazlasını. Yaşam zaten yeterince çekilmezdi; Emine'yi gördüğümüz günden beri...

* * *

Emine'nin öldüğünü zannetmekle kalmayıp; arkasından yas tutmuştuk. Mercan öfkeliydi. Ağladığı pek görülmezdi ama şu son birkaç aydır ağlamaktan sesi kısılmış, ruhu kasırgaya tutulmuştu. Geceleri korkuyla uyanıyor; merakla kızın nasıl sağ kalabildiğine kafa yoruyordu. Böyle gecelerde Muhammed'in yanına gidiyor ve onunla dertleşiyordu; bu bilgili gençle paylaşabildikleri o kadar şey vardı ki... Muhammed de geceleri pek uyumazdı; dediğine göre bu hadım edildiği zamanlardan gelen bir alışkanlıktı. Uyuduğu zamanlarda da gün ağarmadan kâbuslarla uyanıyor; korkuyla başına bir şey gelmesini, üstüne bir adamın atlamasını, havada parıldayan bir pala görmeyi bekliyordu.

"Emine nerede dersin? Nasıl o hale gelmiş ki?" Mercan'ın merakının ve sorularının arkası kesilmiyordu "Ya Bahar'a ne demeli? Güya Emine'nin cesedi yakılıp gömülmüştü. O gördüğümüz Emine değil miydi yoksa?"

"Bilmiyorum Mercan, bir rahat verirsen..."

Yaz sıcakları çoktan başlamıştı; odanın duvarlarından yükselen kavurucu sıcak hepimizi terletiyordu. Artık sadece gömlek ve yeleklerimizle dolaşır olmuştuk. Muhammed de gömlekle dolaşmaya alışmıştı; ama beline kuşak dolamaktan vazgeçmiyordu. "İnsanın bedenini ince gösteriyor."

"Daha da mı ince gözükmek istiyorsun?" Mercan'la Muhammed'in arasındaki şakalaşma bazen rahatsız edici bir boyut alıyordu. Bu yüzden akşam yemekleri dışında onlarla birlikte olmamaya dikkat ediyor; tek başıma veya Ahmed'le hamamda rahatlamayı yeğliyordum.

* * *

"Kösem, bana bak!" Ahmed hâlâ bağırıyordu; ama artık bedenim benim kontrolümde değildi. Ayağım burnuna çarptı, birkaç saniye içinde yüzü kan içinde kaldı. Korkuyla dudaklarına yapıştığımda inliyordu.

"Seni ne olursa olsun seviyorum; affet beni sevgilim." Ahmed bunları söylerken burnundan boşalan kan ipek çarşafları boyuyordu. Odayı kaplayan paçuli kokusu bedenlerimizi sararken ürkerek sordum:

"Ben de seni, ben de seni... Ama yeterli mi? Korkuyorum, korkuyorum..." Yanaklarımı ıslatan kan, gözyaşlarıyla karışmıştı. Komik görünüyor olmalıydım. Ayağa kalkıp gümüş aynanın yanına gittim. Ahmed'in burnunun kanaması durmuş, gülüyordu.

"Gerçekten de sakarsın!" Yüzümdeki kanı elimle silmeye çalışırken ben de gülmeye başladım; bozulmuş topuzuma, alnıma düşen dalgalı perçemlerime, dolgun dudaklarıma, simsiyah gözlerime baktım. İnsanlar gelip geçiciydi belki de, ama sabahat, zarafet kalıcıydı; gün geçtikçe tomurcuklar vererek daha da güzelleşiyordu.

"Bilerek yaptım." Ahmed'in yanına giderken yüreğimin ilk zamanki gibi heyecanla attığını hissederek gülümsedim; bir çocuğa sahip olamayabilirdim ama bir imparatorluğu yönetebilirdim... Ürkerek birkaç adım geri atabilirdim. Ama hep geri dönecektim.

Ahmed kolumdan tutup tekrar sıcak yatağa çekerken günün ışıkları odayı dolduruyordu. İkimizin de yüzü kanla ıslanmıştı. Saçlarımı açıp, buklelerin çıplak omuzlarıma dökülüşünü izledi; gözlerime bakıyordu. Yeni başlayan günle her şeye yeni baştan başlanabileceğini hissediyordu insan; ama karanlık bastırdığında her şey değişiyordu.

İnsanlar, duygular... "Ben sana inanıyorum." diye mırıldandı Ahmed saçlarımdan sıkıca kavrarken. Tahtın benim olduğunu bilerek gözlerimi kapadım; elbette bir oğlum olacaktı, biliyordum. Gelecek berrak, sakin bir göl suyu kadar durgundu; fırtınanın dinmesini beklememe gerek yoktu.

* * *

Yanıp sönen ışıklar, siyah beyaz bir bahçe, arkamdan koşturan Mercan'la Muhammed... Uyandığımda Üsküdar'daki Saray'ın odasındaydım yine, odanın içinde esen rüzgâr boğucu sıcağı hafifletiyor, daha rahat uyumama yardımcı oluyordu. Yine de huzursuzdum, karmaşık rüyalar, kâbuslar peşimi bırakmıyordu. Muhammed'in hazırladığı melek otlu, kuru çaylı macunu çayıma karıştırarak içiyordum yatarken. Acılar içinde kıvranırken daldığım uykular da bir o kadar acılı oluyordu. Adet günlerimin bitmesinin ardından düzenli olarak içtiğim bu macunlarla doğurganlığımı arttırmayı amaçlıyorduk, ama olmadı.

* * *

Üsküdar'a bu sefer Hatice gelmemişti; ancak Osman yeni ebeleriyle birlikte bizimleydi. Yalnız başına büyüyen çocuğun yanından geçerken içimde değişik duyguların uyandığını hissederek heyecanlanıyor ama karnımda hissedemediğim o kıpırtı için ağlıyordum. Muhammed, İstanbul'da kalan Mercan'ın yasını tutuyor; ama belli etmemeye çalışıyordu.

"Osman hakkında ne düşünüyorsun?" Sanki bu soruyu bekliyordu, pek düşünmeden, sakin bir sesle yanıtladı.

"Uysal bir çocuk. Geçen gün büyük avluda havuzun kenarında oynarken gördüm. Oldukça sakin, hatta garip bir şekilde sakin." Sustu. Cevabı bekleyerek yüzüme baktı.

"Bu çocukla yakınlaşmanın bir yolu olmalı."

"Her çocukla yakınlaşmanın bir yolu var; anasıyla büyüyen çocukların anneleriyle yakınlaşılır, bu durumda ise..."

"Ebeleriyle." Yüzümü aydınlatan gülümsemeyle konuşmaya son verdim. Odasından çıkmadan macunu olup olmadığını sordum.

"Kâbuslar değil mi? Biliyorum, zaten işe yaramıyor; o Fatma her ne yaptıysa..." Korkuyla yüzünü buruşturdu; kırıldığımı anlamıştı. "Elbette bir çözümü vardır Sultanım; biliyorum bunu. Sadece biraz sabır, huzurlu uyumanız için size faydalı olur ama melek otunu da eksik etmeyin."

"Adet günlerimi düzene sokuyor; evet, biliyorum."

* * *

"On sekiz, on dokuz ve yirmi... Öyle burun kıvırma, bu yirmi akçeyle gider; hem yatacak bir yer hem de yiyecek bir avuç buğday bulursun. Hadi, akşama doğru; yine aynı saatte gel." Emine asık suratlı meyhaneci kadının eline gelişigüzel sıkıştırdığı akçelere itiraz edecek gibi olduysa da kapı suratına kapandı. Yine sokaklarda kalmıştı. Pera'nın çamurlu yollarında yürümeye alışmıştı artık; bazı gelen geçen tüccarlar, dükkân sahipleri, bu çarıksız güzel kızı dilenci sanarak evlerine götürmeye, sadaka vermeye çalışıyordu. Emine bazen her iki teklifi de kabul ediyor; gün içinde birden çok erkeğin yatağına, sofrasına konuyordu. Bu yaptıklarını hayatta kalabilmek için meşru, hatta doğru görüyordu.

Aylar önce o saray arabasında benimle Mercan'ı görüşünü hatırladığında yüreği sızlıyor; yataktaki, sofradaki görevini dışarıya vurmadığı acısının gölgesinde yerine getiriyordu. Bahar'ın yardımıyla kaçmıştı hastaneden, anlayamadığı nasıl iyileştiğiydi. Çoktan ölmüş olmalıydı o doktorun söylediklerine göre; ama yaşıyordu... Artık yalan söylemeyi öğrenmişti; rol yapabilmeyi de. Beceriksiz, çelimsiz, şişman, sakat, yaşlı, genç, kadın, erkek... Fark etmiyordu. Kimin yatağında nasıl davranacağını biliyordu; loş ışığın altında bedenlerin hepsi aynıydı. Sevişmenin de, bedenlerin de duygusal, şairane bir tarafı kalmamıştı. Dünya, gözünde o kadar somutlaşmıştı ki, bir daha ağlayabileceğini sanmıyordu. Arada sırada sokağın köşesindeki bir çamur birikintisinin içinde uyuyakaldığında geçmişinin hayaletleriyle karşılaşıyor, hıçkırarak uyanıyor; ama en ufak bir gözyaşı bile dökemiyordu.

"Seni zengin edeceğim," diyordu adını bilmediği Venedikli bir tacir. Yatak odasının penceresinden süzülen ılık meltemin bedenine dokunuşu Emine'yi adamın dokunuşlarından daha fazla tatmin ediyordu. Meşalelerle aydınlatılmış kayıkları görmeye çalışıyordu bir yandan.

Üzerinde boğuk boğuk konuşan adamı duymuyordu bile. "Karım olacaksın; seni istiyorum..." Bir süre sonra sesi kesiliyordu adamın ve Emine kendini hiç bilmediği bir yerde buluyordu. Üzerinde başka bir adam veya kadınla... Avucuna kondurulan akçeler o kadar soğuktu ki; tenini yakıyordu.

Şimdi de Avusturyalı bir tacirin dairesindeydi, Pera'da. İstanbul'a yerleştiğinden bu yana Mehmet adını kullanan adam altı odalı, hamamlı dairede tek başına yaşıyordu. Belli ki oldukça zengindi. Emine merakla, elinden tutup ona evini gezdiren, yakışıklı sayılmayacak bu yabancıyı izliyordu. Ablak, kırmızı bir suratı, anlamsız açık mavi gözleri vardı; sarışındı. Her konuştuğunda gözleri büyüyordu. Meyhanenin müdavimlerindendi, o akşam payına o düşmüştü.

"Manzara güzel değil mi?" Mehmet bedenini alabildiğince uzak tutarak, kızın kirli saçlarını okşuyordu. Emine kollarını adamın boynuna dolayarak, sordu. "Benden ne istiyorsun?" Adam kızın tavrından ürkmüştü; kollarının arasından sıyrılışına hayretle baktı. Kızı incitmemeye çalışırken, kendisi incindi. Aşık olduğunu sanıyordu.

Emine gün ağarmaya başlarken uyandığında kendisi için hazırlanmış kıyafetleri buldu ayakucunda; sade bir şalvar yelek takımıydı. Çıplak teninin üzerine geçirerek tekrar sokaklara attı kendini; gökyüzünün alacalı rengine aldırmadı bile. Onun için tüm renkler, tüm kokular, tüm sesler aynıydı artık;

hayat, onu bir gün için daha çağırıyordu. Çamurlara basmamaya çalışarak yürüdü.

* * *

Yanında duran sarışın adama bakarak konuşmuştu Mercan. "Gerçekten de uzun zaman olmuş." Morarmış dudakları titrerken, elleri cebinde kapının eşiğinden içeriyi görmeye çalışıyordu; odanın içinde koşuşturan ebelere aldırmaksızın yüksek sesle gülüyordu. Bir kadın divanın üzerinde sesini çıkarmaksızın yatıyor, kanlı çarşafları çekiştiriyordu. Mercan dudaklarını ısırarak yineledi. "Unutmuşum; buranın kokusunu. Buradaki maddiyatı, her şeyi unutmuşum; asıl sen..." diye büyük bir çabayla kıkırdadı "büyümüşsün." Hâlâ şaşkınlıkla bakıyordu adama.

Muhammed endişeyle parmaklarını oynatıyordu. Ebelerden biri bebeğin ters geldiğini söyleyince gözlerindeki parıltı söndü. Sahibinin yarın odasında hazırlayacağı şölene katılabilmesini diliyordu halbuki; durumun ciddiyetinin farkına vararak gözlerini sıvası çatlamış tavana dikti.

"O kızı aramak için burayı terk ettin; oysa onu unutman gerekirdi." Mercan korkuyla hadımın elini tutmaya çalıştı; Muhammed bir adım geriledi. İçerideki kadının sesi hâlâ çıkmıyordu. Sultanın meşhur hasekisine, geleceğin valide sultanına bir zarar verme korkusuyla işlerini doğru düzgün yapamayan, elleri ayakları birbirine dolanan ebelerin yüzlerindeki endişe giderek artıyordu. Pencerelerin tümü ardına kadar açılmış; Boğaz'dan zar zor taşınan meltem odayı doldurmuştu. Yine de beklenen o çığlığın gelmemesi herkesi ürkütüyordu.

* * *

"Gerçekten de canım yanmıyordu." diye gülümsedim Mercan'a; Muhammed'le ikisi yan yana oturmuş balıklarını tadarken ehli keyfime uzanmaya çalıştım. Bardağımı havaya kaldırdığımda gözlerindeki küskün ifadeyi fark etmemek olanaksızdı; şu son iki üç senede kimsenin değişmemiş olması insanı varla yok arası, yalancı bir ölümsüzlükle ödüllendiriyordu.

Bu hisse kapıldığım zamanlarda aynaya bakıp gözlerimi inceliyordum, sonra da saçlarımı. Mercan'ın saçlarını yoklayan beyazlar arttıkça benim dışımda herkesin yaşlandığı gibi tuhaf bir hisle titriyor; aynı yalnız kalma korkusuyla etrafıma bakınıyordum. Muhammed'in odası bile değişmemişti; kitaplığındaki kitaplar çoğalmıştı, o kadar. Okumaya fırsat bulamadığım Fransızca kitaplar kitaplığında toz tutuyordu. Onlar da unutulası hatıraların mahkûmlarıydı.

Geride kalanları anımsadıkça Safiye Sultan'ı düşünüyordum, Eski Saray'ın çıkışında karşılaştığım hüzünlü siluetleri. Odamı bunlardan biriyle karşılaşabilmek üzere kolaçan ettiğimde yalnız olduğumu anlayarak, yanımda Ahmed, acınası, huzursuz bir uykuya dalıyordum.

"Artık bir oğlun var. Kına yakma zamanı gelmedi mi artık?"

* * *

Muhammed korkuyla içerideki tabloyu seyrediyordu; sahibesi yarı baygın, sessiz yatarken, geçmiştekilerin adlarını sayıklıyordu. İçeri girmesinin doğru olmayacağını anlatan ebeyi dinliyordu; ama kafasını asıl kurcalayan Mercan'ın meselesiydi. Onun nereden çıkıp geldiğini bilmese de, sadece benim için gelmiş olması midesini yakıyordu; başını duvara yaslayarak konuştu.

"Bulabildin mi onu?" Mercan "kimi?" dercesine başını salladı; o da Muhammed'le göz göz gelmemeye çalışıyordu. "Buldum" diye mırıldandı uzun bir suskunluktan sonra, gerçeklerle yüzleşmek artık daha fazla acı veremezdi. Bedeni her türlü acıya dayanıklı hale gelmişti şu son birkaç yılda. Muhammed'in kıyafetini incelerken kılığından utanarak başını yere eğdi. Daha fazla konuşmak istemiyordu; hikâyesini, Emine'nin hikâyesini kendisine saklayacaktı.

"Eğer Kösem Sultan Emine'ye yaptığı gibi bana da bir günce verirse", diye düşünüyordu "Onu doldurmadan ayrılacağım bu dünyadan; çünkü bu dünyada bir işe yaramamışsan, geride bıraktıkların beş para etmez. Ardından yazılmış kötü, aşağılayıcı bir ağıt gibi ziyan edilen bir hayatın imzası."

Son birkaç yılını yüz yüz, sokak sokak, meyhane meyhane Emine'yi aramakla geçirmişti. Yüzünün kızardığını hissederek Muhammed'in gözlerine bakmaya zorladı kendini. Kıvırcık siyah saçları kurşuni bir renk almıştı; gözlerinin önüne yoğun bir sis çökerken Muhammed'in kollarına tutunmaya çalıştı. "Ben, ben..." diye konuşmaya çalıştı "Ben birini öldürdüm; aradığım o küçük kızı..."

* * *

Emine, Avusturyalı Mehmet'in dairesinde sürdüğü hayattan o kadar bıkmıştı ki; eğlencesine başkalarının yatağına girer olmuştu. Eskisi kadar ucuz değildi; ipek elbiseleriyle şık yatak odalarında kovalanırken büyük bir zevk alıyordu arzulanmaktan. Sanki hayat, büyük bir aşk üçgeniymiş gibi geliyordu ona, geçmiş, şimdi ve gelecek arasında gidip gelen. O şimdiydi; geleceğiyle aşk yaşarken geçmişini oyalıyordu. Ve şimdi geçmişi onu yemeye başlamıştı döndüğü her köşeden. Araladığı her perdenin arkasından o çıkıyor; o sesleniyordu.

Bazen Mercan'ın bazen de Cemal'in sesini duyarak nerede olduğunu unutuyor; kendini yine bir cami avlusunun dibinde veya Galata'nın çamurlu sokaklarının bir köşesinde buluyordu. Nasıl geldiğini, nereye gideceğini bilmeden insanlara sunuyordu kendini.

Atlattığı hastalık, yaşadığı berbat hayat ve kaçıp durduğu geçmişiyle kendini ölümsüz kılıyordu Emine; bu yüzden kendini öldürmeye çabalıyor, kendini tüketiyordu. Meyhanede dans etmesini yasaklamıştı Mehmet, boynunda duran elmas kolyeyi takarken.

"Bu kolyeyle Ester'in meyhanesine girdiğini görmeyeyim." Kızı büyük bir zevkle, aşkla öpüyordu; Emine hayallerinde seneler önce kaybettiği Cemal'iyle seviştiğini hatırlıyordu adamın kollarında. Mehmet de Cemal kadar nazikti ona karşı; geçmişiyle yüz yüze geldikçe kendini kaybediyor, sarhoş oluyordu. Sona yaklaşmak ne kadar acıysa, sonsuzluğa yol almak da o kadar ürkütücüydü.

Ancak meyhanede yerlere kadar uzanan eteğiyle dans ederken kendine gelebiliyordu. Saz eşliğinde yarı çıplak dans ederken, kemerinin, saçındaki boncukların, zillerinin çıkardığı sesle bir gün huzura kavuşabileceğini umut ediyor; kucaktan kucağa, adamdan adama geçtikçe kendini kendi dünyasında değerli kılıyordu. Gözlerindeki anlamsız ifade bir anlama kavuşuyordu o zaman; arzulanmaya aşık genç kız hayat buluyordu. Mehtapta, çamurları sıçrata sıçrata, dans ede ede Mehmet'in kapısını çalmaktan hoşlanıyor, adam kapıyı açtığında hıçkırıyordu. Mehmed'in boynuna sarılırken özlediği kokuyu içine çekiyor; duyduğu pişmanlıkla geceleri uyuyamıyordu. Çünkü ertesi gün aynısını yapacağından emindi.

Ne uyanmak ne de uyumak istiyordu...

Mercan'ın onu bulması zor olmamıştı; çünkü Emine'nin yaşayabilmek için edindiği sebeplerden biri de Mercan'ın varlığıydı. Yıllar önce hapis olduğu haremi, o tanıdık yasemin kokusunu özlüyordu; bir özlemle saçını kokladığında ise burnuna çalınan tek koku günahtı. İşte o zamanlarda vebadan ölmüş olmayı diliyordu. Böyle bir günde karşılaşmıştı Mercan'la Emine, tek bir kelime bile konuşmadan çarşaflarının altında adımlamışlardı sokakları. Emine bir ara Mehmet'ten bahseder gibi olduysa da Mercan onu susturmuştu.

"Her şeyi biliyorum; bilmesem seni bulmaya gelmezdim." Emine bu kadınla nasıl konuştuğunu bile unutmuştu; kadının koluna dokunmak için bir hamle yaptı. Mercan kızın gözlerinin yaşlı olduğunu fark edemedi, Emine yıllar sonra döktüğü ilk göz yaşlarına eliyle dokunmak istediyse de korktu; yapamadı.

Çarşıya gürültü, telaş hakimdi; elden ele uzatılan değişik biçimli, renkli madeni paralar, konuşulan farklı diller, farklı renkler iki kadını da etkilemişti. Emine sokaklarda yaşarken bu denli karmaşalara alışmıştı; dünyadaki farklı farklı insanların aslında aynı olduğuna inanıyordu artık. Değişik kokuların birleştiği bu sokaklardan geçerken hep bunu düşünüyordu. Mercan Emine'ye bakmadan devam ediyordu yoluna; aslında onu götüren Emine'ydi. Kızın hikâyelerini herkesten dinlemişti. Her şeyi biliyordu. Midesindeki sızı arttıkça arzuladığı huzura kavuştuğunu fark ediyordu.

Terk edilmiş bir konağın önüne gelmişlerdi; bahçesinde yükselen selvi ağaçları tüm sokağı gölgesine alıyordu. Emine hiç çekinmeden peçesini çıkardı. Konağın verandasında sıra sıra dizilmiş mavi çini vazolar kırılmış, parçaları her yana dağılmıştı. Konağın camları da kırıktı; solmuş vişne rengi perdeleri yer yer güveler yemişti.

Emine gözlerini evden alamıyordu. "Biliyordun demek ki; yine de beni bulmak için bu kadar bekledin... Hep bu anı beklediğimi bilmiyor muydun; ölümü atlatabilmiş olmanın acısını yıllar boyu nasıl çektiğimi? Ama aldırmadın; çünkü senin Kösem'in yanında huzurlu bir hayatın..." Mercan öfkeyle kızın kolunu kavradı; konağın ahşap cumbaları gıcırdarken onun da eli titriyor, dudakları morarıyordu.

"Senin yüzünden yıllarca uykum kaçtı. Seni o meyhanede gördüğümüzde... Ne namusun kalmıştı..."

"Namus kimin umurunda; ben, yaşamak istemiştim, ama siz izin vermediniz. Beni bunları yapmaya zorladınız."

"Zorladık?" Mercan, kızın kolunu bırakmıştı; Emine'nin nasıl da güzelleştiğini fark etmişti. Koyu kahverengi gözlerine çekili sürme parıldıyordu gözyaşlarının altında. Buğday teni bile o kadar güzeldi ki. Sol kaşının üstündeki ben, suratındaki kirden görünmez hale gelmişti; fazla rastık kullanmaktan kirpiklerinin çoğu eksilmişti. Emine Mercan'ı kolundan tutarak terk edilmiş konağın bahçesine soktu; selvilerin köklerinin dibinden yükselen kırmızı laleler ikisine de her şeyin bir sonu olduğunu anlatmaya çalışıyordu sanki. Gözlerini yumarak Mercan'a sarıldı; karnına saplanan o muazzam acıyla selvinin gölgesine yığılırken hem ağlıyor hem gülümsüyordu.

Mercan hıçkırarak Emine'nin yanına çöktüğünde yıllar önce odasında ondan ürken küçük kızı buldu. Emine ılık kanın bacaklarından sızdığını hissederken mutluydu, hem de yıllardır hiç olmadığı kadar. Mercan'ın diyeceklerini tahmin edebiliyordu.

"Cemal'in öldüğünü hissedebiliyordum; bir zamanlar beni ayakta tutan destek çekilmişti ayaklarımın altından..." Yüzü iyice beyazlamıştı ama hâlâ gülüyordu Emine; çektiği acı umurunda değildi. Onlarca katını yıllar boyunca çekmeye alışmıştı ne de olsa. Birkaç dakika daha dayanabilirdi.

* * *

Muhammed içeriden yükselen çığlıkla duvarı tırmalamıştı. "Bir oğlu olmalı," diye mırıldanıyordu "Yoksa her şey boşa gidecek". Mercan'ın yüzünün daha da sarardığını, aynı cümleyi yinelediğini fark edince irkildi. "Ben birini öldürdüm; Emine'yi öldürdüm."

* * *

Saçlarım Ahmed'in hediyesi turkuvaz tokayla ensemde gevşek bir topuz olarak toplanmıştı. Kucağımda duran siyah saçlı çocuğun tıpatıp bana benzediğini fark edenler, ne yapacaklarını bilmedikleri bir duraklamadan sonra derin bir nefes alıyor ve söze başlıyorlardı. "Aynı padişahımız, ne kadar da sağlıklı bir oğlan. Maşallah!" İçlerinden oğlumun taht sırasında gerilerde olduğunu tekrarlarken, yüzümde aydınlanan gülümsemeden rahatsız oluyor, gözlerini kısarak "Bu kadının bir bildiği olmalı" diye düşünüyorlardı.

Emine'nin yerde bıraktığı kan lekesi gitgide büyüyordu; Mercan korkuyla kızın üstüne kapanarak ağlamaya başladı.

"Ben ne yaptım, ne yaptım!" diye bağırıyordu. "Yardım edin, yardım edin." Korkudan kendinden geçmişti; Emine zorlukla elini Mercan'ın yanağına koydu. "Kimsenin seni duymayacağını biliyorsun." Kesik kesik öksürdükten sonra başını iki yana sallayarak devam etti. "Özellikle en çok ihtiyacın olduğunda."

Emine, renkleri, kokuları daha iyi seçebildiğini fark etti. Mercan boynundan koparırcasına çıkardığı turkuvaz kolyeyi kızın kanlı eline sıkıştırmaya çalışıyordu.

Ansızın etrafını saran arsız rüzgâra bir anlam veremedi Emine; ölümlülere özgü bir korkuyla kıpırdanmaya çalışıyordu. Önce ayakları uyuşur gibi oldu; boğazını düğümleyen soğukla savaşmaya çalışırken morarmış dudaklarından belli belirsiz bir cümle döküldü. "Yaşamak güzelmiş."

Mercan genç kadının gözlerini kapattı. Konaktan çıkıp giderken bir kez bile dönüp arkasına bakmadı. Uzaklaşmak, çok uzaklara gitmek istiyordu. Paçalarına yapışan çamurun kokusu bile daha güzeldi, kendisi ise iliklerine kadar öfke kokuyordu. Emine'nin suratındaki gülümseme, o muazzam beyaz ışığa teslim olurken de eksilmemişti. Aksine belki de ilk ve de son kez hayatın tadını çıkarıyordu. Ardında bıraktıklarına baktığındaysa... Kalbi kırık bir aşık gördü; kendini hatırladı. Belli belirsiz gülümsedi. "Kader..."

* * *

Kapkaranlık gecenin ardından doğan güneş hepimizi ısıtıyor, sıkıntılarımızı çözmeyi vaat ediyordu. Gece boyunca boğuştuğumuz hayaletlerimizin şeffaf izlerinin ebruli ışık buseleriyle silinip yok olmalarını izliyorduk. Haremin kokuların birbirine karıştığı koridorlarında dolaştıkça elimizi bir zamanlar beyaz olan sisli duvarlarda gezdiriyor; gelip geçmiş hükümdarların izini sürmeye çalışıyorduk.

En azından ben öyle yapıyordum. Ürkerek yanıma yaklaşan, arkalarında iki büklüm Hatice'nin büyük bir çabayla doğrulmaya çalıştığı cariyeler topluluğu bir ağızdan konuşuyordu. Elleri kınadan yapılmış motiflerle süslü, alınlarından altınlar, gümüşler sarkan, saçları güller, incilerle süslü kızlardan biri de bendim aslında; yaşadığım onlarca olay beni değiştirememişti. Sadece arkamdan sessizce beni takip eden iki bilge insan vardı artık.

Çinilerin hikâyesi kadar karmaşık; ama bir o kadar da anlamlıydı hepimizin hikâyesi. Ebesinin elinden tutmuş şarkı söyleyerek koşturan Osman, Sultan Süleyman gibi hepimizi birer kum tanesine benzetmeye çalışıyordu; yükselen tüm ezgiler hayat için söyleniyordu ya nasıl olsa, daha ötesi yoktu. Şehvetle yenilen tatlılar, içinde kaybolunan rayihalar...

Hepsi güzeli ararken keşfedilen ufak sırlardı.

* * *

Divanı izleyen altın kafesin içinde üç hükümdar vardı. Divan üyeleri perdenin kıpırdanışından rahatsız oldu. Bundan böyle üç kişinin önünde eğilmeleri gerekecekti. Derviş Paşa'nın önünden gururla geçen Süleyman Ağa'yı görünce, Rüveyda'yla geçirdiğimiz saatleri hatırladım. Altın parmaklıkların arkasına hapsedilmiş biz dişiler özgürlüğe kavuşmuştuk işte, hislerimiz ve düşüncelerimizle.

Kucağımda huysuzlanan oğlumun aynı benimki gibi siyah saçlarını okşadığımda gözlerindeki parıltıdan okuyordum tüm soruların cevabını. Ahmed koluma hafifçe dokundu; gözlerini dışarıdaki gürültünün yükseldiği divandan ayıramıyordu. Heyecanla eli titrerken yalvarır gibi sordu.

"Adını ne koyacağız Kösem?" Buruk bir gülümsemeyle perdeyi biraz daha salladım. Divan üyeleri daha bir irkildi. Evet, onlar da biliyorlardı.

"Murat olacak Ahmed'im..." diye fısıldadım.

Dudaklarımı okşayan huzurla gülümsedim:

"Sultan Murat."